Klappentext

Eine Sage entsteht dort, wo ein rästelhafter Vorgang die Aufmerksamkeit des Menschen erregt, mag dieser Vorfall sich in der Geschichte, in der Natur, im täglichen Leben abspielen. In schlichter Erzählung sucht die Sage die geheimnisvolle Begbenheit zu erklären. Die Sage soll in erster Linie erzieherisch wirken. „Ihr Wesen besteht darin", so schreiben die Gebrüder Grimm, „dass sie Angst und Warnung mit gleichen Händen austeilt."

Das wäre zu den klassischen Sagen zu sagen – dann aber gibt es noch so sagenhafte Geschichten, die sich weder den Märchen noch den Sagen zuordnen lassen, und die finden sich in diesem Buch.

Sagenhafte Geschichten

Was Sagen sind, bestimmen wir!

Herausgeberinnen:
Karin Braun & Gabriele Haefs

Impressum:

Sagenhafte Geschichten
Was Sagen sind, bestimmen wir
2. Auflage

Das Copyright für die Geschichten liegt bei den
AutorInnen.
Herausg. Karin Braun & Gabriele Haefs
Titelbild: Carmen Loger
https://carmen-loger.wordpress.com
Cover und Satz: Karin Braun
978-3-347-29219-2 (Paperback)
978-3-347-29220-8 (Hardcover)
978-3-347-29221-5 (e-Book)
Verlag und Druck: tredition GmbH, Halenreie
40-44, 22359 Hamburg

Ach, Ich habe der
sagn forglemt, aber
Ich wollen getenken
im eine kleine stund.

Levi Hendriksen

Sagen im Kreise Geldern, die noch im Volksmunde fortleben

Peter Paul Haefs

Siehst du die hohe, stattliche Gestalt, die dort still auf dem moosigen Pfade dem schweigenden, tiefgründigen Moore zuwandelt? - Wer ist diese geheimnisvolle Gestalt in dem altertümlichen Mantel, der das von schimmerndem und glänzendem Golde durchwirkte Gewand nur halb verhüllt? - Was tut sie in dieser tiefen, tiefen Stille?

Es ist Frau „Sage", die zeitlose und von allen Menschen geliebte Frau Sage. Überall ist sie zugegen, auf dem Schiffe, das unter fremder Sonne die Meeresfluten durchfurcht, sitzt sie mitten unter den Seeleuten, die sich am Maste versammelt haben und mit leiser Stimme die Mär von dem verderbenbringenden Geisterschiff erzählen, im tiefen Walde erklärt sie dem einsamen Hirten oder dem vom Rauch geschwärzten Köhler das Rauschen der Bäume und lässt sie, die Stimme des Windes verstehen, und in der Bauernhütte erfreut sie sich an den lichten Augen der Kinder, die beim knisternden Herdfeuer zu den Füßen

7

des Vaters oder der Mutter sitzen und aufmerksam lauschen auf die wundersamen Mären aus vergangenen Zeiten.

Diese Frau Sage ist auch durch das Gelderland geschritten und hat dort ihre Spuren zurückgelassen. Suchen wir diese Spuren zu lesen und daraus zu lernen. -

Eine Sage entsteht dort, wo ein rätselhafter Vorgang die Aufmerksamkeit des Menschen erregt, mag dieser Vorfall sich in der Geschichte, in der Natur, im täglichen Leben abspielen. In schlichter Erzählung sucht die Sage die geheimnisvolle Begebenheit zu erklären. Die Sage soll in erster Linie erzieherisch wirken. „Ihr Wesen besteht darin", so schreiben die Gebrüder Grimm, „dass sie Angst und Warnung mit gleichen Händen austeilt." Dann hat die Sage aber auch kulturhistorische Bedeutung, insofern sie uns Anschauungen, Sitten und Gebräuche aus grauer Vorzeit schildert und bisweilen vor dem Vergessenwerden bewahrt; denn die Sagen stammen häufig aus Zeiten, aus denen es keine Schriften mehr gibt oder in denen wegen des niederen Kulturstandes der Bewohner noch keine Aufzeichnungen gemacht wurden, und in diesem Falle sind die Sagen eine wichtige Quelle der Überlieferung.

Der Kreis Geldern war einstens sagenreich. Manche Sagen sind im Wechsel der Zeit untergegangen. Andere Sagen sind nur mehr der ältesten jetzt lebenden Generation bekannt, und mit derem Tode werden auch sie aussterben, wenn nicht eine sofortige Sammlung diese Sagen vor dem Vergessenwerden schützt. Demgegenüber steht aber noch eine beträchtliche Anzahl von Volkssagen, die auch heute noch im Volksmunde leben.

Ziemlich bekannt ist die Sagen von der Gründung Gelderns. In grauer Vorzeit soll in der Gegend von Geldern ein gewaltiger Drache gehaust haben. Alles Lebende fiel ihm zum Opfer. Wie „Gelre, Gelre" klang das Fauchen des Untiers. Das ganze Land litt unter dieser Plage, und allenthalben wanderten die Bewohner aus. In jener Gegend lebte damals ein wackerer Ritter, der Graf von Pont. Dieser Graft hatte zwei Söhne, Wichard und Luitpold, welche beschlossen, den Kampf gegen das Untier zu wagen. Wohlgerüstet traten sie den Weg an. Das Tier lag vor seiner Höhle und sonnte sich. Beim Anblick desselben erschraken die Kämpen, doch bald fassten sie sich, sprachen ein kurzes Gebet und griffen das Untier an. Nach heißem Kampfe erlag das Untier. Freude herrschte ob dieser Heldentat in den Gauen des Gelderlandes. Die beiden Erretter wurden vom Volke zu seinen Gebietern erwählt. Diese erbauten sich auf dem Kampfplatze eine Burg, die sie nach dem Drachengeschrei „Geldern" nannten. Auf dem Rathause in Erkelenz wird heute noch eine Beschreibung des Kampfes und der Geschichte Gelderns gezeigt, auf deren Titelblatt ein gewaltiger Drache abgebildet ist,

der aus seinem Rachen die Worte „Gelre, Gelre"
ausstößt.

Für die Geschichte Gelderns ist die
vorstehende Sage von einiger Bedeutung; denn
jedenfalls hat sei einen geschichtlichen
Hintergrund. Geschichtliche Vorgänge, die sich
an einem bestimmten Orte abspielen, bleiben an
der Örtlichkeit haften und werden sagenhaft
verändert und weitererzählt. Und so kann man
hier einerseits an das verdienstvolle Handeln der
Herren von Pont denken, die durch kostspielige
und langwierige Arbeiten die Gegend
entwässerten und so von der Fieberluft
freimachten. Andererseits hat auch die Meinung
des Pfarrers Leopold Henrichs manches für sich.
In seiner Schrift „Geschichte der Stadt und des
Landes Wachtendonk", sagt er im 1. Heft, S. 9:
„Die Bewohner des Niederrheins hielten am
nationalen Heidenthum sehr fest; nur sehr
schwer waren sie für das Christenthum zu
gewinnen, und dieser harte Kampf und der Sieg
des letzteren spiegelt sich wieder in der Sage *De
draak van Pont*."

Die Drachensage ist schon früher in
gebundener Rede dargestellt worden. Möge sie
in dieser Form kurz wiedergegeben werden:

> Vör dausend johr, du häd ze Pont,
> ens enen lelken draak gewohnt.
> Et woer en bies, so fies on kwoet,
> dat diere on ok mensse froet.

De schieper und de möhleknäch und
buere van de Klus,
die froet hen van de landstraat weg als
woors on kappesmus.
He froet so soep, wat stand on kroep.
De graaf von Pont, den häd twie söhn,
die finden dat mar niet vör schöen,
sie sochten: „Vader, lot ons luepe, dat wej
den riesendraak os kuepe."
On vader soech: „Joe, sapperloet, Jongens
haut das biest maar duet."
On op de schliepstähn komm de greep,
de onnere sabel schleep,
ok vader gruete dolch, wont – sterve sik
de molch!
Maar onderdes den draak trok los und
froet wat hen mar kriege kos:
Et pock met de klock, de maid met de
gaid,
des fes van de desch, et salt met et smalt,
de schenk met de speck, joe, et fuer noch
ut de poggenbeck.

De twie, die dar maar niet gefiel, die
wosse
wo hen den uhren hiel.
Na den eten ging et aan, jerss noch elkes
na de kran.
Salt on bottrame en de tas, enne kluere
enn de fuselflass,

so trocke sej de burg heronder, op de joch
na de lelken donder.
Sagskes kroppe sej op den buck, komme
glücklek naa de struck,
wo sej ohne fruete gefoer kieke kosse woj
hen woer.
Podemme noch, war es denn dat?
Sej soege, dat onder de mespelboom wat
sat.
Et woer en dier net te beschrieve; wenn
he
niet schliep, woj solle we blieve?
Nauw gaukes drop nauw wört et tied,
ok de scheld noch an de siet,
nauw sent sej al onder de buem, on de
draak leht in den druem.
Paaftig – schlont sej öm op de kopp, maar
den draak, den sprengt gauw op.
Lewen hiet et nauw of duet, gefreten – of
den draak kapott.
Hen schleet de scheld ör ut de hand,
tezamme legge sej in de sand.
Schrumstig sint sej weer op de bien, na
dat biest krazt met de tien,
speit füer ut sin mull, maar de twie sind
ok niet ful,
legge salt op sine start on boortenöm de
greep
van ochter in het draakenhart, dat hem de
uege kneep.

Dat dier wie ene pier krömte sich van ping,
de ruck met buch, schlug hart met de start, on speite flammlüer.
Den draak, den ant kapott goen woer,
riep dreimol „Gelre!" hell und kloer,
schnött noch dreimol met de schnütt, on et leve woer drütt.
De wie, de dochter drover noer, war dat doch met das „Gelre" woer.
Wäts do wäl, sät den ene, wej welle hier sofort begenne.
Wej bauwe en bourg on stadt.
On met de fläs in de tas begoste se Geldern te bauwe.
Wont den draak, dar fiese bies, den woer ja nauw kapott gehauwe.

(Übersetzung: Der Drache von Pont – Vor tausen Jahren hat in Pont einst ein fruchtbarer Drache gewohnt. Das war ein so gemeines und böses Biest, das Tiere und Menschen fraß. Den Schiffer und den Mühlenknecht und Bauern vom Land fraß er von der Landstraße weg wie Wurst und Kohl. Er fraß und soff, was stand und kroch.

Der Graf von Pont hatt zwei Söhne, denen gefiel das gar nicht. Sie sagten: „Vater lass uns losgehen, wir wollen uns den Riesendrachen kaufen." Und der Vater sagte: „Ja, Sapperlot, Jungs, haut das Biest nur tot."

Auf den Schleifstein kam die Mistgabel, dazu wurde der Säbel geschliffen, und Vaters großer Dolch, denn: „Sterben muss der Molch!" Aber der Drache zog derweil los und fraß alles, was er kriegen konnte: Kücken und Glucke, Magd mit Ziege, den Fisch vom Tisch, Salz und Schmalz, den Teller mit Speck, ja sogar das Futter aus dem Schweinetrog.

Die zwei, denen das gar nicht gefiel, wussten wo er Mittagschlaf hielt. Nach dem Essen ging es los, erst mal schnell noch einen trinken. Salz und Butterbrote in die Tasche, einen Klaren in die Schnapsflasche, so zogen sie aus der Burg, auf der Jagd nach dem gemeinen Quälgeist. Langsam krochen sie auf dem Bauch dahin, kamen glücklich zu dem Strauch, wo sie ohne Gefahr nach ihm Ausschau halten konnten. Verdammt noch mal, was ist das denn? Sie sahen dass etwas unter dem Mispelbaum saß. Es war ein unbeschreibliches Tier, wenn es nicht schläft, was wird dann aus uns?

Also schnell drauf, wir haben nicht viel Zeit, noch den Schild heben, schon sind sie unter dem Baum, der Drache träumt noch. Paff! Schlagen sie ihm auf den Kopf, aber der Drache springt sofort auf.

Jetzt hieß es, Leben oder Tod, gefressen, oder der Drache kaputt. Er riss den Schild aus der Hand, beide lagen im Sand, sind schon wieder auf den Beinen, aber das Biest kratzt mit den Zehen, speit Feuer, aber die beiden sind auch nicht faul, sie streuten ihm Salz auf dem Schwanz und bohrten ihm die Mistgabel von hinten ins Drachenherz, dass er die Augen zusammenkniff. Das Tier krümmte sich wie ein Wurm vor Schmerz, zuckte mit dem Bauch, schlug mit dem Schwanz und spie lodernde Flammen. Der Drache, der im Sterben lag, rief dreimal hell und klar „Gelre", schnaubte noch dreimal und das Leben war zu Ende. Die beiden, die dachten darüber nach was dieses „Gelre" wohl zu bedeuten hätte. Weißt du was, sagte *er eine, wir fangen hier sofort an. Wir bauen eine Burg und eine Stadt, und mit der Flasche in der Tasche beschlossen sie, Geldern zu bauen. Denn den Drachen, das fiese Biest, hatten sie ja jetzt kaputtgeschlagen.)*

Viele Sagen mit geschichtlichem Hintergrund knüpfen sich an die Bauten der Vergangenheit. Besonders die Burgruinen mit ihrem zerfallenen Gemäuer sind geeignet, die Sagenbildung anzuregen. Auch im Kreise Geldern gibt es manche Burgsagen. Die Sache „Die Ruine von Wachtendonk" schildert uns die Erlebnisse eines Wanderers, der vor vielen Jahren in die Trümmer der „alten Wachtburg" eingedrungen war. Voll Staunen betrachtete der Eindringling die gewaltigen Grundmauern, die, vom Alter ergraut, doch noch Jahrhunderte überdauern konnten. Heilige, unheimliche Stille umgab den Einsamen, kein Geräusch von draußen drang durch die gewaltigen Mauern. Klopfenden Herzens stieg er die halbverfallenen Stufen in das Gewölbe hinab. Da erklangen hinter dem Wanderer feste Tritte. Bestürzt schaute er sich um. Sein Herz schlug hörbar. Zitternd zwängt er sich in eine Mauernische. In goldstrahlender Rüstung schreitet ein Ritter an ihm vorbei. Drohend ist sein Antlitz, fahl sind seine Wangen, glühend seine Augen. Vergebens scheint er etwas zu suchen. Plötzlich ruft er aus:

„Ein Fremdling bin ich gar auf eigenen Fluren, die Winde wehn mir meine Asche fort!

Wo Grafen kühn zu meinem Banner schwuren, wo Harf und Becher klangen im Saale dort, da ist dem Ahnherrn, ach, von all den Lieben, nur die Erinnerung einsam überblieben."

Darauf verschwand die Erscheinung. Allmählich erholte sich der Fremdling von seinem Schrecken. Leise huschte er aus dem Gewölbe, ohne sich noch einmal umzusehen, eilte er empor und freute sich, als er über sich die Kronen der Bäume erblickte und der Wind ihn umsäuselte. Jetzt erst überdenkt er das Erlebte. Er gedenkt der stolzen Ritter, die einstens mit Kraft auf dieser Burg schalteten, der Ritter, deren Ahnherrn er soeben gesehen hat. Alle sind dahingesunken, kaum, dass die Geschichte ihre Namen noch kennt. Und von ihrem einst so stolzen Stammsitze tragen nur mehr Trümmer in die Lüfte empor, und diese warten, bis auch sie die Zeit verschlingt. – Diese Sage erinnert den Menschen so recht an die Vergänglichkeit alles Irdischen. Die Welt ist ein Kind der flüchtigen Zeit. Der Mensch vermag die enteilenden Stunden nicht aufzuhalten. Nur kurze Zeit verweilt er hier auf Erden, was nützt ihm da auf die Dauer der Besitz irdischer Güter?

„Glas ist der Erde Stolz und Glück, die hohe Steinwand springt zu Fall, in Splitter fällt der Erdenball …"

Eine andere Sage versetzt uns zurück in die wilden Zeiten des Faustrechtes und des Raubrittertums. Vor Zeiten hausten in Wetten auf der starken Gesselburg trotzige Ritter, welche die Gegend weit und breit unsicher machten. Auf einem nächtlichen Raubzuge hatten sie einst eine ahnungslose Burg überfallen und alle Bewohner niedergemetzelt. Nur die Tochter des überfallenen Burgherrn wurde von den Mordknechten verschont und heimlich weggeführt. Sie sollte die Gattin eines Raubritters werden. Das Mädchen weigerte sich, einem Mörder die Hand zu reichen, der noch zudem den Tod ihrer Eltern und Verwandten auf dem Gewissen hatte. Um sie gefügig zu machen, wurde sie in einen Turm eingesperrt. Aber das Mädchen blieb standhaft. Als der Ritter sie eines Tages in sein Gemach hatte führen lassen und sie zum letzten Male fragte, weigerte das Mädchen sich wie zuvor. Da ergrimmte der Ritter so sehr, dass er sein Schwert zog und das wehrlose Mädchen meuchlings ermordete. Die Leiche wurde heimlich begraben, und damit schien die Angelegenheit abgetan zu sein. Aber nichts ist so fein gesponnen, es kommt doch endlich ans Licht der Sonnen! Siehe, eines Tages war an der Außenwand der Burg ein großer roter Fleck an der Stelle, wo das Zimmer sich befand, in dem die Unschuldige hingemordet war. Das Blut war durch die Mauer gedrungen. Vergebens suchte man die Wand reinzuwaschen, der rote Fleck wurde immer deutlicher, ja selbst das Wasser, mit dem er abgewaschen werden sollte, wurde zu Blut. Bald wurde dies in der Umgegend ruchbar. Man ahnte den Zusammenhang. Jetzt wusste man, wo das Mädchen geblieben war, von dem man seit Zerstörung der väterlichen Burg keine Kunde mehr vernommen hatte. Der Himmel selbst hatte die Untat geoffenbart. Das Volk von Wetten war über diese Schandtat der Ritter erbittert, aber in seinem ohnmächtigen Zorn konnte es nur die Rache das Himmels auf das starke Raubnest herabrufen. Diese traf auch ein. Wie die Geschichte berichtet, wurde die Burg „Gestelen" im Jahre 1584 durch die Staatischen eingenommen und in Brand gesteckt. Das Geschlecht der Raubritter starb aus. – Diese Sage will den Menschen mit Abscheu vor einer solchen Freveltat erfüllen und dem Frevler Angst und Schrecken einflößen; der Mensch soll stets bedenken, dass Gott allgegenwärtig ist und jede, auch die geheimste Tat sieht, und dass er in seiner Allmacht jede geheime Tat offenbaren und strafen kann.

Die Sage von der Freveltat auf der Burg Gesselt wird auch in anderer Form erzählt. Die Raubritter hatten einst auf einer benachbarten Burg ein Mädchen geraubt und hielten dasselbe gefangen. Als Lösegeld forderten sie von dem Vater der Jungfrau Auslieferung der Dienstmannen und Übergabe der Burg. Darauf konnte der Ritter nicht eingehen, er konnte und wollte seine Getreuen, die ihr Leben schon so oft für ihren Herrn in die Schanze geschlagen hatten, nicht ausliefern, selbst wenn er sein Kind dadurch verlieren sollte. Über diese Weisung ergrimmten die Raubritter. Sie ließen das Mädchen mittels einer Kette an der Spitze des Giebels befestigen. Dahin richteten sie eine Kanone, und die arme unschuldige Jungfrau wurde von einer Kugel zerschmettert. Von seiner Burg aus hatte der unglückliche Vater den Tod seines Kindes ansehen müssen. Wie sehr ihm diese übermütige Tat der rohen Ritter auf in der Seele brannte, als der Rächer seiner Tochter aufzutreten vermochte er nicht., dazu war er zu schwach. So blieb der Tod des Mädchens lange Zeit ungerächt. Der blutige Giebel, der noch heute zu sehen ist, und der allein von der ganzen Burg übrig geblieben ist, erinnert an diese grausame Tat jener Raubritter, deren Geschlecht längst ausgestorben ist.

Die Raubritter von Gesselt sollen dem sagenhaften Bunde der Teufelsritter angehört haben. Einstens ging der Teufel über Land und kam in die Niersniederung. Manche stolzen Burgen ragten dort empor, auf denen trotzige Ritter hausten. Das urwüchsige Leben dieser wilden Recken gefiel dem Teufel, und er wusste sich gar bald in deren Burgen Eingang zu verschaffen. Durch allerlei Versprechungen wusste er die Ritter zu gewinnen. Ihre Burgen sollten uneinnehmbar sein, stets sollten ihre Unternehmungen von Erfolg gekrönt sein, und in allen Kämpfen versprach er ihnen Sieg. Dafür mussten die Ritter ihm ihre Seele überlassen. Viele Ritter gingen auf dieses Bündnis ein, und schon bald machten die Folgen sich bemerkbar. Unsägliche Drangsale hatten die Bewohner dieser Gegend von den „Schwarzen Rittern" zu dulden, bis mit der Gründung der ersten christlichen Kirche in diesen Gegenden der Bund der Teufelsritter sich auflöste.

Nicht so alt wie obige Sagen ist die Sage von Hasepuetje und Grommelvaleer. Dieselbe ist aufgekommen, als infolge der unruhigen Zeiten der spanische Graf Spinola den Bau der Fossa Eugeniana, eines Rhein-Main-Kanals, einstellen musste. Im Anfange des 17. Jahrhunderts ´, um 1626, gehörte das Gelderland zu den Spanischen Niederlanden. Die Spanier suchten nun durch die Erbauung dieses Kanales Handel und Verkehr in diesen Gebieten zu heben. Eine ziemliche Strecke dieses Wasserweges war bereits fertiggestellt, da wurde die Arbeit plötzlich abgebrochen. Bald hatte das Volk den Grund vergessen, aus dem die Arbeit abgebrochen worden war, und das unvollendete, großzügig angelegte Werk barg so manche Rätsel, dass das Volk mit Vorliebe von ihm erzählte. In Holt bei Straelen ist die Fossa Eugeniana sehr gut zu verfolgen, an einzelnen Stellen, besonders an der holländischen Grenze, ist sie sehr breit und tief. Der Kanal führt hier den Namen „Grifft". Als Erbauer dieser Grifft nennt das Volk zwei reiche Bankiers, Hasepuetje und Grommelvaleer. Die Arbeit zog sich so lange hin und verschlang mehr Geld, als die beiden Unternehmer angenommen hatten. Als sie das merkten und sahen, dass dieses Unternehmen ihr ganzes Vermögen verschlingen würde, da betrogen sie die Arbeiter um den verdienten Lohn und flüchteten sich mit den unterschlagenen Geldern über die holländische Grenze. Die betrogenen Arbeiter waren darob mit Recht empört, und in ihrem Zorn verfluchten sie die Übeltäter. Dieser Fluch ging in Erfüllung. Der Reichtum brachte den beiden Unternehmern wenig Freude im Leben, und nach dem Tode mussten sie in finsteren Nächten auf feurigem Wagen auf den Höhen einherfahren zum Schrecken und zum Unheil für den einsamen Wanderer. So traf die Strafe Gottes diese beiden Männer für ihren Frevel und machte das Wort offenbar: „Jeder Arbeiter ist seines Lohnes wert."

An dieser Stelle verdienen noch einige Sagen aus der ältesten Zeit des Hl. Römischen Reiches deutscher Nation Erwähnung. Karl der Große, der Gründer dieses Reiches, der vielbesungene große Held des Abendlandes, hat auch der Sagenbildung in unserer Gegend manchen Stoff geboten. Er soll in unserer Heimat durch weise Gesetzgebung und durch strenge Ausführung der Gesetze Ruhe und Ordnung hergestellt haben. Daran erinnert noch das Steinbild, das im Herzog-Adolf-Garten in Straelen aufgestellt ist, und das den „Stärk Hormes", wie Karl im Volksmunde wohl genannt wird, darstellen soll. Ferner sorgte Karl der Große für die hiesige Gegend durch Anlage von Siedelungen und Straßen. So soll die „Karlstroet" bei Walbeck ihren Namen von Karl dem Großen empfangen haben. Auch für die Ausbreitung des Christentums in unserer Gegend hat Karl gesorgt. Er gab dem hl. Amandus den Auftrag, in heidnischen Gelderlande das Evangelium zu predigen. Bei seiner Missionsarbeit hatte der heilige Amandus großen Erfolg. Noch heutzutage ist bei Herongen der „Amanduspött" zu sehen, aus dem der Heilige das Wasser zum Taufen geschöpft haben soll. In wieweit diese Sage nun geschichtlich ist, mag dahingestellt bleiben. Jedenfalls steht die Tatsache fest, dass der hl. Amandus, der Missionar von Flandern und der spätere Bischof von Maastricht, der hier wohl nur in Betracht kommt, bereits um 600 gelebt hat und um 680 in dem Kloster Elno bei Tournai gestorben ist, also ein Jahrhundert vor der Zeit Karls des Großen (Karl der Große regierte bekanntlich von 768 – 814). Nichtsdestoweniger hat der Volksmund diese beiden hervorragenden Persönlichkeiten mit einander in Berührung zu bringen gesucht.

Karl der Große ist ohne Zweifel einer der größten Gestalten, welche die Weltgeschichte kennt. Es ist daher kein Wunder, dass sein Andenken weit über das Grab hinaus fortlebte, und dass sein Volk stets stolz war auf seinen Helden. Als später Friedrich I Barbarossa (regierte von 1152-1190) in seinem Streite mit dem Papste den Gegenpapst Paschalis III begünstigte, war Deutschland anfangs sehr unzufrieden. Es hatte gehofft, Barbarossa würde den Tod des Papstes Victor (+ 20. April 1164) zur Aussöhnung benutzen. Der Kaiser hatte dies auch gewollt, aber der damalige Erzbischof von Köln und Kanzler des Reiches, Reinald von Dassel, wusste die Aussöhnung durch die Aufstellung des Gegenpapstes Paschalis III (1164 – 1168) zu hintertreiben. Um nun Deutschland zu gewinnen, wusste Reinald den Papst Paschalis dahinzubringen, der Kanonisation oder Heiligsprechung Karls des Großen zuzustimmen. Die Verehrung dieses neuen Heiligen verbreitete sich nun namentlich am Rhein. Hier in unserer Gegend wurde bei Straelen eine Statue verehrt, die den hl. Kaiser darstellte und die von den Soldaten Karls des Großen ehemals aus einem großen erratischen Block gemeißelt sein sollte. Diesem Steinbilde wurde nun die Wunderkraft zugeschrieben, dass er allen jungen heiratsfähigen Mädchen, die zu ihm pilgerten, einen Verehrer und Bewerber ins Haus sende. Aus der ganzen Umgegend soll bei Nacht das junge Volk zu dem Steinbilde hingepilgert sein, um die Wunderkraft zu versuchen. Doch – das war einmal, die aufgeklärte Gegenwart soll ja an solche Wunderdinge nicht mehr glauben.

Mit der Geschichte haben mehrere Sagen offenbar nichts zu tun. Diese Sagen haben ihren Ursprung und Hintergrund anderswo. Ein gebirgiges oder hügeliges Land, das zerklüftet oder schwer zugänglich ist, und auch eine weite Ebene mit dichtem, endlosem Wald und weitem trügerischen, träumerischen Moor, wo eine fast unheimliche Ruhe herrscht, die nur kurz unterbro-

chen wird durch einen Kibitzschrei oder Enten-
ruf, die sind geschaffen für das Reich der Sage.
Die hier herrschende Einsamkeit und Schrecknis
des Ortes wirken ein auf die empfängliche Menschenseele. Oder auch Gewitterstürme, dichte
Nebel und andere Naturerscheinungen bieten
Stoff zu Sagenbildungen. So lässt sich wohl eine
andere Sage von Hasepuetje erklären, deren
Schauplatz ebenfalls die Grifft in Holt bei Straelen ist. Danach war Hasepuetje ein Arzt in Straelen. Einstens wurde er zu einem kranken Bauern
nach Holt gerufen. Der Arzt lebte nun mit dem
Bauern im Streit. Anstatt einer heilkräftigen Me-
dizin gab er dem Kranken absichtlich einen
Trank, der diesen bald ins Grab brachte. Als das
durch Zufall ruchbar wurde, ergrimmten die
Nachbarn sehr, und der Arzt musste vor ihnen
fliehen. Er flüchtete sich auf die Anhöhen an der
holländischen Grenze. Dort würden ihm die Erd-
wälle der Fossa oder Grifft, die Sandhügel und
die Moore, „Päddewater un Blanken" genannt,
wohl ein Versteck bieten. Aber die Bauern wussten den Bösewicht ausfindig zu machen und bald
waren sie ihm auf den Fersen. Vergebens floh
Hasepuetje von einer Anhöhe zur andern, die
Bauern waren hinter ihm her und trieben ihn von
Höhe zu Höhe der Stelle zu, wo „Druje Greef"
eine etwa 30 Meter breite und 25 Meter tiefe
Schlucht bildet. Dort hofften sie ihn zu fangen.
Hasepuetje kannte die Gegend nicht so genau,
und plötzlich gähnte vor ihm die steile Schlucht.

Was tun? Zurück konnte er nicht mehr. Dort keuchten die ergrimmten Bauern schon von allen Seiten mit Sensen und Dreschflegeln heran. Hinunter konnte er nicht, die Schlucht fiel steif ab. Ein Versteck gab es nicht. Widerstand – er hatte keine Waffe. So stand er da, hilflos, ratlos. Schon hatten die Bauern ihn fast erreicht, die von den Anstrengungen der Hetzjagd noch mehr erbittert waren. Jetzt sahen sie ihn. Da in seiner Not verkaufte Hasepuetje seine Seele dem Teufel, wenn dieser ihn in die Schlucht bringen wollte. Ein Anlauf, ein Schrei – und Hasepuetje stand wohlbehalten auf der anderen Seite. Höhnisch lachte er den Bauern zu und rief hinüber, sie sollten es ihm nachmachen. Aber seine übermütige Freude sollte nicht lange währen. Sofort beanspruchte der Teufel die Seele. Bereits in der folgenden Nacht begann die Strafe für den Mörder. In feurigem Wagen, eine glühende Pfeife im Mund, fuhr er über die Höhen und setzte immer wieder über die Schlucht, gleichsam ein zweiter Ahasver, der beim Hinübersetzen gern den Hals brechen möchte, um Ruhe zu haben. Aber vergeblich, denn ewig soll er keine Ruhe finden. – An der Stelle, wo Hasepuetje über die Schlucht setzte, sollen die Fußstapfen noch heute zu sehen sein, und die Höhe heißt noch heute „Hasepuetjes Berg".

Wie tief die Sagen um Hasepuetje sich beim Volke eingebürgert haben, möge eine kleine, wahre Episode zeigen. Eines Tages war ein Arzt aus Straelen zu einem Krankenbesuch nach Arcen gefahren, von dem er erst spät heimkehrte. Auf dem Heimwege blieb sein Pferd gerade in der Talsenkung stehen, welche die Landstraße bei der Durchquerung der Fossa bildet. Wahrscheinlich hatte das Tier gemerkt, dass sein Herr im Wagen schlief, und so benutzte es die Gelegenheit, sich auszuruhen, bevor es die vorstehende Höhe erklomm. Wahrscheinlich war dieser Vorfall von einem spät heimkehrenden Arbeitsmanne beobachtet worden. Am folgenden Morgen hieß es dann: „Vanne Nooch es den Docter an Hasepuetje angeholde worde."

„Gott lässt seiner nicht spotten." In der Nähe von Capellen liegt tief im Walde versteckt der „Geistberg". Vor Zeiten sollen hier stattliche Zinnen und Türme aus Waldesgrün hervorgeschaut haben; denn auf dem Geistberg stand das Schloss eines berühmten Rittergeschlechts. Der letzte Spross desselben war ein übermütiger, jähzorniger Herr, der es auch mit dem Kirchenbesuch nicht sehr ernst nahm. An einem bestimmten Tage erschien er aber regelmäßig zur Messe, das war Tag, an dem das Seelenamt für seine verstorbenen Eltern gelesen wurde. Als der Tag wiederum einmal gekommen war, da rüstete er sich für einen Jagdzug aus, gleich nach der Messe wollte er dem edlen Waidwerk obliegen. Weil er sich bei der Ausrüstung etwas verspätet hatte, eilte er mit Armbrust und Hunden sogleich zur Kirche. Doch die Feier hatte bereits begonnen, der Priester hatte zur bestimmten Zeit mit dem Seelenamte angefangen. Als der Graf das sieht, nimmt er voll Zorn, dass man sein Erscheinen nicht erst abgewartet habe, die Armbrust und erschießt den Priester am Altare. Für diese Freveltat ließ die Strafe Gottes nicht lange auf sich warten. In der Nacht brach ein furchtbares Unwetter los. Blitze zuckten hernieder, der Donne krachte, Bäume wurden durch den Sturm entwurzelt. Als das Gewitter endlich ausgetobt hatte und nach einer langen, bangen Nacht der Tag anbrach, da war das Schloss verschwunden. Ein kleiner Schutthaufen zeigte die Stelle, wo es gestanden hatte. So benutzte Gott die Natur, um das unschuldig vergossene Blut seines Dieners zu rächen.

Zu den Natursagen gehört auch die Sage von der „Düwelt". In dem alten Walbecker Kirchturm hing vor Zeiten ein schönes Glockenspiel, das von der Hand eines kundigen Meisters geschaffen war, zur Ehre Gottes und zur Freude der Bewohner von Walbeck. Denn herrlich erklang das Geläute an hohen Festtagen durch die morgendliche Stille. Eines Morgens waren die Glocken verschwunden. Lange suchte man sie vergebens. Endlich fand ein biederer Landsmann sie in einer Bauerschaft zwischen Walbeck und Twisteden. Aber wer hatte die Glocken aus dem Turm geschafft, und wie kamen sie in diese einsame Gegend? – Menschen konnten die Tat nicht so still ausgeführt haben, dass weder Pfarrherr noch Küster etwas gemerkt hatten. Hier hatte offenbar eine höhere Macht gewaltet, und das war offenbar der Teufel. In dem Turme konnte man die Löcher gut sehen, die der Satan mit seinen Pranken in die Turmwände geschlagen hatte, um bei seiner Arbeit festen Halt zu haben. Und die Bauerschaft, wo die Glocken aufgefunden waren, war in alter Zeit als Tanz- und Tummelplatz des Teufels bekannt. Nur mit Schaudern und Furcht zog der Wanderer durch die dunkeln Tannenwälder jener Ortschaft, und wenn die Zeit es ihm gestattete, machte er lieber einen kleinen Umweg, um jene schreckliche Gegend zu vermeiden. In Walbeck aber herrschte große Freude, als man meldete, die Glocken seien aufgefunden. Unter Beteiligung der ganzen Einwohnerschaft wurden dieselben im Triumphe zurückgeführt. Zur Erinnerung an diese Begebenheit führt die Gegend nordwestlich von Walbeck noch den Namen „die Düwelt".

Noch verschiedene Stellen im Kreise Geldern bezeichnet der Volksmund als Tummelplatz des Teufels. So war an einer Landstraße in der Nähe von Sevelen ein Schlagbaum, dort soll der Teufel lange Zeit sein Spiel getrieben haben. So wird erzählt, jeder Wagen, der nachts dort vorbeifuhr, sei von einer unsichtbaren Gewalt angehalten worden, und Pferd und Wagen hätten sich dreimal im Kreise herumdrehen müssen, ehe der Weg fortgesetzt werden konnte. Um nun diesen Spuk zu bannen, sollen früher die nächsten Anwohner daselbst ein geweihtes Kreuz errichtet haben. Dadurch sei die Macht des Teufels gebrochen worden. Solche und ähnliche Schauermären sind vielfach verbreitet. Fast jeder Kreuzweg und jedes Wegekreuz hat seine besondere Sage. So herrscht im Volke vielfach der Glaube, dass an den durch Kreuze bezeichneten Wegen Priester von Strauchdieben überfallen und ermordet seien. Die Seelen der Mörder aber könnten nach dem Tode keine Ruhe finden und müssten an der Stelle, wo die Freveltat geschehen sei, „umgehen". Manche dieser Sagen finden ihre Erklärung in der Abgelegenheit und Schrecknis des Ortes und in dem Aberglauben des Volkes; denn wenn man sich genauer erkundigt, findet man fast immer, dass die betreffende Stelle durch ein Kreuz gekennzeichnet ist, weil dort einmal vor Jahre ein Unglücksfall vorgekommen ist, oder dass fromme Seelen an geeigneten und landschaftlich schönen Stellen Kreuze aufgestellt haben, um etwa den Sinn des Wanderers auf Gott zu richten und ihn daran zu erinnern, dass er ein zwiefacher Waller ist, ein Wanderer von einer Stadt zur andern und ein Pilgrim aus dem Reiche der Zeit in das der Ewigkeit.

Schuld erfordert Sühne. Jeder Mensch muss für seine Vergehen büßen, durch opferwillige Buße lässt sich die Gottheit versöhnen. Diese Gedanken bringt folgende Sage zum Ausdruck: Südlich von Straelen, in der Bauerschaft Zandt, erhebt sich mitten in der Ebene ein kleiner Hü-

gel. Ringsum ist er von kleinem Buschwerk um-
kränzt, und seine Spitze wird von drei Eichen gekrönt. Dieser Hügel ist in alten Zeiten von einem
Mönch aus dem benachbarten Kloster Zandt zu-
sammengefahren worden, und zwar mit einem
Schubkarren. Der Mönch hatte gelobt, einen
Kreuzzug ins hl. Land mitzumachen, doch hatte
er die Gelegenheit dazu verstreichen lassen. Der
Vater der Christenheit sprach ihn nun von seinem Gelübde zwar frei, aber zur Strafe für seine
Bequemlichkeit musste der Mönch den Hügel
zusammenfahren. Der bereits bejahrte Mann
nahm es mit dieser Bußübung recht ernst. Ohne
Rast und ohne Ruh arbeitete er, um den „Kalva-
rienberg" noch vor seinem Tode zu vollenden.
Und als er den letzten Schubkarren Erde ange-
fahren und auf dem Gipfel des Hügels drei Eichen gepflanzt hatte, da brach sein müdes Auge.
Seine Lebensaufgabe hatte er erfüllt. Gott der
Herr im Himmel nahm die Seele seines bußferti-
gen Dieners zu sich in den Himmel, die sterblichen Überreste wurden auf dem Gipfel des Kal-
varienberges bestattet.

Jeder Ort im Kreise Geldern hat seine Wind-
mühle und seinen Mühlenberg, die alle mehr
oder minder von einem Kranze von Sagen um-
sponnen sind. So wird von einer Walbecker
Mühe erzählt, sie sei in früheren Zeiten der Eck-
turm eines Ritterschlosses gewesen, in dem der
Ritter seine Gefangenen eingesperrt und so lange
in Gewahrsam gehalten habe, bis ein hohes Löse-

geld für sie gezahlt wurde. Weil der Turm für diesen Zweck bestimmt gewesen, sei er besonders stark gebaut worden, und so habe er das ganze andere Gebäude überdauert und sei bis auf den heutigen Tag stehengeblieben.

Andere Berge beherbergen die Bergmännlein. Solches wird neben andern auch vom Straelener Mühlenberge berichtet, wo vor kurzem noch die alte Mühle, das liebe Wahrzeichen von Straelen, ihre Flügel ragend in die Lüfte streckte. Auch der Berg wird jetzt abgetragen. Als der Beschluss, die Mühle niederzulegen, bekannt wurde, hat Herr Rektor Fr. Brücker der Klage darüber seine Stimme geliehen und in einem schönen Gedicht die Sage des Mühlenberges behandelt. Danach hausten tief im Innern des Berges die Zwerge, die dort einen gewaltigen Schatz zusammengetragen hatten und denselben sorgsam und eifersüchtig bewachten. Lange Gänge führten durch die Erde vom Innern fast bis ans Tageslicht. Mancher kühne Eindringling soll den schimmernden und funkelnden Schatz tief unten im Erdinneren gesehen haben. Ihn zu heben ist keinem gelungen, trotz aller Anstrengungen, die freilich der Schatz wohl wert war, denn:

Wem des Schatzes Fund gelängt, Herr des Landes würd er sein! Wer gewänn den Hort im Berge, wär im Land der reichste Baas! Und das kluge Volk der Zwerge diente ihm an Niers und Maas!

Doch jetzt sind mit der Mühle auch die Bergmännlein und der Schatz verschwunden. Und nur die Erinnerung an dieselben wird im Volke fortleben.

Manche Sagen behandeln Stoffe aus dem alltäglichen Leben. Sie lehnen sich an das gewöhnliche Volksempfinden an, zeichnen die Hauptcharakterzüge der Bewohner der Niersniederung und geben uns einen Einblick in das Denken und Fühlen derselben. Die Grundlage des gelderländischen Volkes ist ein inniges Familienleben. Herzliche, opferwillige Liebe vereinigt Mutter und Kind. Das zeigt die Sage von Girita von Geldern. Die kleine Jutta, Giritas einziges Kind, war im Walde von einem Bären angefallen und so schwer verletzt worden, dass die Ärzte alle Hoffnung aufgaben. Da eilt die geängstigte Mutter in die Kirche und wirft sich vor das Bild der Gottesmutter nieder. Heiß und inbrünstig betet sie zur Mutter des Jesuskindleins:

„O Gottesmutter, erhalte mir mein Kind, du selber hast erfahren, was Mutterleiden sind." So fleht sie, und in ihrem Schmerze streckt sie die Hand nach dem Jesukinde aus:

„Und willst du mein Kindlein nicht retten, nehm ich deinen Knaben."

Und sie nimmt den Jesusknaben aus den Armen seiner Mutter und presst ihn stürmisch an ihr Herz.

Sieh, da neigt sich voller Leben tief der Jungfrau Angesicht, und die Mutter hört mit Beben, was Maria zu ihr spricht: „Aus des Lebens Wermutschalen Bitterkeit dein Herz umfloss, ach, des Mutterherzens Qualen keine so wie ich genoss! – Wohl, dein Kind, es soll gesunden, eh' des Morgens Stunde schlägt, aber auch die Spur der Wunden immerfort sein Antlitz trägt. Wie ein mahnendes Gewissen bleibt die Unzier dir zum Harm, weil verzweifelnd du gerissen mir den Sohn vom Mutterarm."

Die Worte Mariens gingen in Erfüllung. Jutta genas, aber die Wunde behielt sie ihr ganzes Leben lang. Girita war durch dieses Wunder der Gottesmutter tief bewegt. Sie gelobte, auch das bitterste Leiden fürderhin mit Ergebung zu tragen. Und sie hat ihr Gelöbnis treu gehalten. Sie erzog ihr Kind in Gottesfurcht und starb nach einem heiligmäßigen Leben als Vorsteherin des Klosters zu Essen.

„Zuvor getan, hernach bedacht, hat manchen in groß' Leid gebracht." Übereifriges Handeln in wichtigen Angelegenheiten ist unverzeihlich, denn es kann einen Schaden anrichten, der nicht mehr gut zu machen ist. – Dem Grafen von Knesebeck zu Frohnenbruch waren mancherlei Wertsachen entwendet worden, und eine Magd wurde des Diebstahls bezichtigt. Obwohl die Magd ihre Unschuld beteuerte, schenkte der Herr ihr keinen Glauben. Jeder Frevler beteuere seine Unschuld, sie solle das gestohlene Gut herbeischaffen, sonst lasse er sie enthaupten. Und als das Mädchen bei der Beteuerung seiner Unschuld beharrte, ließ der Graf die Arme zum Richtplatz schleppen. Bevor aber ihr Blut geflossen, sprach sie den Fluch aus über den Ritter und sein ganzes Haus. Dann sank ihr Haupt unter dem Schwerte. Kaum war die Hinrichtung geschehen, da überbringt ein Arbeiter dem Grafen ein Rabennest, in dem der vermisste Schmuck sich befand. Beim Fällen eines Baumes hatten die Arbeiter das Nest gefunden und so den Dieb entdeckt. Als der Graf das sah, erfasste ihn jähes Entsetzen. Vergebens bereute er sein vorschnelles Handeln. Der Fluch des Mädchens fällt ihm ein, und bange Sorge um die Zukunft erfasst ihn. Es leidet ihn nicht mehr auf seinem Gute, für immer verlässt er Frohnenbruch. Einsam verbrachte er den Rest seines Lebens. Der Gedanke an das unschuldige Mädchen ließ ihm keine Ruhe. Er starb einsam und verlassen, und mit ihm ging sein Geschlecht zu Ende.

Ein Stück volkstümlicher Rechtanschauung liegt in der Strafe, die den Grenzfrevler trifft. Nach dem Tode muss er „umgehen", mit dem Stein auf der Schulter, den er versetzt hat. In Straelen lebte vor Zeiten ein Mann, der es mit dem Eigentum der Nachbarn nicht genau nahm. Einstmals in einer dunklen Nacht stand er von seinem Lager auf und versetzte die Grenzsteine zwischen seinen Äckern und denen der Nachbarn. Doch nicht lange sollte er an dieser unredlichen Vergrößerung seines Besitztums Freude haben. Der Schlag rührte ihn, und bald weilte er nicht mehr unter den Lebenden. In seinem Grabe konnte der Unglückliche keine Ruhe finden. Stets drückte ihn das unrechte Gut, das er sich erworben hatte, und von dem jetzt seine Nachkommen ernten würden zum Schaden der Nachbarn. In der Geisterstunde verließ er sein Grab, das ihm zu eng wurde. Er eilte zu dem Acker und grub den Grenzstein aus. Bei dieser Arbeit wurde er von Leuten gesehen und beobachtet. Da sah man denn, wie der Unglückliche den schweren Stein auf seine Schulter lud und die Grenzfurchen entlang lief, indem er stets die Worte wiederholte: „Woe loet eck de Poel, woe loet eck de Poel?" In den folgenden Nächten wiederholte sich der Vorgang. Die Unruhe des armen unglücklichen Mannes ging den Nachbarn zu Herzen, und sie beratschlagten, wie ihm zu helfen sei. Sie stellten an der Stelle, wo der Grenzstein rechtlich hingehörte, ein kleines Holzkreuz auf, auf dem die Worte standen: „Set de Poel doe neer, woe hen hergehört." Als die unglückliche Seele in der folgenden Nacht dieses Zeichen und die Worte sah, eilte sie dort hin, grub den Stein ein und verschwand. Das Kreuz war verschwunden, und die Seele wurde nicht mehr gesehen. Sie hatte endlich die Ruhe des Grabes gefunden.

Die Kinder dieser Welt sind oft sehr klug in ihrer Art. Die Wahrheit dieses Wortes zeigt folgende Sage: In der Nähe von Hinsbeck lebte vor geraumer Zeit ein Bauer, dessen Hof ganz verschuldet und in überaus schlechtem Zustand war. Eines Tages ging er über Land und dachte nach, wie er wohl zu einem neuen Hofe kommen könnte, oder wie er wenigstens aus seiner misslichen Lage befreit würde. Als er so mit seinen Gedanken beschäftigt war, stand plötzlich ein feiner Herr vor ihm, der sich voll Mitgefühl nach dem Grunde seines Kummers erkundigte. Und als der Bauer ihm seine missliche Lage offenbart hatte, da meinte der Herr, ihm wohl helfen zu können. Er selbst wolle ihm das nötige Geld für einen schönen neuen Hof verschaffen. Dafür sollte der Bauer ihm seine Seele verschreiben. Doch dieser war damit nicht einverstanden. Er ahnte wohl, welchen „Herrn" er vor sich hatte, und er dachte, dieser Meister der schwarzen Kunst könne ja jeden Augenblick seine Seele von ihm fordern. Er äußerte sich daher dem Teufel gegenüber, wenn er sich einen neuen Hof baue, dann wolle er doch in seinem Leben noch recht viel Genuss davon haben, und deshalb solle der Teufel ihm noch eine genügende Lebensfrist gewähren. Nach einigem Hin und Herreden einigte man sich auf vierzehn Jahre. Während dieser Zeit wollten sie sich in die Ernte teilen. In einem Jahre sollte der Bauer alles haben, was über der Erde wachse, und der Teufel alles das, was unter der Erde wachse. Im folgenden Jahre sollte es dann umgekehrt sein, und so sollte es die vierzehn Jahre hindurch fortgehen. Da war der Bauer zufrieden. Er dachte: Kommt Zeit, kommt Rat. Und wenn das Jahr kam, wo der Teufel die Ernte über der Erde ha-

ben sollte, da pflanzte der Bauersmann Kartof-
feln, Möhren, Rüben, also alles, was unter der
Erde wuchs. Im andern Falle baute er Kappes,
Salat an und säte Gemüse. So ging der Teufel immer leer aus. Da kam er eines Tages zum Bauern,
schimpfte und wetterte und sagte: „So kann es
nicht weitergehen. Wir wollen einen Wettkampf
eingehen. Wer einen Stein am weitesten werfen
kann, der soll der Sieger sein, dem soll der Hof
gehören." Dem Bauern klopfte das Herz, als er
das hörte. Doch er dachte, den Teufel vielleicht
noch einmal überlisten zu können und so auch
seine arme Seele zu retten. So ging er denn auf
dem Vorschlag ein, freilich zitternd und zagend.
Der Teufel sah die Angst des Bauern und lachte
höhnisch in seiner stolzen Siegeszuversicht. Er
dachte nicht daran, dass der Verstand des Bauern fieberhaft arbeitete, um einen Ausweg aus
dieser furchtbaren Lage zu finden. Da blitz-
schnell steht ein ganzer Plan vor der Seele des
Landmannes. Der Bruder des Bauern, ein from-
mer Mann, stand als Feldgeistlicher in der Fremde beim Heere. Der Umstand musste ihn retten.
Der Teufel hatte sich einen gewaltigen Felsblock
gesucht, den schleuderte er fort, wohl eine Meile
weit, bis auf den „Bosberg". Jetzt war die Reihe
an dem Bauern. Soweit konnte er natürlich nicht
werfen. Nichtsdestoweniger suchte er sich einen
schönen, glatten Stein. Dann trat er ruhig vor den
Teufel hin und sprach: „Mein Bruder weilt im
Kriege, ich weiß aber nicht, wo er sich gegenwär-

tig befindet, ob in Holland oder Belgien oder
Frankreich. Wenn ich den nur nicht tot werfe."
Da wurde der Teufel stutzig, als er den Bauern so
ruhig vor sich stehen sah. „Hoho", sagte er,
„wenn du so weit werfen kannst, dann versuche
es nur gar nicht. Den Hof will ich dir überlassen.
Denn wenn du deinen Bruder träfest, würde der
straks gen Himmel fahren. Den habe ich nämlich
noch nicht genügend bearbeiten lassen." – „So",
sprach der Bauer, „du hast mir den Hof überlassen. Jetzt will ich dich hier nicht mehr sehen." Da
sah der Teufel ein, dass er, der Vater der Lüge,
sich zweimal hatte übertölpeln lassen. Fluchend
und zähneknirschend machte er sich von dannen. Der vom Teufel geworfene Stein auf dem
Bosberg (Buschberg) hat den Namen Teufels-
oder Blutstein erhalten. Wenn man denselben
mit einem härteren Gegenstand verwundet, soll
Blut herausfließen.

Verhängnisvoll kann der Teufel denjenigen
werden, die sich übermäßig und leidenschaftlich
dem Kartenspiel hingeben. Er stachelt die Leidenschaft der Spieler an, spielt bisweilen selbst
mit und gewinnt Hab und Gut und Seele der
Spieler: Einst saßen drei Bauern in der Sylvester-
nacht im „Schwarzbruch" bei den Karten und
spielten um hohes Geld. Die Leidenschaft leuchtete ihnen aus den Augen. Da kam ein vierter
hinzu, ein unbekannter, unheimlicher Geselle.
Gar bald war er am Spiele beteiligt. Immer höher
wurden die Einsätze, von den Zehnern gings in

die Hunderte, und fast jeder Gewinn fiel dem Unbekannten zu. Wiederum galt es einem großen Einsatz, da fiel einem Bauern eine Karte herunter. Er bückte sich, um sie aufzuheben. Da – leichenblass - kam er unter dem Tische zum Vorschein. Er hatte unter dem Tische bei seinem Gegenüber den Pferdefuß erblickt. Sofort war bei ihm die Spielleidenschaft verschwunden, er wusste jetzt, wer der unbekannte Vierte war. Heimlich ging er hinaus und sagte seiner Frau Bescheid. Und als diese mit Weihwasser und einer geweihten Palme in die Stube trat und den christlichen Gruß sprach, flogen die Fenster auf und der unheimliche Gast war verschwunden. Ein Schwefeldunst erfüllte das Zimmer. Da wussten auch die beiden andern Bauern, mit wem sie gespielt hatten, und nie wieder haben die drei eine Spielkarte angerührt.

Eine andere Überlieferung berichtet, der Teufel habe sich, als er den christlichen Gruß hörte, in einen schwarzen Hund verwandelt und unter Tisch und Bank verkrochen.

Die Sage ist ein Erzeugnis des Volksempfindens, und dieses wird in mancher Hinsicht von der äußeren Natur beeinflusst. So kommt es, dass fast jede Gegend ihre spezifischen, d. h. der betreffenden Gegend eigenen, Sagen hat. Im Moor- und Heideland, in waldreichen Gegenden findet man andere Sagen als in solchen Ebenen, wo vorzugsweise Ackerbau betrieben wird. Und wiederum trifft man Sagen vom Berggeist vorzugsweise in Gebirgen und dort, wo Bergbau betrieben wird. Neben diesen Ortssagen gibt es solche, die Gemeingut einer ganzen Nation geworden sind, sogenannte Nationalsagen. Hier sind vor allem die nationalen Heldensagen zu erwähnen. Der Kern der Nationalsagen ist überall derselbe, nur kommen hin und wieder lokale Zusätze und dialektische Abweichungen vor. Auch bei verschiedenen Völkern kann man vielfach nahe Übereinstimmungen entdecken. Eine solche im ganzen deutschen Vaterlande verbreitete und auch in unserer Gegend wohl bekannte Sage ist die vom Alp oder Mahr.

Diese Sage lässt sich bin in das heidnische Altertum zurückverfolgen. Im altgriechischen Volksglauben finden wir die Schreckgestalten der Empusen, Lamien und Mormolyken. Mormo war bei den Griechen ein geheimnisvolles, gespenstisches Wesen. Empusa nannten sie ein von der Mondgöttin Hekate gesandtes Nachtgespenst. Lamia endlich war die Tochter des Meergottes Poseidon oder Belos. Wegen ihrer Schönheit wurde sie vom höchsten Gott oder Göttervater Zeus zu seiner Geliebten erkoren. Doch darüber war die Göttermutter Hera eifersüchtig, und in ihrem Zorn raubte sie die Kinder der Lamia. Letztere verfiel darüber in Wahnsinn, und in ihrer Rache raubte und tötete sie alle Kinder, die in ihre Hände fielen. Nach diesen drei göttlichen Wesen sind die Mormolyken, Empusen und Lamien benannt worden. Es waren geheimnisvolle, schöne weibliche Dämonen, welche den Jünglingen das Blut aussogen und das Fleisch derselben verzehrten. Auch raubten sie Kinder, und deshalb drohte man Kindern mit denselben. Diese geheimnisvollen Wesen leben in den Sagen und Märchen der Griechen bis heute fort.

Von Griechenland haben diese Sagen sich dann über die ganze Balkanhalbinsel und die Donauländer verbreitet. Hier werden diese Schreckensgestalten Vampire genannt, und man versteht unter denselben Geister von Verstorbenen, die des Nachts ihre Gräber verlassen, um Lebenden das Blut auszusaugen und sich so zu ernähren.

Von hieraus hat der Grundgedanke der Sage sich donauwärts bis nach Deutschland verbreitet. Als Abarten der Vampire kann man die „Nachzehrer" in der Mark Brandenburg, die „Blutsauger" in Preußen und den „Gierfraß" in Pommern bezeichnen. Ein furchtbarer Aberglaube liegt diesen Sagen zugrunde. Man glaubt, auch hier an die verderblichen, totbringenden Nachstellungen von seiten verstorbener Menschen. Wenn ein Familienmitglied dem andern rasch in den Tod folgte oder nach dem Tode eines Anverwandten hinsiechte, so glaubte man an Nachstellungen solcher „Gierfresser" oder Blutsauger. Und dieser Aberglaube hat manchmal zu entsetzlichen Friedhofentweihungen und furchtbaren Leichenschändungen geführt. Man glaubte nämlich, solche Unglückliche von den Nachstellungen der

Geister befreien zu können, indem man das Grab öffnete und dem Toten mit einem Holzscheite das Haupt abschlug oder ihn mit einem Nagel an seinem Sarg befestigte.

In Süd- und Nordwestdeutschland sind diese Sagen nicht so schauerlich. In Oberdeutschland nennt man die Quälgeister „Schrat" oder „Schrätele", auch wohl „Dude", in Mittel- und Niederdeutschland, besonders auch in unserer Gegend, „Mahr", „Alp" oder „Elfen". Das Wort „Elfen" ist im 18. Jahrhundert aus dem Englischen in die deutsche Sprache eingeführt worden, für die hochdeutsche Form „Elben". Die mittelhochdeutsche Bezeichnung hierfür lautet in der Einzahl „Alp", und dieser Ausdruck ist in unseren jetzigen Sprachgebrauch eingegangen. Die aus dem Englischen stammende Bezeichnung weist darauf hin, dass die Sage in unserer oder wenigstens in einer ihr ähnlichen Form vorkommt. Auch in Dänemark ist die Sage verbreitet. Hieran erinnert der Ausdruck „Erlkönig". In dem goetheschen Gedichte „Der Erlkönig" sind solche sagenhafte Geister gemeint, die gern Kinder an sich locken und töten, um in den Besitz der Seelen zu gelangen. Der Ausdruck Erlkönig ist eine unrichtige Übersetzung des dänischen eller- oder elverkonge – Elfenkönig. Sie stammt von dem deutschen Dichter Herder und wurde von Goethe später übernommen.

Das Volk in unserer Gegend erzählt, der Mahr oder Alp sei die Seele eines Menschen, die ihren

Leib verlässt, um andere Leute zu quälen. Dieser Quälgeist kommt durch das Schlüsselloch und gleicht einer Schlange. Andere Leute schildern ihn als unförmliches Wesen, das über den Boden dahinrollt. Es fällt den Menschen bei Nacht an, legt sich auf seine Brust und drückt sie dermaßen, dass der Mensch nur schwer Atem holen und sich kaum regen kann. Am andern Morgen erwacht der Gequälte dann aus einem unruhigen Schlaf, vollständig in Schweiß gebadet. Durch verschiedene Verslein kann man den Mahr von sich bannen.

Häufig werden auch Tiere, besonders Pferde, vom Mahr angefallen. Dann kann man sie am folgenden Tage wohl schäumend und schweißtriefend stehen sehen, und im Volksmunde heißt es dann: „Die hat der Mahr geritten."

Der Sage liegt der Glaube an eine selbsttätige Seele zu Grunde, die ihren Körper verlassen kann. Bei den Menschen, deren Seele als Mahr wandelt, soll bei der Taufe eine Zeremonie vergessen worden sein. Dadurch, dass man den Mahrsüchtigen noch einmal tauft, erlöst man diesen, und von sich selbst hält man den Mahr fern.

An dieser Stelle verdient noch Erwähnung die Sage von der Mittagsfrau oder dem Mittagsdämon. Dieser Dämon, der gewöhnlich eine weibliche Gestalt annimmt, geht im September in der Mittagszeit über die Felder und quält die Arbeiter, die sich zu kurzer Rast dem Schlummer überlassen, mit furchtbaren Träumen oder tötet

sie. Die in der Mittagshitze nicht seltenen Un-
glücksfälle wie Hitzschläge und ähnliche mögen
zu dieser Sage Anlass gegeben haben. Dieser
Aberglaube ist sehr alt. Jetzt findet man die Sage
von der Mittagsfrau hauptsächlich in Nordwestdeutschland, also auch in unserer Gegend; früher
war sie besonders bei den Slawen verbreitet.
Aber auch im Altertum war diese Sage anscheinend schon bekannt. Bereits im Alten Testament
der Heiligen Schrift, im Psalm 90, Vers 6, wird
der Mittagsdämon erwähnt. Es ist hier ein bildli-
cher Ausdruck für „die Seuche, die am Mittag
verwüstet", wie es im hebräischen Text heißt.
Damit sind die schädlichen Ausdünstungen gemeint, die auf den Feldern in der Mittagshitze
wohl entstehen und Krankheiten hervorrufen
können.

Neben den bereits eingeführten Sagen leben
in einzelnen Bezirken unserer engeren Heimat
noch andere fort. Doch der Kreis, in dem die
Volksüberlieferung noch wurzelt, wird mit jedem Jahrzehnt kleiner. Aus den Städten ist die
Volksüberlieferung schon längst verbannt.
Schauen wir nur einmal auf das Volkslied. In früheren Zeiten, vor einem halben Jahrhundert, war
in unserer Heimat das volkstümliche Lied noch
beliebt und gepflegt. Ältere Leute erzählen gern
von der sangesfrohen und sangesreichen Vergangenheit. Bei der Arbeit wurde gesungen, denken
wir nur an das „Reeplied". Und abends nach des
Tages Last und Mühe wurde das gesellige Leben

erst recht gepflegt. Bald versammelte man sich bei diesem, bald bei jenem Nachbarn zu lustiger Unterhaltung und fröhlichem Gesang. Die Frauen spannen und strickten, die Männer rauchten eine Pfeife, und dabei wurden dann die beliebten Volkslieder gesungen. Mögen hier zwei zum Beispiel angeführt werden, und zwar ein weltliches und ein geistliches Lied. In dem ersten, das bei alten Leuten noch wohl bekannt ist, wird in der Anfangsstrophe auf den Inhalt hingewiesen. Diese erste Strophe lautet:

„Kommt hier al bey en hoort en klucht, ik sing von Pierlala, en drollig ventje, voll genucht, de vreugt van zyn Papa. Wan in zyn leven is geschied, dat zult gy hooren in dit lied: Et is al von Pierlala."

Und dann werden in den folgenden Strophen die Streiche des „Helden" erzählt. Neben den weltlichen Liedern wurden in den hl. Zeiten des Kirchenjahres auch geistliche Lieder gesungen. So vertrat in der Festlichkeit die sogenannte „Poossij" (Passionsgeschichte) die Stelle des gemeinsamen Rosenkranzgebetes. Die erste Strophe dieses Liedes lautet:

„Hier es et begenn van et bettre lyden, van onze Hier hochgebenediede, den onz von zonden heeft verloest, dat het syn dierbar bloed gekoest, dort Ada wore wey verloere, mar Jesus het ont oitverkoere; hen es va synne thruen gegan, on het vor onz de schold betan."

Und der Verrat des Judas wird also geschildert:

„Judas het et sehr verdroete, hen geng stroks tut syn soldoete, vor darteg pännenge on hiet mier verkooch hen Jesus, synen hier."

Dieses Lied bestand, wie erzählt wird, aus 124 Strophen. Jede Mutter lehrte es ihren Kindern. Bisweilen trifft man auf dem Land noch alte Leute, welche die Strophen noch aus dem Gedächtnis hersagen können. Doch das sind längst vergangene Zeiten. Und wie das eigentliche Volkslied aus dem Leben fast ganz verschwunden ist und den neueren Gassenhauern und Operntexten immer mehr hat weichen müssen, so geht es auch bald vielleicht mit den Sagen, wenn sie nicht gesammelt werden. Wenn der Arbeiter abends heimkehrt, dann sehnt er sich nach Ruhe. Die hastende, schnellebige, nach Gewinn strebende Gegenwart verlangt tagsüber seine ganze Kraft, und so ist er abends zufrieden, wenn er Zeit findet, eben aus der Zeitung die Tagesneuigkeiten zu ersehen und ein wenig Politik zu studieren, die ihre Wellen bis in das entfernteste und einfachste Hüttlein schlägt. Der so nüchterne Sinn ist heute fast nur mehr auf das Nützliche und Praktische gerichtet. Wo sollte man da die Zeit zum Singen und Erzählen hernehmen?

Der Duft der Blumen

Karon Alderman

Ich schaue von meinem Turm herab. Wenn das Nachmittagslicht in Dunkelheit übergeht, stellen sich meine Augen darauf ein, und ich sehe - alles - klar wie der Tag, könnte man sagen, jede Bewegung jedes kleinen Lebewesens unter mir.

Der Zauberer Gwydion - was für ein übler alter Mann er war, in diesen stinkenden Gewändern, die er nie gewaschen hat, mit seinem Bart voller Essensresten und seinen Zähnen wie alte flechtenbefleckte Grabsteine - sagte, ich sei eine böse, treulose Ehefrau gewesen, und er würde mich bestrafen. Er hob seinen dummen, knorrigen Stock hoch, seinen Stab, seine „Macht", wie er ihn nennt, und schlug dreimal hart gegen die alte Eiche.

Aber ich bin etwas voreilig. Ich war nie gut darin, am Anfang zu beginnen. Ich erinnere mich nicht an die Zeit davor - aber wer weiß davon schon? Ich wusste nicht, dass ich etwas Besonderes bin, anders als andere Mädchen. Aber der Zauberer Gwydion der stinkenden Gewänder sagte zu mir: „Du, Blodeuwedd, Flora, Blumenmädchen, du bist eine neue Kreatur, eine Frau, die ganz aus Blumen gemacht ist! Deine perfekte blütenblattgleiche Haut", und er streckte die Hand aus, um mich zu berühren, während ich mich zurückzog - „dein goldenes Haar, das aus dem gelben Ginster gemacht ist, dein Blumenduft", und hier schnüffelte er an mir, während ich zurückwich, bis mein Rücken sich hart gegen die knorrige Rinde der Eiche presste.

„Und du", sagte er, „bist erschaffen worden - von mir!" Er schlug mit dem alten Stock, wedelte mit dem Arm und blies seine Brust auf: „Für einen einzigen Zweck erschaffen! Um meinem lieben Freund, Lleu Llaw Gyffes, eine gute Ehefrau zu sein".

Da fiel mir der große Mann neben ihm auf - einer dieser unscheinbaren Jungen, die wie alle und keiner aussehen. Ich rollte die Worte in meinem Mund: Frau ... Lleu ... der Glänzende, die geschickte Hand ... Oh, ich glaube nicht.

Ich habe es versucht - ich hatte nicht gerade viele Möglichkeiten; da ich auf einmal aus Blumen geschaffen worden war, erhielt ich keine Ausbildung. Ich hatte nur den Instinkt der Blumen, der mich führte. Aber Lleu war so ein langweiliger Junge, der sich mehr für seine andauernden Streitigkeiten mit seiner Mutter interessierte. Um Himmels willen, wollte ich ihm sagen: Wenigstens hast du eine Mutter! Aber man konnte nicht mit ihm reden. Ich meine, ich konnte reden, aber es gab kein Zuhören von ihm. Und die Stunden, die er mit seinen Trainingseinheiten verbrachte, mit den Waffen, die er seiner Mutter trotz ihres Fluches abgeluchst hatte, mit dem

Laufen übers Land, immer schneller, um hier und da noch eine Sekunde einzusparen, als ob es nur darauf ankäme, wie schnell man sein kann ... Das bedeutete natürlich, dass er eines Tages etwas eher zurückkam, als ich erwartet hatte, und er erwischte mich und den Nachbarn beim Sex. Es ist erstaunlich, wie wütend Männer werden, wenn so etwas passiert. Es war ich oder er, da gab es keinen Zweifel, er oder ich. Nicht, dass er leicht zu töten war, so in Zaubersprüche gewoben, wie er war.

Und natürlich, nachdem wir Lleu mit einem Speer durchbohrt hatten, hörte Gwydion gar nicht mehr auf: böse, treulos, Verräter, böser Killer ... oh blah de blah. Warum hat er mich aus Blumen gemacht, wenn er nicht wollte, dass ich kopuliere, dass ich verschwenderisch bin, dass ich offen bin für alle, die kommen? Warum hat er mich aus Blumen gemacht, wenn er nicht wollte, dass der Tod folgt?

„Zur Strafe", sagte er und schlug mit seinem Stock auf die Eichenrinde, „wirst du immer eine Ausgestoßene der Nacht sein, kreischend in der Dunkelheit, für immer von den warmen goldenen Fenstern der Häuser weggemobbt und gejagt."

Und er verwandelte mich in eine Eule - meine Blütenblatthaut wurde zu Federn, meine feinen langen Fingernägel bogen sich zu Krallen, und meine prallen Lippen erstarrten zu einem spitzen scharfen Schnabel.

Ich sitze auf meinem Zweig, meine goldenen Augen geben mir alle Wärme, die ich brauche, und meine feinen Federn flattern in der Brise. Ich hebe meine Krallen an meinen Schnabel und reiße das weiche Fleisch meiner Beute. Es ist gut, so gut.

Wenn ich im Vorüberfliegen schreie, ist es nicht Trauer, sondern heftiger Jubel darüber, dass es mir gut geht, federig und frei.

Hannibals Kriegskasse

Willi Basler

Jeder kennt den Königssee – berühmt durch das Echo an einer Felsenwand und die wunderbare Aussicht auf St. Bartholomä und den Obersee bei einer Fahrt mit den Elektrobooten. Fast 50 Jahre ist es nun her, dass ich zusammen mit Freunden regelmäßig die Überfahrt machte – denn am Fuße des Steinernen Meeres lag die damals längste Höhle Deutschlands, die Salzgrabenhöhle.

Um dort Forschungen vorzunehmen, musste man mit dem Schiff nach Bartholomä, zwängte sich also mit schwerem Gepäck zu den Touristen ins Boot, ertrug geduldig die schon so oft gehörten Erklärungen des Bootsführers und dazu das manchmal recht klägliche Trompetenspiel, das die Existenz des Echos nachweisen sollte.

Wenn dann die Echowand hinter uns lag, Bartholomä in Sicht kam und der Bootsführer sich wieder berufsmäßig korrekt verhielt, um sein Trinkgeld zu zählen, wurde es ruhig. Man konnte sich an der Aussicht erfreuen und kontemplativ auf die kommenden Tage unter der Erde vorbereiten. Noch ein Wbisschen die Sonne und Wärme genießen, bevor wir für mehrere Tage in die Höhle einfuhren. Wenn da nicht immer die

Neugier der mitfahrenden Touristen gewesen
wäre …

Schwere Rücksäcke mit Seil, Kletterhelm und
Karbidlampen, dazu schmutzige Lederbergstiefel
– ja, wir unterschieden uns schon recht deutlich
von all den Anderen. Und wir wurden leider
nicht nur angestarrt, sondern auch immer ausge-
fragt: „Wo wollt IHR denn hin, was habt IHR eigentlich vor …" Reichlich entnervt von der Fra-
gerei eines Ehepaares mit zwei Kindern, legte ich
los:

„Ihr habt das mit dem Bergsturz gehört, der
den Obersee vom Königssee trennte? Wisst ihr
auch, wann und wie das passiert ist?"

Kopfnicken, also ja bei den Eltern.Und da es
der Bootsführer eigentlich erklärt hatte, gelang-
weiltes Kaugummikauen bei den Kindern. Da
musste ich wohl deutlich nachlegen.

„Da ist der Hannibal mit seinen Elefanten
schuld, der wollte ja unbedingt über die Alpen
um Rom zu überfallen und damit das auch
klappt, hat er so an die 100 Elefanten und 30.000
afrikanische Krieger dabei gehabt."

Die Augenbrauen der Eltern gehen leicht nach
oben, die Kinder haben die unappetitliche Mas-
sage des Kaugummis aufgehört, dafür stehen
beide Münder nun offen. Großzügig verfälsche
ich die Marschroute von Hannibal:

„ Also eigentlich weiß ja jeder, dass die Leute
in der Armee vom Hannibal echt super diszipli-

niert waren. Im Gleichschritt – auch die Elefanten – über die Alpen - das müsst ihr euch mal vorstellen! Von hier aus erst mal in Richtung Südtirol – wegen dem Wein – dann weiter nach Rom, das war der Plan."

Keine wirklich deutliche Reaktion bei den Kindern. Die Eltern schauen weiter skeptisch.

„Kennt ihr eigentlich den Prof. Dr. Pierluigi Corleone von der Universität in Bergamo? Der hat da einige Fernsehsendungen zu seinen Hannibal-Forschungen gemacht!"

Jetzt habe ich sie. Bestätigendes Nicken der Eltern, sie wollen die Unkenntnis nicht zugeben. Und der Professor ist natürlich frei erfunden

„Der hat da am Obersee" – ich deute dazu in die Fahrtrichtung – „nahe bei der Reiteralpe tatsächlich Elefantenzähne ausgebuddelt. Müsst ihr Euch vorstellen: Elefantenzähne! Zuerst hat man die ja für Mammutzähne gehalten – aber die Zeitbestimmung machte schnell klar, dass das eindeutig in die Zeit von Hannibal zurück ging. Wenn das kein Beweis ist!"

Erst mal Luft holen, dann weitermachen – jetzt war ich natürlich nicht mehr aufzuhalten.

„Denn die Elefanten mit Ihrem Gleichschritt haben das Kalksteinmassiv des Steinernen Meeres in Eigenresonanz gebracht, den Bergsturz ausgelöst und damit einen Teil vom Königssee abgetrennt, eben den jetzt Obersee genannten Teil. Logisch, dass viele Elefanten den Bergsturz nicht überlebt haben – daher also die Zähne. Und in einem Museum in Bozen sind einige davon nun ausgestellt, kann man sich angucken, solltet ihr auch mal hin!"

Nun werden auch andere Mitfahrer im Boot aufmerksam und drehen sich in unsere Richtung. Es wird also Zeit, nochmals „einen Zahn zuzulegen" und die Geschichte phantasievoll weiter auszubauen.

„Und das Schlimmste war ja – nein, nicht das mit den Elefanten, die hatten eh mit dem Wetter hier zu kämpfen, hatten Grippe und so – nein, stellt Euch vor: die Kriegskasse vom Hannibal ging auch hopps. Einfach weg, futsch, im Bergsturz verschwunden - zusammen mit den meisten Elefanten und vielen Soldaten! Stellt Euch das Drama vor! Aber der arme Hannibal hat überlebt und ist mit dem Rest der Armee weiter marschiert. Und was daraus geworden ist, lernt man ja im Geschichtsunterricht, oder?"

Runde und fragende Augen bei den Kindern, jetzt habe ich sie!

„Und – psst, nicht weitersagen, ist ja eigentlich ein Geheimnis – in unseren schweren Rucksäcken haben wir den Prototypen eines Goldmagneten. Denn der Professor glaubt zu wissen, wo die Kriegskasse liegt. Und nun sind wir unterwegs und wollen die bergen. Lest einfach mal in den nächsten Tagen aufmerksam die Zeitungen – wenn wir Erfolg haben, bringt das sicher die Presse groß raus!"

Einige Zuhörer grinsen nun, das mit dem Goldmagneten war wohl zu dick aufgetragen. Die Kinder setzen an um Fragen zu stellen – aber inzwischen hat das Boot den Steg bei St. Bartolomä erreicht und alle sind in Aufbruchstimmung. Auch wir machen uns bereit für den beschwerlichen Aufstieg zum Steinernen Meer.

Unsere Höhlentour war dann auch ein großer Erfolg – wir wurden mit mehreren hundert Metern neu entdeckter Fortsetzungen in den Gängen und Schächten der Salzgrabenhöhle belohnt. Und die Geschichte von Hannibal und seinen Elefanten wurde bei weiteren Touren zur Höhle, bei jeder sich bietenden Gelegenheit während der Überfahrt, aufs Neue erzählt.

Jahrzehnte später, inzwischen Familienvater und deshalb nicht mehr aktiv in der Höhlenforschung, gab es ein Treffen älterer Speläologen – ein Grillfest in München an der Isar. Wie ein Pendel, das zurück schwingt holte mich dort das „Echo vom Königssee" auf seine eigene, hinterlistige Art heim. Nach reichlichem Genuss typisch bayerischer Getränke machten wild ausgeschmückte Erzählungen zu früheren Forschungstouren die Runde. Jeder konnte etwas beitragen, besonders ein Forscher – selbst früher sehr aktiv im Bereich des Steinernen Meeres – war nicht zu bremsen:

„Verrückte Sachen gibt es – beim Abstieg über den Sagereckstieg zur Bootshaltestelle am Obersee hat mir ein Bergsteiger eine wüste Geschichte

aufgetischt – vom Hannibal und seinen Elefanten
…"

Schlagartig war ich wieder nüchtern.

„Ha – angeblich wurde der Bergsturz durch seine Elefanten ausgelöst, fast alle Elefanten wurden verschüttet und auch die Kriegskasse war weg …"

Irgendwie überfiel mich – leider sehr spät - ein schlechtes Gewissen.

„Wie verrückt muss man eigentlich sein, um so einen Blödsinn in die Welt zu setzen? Bestimmt zu viel Einschlägiges geraucht. Der Bergsteiger konnte mir jedenfalls nicht sagen, wo er diese Geschichte her hatte, halt irgendwo aufgeschnappt oder gelesen meinte er."

Das schlechte Gewissen zwickte gewaltig. Also machte ich den notwendigen Schritt und bekannte mich vor allen Kameraden schuldig. Die Quelle konnte so auf das Jahr 1974 festgelegt werden und war ganz einfach meine Phantasie – einzuordnen als Jugendsünde, da nun fast 30 Jahre her. Um etwas abzulenken, legte ich mit dem Goldmagneten und dem erfundenen Professor nach – grölendes Gelächter war das Ergebnis.

Nachdem wir uns alle wieder etwas beruhigt hatten, zeigten sich die Forscherkameraden einsichtig und erteilten mir feierlich – schließlich waren wir alle im katholischen Bayern aufgewachsen – die Absolution für die begangene Geschichtsklitterung. Als Sühne wurde ich - ganz traditionell - für reichlich Nachschub bei den

Getränken verdonnert. Wir haben uns lange noch über die Lebensdauer und die Wanderwege einer solchen phantastischen „Legende" amüsiert.

Aber ganz ehrlich – nun glaube ich auch zu wissen, wie unsere einheimischen Legenden und Heldensagen entstanden sind – Literaturwissenschaftler mögen gerne eine andere Meinung haben. Ich bleibe dabei - das Rezept ist doch einfach: Man nehme eine interessante historische Person, garniere diese mit reichlich Phantasie, wartet auf eine passende Gelegenheit und aufmerksame Zuhörer – schon kann man als Erzähler loslegen. Und wenn keine passende historische Persönlichkeit zur Hand ist – dann erfindet man auch diese.

Der gelogene Berggeist

Brigitte Beyer

Als die Franzosen im Bergischen Land herrsch-
ten, wurden viele junge Männer zu den Soldaten
gezogen, denn der große ferne Kaiser Napoleon
liebte es, auf Eroberungen auszuziehen. Doch so
leicht ließen sich nicht alle jungen Männer rekru-
tieren und in eine Uniform stecken. Es regte sich
Widerstand unter den Menschen und der
18jährige Paul sprach zu seinen Freunden: „Wir
wollen keine Soldaten werden, wir wollen nur leben. Wir müssen uns verstecken."

„Ja", nickten seine Freunde, „aber wo?"

„Ich arbeite in einer Silbergrube unten an der
Sieg, da können wir unterkriechen und arbeiten.
Denn Bergleute dürfen sie nicht einziehen."

Aber ob die Häscher sich daran hielten? „Wir
haben nichts zu verlieren außer unserm bisschen
Leben", sagten die Freunde, „wir sind dabei."

Und die jungen Männer verbargen sich in den
Stollen, wo Eltern und wohlgesonnene Nachbarn
sie mit Brot und Speck versorgten.

„Was heißt'n hier Silbergrube", fragte schließlich ein Freund, dessen Name nicht überliefert
ist, „hier hat's doch gar keine Schätze."

„Doch, du musst nur das gleißende Erz aus
dem Gestein schlagen."

Was heißt'n hier nur, dachte sich der Freund, das ist mir zu mühselig. Ohne sich von den anderen zu verabschieden lief er davon und schnurstracks zum französischen Kommandanten: „Was bekomme ich dafür, wenn ich Euch sage, wo die jungen Burschen hier aus der Gegend sind, die Ihr so dringend benötigt?"

„Ja, die brauch ich", sagte der Kommandant und schnupfte tief aus seiner Tabakdose. „Es soll dein Schade nicht sein", meinte er zu dem abgerissenen Lumpen, „29 Livres sind mir das wert, versprochen."

Das war dem Jungen recht. So nannte er den Ort, wo seine Freunde zu finden sein würden.

Einen Tag später standen die französischen Soldaten vor dem Stollenmundloch und schickten den Jungen in das Bergwerk, damit er seine Freunde herauslocke. Denen erzählte er, dass niemand sie mehr zum Militärdienst pressen wolle, Napoleon brauche keine Rekruten mehr. Und so liefen sie alle aus dem Stollen heraus ins Freie und der wartenden Obrigkeit in die Arme.

Da gab es hinter ihnen ein schreckliches Schlagwetter und der Grubeneingang schloss sich.

Man richtete die jungen Männer als Rebellen hin und der, dessen Name nicht überliefert ist, lief zum Kommandanten, um seine 29 Münzen abzuholen.

„Ach ja, der verlauste Freiwillige", meinte der Kommandant und hielt seine Nase so tief in die

Schnupftabakdose, dass er niesen musste, „wie der Zufall es will, brauchen wir jetzt doch noch freiwillige Soldaten."

Ein Junge war den Häschern entkommen. Man hatte ihn in ein anderes Tal geschickt, um Sprengpulver zu besorgen. Als er mit dem Pulver wieder zur Grube kam, war der Haupteingang verschüttet. Er glaubte, dass seine Kameraden noch im Stollen waren, und entzündete das mitgebrachte Sprengpulver. Es gab eine gewaltige Explosion. Der Rauch verzog sich, der Eingang blieb verschlossen.

Da krabbelte er zum nächsten Bewetterungsschacht, als ihm tief aus der Grube ein lautes Gelächter entgegenbrandete! Er zuckte zurück. Wenn das nun vom Berggeist kam? Wer wusste denn schon, ob nicht er es war, der den Eingang verschlossen hatte? Aber die Sorge um seine verschütteten Freunde war stärker und er hatte keine Mühe, auf seinem Arschleder durch den schmalen Schacht nach unten zu rutschen. Selbst Armut und Hunger können ihr Gutes haben, dachte er noch, bevor er dem Berggeist direkt in die Arme plumpste. Denn das war ein alter weiser Spruch: Wenn die Bergleute am ärmsten sind, blüht ihr Glück.

Der Berggeist half ihm freundlich auf: „Hab keine Angst, ich tu dir nichts."

„Hast du über mich gelacht?", fragte der Junge und klopfte etwas auf seiner zerschlissenen Kleidung herum.

„Nein, warum sollte ich darüber lachen, dass du so mutig bist? Ich hatte nur jemand anderen erwartet."

„Wo sind meine Freunde?"

Der Berggeist lugte unter seinem Kapuzenkittel hervor und stieß so heftig die Luft aus, dass es mächtig durch die Stollen seufzte.

„Das ist ein Unglück, das ich leider nicht verhindern konnte."

„Wie meinst du das?", schrie der Junge und drückte seinen Rücken gegen die Stollenwand, dass ihm das Wasser nur so durch sein dünnes Hemd hinunterlief und in sein Arschleder tropfte.

„Nicht alle deine Freunde waren Freunde, einer hat sie verraten und nun sind sie tot."

Ganz erstaunlich, wieviel Wasser an so einer Grubenwand herunterlaufen konnte. Und jetzt auch über das Gesicht.

„Der Verräter wird hierher zurückkehren, das weiß ich und er wird seine Strafe erhalten", versprach der Berggeist. „Du aber musst wieder hinaus aus dem Bergwerk, ich weise dir einen einfacheren Weg", sagte er, umarmte den durchnässten Jungen und steckte ihm einen Klumpen Erz in die Kitteltasche. „Denk daran, Schweigen ist Silber."

Als wenn's mir nicht schon schwer genug ums Herz wär, muss ich mich auch noch mit diesem Brocken abschleppen, dachte der Junge, schwieg aber.

Der Berggeist führte ihn hinaus und verschwand. Weinend lief er nachhause, warf den Kittel ab und schlüpfte frierend unter die dünne Bettdecke.

Am nächsten Morgen zog er den Kittel an, der ihn noch schwerer dünkte als am Abend zuvor.

Ach ja, der Berggeist hat mich beschwert, dachte er und zog das Stück Erz aus der Tasche. Da war es pures Silber. Doch darüber schwieg er.

Nach vielen Jahrzehnten wurde der Stollen wieder geöffnet, und den Bergleuten wehte eine übelriechende Luft entgegen.

„Lasst uns trotzdem hineingehen und nachsehen, wie es da drin aussieht", sagte der Steiger und ging mit seiner Lampe voran.

Sofort erlosch das Licht und eine Stimme aus der Finsternis hauchte: „Nein, kein Licht."

Die Bergleute erschraken und wichen zurück. Nur der Steiger war mutig genug, die Frage zu stellen: „Bist du hier der Berggeist?"

„Ja, so´ne Art", scholl ein bitteres Lachen zurück und ein scheinbar junger Mann in einer verschlissenen Uniform und mit einem langen weißen Bart trat aus dem Stollen.

„Ich, der Berggeist? Schön wär´s, dann ging´s mir besser. Aber sagt mal, ihr habt nicht zufällig ein Schermesser dabei?"

„Nein, mein Rasierer läuft mit Batterie."

„Wer?"

„Wenn du nicht der Berggeist bist, wer bist du dann?"

Wieder dieses Lachen, bevor es erlosch wie das Licht.

„Ach, das ist eine lange Geschichte. Irgendwann, ich weiß nicht, vor wie langer Zeit, kam ich hierher, um nach Freunden zu sehen, die hier in den Stollen hausten. Der Eingang war offen und ich ging arglos hinein, bis der Berggeist mich erwischte. Das war aber nicht das schlimmste, hinter mir krachte der Eingang zusammen und ich stand im Dunkeln. Nur ein fahles Licht fiel durch die hohen Schächte und ich erkannte den Berggeist direkt vor mir.

„Wo sind meine Freunde?" schrie ich den Kapuzenmann an.

„Nicht nur Verräter, auch noch Heuchler", schnaubte der, „das weißt du doch ganz genau. Wo warst du denn solange, ich habe auf dich gewartet."

„Bei den Soldaten und im eisigen Russland, fast so eisig wie hier drin, lass mich raus!"

„Ich fürchte, das geht gegen meine Berufsehre", sagte der Berggeist, „jemandem wie dir zu helfen. Obwohl ..."

„Obwohl?"

„Wenn ich so darüber nachdenke, wollte ich schon länger einmal meine Kollegen besuchen, man tauscht sich ja doch ganz gerne aus, was die anderen so in ihren Stollen treiben."

„Ja und?"

„Ich kann nunmal meine Stellung hier nicht verlassen, auch wenn es in letzter Zeit etwas langweilig geworden ist. Aber das gehört eben ..."

„... zu deiner Berufsehre, hab ich verstanden. Wenn du dich jetzt mal beeilen könntest, mir ist kalt. Ich hab schon Gänsehaut."

„Ach ja? Bei deiner Arbeitsauffassung sicherlich eher als Hühnerhaut", verlor der Berggeist kurz die Contenance, bevor er fortfuhr: „Nun, wenn ich für die Zeit meiner Abwesenheit einen Stellvertreter hätte, könnte ich vielleicht etwas unternehmen. Wärst du dazu bereit?"

„Warum sollte ich?"

„Weil sonst wohl der Ein- oder besser Ausgang verschlossen bleiben muss."

„Für wie lange?", klapperte ich mit den Zähnen.

„Ach, nur kurz, hier in der Gegend wimmelt es von Stollen und Berggeistern, da hab ichs nicht so weit. Denn wenn ich ein paar kenne, kenne ich alle. Also, was ist?"

Was blieb mir anderes übrig. Draußen wartete auch nur ein tristes Dasein und schon gar nicht mehr meine holde Hulda nach meinem Ausflug zum Militär.

„Und dann kommst du wieder und lässt mich raus?", bibberte ich, „versprochen?"

„Versprochen."

Einen Berggeist, ob hilfreich, übel, echt oder gelogen hatte sich der Steiger irgendwie anders vorgestellt, vor allem nicht so weinerlich.

„Und wovon hast du hier solange gelebt, wenn du ein Mensch und kein Geist bist?"

„Ach, von den scheußlich schmeckenden Pilzen, die an den Stollenwänden wachsen, und dem Wasser, das aus den Felsen sickert", antwortete der stellvertretende Berggeist und fügte hinzu: „und meinen Tränen."

„Ich dachte, das hier wäre ein Erzbergwerk und kein Salzbergwerk", giftete der inzwischen etwas genervte Steiger.

„Sag das nicht", flehte der gelogene Berggeist, „oh, meine Tränen!"

„Wie meinst du das?"

„Nun, irgendwann kehrte der Berggeist zurück, doch nicht, um mich freizulassen, sondern um gleich wieder zu verschwinden."

„Wir Geister halten natürlich zusammen und so stattete ich doch mehr Besuche ab, als ich vorgehabt hatte", erzählte er leutselig und strich über die Salzkristalle in seinem grauen Bart, „bis zur bergbauheiligen Anna ins Erzgebirge verschlug es mich. Da ging es lustig zu mit allen guten Geistern. Schließlich kam ich weit nach Süden an den Rand hoher Berge. Die tragen weiße Spitzen, das heißt Schnee. Doch kostbarer ist das

Weiß in den Bergwerken, das heißt Salz. Meinen Kollegen dort geht es gut, deshalb werde ich umziehen."

„Aber jedes Bergwerk hat einen Berggeist, was ist mit deiner Berufsehre!", schrie ich durch die dunklen Stollengänge.

„Wieso? Ich hab doch einen Stellvertreter. Außerdem geb ich zu, hab ich mich etwas in die Tochter des dortigen Siedemeisters verguckt. Die heißt Barbara und mit der Babsi hab ich mich schon immer gut verstanden. Die lässt es gerne krachen und ist mir noch lieber als eine Anna. Ich lass dir mal 29 Krümel Salz hier, dann hältst du dich besser, gehab dich wohl", kicherte er, zog seine Kapuze ins Gesicht und schwand davon.

„Aber könnt ihr mich jetzt endlich hier rauslassen?"

„Gut, komm", meinte der Steiger. „Nur noch eine Frage: Lohnt es sich, hier noch Eisenerz zu fördern, du kennst dich doch aus?"

„Was heißt schon Lohn", knurrte der gelogene Berggeist, „ihr seid alle nur geldgeiles Pack."

Das Stollenmundloch war weit offen und der stellvertretende Berggeist stürmte ins Freie und in die Sonne. Und zerfiel zu Staub. Da blieb kein Barthaar übrig.

Die Menschen erinnerten sich an den gelogenen Berggeist, dessen Namen niemand kannte. Sie

fuhren das Bergwerk wieder auf, aber sie vermissten einen Berggeist.

Eine Familie, die einst durch einen Klumpen
Silber reich geworden war, stiftete eine Barbara-
statue und stellte sie am Eingang auf, um den
echten Berggeist wieder anzulocken.

Bis dahin müssen die Menschen das Gruben-
gespenst spielen. Versprochen.

Die Literamorphin

Karin Braun

„Nanu, ich dachte Sie bleiben bis Dezember,"
sagte meine Besucherin mit Blick auf die verschiedenen Gepäckstücke im Flur.

Ich lächelte unverbindlich. „Mir stehen noch
einige Tage Urlaub zu und da dachte ich, ich
könnte schon mal ein paar meiner Sachen nach
Hause bringen. Bis Dezember ist es ja nicht mehr
lange hin."

Meine Besucherin ging an mir vorbei ins
Wohnzimmer. „Vielleicht können wir uns einen
Augenblick setzen, ich habe etwas mit Ihnen zu
besprechen."

‚Fühl dich wie zu Hause,' dachte ich. Lächelte
aber freundlich und sagte: „Natürlich. Möchten
Sie einen Kaffee?"

Sie saß bereits auf meinem Lieblingsplatz an
dem kleinen Esstisch vor der Terrassentür und
schob den Stapel Papier, der dort lag, achtlos zur
Seite. Als ich sah wie sie ihn berührte, stockte mir
der Atem. Aber sie versuchte nicht einmal zu erkennen, was dort geschrieben stand. Ich nahm
das Bündel, legte es wie beiläufig auf den
Schreibtisch und wiederholte meine Frage. Sie
lehnte, wie ich erwartet hatte, ab. Ihr sah man
schon auf hundert Metern Entfernung die passio-
nierte Teetrinkerin an. Eine der Art, die auch im

billigsten Teebeuteltee einen Hauch Jasmin entdeckte. Ich setzte mich ihr gegenüber.

„Nun, was kann ich für Sie tun?"

Es freute mich zu sehen, wie sie sich vor Verlegenheit wand, ich konnte diese arrogante Ziege
nicht leiden und im Grunde wusste ich ja was sie
mir zu sagen hatte. Die Neuigkeiten hatten sich
rasend schnell herumgesprochen und waren in
der Nachbarschaft nicht ohne Sympathie aufgenommen worden. Doch warum sollte ich es ihr
einfach machen. Schließlich rang sie sich zum
Sprechen durch.

„Sie wissen ja, dass das Haus meiner Tochter
gehört und dass sie diese Wohnung bewohnt hat.
Meine Tochter ist sehr krank und hat lange jede
Behandlung verweigert. Sie leidet unter einer
multiplen Persönlichkeitsstörung und ist nach einem Vorfall in die Klinik gekommen."

Ich zog überrascht die Augenbrauen hoch:
„Multiple Persönlichkeit? Gibt es das wirklich?
Ich habe es immer für eine Verlegenheitsdiagno-
se gehalten."

„Doch doch, das gibt es, wenn ich auch ein-
räumen muss, dass Eleonora an einer sehr spezi-
ellen Form leidet. Sicher haben Sie das eine oder
andere gehört ... von den Nachbarn." Sie verzog
angewidert die schmalen, rotgeschminkten Lippen. „Die Leute klatschen nun mal gerne und
Eleonora hat ihnen weiß Gott genügend Anlass
gegeben."

Ich räumte ein, dass ich einige Geschichten gehört hätte, konnte es mir aber nicht verkneifen, hinzufügen, dass aus den Berichten durchaus Zuneigung für meine Vermieterin herausklang.

Sie schnaubte förmlich: „Oh ja, bis zu dem Tag, in dem sie Herrn Hansen aus der Nummer 7 angegriffen hat."

„Wie ich gehört habe, hatte sie durchaus einen Grund dafür. Er hat seine Frau verprügelt und sie ist dazu gekommen", warf ich ein.

„Frau Hansen hat das nicht bestätigt." Stimmt, dachte ich, die wollte sicher nicht noch eine Abreibung kassieren. Frau Hansen trug sehr oft bei Regen Sonnenbrille und auch im Hochsommer lange Ärmel. „Wie auch immer, Eleonora wurde von der Polizei festgenommen und bestritt auch gar nicht, dass sie Herrn Hansen bewusstlos geschlagen hat … in Batgirlkostümierung. Sehen sie, Eleonora hat eine besondere Persönlichkeitsstörung. Sie bildet sich ein die Person, über die sie gerade liest, zu sein. Ihr Mann, nannte es Literamorphismus und sah es nicht als Krankheit, sondern als Erweiterung der Persönlichkeit an."

„War ihre Tochter mit Prof. Harro Schabowski verheiratet? Ich habe über seine Forschung gelesen. Sehr viele halten ihn für ein Genie und bedauern seinen frühen Tod."

Sie schüttelte den Kopf. „Er war eindeutig eines, ein Beweis dafür, dass Genie und Wahnsinn dicht beieinander liegen. Eleonora war seine Studentin und ich bin sicher, dass seine Versuche sie zu dem gemacht haben, was sie ist. Sie hatte schon als Kind die Fähigkeit sich ganz und gar in ein Buch zu versenken, es wurde zu ihrer zweiten Welt und sie wechselte hin und her. Damit war ihr, wenn sie sich von Büchern fernhielt, ein nahezu normales Leben möglich. Dann lernte sie Harro kennen, sie heirateten und Eleonora wurde zu seinem Versuchskaninchen. Sie versank nicht mehr in den Büchern, sie wurde zu der Figur, die sie am meisten ansprach. Nach Harros Tod führte sie die Experimente weiter, allerdings unkontrolliert und immer intensiver. Wenn wir uns trafen, wusste ich nie, in welcher Gestalt sie auftauchen würde. Es konnte von einer Georgette Heyer Figur bis Batgirl alles sein, nur eine war es nie: Meine Tochter."

Sie sah aus dem Fenster zum Turm hinüber, der dem Haus so einen märchenhaften Charakter gab. Ich beschloss, den Bericht ein wenig zu beschleunigen.

„Was beunruhigt sie denn nun so?"

„Eleonora ist gestern aus der geschlossenen Abteilung geflohen und niemand kann mir erklären, wie ihr das gelungen ist." Sie griff nach meiner Hand. „Verstehen Sie, es steht zu befürchten, dass sie hierherkommt. Wo soll sie auch sonst hin. Sie müssen mir versprechen, dass sie mich sofort informieren, wenn Eleonora hier auftaucht. Und Frau Großmann, seien sie vorsichtig.

Meine Tochter kann sehr charmant sein, aber sie ist auch gefährlich."

Ich nickte nachdenklich. „Okay, ich rufe sie an, wenn ich etwas bemerke."

An der Tür sah sie mich noch einmal ernst an: „Bitte nehmen Sie meine Warnung ernst, Eleonora ist gefährlich. Ihren Äußerungen habe ich entnommen, dass sie eine gewisse Sympathie für sie hegen."

„Machen Sie sich keine Sorgen. Ich melde mich, wenn ich etwas höre." Damit schloss ich hinter ihr die Tür, ließ mich schwer dagegen fallen und flüsterte: „Auf Nimmerwiedersehen … Mutter!"

Es wurde Zeit zu gehen, bevor noch jemand auf die Idee kam, hier nach mir zu suchen oder sich näher im Haus umzusehen. Zurück im Wohnzimmer, nahm ich das Manuskript an mich, das ich dort abgelegt hatte. Ich darf mich nicht davon trennen, bis ich diese Geschichte sauber beendet habe.

Eigentlich müsste ich dankbar sein, dass man mich in die Psychiatrie verfrachtet hatte. Dort hatte man mich von Büchern ferngehalten und so entdeckte ich, dass ich meine eigene Geschichte schreiben konnte. An einen Stift zu kommen, war einfach, in der Ergotherapie gab es so viele, da fiel einer mehr oder weniger nicht auf. Papier war schon schwieriger, zumal niemand erfahren durfte, das und vor allem was ich schrieb. Letztendlich schrieb ich auf Klopapier und Servietten. So entstand Schwester Anja und in ihrer Gestalt war es mir gelungen, die Klinik zu verlassen. Das Kommen und Gehen des Personals, wurde so gut wie nie vom Wachpersonal zur Kenntnis genommen. Doch nun war nicht die Zeit in Erinnerungen zu schwelgen. Erst einmal musste Eleonora/Sabrina in die Klinik zurück und dort schnell gesunden. Nachdem ich mir ihr Leben angeeignet hatte, war ich es ihr schuldig, ihr eine gute Ausgangsbasis zu verschaffen.

Da ich im Grunde nicht gewalttätig bin, war es mir schwergefallen, sie in den Turm zu locken und bewusstlos zu schlagen. Doch als ich sie aufs Bett gelegt und zu schreiben begonnen hatte, war ich einfach nur fasziniert. Sie ist ein wenig größer als ich, leider auch fetter, ihre Haut ist dunkler und ihre Haare länger und braun. Während ich schrieb, beobachtete ich die Veränderung, ich merkte, wie ich mich streckte und ausdehnte, wie meine Haut dunkler wurde und als ich aufsah, konnte ich beobachten, wie Sabrina auf dem Bett zu Eleonora wurde. Es war schon gruselig, aber es war auch in dem Moment, dass ich begriff, welche Macht ich nun hatte. Alles war möglich. Ich war nicht mehr begrenzt auf das, was bereits geschrieben war. Ich konnte alles sein und alles erreichen.

Ich ging noch einmal den Plan durch. Am späten Abend würde ich über ein Prepaidhandy anonym die Polizei informieren, dass ich Licht im

Turm gesehen habe. Dann musste ich meine Ersatz-Eleonora wachschreiben. Natürlich würden sie sie erst einmal zurück in die Psychiatrie bringen, was mir leid tut, aber sich nicht ändern lässt. So wie ich einen sicheren Platz gefunden habe, werde ich sie gesundschreiben. „Eleonora" wird absolut geheilt sein und in ihr Haus zurückkehren. Ein doppelter Gewinn, das Haus hätte wieder eine Bewohnerin, die es wirklich mochte und meine Mutter konnte ihre Pläne, es abzureißen, begraben, was wiederum ihren smarten Architektenfreund verdrießen wird. So wird also diese Geschichte enden und meine als Sabrina Großmann beginnen. Sicher der Name macht nicht viel her. Doch das lässt sich ändern. Alles lässt sich umschreiben, wenn man den Bogen erst einmal raushat.

Sara

Camilla Collett

Als ich das Gatter am Waldrand erreichte, brach die Sonne durch. Vor mir erstreckten sich der Ort und der mächtige Fluss in dem unverhofften Licht. Die Regenwolken, die nach Norden weitergezogen waren, entluden sich jetzt in einem breiten, weißgrauen Streifen quer über dem Mjøsa und Morskogen. Der schönste Regenbogen, den ich bisher gesehen hatte, versank mit einem Fuß in der Vorma, der andere verlor sich in den fernen, unbekannten Wäldern, die sich gen Osten erhoben. In diesem prächtigen Halbrahmen vor dem dunklen Regenhimmel lag Dorrlandet mit seinen bewaldeten Hügeln, überragt vom Gipfel des märchenhaften Ninabben*, beleuchtet von der glitzernden Abendsonne.

Nein, war das schön; ich sprang vom Pferd und während dieses graste verlor ich mich an das Gatter gelehnt in diesem Anblick. Das Gatter! Die abschüssige Lichtung dort unten! ... Zwischen den schwarzen, verkohlten Baumstümpfen stehen – Roggenpflanzen wäre zu viel gesagt, vielmehr vereinzelte Ähren, vielleicht zwei Ähren je fortgeräumtem Stein! ...

Und die Tannenwurzel dort rechts, auf der das Blaubeerkraut so grün und üppig wächst, diese Stelle müsste ich kennen! Ja, richtig! ... Sara,

75

alte Sara, so treffe ich also abermals auf deinen Schatten! Das Dach unterhalb der Lichtung von Bjerkelien ist das Dach ihrer Kate. Durch dieses Gatter kam sie damals, nachdem unser Pudel Murat ihren Garten verwüstet hatte; dort hatte ich gestanden mit meiner Angst und meinem schlechten Gewissen. Ich hatte Sara vorher schon oft gesehen, aber in dem Augenblick, als sie den Weg entlang schritt, prägte sich ihr Anblick unauslöschlich in mein Gedächtnis ein. Sie war alt, aber dessen ungeachtet groß und rank; ihre Kleidung unterschied sich nicht von der anderer armer Häuslersfrauen, abgesehen von ihrer äußersten Reinheit.

Ihr Gesichtsausdruck zeugte von Scharfsinn und stoischer Nachsicht, wunderlicher Weise schien ihre Holznase dazu so gut zu passen, dass sie nie besonders auffiel, nur wenn Sara Märchen erzählte, wich ihre Ruhe einer solchen Lebhaftigkeit, dass diese unbewegliche Partie ihres Gesichts aufgrund ihrer Kälte und Passivität eine höchst absonderliche Rolle spielte. Ob diese Nase im übrigen griechisch oder römisch, tscherkessisch oder mongolisch war, ließ sich nicht so leicht bestimmen, und der alte Ola Tømte, der sie modelliert hatte, hatte sich darüber sicherlich keine großen Gedanken gemacht. Saras Rede war reich an Sentenzen und vom Typus jener lakonisch-tiefsinnigen oftmals einfallsreichen Ausdrucksweise wie sie mitunter bei einfachen Bauersfrauen zu finden ist, die ob großer Sorgen und bitterer Not bereits ergraut sind. Die fast poetische Art und Weise wie sie sich ausdrückte, wurde durch eine Sprache veredelt, die so fein und gebildet war, wie man es sich nur wünschen konnte; selbst uns Kinder redete sie mit »Sie« und »Ihnen« an. Saras Geschichte will ich hier so erzählen, wie ich sie oft gehört habe.

Sie war die Tochter eines Küsters aus Eidsvoll, der zwar studiert hatte, den schwarzen Rock und weißen Kragen jedoch nicht erringen konnte. Bereits als junges Mädchen trat sie in Kopenhagen eine Dienststelle an. Die hübsche, lebhafte Norwegerin gewann das Wohlwollen aller; sie bekam etliche Anträge und verlobte sich schließlich mit einem wackeren jungen Mann, der Tapetenmacher war und eine gute Stelle innehatte. Froh und glücklich reiste sie zurück nach Norwegen, um sich von ihrem alten Heim zu verabschieden, bevor sie es gegen ihr neues eintauschte. Während dieses Besuchs war sie fraglos das stolzeste Mädchen im ganzen Ort; man versicherte mir, dass sie vom Wesen her ebenso vornehm war wie eine Schreibjungfer; aber aufgrund ihrer freundlichen und zuvorkommenden Art allen gegenüber nahm niemand daran Anstoß. Von ihrer Schönheit habe ich niemanden reden hören, aber gewissen Anzeichen nach zu urteilen war diese von jener edlen Art, die nicht genug ins Auge fällt um bewundert zu werden. Der Tag ihrer Abreise war bereits festgelegt, da wurde sie zu einer Hochzeit auf dem Nachbarhof Bjerke eingeladen. Sara wollte früh nach Hause, da sie am nächsten Tag abreisen würde, aber der Leutnant, der die Hochzeit mit seiner Anwesenheit beehrte, bat sie um eine letzte Mazurka; er flehte sie an und schließlich gab sie nach. Vor ihnen tanzte Hans Østgaarden, der geschworen hatte, mit seinem Fuß den Haken an der Decke zu treffen … Wildes Johlen und ein stürmischer Wurf jenes Körperteils zeigen, dass es ihm ernst ist, ein eisenbeschlagener Absatz blitzt an der Decke auf … Staub, Verwirrung … und als der Leutnant sich umdreht, um nach seiner Dame zu fassen, liegt diese ohnmächtig auf dem Boden. Sie wird weggetragen und der Tanz fortgesetzt, als ob nichts geschehen wäre. Denn was war im Grunde genommen auch schon groß passiert? – Arme Sara! – ihre Zukunft war zerstört … ihre Zukunft, ihre Liebe … ihre Nase.

Nachdem sich Sara von ihrer langen, schmerzhaften Krankheit wieder erholt hatte, war sie für den Rest ihres Lebens entstellt. Ein Brief ihres Liebsten traf ein, voller Sorge ob ihres Schweigens und den zärtlichsten Versicherungen seiner unerschütterlichen Treue. Sie berichtet ihm von ihrem Unglück, entband ihn von seinem Versprechen und erbat sich ihren Ring zurück. Ihr Liebster hatte das Schicksal zwar tapfer herausgefordert, aber dass es ihn so fürchterlich beim Wort nehmen würde, hätte er nicht gedacht, die

Prüfung war grausam, für jeden Mann zu schwer, und auch ein Tapetenmacher ist nur ein Mann. Er schickte ihr den Ring zurück. Sara wird da wohl bitter gelächelt haben – denn die stille Hoffnung, er würde ihr Opfer nicht annehmen, hatte sie vermutlich schon in ihrem Herzen genährt. Viele Jahre gingen in ihrem freudlosen Heim dahin; in dieser Zeit litt und grübelte sie viel, sie muss erkannt haben, dass nun ein anderes Leben vor ihr lag. Da machte ihr der alte Witwer aus der Kate dort unten einen Heiratsantrag. Er besaß keine Handbreit Land, aber viele hungrige Kinder, und so zog Sara bei ihm ein. Er fertigte Matten aus Heidekraut, und sie erzog seine Kinder mit Güte und Strenge zu gottesfürchtigen und anständigen Menschen. Oh, eine solch edle Armut ist eine ehrbare Sache, die mehr Bewunderung verdient als die wohlgenährten Tugenden des Reichtums, die nie in Versuchung waren.

Auch Saras Mann wusste seine Frau zu schätzen; er trank nicht, er schlug sie nie, und bei diesen negativen Beweisen seiner Fürsorglichkeit blieb es nicht. Denn es war der alte Ola, der mit kunstfertiger Hand die Holznasen modellierte, denen sie ihren Beinamen im Ort verdankte. Er fertigte zwei, eine für den alltäglichen und eine für den sonntäglichen Gebrauch. Erstere war nur schlicht bemalt, die zweite jedoch noch sorgfältiger geschnitzt und poliert. Solange der alte Ola lebte, war für diesen Artikel immer gesorgt; nach seinem Tod musste sich Sara wie so viele Witwen einschränken; sie konnte sich den Luxus zweier Nasen nicht mehr leisten, und schaffte ihre Feiertagsnase ab.

Das war Sara Sandmarks Leben von außen betrachtet. Ein Sandboden, eine öde Sahara, in der jeder Schritt von Schweiß und Tränen gezeichnet ist, so war dein wirkliches Leben, arme Sara! Aber aus deinen reichen Erinnerungen und den Schätzen deiner Vorstellungskraft erschufst du deine Oasen und springende Brunnen, auch unzählige Sagen und Märchen lebten auf deinen Lippen.

Wer hat sich schon jemals einen richtigen Begriff davon machen können, was es bedeutet, in einer Kate auf dem kahlen Berg zu leben? Es ist mir immer ein Rätsel gewesen, wie sie, die nie betteln ging, dort oben mit ihrer Familie existieren konnte. Das bleibt das Geheimnis der edlen Armen und damit unbegreiflich. Aber wenn uns doch jemand die herzzerreißende Wahrheit offenbart, können wir dann nachvollziehen, was es heißt morgens, mittags und abends Haferschleimsuppe zu essen? Und keine Haferschleimsuppe zu haben die einzige Unterbrechung ist? Saras Tochter hat uns einmal erzählt, dass ihnen die Mutter an solchen Abenden, an denen sie nichts zu essen hatten, Märchen erzählte, und sie dann ihren Hunger über die verzauberten Schlösser und Herrlichkeiten von

»Tausend und einer Nacht« vergaßen. Oh, diese Tochter muss oft gehungert haben, denn sie wusste viele Märchen.

Die Sonne hatte gerade den Rand des Bergrückens erreicht, als ich bei Saras ehemaliger Kate anlangte. Die große Birke unter der ich sie so viele Male mit einer Arbeit habe sitzen sehen, war gefällt worden und der Garten ein Kartoffelbeet. Unter dem Vordach standen zwei, drei weißblonde, rußbeschmierte Jungen im Hemd, beschatteten ihre Augen mit den Händen und starrten mir nach als ich vorbeeilte.

*Ein Berg an der Einmündung der Vorma in den Mjøsa, der 9 Bergspitzen hat, die aber aus der Entfernung betrachtet wie ein einzelner gleichmäßiger Kegel aussehen. (Anmerkung der Autorin aus den Erzählungen von 1861)

Über alle Flüsse

Hardy Crueger

Es war nicht nur eine Kette unglücklicher Zufälle, die zu den tragischen Ereignissen geführt hatte. Es waren auch die bedrückenden Umstände der Trennung seiner Eltern, die den siebenjährigen Steffen zu der Tat veranlasst hatten, die seiner Mutter so großen Kummer bereitete. Beinahe müsste man sagen, es waren zwei Jungen, die den Plan geschmiedet hatten. Aber der Reihe nach. Es begann früh am Morgen eines sonnigen Karfreitags…

Steffen erwachte gegen fünf Uhr morgens mit einer erheblich schlechten Laune. Mürrisch wälzte er sich im Bett herum. Der neue Freund seiner Mutter entpuppte sich immer mehr als echter Kotzbrocken. Dem Geld und den Süßigkeiten, die er ihm in den ersten Tagen zugesteckt hatte, waren nur Meckereien gefolgt. Gestern Abend hatte er Steffen sogar verboten, während des Abendbrots Fluch der Karibik 3 zu gucken. Steffen und sein Freundbruder Kevin hatten keinen anderen Ausweg mehr gesehen, als eine Kreischattacke loszulassen, bis seine Mutter ihn ins Kinderzimmer zerrte.

Mürrisch kroch Steffen aus dem Bett und krabbelte zu dem Playmo-Piratenschiff hinüber. Er schob das Schiff ein paar Mal über den Teppich, aber das wurde ihm schnell langweilig und so griff er nach der Zwille, die sein Vater aus einer handlichen Astgabel und ein paar Einweckgummis für ihn gemacht hatte. „Du schießt aber nur mit den weichen Plastikkugeln, hörst du", hatte sein Vater gesagt und ihm einen Beutel davon gegeben. Aber vor ein paar Tagen hatte Steffen im Bastelkeller herumgestöbert und ein Tütchen mit Stahlkugeln gefunden. Damit machte das Zwilleschießen viel mehr Spaß. Wenn die Stahlkugeln auf das Schiff knallten, brachen Teile davon ab, und er musste aufpassen, dass er es nicht vollkommen kaputt schoss.

Beim Einsammeln der verschossenen Stahlkugeln fiel Steffen sein Lieblingsbuch in die Hände. Ein großes Piratenbuch mit tollen Bildern und einer spannenden Geschichte. Mit geblähten Segeln gingen die Piratenschiffe aufeinander los. Die Kanonen spuckten Feuer und Rauch. Die Kugeln zerfetzten die Segel. Ein Schiff wurde geentert. Ein paar Seiten weiter wurde ein Beiboot zu Wasser gelassen und die Piraten ruderten mit einer dicken Schatzkiste an Bord auf eine Insel zu, dann in eine Bucht hinein und einen Fluss hinauf, wo sie den Schatz versteckten. Boa, ey, ein Piratenschatz, meinte Freundbruder Kevin.

Das wär' was, dachte Steffen. Abhauen. Und einen Piratenschatz finden«. Hinter dem Haus, am Ende des Gartens, floss ein Bach entlang, der Wabe hieß. Steffen durfte da nie alleine hingehen. Alle Erwachsenen waren der Meinung, das sei zu gefährlich. Aber Steffen war sauer. Auf seine Mutter und den Kotzbrocken. Er würde abhauen und den Schatz finden.

Zum Geburtstag hatte er ein blau-gelbes Schlauchboot vom Großvater bekommen. Es war winzig und gerade gut genug, um im Teich bei Bienrode zwischen den Badenden herumzudümpeln. Seit dem letzten Sommer lag es, zusammen mit der Pumpe und zwei Paddel, die man zusammenstecken konnte, unter der Kellertreppe.

Er holte das Boot und schleppte es raus auf die Terrasse. Dann packte er für die Fahrt zum Piratenschatz Schokolade, Gummibärchen, Kartoffelchips und eine Flasche Cola in seinen kleinen roten Rucksack. Er zog die Piratenverkleidung vom Karneval an, steckte die Zwille zu dem Gummisäbel in den breiten Gürtel und warf seine Jacke über.

Vom Frühjahrsregen war der Bach ziemlich angeschwollen. Flott pumpte er sein Boot auf und schon schwamm es auf dem Wasser. Steffen legte alle Sachen hinein, dann gingen er und sein Freundbruder Kevin an Bord. Er nahm ein Paddel zur Hand, aber der Bach war so eng und schmal, dass er damit mehr die Uferböschung durchpflügte, als dass er wirklich paddelte. Trotzdem kam er voran und das Piratenboot trudelte langsam den Bach hinab.

*

Nachdem Steffens Mutter aufgewacht war und festgestellt hatte, dass ihr Sohn sich nicht in seinem Zimmer befand, machte sie sich große Sorgen. Zusammen mit ihrem neuen Freund durchsuchte sie aufgeregt das Haus und den Keller, die Garage und den Garten. Dann noch einmal den Keller, das Haus und die Garage. Sie suchten den Garten und das Stück Land bis zur Wabe ab und schauten auf die Straße. Aber der Junge blieb verschwunden. Die Mutter lief aufgeregt zu den Nachbarn. Sie rief ihre Eltern an, raste mit dem Fahrrad durch ganz Querum, telefonierte mit Freunden, fragte hier, fragte dort, aber niemand hatte ihr Kind gesehen. Der neue Freund rief die Polizei an.

*

Die Frühlingssonne brannte vom Himmel herab. Die Blätter der Bäume hatten sich noch nicht ganz entfaltet, und die Sonnenstrahlen stachen auf das Land, das Wasser und auf das winzige Schlauchboot. Steffen hatte das Piratentuch mit dem weißen Totenschädel über den Kopf gezogen und eine schwarze Klappe bedeckte sein linkes Auge.

Tapfer hatte er sich Meter für Meter durch den engen Bach gekämpft, und Freundbruder Kevin hatte gemeint, wenn sie hier erstmal raus wären, würde es besser werden. Er hatte recht. Das Boot wurde aus dem engen Bach hinaus und in einen größeren Wasserlauf hinein getrieben, der mit einer viel stärkeren Strömung dahinfloss. Es schlingerte herum und drehte sich um die eigene Achse, ehe Steffen es mit dem Paddel zähmen konnte. Er glitt unter einer Eisenbahnbrücke hindurch, dann ging es ein ganzes Stück geradeaus bis zu einer gebogenen Fußgängerbrücke aus Holz. Auf der Brücke stand ein Pärchen mit einem Hund. Die Frau winkte ihm zu, und als Steffen unter der Brücke hindurch fuhr, sagte der Mann: „Oh, der böse Schunter-Pirat, jetzt wird's aber gefährlich."

Steffen sagte nichts, denn nur wenn er sich auf das Paddeln konzentrierte, kam das Boot gut voran. Aber es war anstrengend. Manchmal ließ er sich einfach von der Strömung tragen und beobachtete die Enten, die in der Nähe des Ufers herumschnäbelten. Da!, rief Freundbruder Kevin. Das sind die Feinde! Schiff klar zum Gefecht! An die Kanonen! Gebt ihnen Saures! Steffen zog die Zwille aus dem Gürtel und legte eine Stahlkugel in die Schlaufe. Er spannte das Gummi, zielte auf eines der feindlichen Schiffe und ließ los. Die erste Kugel zischte ins Wasser.

*

Nach einer halben Stunde hielt ein Streifenwagen vor dem Haus. Während die Beamtin Steffens aufgebrachte Mutter befragte, zeigte der neue Freund dem anderen Polizisten Steffens Zimmer und den Garten. Sie sahen das halb zerstörte Playmo-Piratenschiff und das aufgeschlagene Piratenbuch, zogen aber keine Schlüsse daraus.

Steffens Mutter und die Polizistin stellten fest, dass Steffens kleiner roter Rucksack, eine Jacke und ein paar Schuhe verschwunden waren. Nur das Handy lag in seinem Zimmer. „Der ist doch abgehauen", sagte die Beamtin. „Hatten Sie Streit?" Steffens Mutter sank weinend auf das leere Kinderbett und erzählte mit gebrochener Stimme, was am Abend vorher geschehen war. Die Beamtin ließ sich Fotos von Steffen zeigen, ging zum Streifenwagen und gab eine Beschreibung des Jungen an die Zentrale durch.

*

Die zweite Kugel traf das feindliche Schiff mit voller Wucht. Der Kopf der Ente wurde nach hinten geschleudert. Ein Auge flog heraus und für einen Moment stach ihr Schnabel kerzengerade in die Luft, bevor der Hals zur Seite knickte und ihr Kopf im Wasserversank. Ein sauberer Schuss, Kapitän, meinte Kevin.

Steffen erschrak. Das hatte er nicht gewollt. Ganz sicher nicht. Auch wenn die Stahlkugel die Ente nicht getötet hatte – jetzt würde sie mit Sicherheit ertrinken. Er musste sie retten. Sofort. Schnell. Höchste Alarmstufe.

Hektisch paddelte er zu der Ente hin, beugte sich über den Rand des Bootes, griff nach dem Tier, erwischte es an den Schwanzfedern und zog es aus dem Wasser.

Ein wenig Blut sickerte aus der leeren Augenhöhle, aber die Füße zuckten, und Steffen glaubte, dass das Tier noch lebte. Wir haben einen Schiffbrüchigen an Bord, Kapitän Steffen, meinte Kevin. Es ist ein Mädchen. Sie heißt – Ente.

*

Die Sonne stand hoch am Himmel, als viele aufgebrachte Nachbarn halfen, in Querum und Umgebung nach dem vermissten Jungen zu suchen.
Man schaute in die Schunter, Streifenwagen fuhren langsam am aufblühenden Querumer Forst
vorbei, während Steffens Mutter weinend und
mit einem Foto in den Händen zu den Pferde-
wiesen an der Wabe hinunterlief, durch die
Kleingärten eilte und jeden Menschen, den sie
traf, nach ihrem Sohn befragte.

Wie ein Lauffeuer hatte sich das Verschwinden des Jungen herumgesprochen und nach dem
Mittagessen ging die Suche weiter. Das Waldstück, das bis an die Autobahn 2 reichte, wurde
besonders unter die Lupe genommen. Die beiden
Polizeibeamten beendeten die Schicht und gaben
ihre Informationen an die Kollegen weiter. Der
vermisste Junge war nicht das einzige Vorkomm-
nis in ihrem Revier, aber sie sprachen sehr genau
darüber. Seit fünf Stunden wurde nach ihm gesucht. In den nächsten fünf Stunden sollte er wieder auftauchen. Sonst wurde es eng – denn eine
Nacht überleben nur sehr wenige vermisste Kinder.

*

Zu dem Zeitpunkt hatte das winzige Piraten-
Schlauchboot die Autobahn längst hinter sich gelassen und glitt am Dörfchen Wenden vorbei auf
die große Röhre zu, in der der Fluss unter dem
Mittelandkanal hindurchrauschte. Steffen hatte
die Kartoffelchips aufgegessen und schöpfte mit

der leeren Tüte Wasser aus dem Boot. Ente hatte sich nicht mehr bewegt, seit er sie aus dem Wasser gezogen hatte. Aber sicher lebte sie noch. Als er wieder aufschaute, bemerkte er, dass sich das Schlauchboot schneller bewegte als vorher. Viel schneller. Verdammt schnell.

Im Wasser bildeten sich Strudel und Wirbel, die das Boot hin und her rissen. Es drehte sich um sich selbst, Steffen tauchte das Paddel in das gurgelnde Wasser, aber er konnte das Boot nicht mehr lenken. Und dann hörte er auch schon das Brausen des Wassers, das durch die Röhre strömte. Wie das aufgerissenes Maul eines Wals tat sich der gähnende Schlund vor ihm auf. Plötzlich wurde ihm klar, dass der Schlund das Boot verschlucken würde. Und mitsamt dem Boot ihn selbst, Freundbruder Kevin und Ente. Schnell tauchte er das Paddel ins Wasser und versuchte zurückzurudern. Aber so sehr er gegen die Strömung ankämpfte, gegen die Stärke des Wassers hatte er nicht die geringste Chance. Es gab kein Entrinnen. Er wurde in den Schlund hineingesogen.

Das Wasser brodelte und kochte. Hilflos wurde Steffen in seinem kleinen Plastikboot hin und her geschleudert. Das Wasser spritzte so hoch, dass es sein Gesicht traf. Die graue Tunnelwand raste an ihm vorüber, es wurde dunkel und er schrie. Schrie und schluckte Wasser, als eine Welle sich über das Boot ergoss. Die nächste Woge hob das Boot hoch, neigte es in einem unmöglichen Winkel und knickte es zusammen. Steffen schrie und schrie und konnte sich nicht mehr halten. Das Heck schabte an der Tunnelwand entlang und der Bug versank in dem schäumenden, wütenden Wasser. Die Fluten schlugen über Steffen zusammen und plötzlich war alles vorbei. Ein helles, gleißendes Licht umfing den Jungen und still trieb er auf einem glitzernden Teich voller Ruhe und Frieden dahin. Nur der Gesang eines Engels schwebte in der Luft, begleitet vom zärtlichen Zwitschern fröhlicher Vögel.

*

Um halb vier traf Steffens Mutter endlich auf das Pärchen mit dem Hund. Ja, früh am Morgen hatten sie einen Jungen gesehen. In einem kleinen, blau-gelben Schlauchboot sei er als Pirat verkleidet die Schunter hinuntergefahren. Weinend und aufgeregt rief die Mutter im Polizeirevier an. Auf der Schunter sei ihr Sohn gesehen worden. Jetzt wusste man, wo man suchen musste! Und jeder hoffte, dass es noch nicht zu spät war.

Eine dreiviertel Stunde später fuhren Feuerwehrmänner mit zwei Rettungsbooten den Fluss hinunter. Das eine ab Querum, das andere ab Wenden. Aber die Motorboote aus Aluminium waren ein bisschen groß für den Fluss, blieben überall hängen und kamen nicht besonders schnell voran.

*

Wie ein Tuch aus goldenem Nebel schwebte der himmlische Gesang über dem glitzernden Teich.

Nass bis auf die Knochen lag Steffen auf dem Rücken in seinem Boot. Das Gesicht gegen den grellen Himmel gerichtet und die Augen zusammengekniffen. Ein Bein hing über die schlaffe Bordwand, der nackte Fuß in das kalte Wasser getaucht wie ein Schiffbrüchiger.

Langsam hob er den Kopf und sah eine junge Frau mit einer Gitarre am Ufer sitzen. Als das Lied zu Ende war, hob sie die Hand und winkte ihm zu. „Ahoi, Pirat im Gummiboot", sagte sie. „Alles okay bei dir?"

Steffen richtete sich auf und sagte: „Ja, ja", bevor er sich und die Sachen in seinem Boot checkte. Er war unverletzt. Das Piratenkopftuch, der Rucksack, ein Schuh und das zweite Paddel waren weg. Alles andere war noch da und auch Ente lag noch mit weit überstrecktem Hals im Bug.

Das Boot war voll Wasser gelaufen und Steffen schöpfte es mit der leeren Chipstüte heraus. Er pumpte ein bisschen Luft nach, dann tauchte er das übrig gebliebene Paddel in das Wasser, und Freundbruder Kevin meinte: Nun kann es nicht mehr weit sein bis zur Schatzinsel.

*

Mühsam kämpfte sich das Feuerwehrboot auf dem Fluss bis an den Düker bei Wenden heran. Am Ufer jenseits des strudelnden Wassers fand der Suchtrupp einen kleinen roten Rucksack und ein Paddel. Verzweifelt stocherte man mit Stangen und Haken in dem kleinen Becken jenseits des Dükers nach dem Jungen. Wäre die junge Frau mit der Gitarre noch da gewesen, wäre Steffens Mutter die Ohnmacht erspart geblieben, in die sie fiel, als sie von den Funden hörte.

*

Die Sonne trocknete die Kleidung und Steffen wurde es langweilig. Es passierte nichts. Gar nichts. Immer nur Bäume und Büsche und Enten. Seine Arme schmerzten vom blöden Paddeln und er hatte Hunger. Weit und breit war kein Abzweig zu sehen, in den er hätte einbiegen können, um den verfluchten Seeräuberschatz zu finden. Der Fluss zog sich schier endlos dahin, bis er endlich mal wieder eine Brücke vor sich sah. Er überlegte, an Land zu gehen, fand aber keine geeignete Stelle dafür.

Der Fluss beschrieb einen großen Bogen, und dann kam endlich die Mündung in Sicht. Die Stelle, an der sich das Wasser in einen anderen, noch breiteren Fluss ergoss. Hurra!, rief Kevin. Jetzt sind wir bald da!

Am Ufer, wo sich die beiden Flüsse trafen, stand ein Mann und warf einen Stock in das Wasser. Ein klobiger, schwarz-weiß gescheckter Hund sprang knurrend hinterher. Das Wasser spritzte auf, aber dann war es tief genug, dass der Hund schwimmen musste. In seinem Maul blinkten riesige, spitze Zähne, als er auf den Stock zuhielt. Kurz bevor er ihn erreichte, drehte er ab und kam auf das Plastikboot zu. Steffen wusste, wie man diese Art Hund nannte. Es war ein Kampfhund, der da schnaubend auf ihn zu-kam.

Der Mann am Ufer wurde unruhig. „Arnold!", rief er. „Arnold … komm-hier-her! Arnold!" Aber sein Kommando verhallte unge-hört über den Fluten der Oker.

Der Hund schob sich immer näher an das Boot heran. Er hatte die Schnauze aufgerissen, knurrte, kläffte und hustete, als er vor Aufregung Wasser schluckte. Steffen sah die vom Jagdfieber blitzenden Augen des Hundes, wusste sofort, in welcher Gefahr er schwebte. Schnell tauchte er das Paddel ins Wasser, versuchte von dem Hund wegzukommen. Aber außer Schaum und einer schnellen Drehung des Bootes brachte er nichts zu Stande.

„Scheiße!", auch der Mann am Ufer bekam Angst. „Arnold! Komm sofort her! Hiiiier her, du Mistvieh!" Aber die Augen des Hundes blieben starr auf seine Beute gerichtet – Steffen.

„Hau ab! Hilfe! Hilfe!", schrie der Junge, ver-suchte verzweifelt den Abstand zwischen sich und dem Hund zu vergrößern. Es klappte nicht. Das kleine Boot drehte sich mal hierhin mal dort-hin, aber es fuhr nicht geradeaus. Panik ergriff ihn. Er kreischte vor Angst. Wie von Sinnen klatschte er das Paddel ins Wasser und schäu-mende Fontänen spritzten nach allen Seiten. Aber es hatte keinen Zweck. Er schaffte es nicht. Er kam nicht voran.

Als der Hund nahe genug heran war, schlug Steffen schreiend mit dem Paddel nach ihm. Aber was war schon ein Plastikpaddel für Kinder gegen die klaffenden Kiefer eines Kampfhundes? Er schnappte danach, riss es Steffen aus der Hand und schleuderte es zur Seite weg.

Der Hundebesitzer rannte ins Wasser und schrie sich die Lunge aus dem Hals. Auch Steffen schrie und kreischte voller Panik. Das war ein Kampfhund, nichts konnte den von seinem Opfer abhalten. Doch, meinte Kevin. Doch, doch! Fressen, fressen! Ente!

Ente lag noch im Boot. Hektisch suchte Steffen nach ihr. Endlich hatte seine herumzuckende Hand sie gefunden, griff in die Federn und schleuderte sie aus dem Boot heraus genau vor das Maul mit dem tödlichen Gebiss. Noch ehe der Kadaver ganz in das Wasser eintauchte, schnappte der Hund zu. Dann drehte er ab und schwamm knurrend und keuchend mit seiner Beute im Maul zum Ufer zurück.

Steffens Schreie verebbten nur langsam. Durch den Kampf war das kleine blau-gelbe Schlauchboot immer weiter gegen das andere Ufer getrieben und verfing sich in den Ästen eines Baumes. Abwesend griff der kleine Pirat danach, zog sein Boot näher an das Ufer und kroch weinend an Land. Er war vollkommen durchnässt, fror und er wollte nach Hause. So sehr der Kotzbrocken ihn auch geärgert hatte, gegen einen Kampfhund war das gar nichts.

Am anderen Ufer fraß Arnold seelenruhig die tote Ente auf. Der Hundebesitzer rief zu Steffen hinüber, wo er denn um Gottes willen herkomme, so ganz allein in seinem Kinderschlauchboot.

„Aus Querum", rief Steffen.

„Das glaube ich dir nicht", sagte der Mann.

„Kannst ja anrufen", sagte Steffen und rief ihm die Telefonnummer zu. Die sich überschlagende Stimme der glücklichsten Mutter der Welt belehrte den Mann eines Besseren.

Das Wettsegeln Olav des Heiligen

Erik Edvardsen

Viel Seltsames ist über den norwegischen Heili-
genkönig Olav (995-1030) gesagt worden. Er ist
für manches verantwortlich gemacht worden,
was er niemals getan hat, und soll an vielen Or-
ten gewesen sein, wohin er nie einen Fuß gesetzt
hat. Aber was sollen wir antworten, wenn jemand auf den Hufabdruck seines Pferdes in einer Felswand verweist, es immer noch Quellen
mit heilendem Wasser an Stellen gibt, an denen
er angeblich vor lauter Durst mit seinem Stab auf
den Boden geschlagen hat und Wasser herauss-
pritzte, oder über Ruinen von Kirchen, die er
nach Kämpfen mit bautasteinwerfenden Trollen
erbaut haben soll?

Olav der Heilige wurde zu einem Markenarti-
kel, der bereits direkt nach seinem Tod neugieri-
ge Ausländer nach Norwegen lockte. Es begann
mit den Pilgern und setzte sich mit dem Wohn-
mobiltourismus fort. An den Verkehrswegen gab
es ein reges Geschäftsleben mit An- und Verkauf
- Wirtshäuser für Essen und Trinken und Ver-
kaufsstände boten Kunsthandwerk und Souve-
nirs feil.

Lasst uns einige der Taten zusammenfassen, die in der naturmystischen Sage und der Legendenballade über Olavs Wettstreit mit seinem jüngeren Halbbruder, Harald der Harte, (1015-1066), geschildert werden. Harald war nicht älter als fünfzehn, als Olav in der Schlacht von Stiklestad getötet wurde, also war der Gegner damals noch ein Kind. Bei dem Wettstreit ging es darum, wer als Erster in Trondheim ankam. Und als Preis winkte das Königtum über Norwegen!

Olav ließ Harald als Erstes ein Schiff wählen. Er bevorzugte selbstverständlich das schnellste, das seetüchtige Schiff »Schnelle Schlange«, das im Süden des Landes vor Anker lag. Also begnügte sich Olaf mit »Lahmer Ochse«. Dann ließ er Harald einen Vorsprung, jedoch nur, damit er über Land eine Abkürzung nehmen konnte. Er bugsierte sein Schiff zum Byglandsfjord hinauf und hinterließ einen zickzackförmigen Fluss, der später den Namen Otra erhielt. Das Schiff fuhr an Land keineswegs so gut wie auf dem Wasser, vom Himmel ganz zu schweigen, denn in Bås bei Dølemo hat der Schiffsrumpf einen langen Streifen in der Felswand hinterlassen. Wir sprechen hier tatsächlich von Fehlnavigation.

Ein Trollweib versuchte, einen Sandhaufen zu machen, um Olav bei Fanekleven aufzuhalten, aber das Schiff hatte nun so gute Fahrt, dass es auf seinem Weg durch den Boden pflügte und eine kleine Insel in zwei Teile teilte. Bei dem Durcheinander rupfte sich Olav ein paar blutige

Bartstoppeln aus, und daraus wuchs eine Pflan-
ze, die Olavsbart genannt wird. Angeblich soll
sie Schmerzen heilen, wenn man aus ihr einen
Extrakt kocht und auf die Wunde aufträgt. Unter
den Bewohnern des Gebirges kam angesichts der
Schäden überhaupt keine Freude auf. Als Olaf in
den hohen Bergen lauthals singend und mit dem
Schiff lärmend über Heidekraut und Gestrüpp
fuhr, kam ein Bergtroll heraus, ballte die Faust
und klagte:

„Heiliger Olav mit dem roten Barte dein.

Warum segelst du so dicht an der Kellerwand
mein."

Doch Olav verschwendete keinen Gedanken
daran, sich für sein Auftreten und das Betreten
von privatem Grund zu entschuldigen, sondern
rief zurück:

„Stehst du da in Stock und Stein

Und schadest keinem Manne mein."

Und daraufhin blieb der arme verletzte Troll,
nur weil er auf Geschwindigkeitsübertretung
und Lärm hingewiesen hatte, vor seiner Höhle
wie zur Salzsäule erstarrt stehen. Das war also
der Dank dafür, dass er Ruhe und Ordnung auf-
rechterhalten wollte.

Doch Olav war nur damit beschäftigt, dass er
einen Wettkampf zu gewinnen hatte. Während
sein Bruder sich bei Stord mit Seekrankheit und
hohen Wellen auf dem Meer abmühte, schlitterte
Olav in der Nähe von Hemsedal mit seinem
Schiff den Bergkamm hinunter. Bei Lærdal ritt er

mit dem Pferd aus und hielt Ausschau, wie Harald anlegte. Olav schob sich durch unwegsames Gelände vorwärts, und es ist immer noch die Gestalt des Pferdes zu sehen, das sich durch einen Bergspalt gezwängt hat, an beiden Seiten mit deutlich erkennbaren Streifen der Sporen. Der Durchlass wird heute Olavs Klemme genannt und verweist im Namen auf denjenigen, der an den Zerstörungen schuld ist.

Um dem hohen Wellengang aus dem Weg zu gehen, durch den der unerfahrene, leichtgläubige Bruder auf dem offenen Meer gequält wurde, durchquerte Olav den Sognefjord, folgte mit seinem Schiff dann der Landstraße und segelte zwischen Seen und Fjordarmen weiter, wo er mehrere Meerengen öffnete. Bei Vartdal wartete eine Seeschlange darauf, Olavs muntere Segelfahrt zu stoppen, doch er packte sie am Schwanz und schleuderte sie weg, und an dieser Stelle scheint sie sich immer noch wie ein helles Taubündel vor der dunklen Felswand abzuzeichnen.

Nach vier Tagen erreichte Olav Trondheim. Dort ließ er sich einen Thron zimmern und vereinbarte mit einem Troll, den Nidarosdom als Denkmal für seine Taten zu errichten. Dem Troll versprach er Sonne und Mond als Arbeitslohn. Als Harald in den Fjord einsegelte und all das sah, was sein großer Bruder Olav angerichtet hatte, reichte er beim Norwegischen Sportbund Klage ein. Olav hatte seinen minderjährigen Bruder um dessen rechtmäßiges Erbe betrogen, ihn zu einer lebensgefährlichen Segelfahrt verleitet, bei der Reiseroute geschummelt, indem er eine Abkürzung genommen hatte, und hatte ohne Ausschreibungsverfahren kommunale Bautätigkeiten in Gang gesetzt, da er dem Baumeistertroll eine Bezahlung versprochen hatte, die niemals eingelöst werden konnte. Sonne, Mond und Luft waren für alle und gar nicht Olavs Eigentum.

Aber wie gesagt, Olav wurde gefeiert. Zuverlässige Dopingkontrollmethoden waren noch nicht erfunden und eingeführt worden, ebenso hatte man derartige kosmonautischen Fahrzeuge noch nicht von den Veranstaltungen ausgeschlossen. Viele sehen in Olav einen Bauunternehmer und den ersten Straßenbauingenieur des Landes. Nicht lange danach wurde der Wilde bei Stiklestad in einen heftigen Kampf verwickelt, und ihm wurde gleichzeitig die Brust von einem Speer durchbohrt, eine Axt ins Knie geschlagen und der Körper mit dem Schwert bis zum Hals aufgeschlitzt, und da er immer noch so viel Adrenalin im Körper hatte, litt er lange nach seinem Tod an Muskelzuckungen und Krämpfen, sodass er als Märtyrer betrachtet und heiliggesprochen wurde.

Aber wie in allen erbaulichen Sagen siegt schlussendlich die Gerechtigkeit. Nachdem Olav sechzehn Jahre weg vom Fenster war, erlangte Harald der Harte den Königstitel und regierte das Land zwanzig Jahre lang, bis er in Stamford Bridge fiel. Er bekam keinen eigenen Dom, aber ein Verkehrskreisel an der Schweigaards gate in Oslo trägt noch heute den Namen Harald Hård-rådes plass.

Die Märchenerzählerin

Günther Eichweber

Der Weg führte zu einer Allee aus Orangenbäumen, Ritter und Bedienstete verweilten hier, auf dem Schlossplatz geschäftiges Treiben, zum Portal des Schlosses führte eine Treppe aus feinem Achat und mit Gold verzierten Geländern. Doch die Bäume trugen keine Früchte, und die Menschen wirkten trüb, ihre Augen leer. Im Schloss lebte eine schöne Prinzessin, die hieß Bella, sie lebte mit ihrem Prinzen in den vielen Zimmern, hellen und dunklen, bunten und trüben Zimmern zum Verweilen, für die Konversation bei einer Tasse Tee, zum Arbeiten mit der Bibliothek. Manchmal ritten der Prinz und die Prinzessin aus, um sich dem Volk zu zeigen und zu schauen, wie es den Menschen ergehe, und fanden, dass alles recht sei und sie dem König nur Gutes zu berichten wussten. Das änderte nichts daran, dass sie und ihr Gesinde offenbar unglücklich waren. Das Paar hätte sich gern Kinder gewünscht, doch die waren ausgeblieben. Als sie das letzte Mal diesen Wunsch im Gespräch anklingen ließen, wurde ihnen bewusst, wie seit ihrer Vermählung die Zeit verronnen war.

Eines Morgens verweigerte der Prinz aufzu-
stehen und den Tag zu begrüßen, und sagte zu
Bella:

„Ich täte schon gern den Tag beginnen, aber es
fehlt mir die Kraft, mir ist, als liege ein böser
Schleier über unserem Leben, unserem Gesinde
und den Menschen im Land, als seien wir alle
vom Leben abgeschnitten wie Blumen in einer
Vase, und ich weiß keine andere Lösung, als dass
du selbst dich auf die Reise begibst zu erkunden,
worin das Übel besteht."

Die Prinzessin sah ihn erschrocken an, Tränen
schossen ihr in die Augen und als sie wieder klar
sehen konnte, war es ihr, als ob ihr Geliebter
überall im Gesicht Haare bekommen hätte. Da
kam ihr die böse Erinnerung, als wäre der alte
Zauber, von dem sie ihn einst erlöst, wieder lebendig geworden und sie müsste ihn aufs Neue
davon befreien. Sie getraute sich nicht, ihm von
diesen Gedanken zu erzählen, sondern fragte
nur:

„Kann es angehen, dass die alten Zauber wieder an Macht gewinnen, dass die Erlösung nicht
von Dauer sei, und wir wieder Pein und Schmerz
durchleiden, Mut und Liebe beweisen müssten,
sie zu besiegen?"

Der Prinz drehte sich weg von ihr, dann flüsterte er so leise, dass sie sich ganz nah über ihn
beugen musste, um ihn zu verstehen:

„Aller alter Zauber wirkt auf immer und
ewig, es ist der Strom des Lebens, der ihn hin-

fortspült von Zeit zu Zeit; versiegt er, so tritt alles Böse wieder hervor. Damals hast Du Vertrauen, Mut und Liebe bewiesen, mich zu befreien, die kannst du auch dieses Mal einsetzen, aber es geht um mehr, und es geht nicht nur um uns, unsere Welt wieder zu beleben."

Bella umarmte ihren Prinzen und herzte und küsste ihn, als wäre es das letzte Mal, dann wandte sie sich um und verließ die Kammer. Sie kleidete sich um, anstelle der kostbaren Kleider wählte sie einen einfachen braunen Mantel aus Leinen, dazu eine Ledertasche mit Riemen für das Nötigste, ein Stück Brot, etwas Käse und ein paar Goldstücke, rief das Gesinde zusammen und sprach: „Der Prinz ist krank, ich wünsche, dass ihr ihn gut pfleget und versorget, bis ich zurück bin. Er hat mir bedeutet, dass nur ich ihm die Heilung beschaffen kann, wie ich es schon einmal vermocht habe, darum ziehe ich los und weiß weder ob, noch wann ich wiederkomme", sprachs und ging von dannen.

Gegen Abend kam sie an einen Waldrand, da wollte sie rasten, und legte sich in die Höhle eines großen, umgestürzten Baumes, um Schutz vor dem Wind und dem Regen zu haben, bis der Morgen dämmerte. Sie hatte gerade die Augen geschlossen, da hämmerte es nachdrücklich an ihrem Baumstamm. Sie richtete sich auf und sah hinaus, da blickte sie unvermittelt in die Augen eines Raben.

„Ich weiß, was dich hierher treibt", begann er unvermittelt, „du musst die Frau finden, die die Märchen erzählt, die musst du fragen, denn alles Übel liegt daran, dass keine alten Märchen mehr erzählt und keine neuen erfunden werden." Er verharrte für einen tiefen Blick in ihre Augen, dann flog er davon.

Als der Morgen graute, nahm sie ihre Ledertasche und setzte ihren Weg fort, immer am Waldrand entlang, ihrem inneren Gefühl folgend. Als es wieder Abend wurde, ging sie ein Stück in den Wald hinein, da auf den Feldern und Äckern die Sicht weit und Unterschlupf rar zu sein schien, und sie wollte unbedingt den Menschen aus dem Weg gehen, die in den Dörfern lärmend und ohne Umsicht ihr Tagewerk verrichteten. Die Sonne war gerade verschwunden, da erschienen ihr alle Stämme gleich grau und durchscheinend, der Boden war wie Samt unter ihren Füßen und sie war sich nicht sicher, noch in dieser Welt zu sein. Ein großer weißer Hirsch trabte an ihr vorbei, sein Blick traf sie in das Herz, sie verstand sogleich, dass sie ihm zu folgen hatte, so ging sie hinter ihm her. Indes, er trabte so geschickt durch das Unterholz, dass sie mitzuhalten Mühe hatte, immer wieder entschwand er ihren Augen, um doch auch wieder wartend sichtbar zu werden und sich sogar nach ihr umzuschauen. Sie konnte nicht sagen, wie viel Zeit vergangen war, eine halbe Ewigkeit oder ein paar Atemzüge, da gewahrte sie ein Licht, das durch die Bäume schien. Im selben Augenblick war der Hirsch plötzlich verschwunden, sie folgte dem Licht und erkannte eine Einsiedelei. Zaghaft klopfte sie an die Tür. „Herein spaziert!", erscholl eine alte Männerstimme von drinnen, sie öffnete knarrend die Tür und erblickte einen Mann in einem großen Lehnstuhl am Feuer sitzend. Mit einer ausladenden Geste forderte er sie auf, ihm gegenüber auf einem zweiten Stuhl Platz zu nehmen; auf dem Tisch stand bereits ein Becher für sie, und er goss ihr Met ein aus einem Topf, der am Feuer stand. Augenblicklich fiel eine große Last von ihr ab und sie genoss die Wärme des Getränks, das ihr ganz wundersam durch die Glieder strömte und sie alles vergessen ließ.

Als sie nach einer Weile die Augen öffnete, saß sie noch immer am Kamin und hielt den Becher in ihren Händen. Der alte Einsiedler sah sie mit leuchtenden Augen an, und sie begann zu erzählen, von ihrem kranken Mann, den sie einst von einem bösen Zauber erlöst hätte und der jetzt wieder von dem alten Bann erreicht worden sei. Auch von dem Auftrag des siechen Prinzen und dem Rat des Raben berichtete sie, wozu der Einsiedler nur verständig nickte. Schließlich begann er zu sprechen:

„Es ist wundersame Kunde, die mich durch dich erreicht, und obwohl ich mich vor Jahrhunderten aus deiner Welt verabschiedet habe, berührt es mich doch. Du wirst bemerkt haben, dass du hier in dieser Gegend, in die der Hirsch dich geführt hat, nicht mehr in deiner Zeit lebst, du könntest hier ein Leben verbringen und zu deinem geliebten Mann zurückkehren, als wären nur wenige Tage vergangen. Darum habe ich diesen Ort gewählt, denn deiner Welt und der Geschäftigkeit der Menschen darin bin ich nach einem langen Leben überdrüssig geworden. Umso mehr freut es mich, einer Frau zu begegnen, die in einem so jungen Körper so viel Weisheit und Liebe vereint. Die Erzählerin, nach der du suchst, wirst du bald finden, sie lebt ähnlich wie ich in einer einsamen Hütte im Wald, gelegentlich begegnen wir uns. Sie holt die Märchen aus dem breiten Strom, den du, um zu ihr zu gelangen, queren musst, und sie wird dir helfen, die Lösung zu finden, denn, so scheint es, dein Leiden ist auch ihres, und wenn du deine Aufgabe zur Heilung des Prinzen löst, wirst du auch ihr und damit allen Menschen helfen. Du wirst den Weg leicht finden, denn du hast ein reines Herz, vertraue auf die Zeichen, die dir gesandt werden."

Am kommenden Morgen wollte sie aufbrechen, aber der Einsiedler hielt sie auf, „Jetzt kannst du unmöglich von hier fortgehen, du würdest dich verirren und nie zurückfinden, warte auf den Abend und das Zwielicht, dann ist der Weg in deine Welt frei und der Hirsch wird dich wieder führen."

So blieb ihr nichts übrig, als zu verweilen, sie setzte sich auf die Bank vor dem Haus und beobachtete die Vögel im Wald. Zauberhaft wirkte hier alles, die Bäume hatten eine seltsame Art still zu sein und doch das Gefühl zu vermitteln, als würden sie sie beobachten und ihr erzählen; die Vögel zwitscherten, aber sie sah keinen ein Nest bauen oder Küken füttern oder vor einem Raubvogel warnen. Die Zeit schien stillzustehen, trotzdem gab es Tag und Nacht, und wenn sie auch die Sonne nicht sehen konnte, spürte sie es doch, als der Tag sich neigte. Als der Wald in einem zarten Schleier der Dämmerung versank, sprach der Einsiedler sie noch einmal an:

„Nun ist es Zeit, in deine Welt zurückzukehren, achte die Zeichen und vertraue auf dein Herz. Ich habe geträumt, dass du es mit deinen Tugenden allein, die dir gegeben sind und die sich bewährt haben, nicht schaffen wirst was dir aufgetragen, aber bedenke immer, dass du nicht allein bist und jeder den Beitrag gibt, den zu leisten er imstande ist."

Sie hängte sich ihre Tasche über die Schulter und ging. Nach wenigen Schritten sah sie sich um, da waren das Haus und der freundliche Mann darin verschwunden, sie besann sich auf ihren Weg und gewahrte alsbald den weißen Hirsch, der wieder vor ihr herlief. Am Waldesrand angekommen blieb ihr nichts, als sich wieder einen Platz für die Nacht zu suchen, und als sie den unter einem Felsvorsprung gefunden, sich dem Schlaf hinzugeben.

Als sie erwachte, war es Mittag und ihr war, als hätte sie alles nur geträumt, so unwirklich und entfernt war die Erinnerung an den vergangenen Tag. Sie war hungrig und gedachte, in einer nahen Ortschaft etwas zu Essen zu kaufen, darum strebte sie frohen Mutes in das nahe Tal und den Häusern zu. In einem Wirtshaus erstand sie etwas Brot, auch Rüben und Äpfel bot man ihr an. Die Menschen im Ort wirkten seltsam bedrückt; sie waren geschäftig, aber ihre Augen waren leer, und niemand erwiderte ihre Blicke. Sie getraute sich nicht hier zu verweilen, gewahrte auch keine Zeichen, so sehr sie auch die Augen offen hielt und verließ das Dorf. Zwischen den Feldern empfingen sie Tauben, denen gab sie von dem Brot, daraufhin flogen sie vor ihr her und zeigten ihr, wohin sie ihre Schritte zu lenken hatte. Auch die Landschaft wirkte jetzt nicht mehr blühend wie bei ihrem Schloss, sondern trocken und öd; sie bemerkte viele abgestorbene Bäume, darunter auch junge, vor der Zeit verdorrt. So vergingen drei Tage, ohne dass sie noch einmal Menschen zu Gesicht bekam; sie war darüber verwundert und entsann sich, dass der Wirt, der ihr das Brot und die Rüben verkauft, erzählt hatte, es ginge eine schlimme Seuche durch das Land, die raffte jeden tausendsten dahin. Aber noch mehr, so munkelte man, starben an der Angst, die alle Menschen seitdem befiel.

Am dritten Tag gelangte sie an das Bett des breiten Stromes, von dem der Einsiedler erzählt hatte und der sich nun trocken vor ihr erstreckte; nur kleine Rinnsale suchten ihren Weg zwischen den Kieseln. Wie verwunschen erschien ihr dieser Strom, wie in einem Todeszustand, wie durch die Kraft einer dunklen Magie herbeigeführt, ihr schauderte, als sie ihren Fuß auf die Steine setzte und das Bett querte. Drüben angekommen, sah sie den verlassenen Kahn eines Fährmannes, wieder begrüßten sie die Tauben, und sie folgte ihnen weiter. Es war nur ein kurzes Stück zu gehen, durch den Wald und einen Hang hinauf, dann sah sie eine kleine Hütte, die mit vielen Schnitzereien geschmückt war. Um das Haus herum prangte eine Blumenpracht, in den Fenstern hingen kleine Lampen. Frohen Mutes trat sie auf die Tür zu und klopfte an.

„Herein!", erklang von drinnen eine alte Frauenstimme. Bella drückte die Tür auf und trat ein. Drinnen saß eine Frau, der das Leben den Rücken gebeugt hatte, an einem Tisch und putzte Gemüse.

„Da bist du ja", sagte sie, „bitte setze dich doch. Ich habe dich schon erwartet und bin dabei, uns eine Suppe zu kochen. Auf dem Herd steht frischer Tee, bitte nimm dir. Du bist doch sicher müde von der Wanderung und kannst eine Stärkung gebrauchen."

Bella dankte, schenkte sich eine Tasse Tee ein und setzte sich zu der Frau an den Tisch. Nachdem sie eine Weile stumm zusammen gesessen hatten, begann Bella zu erzählen, von ihrer Wanderung, den Begegnungen, den vielen wundersamen Eindrücken, zum Schluss, vom Grund ihres Aufbruchs.

„Und du bist die Frau, die die Märchen erfindet", leitete sie das Gespräch zu ihrer Gastgeberin über, denn nun wollte sie erfahren, wie ihr Hilfe zuteilwerden könne.

„Nein, die Märchen erfinde ich nicht, das wäre zu viel der Ehre, niemand unter den Sterblichen kann das für sich beanspruchen. Ich erzähle sie nur."

„Aber woher kennst du die Märchen?", fragte Bella weiter.

„Ich sitze zuweilen am Strom und lausche. Weißt du, wenn du nur lange genug an seinem Wasser sitzt, beginnt er, dir zu erzählen, jedenfalls scheint es so zu sein. In Wirklichkeit erzählen der Strom und alle anderen Geschöpfe der Natur ständig ihre Geschichten, nur benötigst du einige Zeit, dich ihren Stimmen zu öffnen und ihnen zuzuhören. Ich also sitze am Ufer und lausche."

„Und jetzt? Der Strom ist ganz vertrocknet, ich dachte, ich brauchte einen Fährmann, um überzusetzen, stattdessen konnte ich ihn trockenen Fußes queren. Erzählt der Fluss noch?"

„Nein", sagte die Frau. Dann senkte sie den Blick und schwieg. Bella war ungeduldig:

111

„Weißt du, warum der Fluss kein Wasser mehr führt?"

„Er hat es mir nicht erzählt. Er spricht nicht über sich selbst."

Wieder schwieg die Frau. Dann fuhr sie fort:

„Es hat sich viel verändert, seit das Wasser ausbleibt. Nicht einmal im Frühjahr zur Schneeschmelze führt der Fluss Wasser. Ich gehe jeden Tag hin und kehre enttäuscht zurück. Wovon soll ich neue Geschichten erzählen? Kein Wasser, keine Geschichten."

„Wenn ich am Fluss entlang bergauf gehe, bis zu seiner Quelle, finde ich vielleicht den Grund, warum das Wasser nicht mehr fließt."

„Das wäre großartig, du würdest mir einen großen Gefallen tun. Ich auf meine alten Tage kann es nicht mehr. Vielleicht findest du heraus, woran es liegt, und vielleicht können wir das ändern."

„Dann will ich es tun. Ich breche gleich morgen früh auf." Damit stand Bella auf und bereitete sich das Lager für die Nacht. Die alte Frau erzählte ihr ein Märchen, das sie noch nie gehört hatte, von einer jungen Frau, die mit Unerschrockenheit und Liebe die Welt rettete, und das sie so tief bewegte, wie sie es noch nie erlebt hatte. Danach versank sie glücklich in tiefen Schlaf.

Als Bella erwachte, stand die Sonne schon hoch am Himmel, die Märchenerzählerin arbeitete draußen vor dem Haus, der Tisch war zum Frühstück gedeckt und nach einer herzlichen Begrüßung setzten sich beide. Bella legte einige Speisen beiseite, um sie als Wegzehrung in ihre Tasche zu stopfen, die Frau wünschte ihr alles Gute und war voll des Dankes für Bella.

Sie wanderte drei Tage den Fluss entlang, ohne etwas zu sehen, dann wieder drei Tage, und sie wollte schon aufgeben, da erschien ihr wieder der Rabe und gab ihr aufmunternd zu verstehen, dass sie weitergehen solle. So ging sie noch einmal drei Tage, aus dem breiten Strom war inzwischen ein das trockene Bett eines kleinen Flusses geworden, und am Abend des neunten Tages stand sie urplötzlich vor einer hohen Steinmauer, aus der ein Rinnsal quoll. Sie ging an der Mauer entlang die Uferböschung hoch, da gewahrte sie einen Riesen, der Steine auf die Mauer schichtete. Hinter der Mauer hatte sich ein See gebildet, so weit, dass sie, als sie den Blick stromauf den Bergen zuwandte, doch das Ufer nicht sehen konnte. Sie fasste allen Mut zusammen und rief den Riesen an:

„Hey großer Mann, was macht ihr da? Wozu baut ihr diese Mauer?"

Der Riese schichtete weiter Felsblock auf Felsblock.

„Das ganze Land hat kein Wasser mehr, und keine Geschichten, der Strom, der alles speist, ist versiegt, und Elend breitet sich aus unter den Menschen."

„Den Geschichten geht es in meinem kleinen See sehr gut", antwortete der Riese, ohne sie anzuschauen.

„Aber wozu macht ihr es? Wollt ihr alles Wasser für euch haben?"

„Ganz recht, kleine Frau, es ist alles meins, und kein anderer soll sich daran erquicken."

„Aber wenn ihr nur ein bisschen Wasser für den Rest der Welt herausließet, so würden euch alle Menschen dankbar sein. Ihr seid so ein liebes Wesen unter dem Himmel, das kann euch doch nicht gleichgültig sein."

„Wenn es mir gleichgültig wäre, würde ich dann so hart an der Mauer arbeiten? Und jetzt fort mit Euch, ihr haltet mich von wichtigen Dingen ab, ihr kleinen Leut´ versteht euch ja sowieso besser auf`s Reden als auf`s Tun." Damit nahm er einen zentnerschweren Felsbrocken und warf ihn in Bellas Richtung. Bella sprang zur Seite. Schweren Herzens kehrte sie um.

Nachdem sie wieder neun Tage am Flussbett gewandert war, diesmal bergab, erreichte sie erneut das Haus der Märchenerzählerin. Bevor sie es aufsuchte besann sie sich eines anderen, ging an das Flussufer und setzte sich. Sie dachte immer wieder nach, wie sie ihr Versagen der lieben alten Frau beibringen solle, schaute über das ausgetrocknete Flussbett und weinte. Durch ihre verweinten Augen sah sie eine dunkle Gestalt sich nähern. Ein Mann mit einem grauen Mantel und einem hohen spitzen Hut mit breiter Krempe, dazu einen langen Wanderstab, der ihm bis über den Kopf reichte, kam den Fluss entlang gegangen und setzte sich neben ihr nieder.

Nachdem sie eine Weile so zusammen gesessen hatten, begann der Mann unvermittelt:

„Du hast gehört, dass du mit den Tugenden allein, die dir gegeben sind und die sich bewährt haben, nicht schaffen wirst, was dir aufgetragen, aber bedenke immer, dass du nicht allein bist und jeder den Beitrag gibt, den zu leisten er imstande ist."

„So wisst ihr von meiner Aufgabe? Gebt mir einen Rat! Ich habe kläglich versagt, so kann ich weder meinem geliebten Mann noch all den anderen Menschen helfen, die unter der Selbstsucht des Riesen leiden. Der Strom der Geschichten fließt nicht mehr und mir ist, als ginge es um mehr als diese dabei."

„Richtig", antwortete der Mann, „nicht nur um die Märchen, nicht nur um Geschichten geht es, es ist der Strom des … aber das weißt du ja bereits, du weises Herz, deshalb sind wir ja alle bei dir und begleiten dich auf Schritt und Tritt, ohne dass du es bemerkst, und helfen dir. Ich bin ein mächtiger Zauberer, aber dieses ist keine Aufgabe für mich oder meinesgleichen, es ist eure Sache, die der gewöhnlichen Menschen, ihr müsst es allein schaffen, die Macht des Bösen zu besiegen und die Schöpfung von Neuem beginnen zu lassen. Zauberer wie ich können nur Rat und Unterstützung gewähren. Vielleicht bestärkt es dich, dass sogar der Einsiedler dich zu sich führen ließ und dich unterstützt, obwohl er, wie du weißt, nicht von unserer Welt und unserer Zeit ist."

„Ist denn nun alles verloren? Können wir den Riesen noch von seinem eitlen Tun abhalten? Und wie?"

„Ich werde mir etwas einfallen lassen. Ich glaube sogar, ich habe schon eine Idee. Geh´ nur ins Haus der lieben Frau und ruhe dich aus, du hast deinen Teil der Aufgabe erfüllt. Es wird sich alles fügen. Ich sehe, dein Mann hat soeben das Bett verlassen und schaut aus dem Fenster, gerade in die Richtung, wo wir nun sitzen. Er spürt schon, welch Wandel bevorsteht und dass ihr euch bald wieder in die Arme nehmen werdet." Der Mann erhob sich und warf ihr im Gehen einen tiefen, lieben Blick zu, der Bellas Sorgen vertrieb und ihre Brust mit Zuversicht füllte. Sie stand ebenfalls auf und ging zum Haus.

Drinnen erwartete sie die Märchenerzählerin mit frischem heißen Tee. Bella setzte sich an das Feuer und trank. Dann erzählte sie von dem Riesen, der eine gewaltige Mauer quer durch den Fluss aufschichtete und damit das Wasser aufstaute; wie sie ihn angerufen habe, aber ihn nicht von seinem Tun abbringen konnte, und wie sie entmutigt den Fluss talwärts zurückgekehrt sei.

„Du hast dein Bestes gegeben", ermutigte sie die Frau, „immerhin wissen wir dank deiner Hilfe, warum der Strom kein Wasser mehr führt, und können weiter nach einer Lösung suchen."

Bella blieb einige Tage bei der Märchenerzählerin, übernahm Arbeiten im Haus und im Garten, dachte immer wieder an ihren Gemahl, aber sie traute sich nicht, unverrichteter Dinge heimzukehren.

Als sie eines Abends auf der Bank vor dem Haus die letzten Sonnenstrahlen genossen, kam ein Mann daher, der den Zenit seiner Kraft schon einige Jahre überschritten hatte und frohgemut nach Speise und Nachtlager fragte. Bella ging hinein, ihm ein Abendessen und Getränk zu holen, denn sie fühlte sich inzwischen richtig zuhause bei der Märchenerzählerin und war froh über jede Arbeit, die sie ihr abnehmen konnte. Dabei lauschte sie, was der Mann zu erzählen hatte; ein Schneider war er und hatte schon viel erlebt, hatte viel gewonnen und wieder verloren, und sogar in einem Palast hatte er gelebt, an der Seite einer Königin, die ihn nicht geliebt habe, er sei dieses Lebens überdrüssig geworden und wieder auf die Wanderschaft gegangen, da das die Weise des Lebens sei, bei der er am freiesten sei. Auch von dem bedrückenden Gefühl, das überall die Menschen heimgesucht hatte, sie missmutig und ihre Augen trüb machte, wusste er zu berichten. Vor wenigen Tagen habe ihn ein alter mächtiger Zauberer aufgesucht und ihm geraten, zur Märchenerzählerin zu gehen, sich ihrer

Gastfreundschaft zu erfreuen und zu hören, was für eine Aufgabe das Leben für ihn bereithielt.

Darauf begann die Märchenerzählerin von ihrem Leid zu berichten, dass der Strom versieget sei und sie keine Geschichten mehr von ihm erfahren könne, und dass Bella gekommen sei, dem Übel abzuhelfen, aber gegen den Riesen, der eine gewaltige durch das Flussbett führende Mauer errichtete, nichts habe ausrichten können.

„Ein Riese?", fragte der Schneider nach und seine Augen begannen zu leuchten, „nicht zwei? Schade, es ist viel leichter, zwei Riesen zu erledigen als einen."

„Nein, ein Riese baut die Mauer, ganz allein", sagte Bella, „und mir ist, als könne er sich nicht mit einem zweiten Wesen zusammentun, so selbstsüchtig schien er mir."

„Nun, ich will es trotzdem wagen, gleich morgen werde ich aufbrechen, wäre doch gelacht, wenn ich mit ihm nicht fertig würde." Dabei lehnte er sich selbstgefällig zurück, schlug seine Jacke zur Seite, so dass Bella auf seinem abgewetzten Gürtel „Siebene auf einen Streich" entziffern konnte.

Am frühen Morgen brach der Schneider auf, Bella hatte ihm reichlich Wegzehrung mitgegeben, und er wurde mit den besten Wünschen herzlich verabschiedet.

Nach neun Tagen erreichte er die Stelle, wo der Riese die Mauer errichtete und besah sich alles aufmerksam aus sicherer Entfernung. Dann suchte er die Landschaft nach einem Gehöft ab und fand eines in der Nähe. Dem Bauern trug er auf, einige Strohballen dort am Ufer abzulegen, wo der Riese die Mauer baute; der wollte erst nicht einwilligen, aber als der Schneider ihm einige Dukaten dafür bot und ihm versicherte, der Riese wäre des Abends nicht zugegen, sagte er zu. Als der Bauer dies verrichtet, fasste der Schneider allen Mut zusammen und ging zum Riesen.

„Dies ist ein schönes Bauwerk", hob er an, „es wird gar fein aussehen, wenn es erst fertig ist."

„Es ist schon fast fertig", antwortete der Riese mürrisch.

„Das scheint mir nicht so", entgegnete der Schneider, „sicher könntet Ihr die Mauer viel höher bauen, Steine hat es doch genug, und wenn etwas gut ist, so ist mehr davon besser als weniger."

„Die Mauer ist hoch genug, und der See fasst genug Wasser, und überhaupt, was geht es euch an? Ich habe die Steine zu schleppen, und sie sind sehr schwer, froh bin ich, wenn ich die Arbeit heute abschließen kann."

„Schwer sind die Steine?", fragte der Schneider keck, „und das, wo ihr doch so stark seid? Da will ich doch gleich mal probieren, wie sich diese Arbeit anfühlt", sprach`s, packte einen Strohballen und warf ihn auf die Mauer. Der Riese guckte erstaunt, wollte sich aber nicht beschämen lassen, und warf besonders große Steine auf die

Mauer. Aber so sehr er sich auch mühte, immer war der Schneider schneller, und hatte schon ein Dutzend Strohballen auf die Mauer geschichtet, während der Riese gerade drei Steine daraufgelegt. Nun geriet der Riese in Wallung, er packte die Steine und schichtete sie auf die Mauer, so schnell er es vermochte, und der Schneider feuerte ihn an:

„So ist`s recht, eine großartige Mauer wird das, und sie wird viel mehr Wasser aufhalten, und schnell ist die Arbeit auch verrichtet, seht nur", damit warf er locker einen weiteren Strohballen auf die Mauer. So stürmte der Riese los, packte Stein auf Stein, und als die Sonne unterging, war sein verletzter Stolz noch nicht geheilt und er arbeitete ohne Unterlass weiter. Der Schneider ward nicht müde, ihn weiter anzufeuern, er hatte den Punkt, wo der Riese verletzlich war, schnell gefunden und verstand es, darin zu bohren. Der Mond ging auf und der Riese wühlte immer noch und hatte es durch sein Ungestüm auch an Sorgfalt missen lassen, was der Schneider mit Wohlgefallen aufmerksam beobachtet hatte. Nun zog sich der an einen sicheren Platz zurück, und als der Riese hoch oben auf der Mauer einen weiteren Stein ablegte, kamen alle Steine in Bewegung, sie rollten in alle Richtungen daher, die meisten aber folgten dem Flussbett und ergossen sich darin, wobei der Riese laut schreiend mitgerissen und unter den Steinen begraben wurde, und noch lange hallte das Grollen der Steine von fernen Bergen zurück, nachdem das Schreien des Riesen erstorben war. Nun folgte auch das Wasser, es strömte über die Steine und folgte seinem alten Lauf, mit einer großen Welle stob es talwärts, links und rechts an den Ufern die Bäume mitreißend.

Als alles zur Ruhe gekommen und der Fluss wieder in seinem breiten Bett talwärts strömte wie ehedem, machte sich der Schneider auf den Rückweg. Die Vögel zwitscherten wieder und begleiteten ihn, und als er die Hütte erreichte, herzten und umarmten ihn beide Frauen und konnten gar kein Ende finden. Rasch war erzählt, wie der Schneider den Riesen besiegt, und nun musste auch Bella aufbrechen, denn auch ihre Aufgabe war erfüllt und sie sehnte sich, ihren Gemahl wieder in die Arme zu schließen.

Auf der Wanderung zurück konnte sie sich gar nicht sattsehen an den vielen lebendigen Eindrücken, den bunten Blumen und den Vögeln, den fröhlichen Menschen, die mit strahlenden Augen grüßten und ihr zu Essen und zu Trinken anboten. In ihrem Schloss angekommen, erwartete sie ihr Gemahl, der Prinz, bei besten Kräften, mit leuchtenden Augen und roten Wangen und es bestand kein Zweifel, dass der böse Zauber, der die Welt befallen, für dieses Mal wieder in seine Grenzen verwiesen worden war.

Der Seestern

Carl Ewald

Irgendwo auf dem Grund des Meeres trafen sich ein großer Dorsch, ein alter Hummer, ein Seestern und ein halber Sandwurm.

Der Dorsch stand im Wasser und hatte sich überfressen. Er stierte mit seinen dummen Augen und wollte sich nicht vom Fleck bewegen.

Der Seestern hatte seine fünf Arme um eine Auster geschlungen und war dabei, sie auszusaugen. Die Auster hatte ihre Schalen ursprünglich fest geschlossen, aber dann spritzte der Seestern etwas giftiges Zeugs auf die Stelle, wo die Schalen sich schlossen, und dann konnte das arme Ding nicht mehr. Sie war bereits halb ausgesaugt, und der Seestern begann, sich nach mehr Nahrung umzusehen. Das konnte er, weil er ein Auge an der Spitze jedes Armes hatte.

Dem Hummer ging es nicht gut.

Er hatte seinen Panzer vor ein paar Tagen gewechselt und der neue Panzer war immer noch ziemlich weich. Deswegen versteckte sich der Kavalier unter einem großen Stein, fraß nicht und war recht mürrisch, wenn jemand mit ihm sprach.

Aber dem halben Sandwurm ging es wirklich schlecht.

Ihm war gestern die hintere Hälfte abgetrennt worden. Wie es geschehen war, wusste er selbst nicht. Augen hatte er nicht, und es gab keinen Grund darüber zu weinen, denn es bestand absolut kein Bedarf daran für jemanden, der täglich im Sand wühlte. Und so war er schließlich ein erbärmlicher, weicher Kerl, der das Leben so nehmen musste, wie es kam, und dem es auch nicht einfiel sich zu beklagen.

Jetzt suchte er einfach nach seinem Hinterteil. Man will doch nicht verlieren, was man hat. Und je weniger man hat, desto mehr Wert legt man verständlicherweise darauf.

Als die vier Helden dort unten waren und jeder sich selbst genug war, kam ein großer Schweinswal zu ihnen herunter.

Das war schon ein Schreck. Der Dorsch wich mit einem Flossenschlag zur Seite, der Hummer kroch gänzlich unter seinen Stein, der Seestern wollte fast die Auster loslassen. Der Sandwurm merkte wohl an der Bewegung des Wassers, dass etwas los war, wusste aber wie üblich nicht Bescheid.

„Ha! Ha!", sagte der Dorsch. „Was für ein Fisch bist du?"

„Ich bin überhaupt kein Fisch, wenn ich bitten darf", sagte der Schweinswal.

„Doch hast du schon eine Fischgestalt, auch wenn sie etwas plump ist", sagte der Dorsch.

„Ich weiß wohl, der Anschein spricht gegen mich", sagte der Schweinswal. „Das hat mich schon viele Male geärgert. Es geht so weit, dass die Leute mich und meine Verwandten Walfisch nennen. Und dabei bin ich in Wirklichkeit ein ganz gewöhnliches Säugetier."

„Was für ein Tier?", fragte der Dorsch.

„Es ist das vornehmste aller Tiere", sagte der Schweinswal. „Wir können überhaupt nicht im Wasser atmen wie die Fische und die anderen Kriechtiere hier unten. Wir müssen zum Atmen nach oben."

„Du Armer", sagte der Dorsch.

„Bedauerst du mich, du dummer Dorsch?", fragte der Schweinswal wütend.

„Ja, du bist doch zu bedauern", sagte der Dorsch. „Weil du dazu bestimmt bist, im Wasser zu leben – und ich kann deinem Äußeren ansehen, dass du es bist – muss es furchtbar ärgerlich sein, dass du jeden Moment nach oben musst, um zu atmen. Also finde ich, dass ich besser geschaffen bin."

„Findest du?", fragte der Schweinswal. „Ja, jeder hat seinen eigenen Geschmack. Es war dumm von mir, mich auf eine Person wie dich einzulassen. Wie solltest du das Leben der vornehmen Leute und deren Gefühle verstehen können. Jetzt gehe ich wieder. Es war auch rein zufällig, dass ich hier heruntergekommen bin."

„Auf Wiedersehen", sagte der Dorsch. „Komm nicht aus der Puste, bevor du nach oben kommst, wo du Luft holen kannst."

Der Schweinswal stieg auf, und die anderen lachten über ihn.

„Was für einer", sagte der Dorsch. „Wie idiotisch vornehme Leute sein können. Da gleitet der Schweinswal umher und bildet sich ein, etwas Besseres zu sein als wir anderen, weil er nicht im Wasser atmen kann."

„Ja, Wichtigtuerei ist eine üble Sache", sagte der Hummer. „Wenn man älter wird, sieht man am besten, was sie wert ist, und lernt, dass wir alle gleich sind vor dem Herrn."

„Nun, äh", sagte der Dorsch. „Ich finde, das geht wiederum ein wenig zu weit. Du hast selbst gehört, wie ich das Großmaul zurechtgewiesen habe, also bin ich ein guter, einfacher Mann. Aber alle Verschiedenheiten kann man eben nicht von der Erde tilgen."

„Das nicht", sagte der Hummer. „Ja, mir ist es egal, solange ich meinen Panzer noch nicht wiederhabe."

„Ja, du bist dabei deinen Panzer zu wechseln", sagte der Dorsch. „Das dürfte kein Spaß sein."

„Nein, das kannst du mir glauben", sagte der Hummer. „Besonders in meinem Alter. Hier geht man so zu sagen Tag für Tag wie Gott einen schuf, ist der Strömung und allen möglichen anderen Unannehmlichkeiten ausgesetzt. Das ist jetzt das siebzehnte Mal, dass ich diese Geschichte durchmachen muss."

„Herr Gott", sagte der Dorsch. „Und das kann nicht vermieden werden?"

„Nein, wie sollte das gehen", antwortete der Hummer. „Das ist ja die Art, wie wir wachsen."

„Das ist wahr", sagte der Dorsch. „Das hatte ich vergessen. Ich habe mich nicht daran erinnert, dass du zu den niederen Tieren gehörst. Da kannst du selbst sehen, wie einfach und schlicht ich bin."

„Bin ich niederer als du?", fragte der Hummer.

„Selbstverständlich", sagte der Dorsch. „Du siehst das am besten an deiner Entwicklung. Die niederen Tiere machen es genauso. Im Frühling. Sie verwandeln sich. Oder sie werfen ihr gesamtes Skelett ab, wie du gerade. Für die höheren Tiere geht es gleichmäßiger. Wir wachsen Tag für Tag, unbemerkt und kontinuierlich. Wenn ich mich so häutete wie du, müsste ich sogleich sterben."

„Blubbert der Dorsch?", fragte der alte Hummer und kroch ganz unter seinem Stein hervor, auch wenn er noch ziemlich weich war und jedes Sandkorn spüren konnte, das er berührte. „Ist es ein Anzeichen deiner vornehmen Bauweise, dass du stirbst, wenn du deinen Frack ablegst?"

„Natürlich", sagte der Dorsch.

„Dann bin ich überglücklich darüber, dass ich nicht vornehm gebaut bin", sagte der Hummer. „Und solch einen Unsinn habe ich noch nie ge-

hört. Alles in allem bist du doch ein genauso großer Narr wie der Schweinswal."

„Wir verstehen einander offensichtlich nicht",
sagte der Dorsch. „Aber das ist doch an und für
sich nicht verwunderlich. Leute von unterschied-
lichem Stand sollten überhaupt nicht miteinander sprechen, außer über das Allernötigste. Die
niedriger Stehenden können das selten ertragen.
Sie werden eingebildet. Und vorlaut."

„Hat man so etwas schon mal gehört", sagte
der Hummer.

„Auf Wiedersehen", sagte der Dorsch, machte
einen gewaltigen Schlag mit der Schwanzflosse
und war sogleich weg.

„Gott weiß, was der sich einbildet", sagte der
alte Hummer.

„Och ja", sagte der Sandwurm.

„Wer ist dran? … jetzt bist du dran, mein guter Sandwurm", sagte der Hummer.

„Ja, das ist wohl so", sagte der Sandwurm.

„Wie geht es dir?"

„Och ja", sagte der Wurm. „Ich kann eigentlich nicht klagen. Sand gibt es ja immer genug,
und wenn man den ganzen frisst, wäre es verwunderlich, wenn das keine Darmprobleme verursachte. Ich bin einfach traurig, dass ich mein
Hinterteil verloren habe."

„Was hast du?", fragte der Hummer.

„Ich habe mein Hinterteil verloren", sagte der
Sandwurm.

„Gott bewahre", sagte der Hummer. „Du armes Tier. Ich kann es nicht ertragen, von so etwas zu hören, solange ich weich bin. – Was machst du denn jetzt ohne Hinterteil?"

„Ja, äh … man schlägt sich durch, so gut man kann", sagte der Sandwurm.

„Wie ist das geschehen?", fragte der Hummer.

„Was weiß ich davon", sagte der Sandwurm. „Ein armer Kerl wie ich muss es doch nehmen, wie es kommt, und sich freuen, dass man sein Leben behält. Ich wünschte, ich könnte mein Hinterteil finden."

„Was in aller Welt willst du damit?", fragte der Hummer.

„Jesses, ich will dann natürlich wieder damit zusammenwachsen", sagte der Sandwurm. „Was denn sonst?"

„Kannst du das?"

„Jesses ja, das kann ich sicherlich. Falls ich es nicht finden kann, dann muss ich doch ein neues wachsen lassen. Aber das braucht natürlich längere Zeit. Also wäre es leichter mit dem alten."

„Das ist seltsam", sagte der Hummer. „Ich habe wohl gehört, dass man ein Bein oder einen Fühler verlieren kann, und dann wächst es wieder nach. Aber ein ganzes Hinterteil?"

„Ja", sagte der Sandwurm, „das ist wirklich ungefähr die Hälfte von mir, also blanker Unsinn ist das nicht. Nun, man soll die Hoffnung nicht aufgeben. Es kann ja sein, dass ich es finde. Oder vielleicht finde ich auch ein anderes."

„Was sagst du?"

„Ich sage, ich könnte Glück haben und ein anderes Hinterteil finden", sagte der Sandwurm. „Es ist nicht unvorstellbar, dass es einen anderen Wurm gibt, dem dasselbe Unglück widerfahren ist wie mir. Wir sind wirklich genug, und arme Kerle sind wir alle."

„Aber Gott erbarme sich", sagte der Hummer. „Wenn du auch ein fremdes Hinterteil findest – welchen Nutzen hättest du davon?"

„Ach, ich kann damit zusammenwachsen", sagte der Sandwurm. „Was sollte dem im Wege stehen?"

„Das kannst du mir gerne erzählen", sagte der Hummer.

„Mann, und ob ich das kann", sagte der Sandwurm. „Ich habe wirklich keinen Kopf dafür, Geschichten zu erfinden. Sie müssen wissen, dass das Hinterteil, das ich verloren habe – das war im Grunde nicht mein eigenes."

„Was war es nicht?"

„Es war nicht mein eigenes", sagte der Sandwurm. „Es war eins, das ich letztes Mal gefunden habe, als mir ein Unglück widerfuhr. Aber das wiederum davor – das war meins. Das war das, mit dem ich geboren wurde."

„Das ist sonderbar", sagte der alte Hummer. „Dann will ich für dich hoffen, du findest dein Hinterteil oder ein anderes – weil es dir wohl gleichgültig ist, was für eines es wird."

„Das will ich eben nicht sagen", sagte der Sandwurm. „Mein eigenes war etwas verschlissen; als ich dann eines finden konnte, das jünger und besser war, war das schon angenehm."

„Ja, dann viel Glück", sagte der Hummer.

„Da sage ich vielen Dank", sagte der Sandwurm. „Es tut immer gut, Anteilname zu erfahren. Ich war auch sehr glücklich darüber, was Sie zuvor darüber sagten, dass wir alle gleich sind vor dem Herrn. Es ist schön für einen kümmerlichen Wurm, so etwas zuweilen zu hören."

„Nun ja", sagte der Hummer. „Das sagte ich ganz gewiss. Aber du darfst das nicht allzu wörtlich nehmen. Es waren dieser verrückte Schweinswal und der dumme Dorsch, die sich wichtigtaten. Es geschah ihnen recht, getadelt zu werden. Aber du kannst dir doch niemals einbilden, dass zum Beispiel du und ich gleich sind?"

„Nun denn", sagte der Sandwurm.

„Ja … weil es einen Unterschied gibt", sagte der alte Hummer. „Es ist ja gottseidank nicht alles durcheinander. Wie glaubst du also, sähe es sonst in der Welt aus?"

„Nein wirklich", sagte der Sandwurm.

„Du sagst das so eigenartig", sagte der Hummer. „Willst du dich wirklich mit einem vornehmen Hummer vergleichen, der Scheren und Augen an Stielen, Fühler und vierzehn Beine, eine Schwimmflosse mit Fächer, einen Panzer und Schild und viele andere Herrlichkeiten besitzt? Du, der du herumgräbst und nach deinem eigenen Hinterteil suchst und dich freuen wirst, wenn du ein anderes findest?"

„Oh nein", sagte der Sandwurm. „Da könnte etwas dran sein. Ich denke gerade daran, was Sie zuvor zum Dorsch sagten, und daran, was der Dorsch zum Schweinswal sagte. Ich kann es nur so sehen, dass es ein Vorteil für mich wäre, wieder mit meinem Hinterteil zusammenwachsen zu können. Seitdem ich es nun verloren habe. Und es kann ja auch niemals zu meinem Schaden sein, dass ich ein fremdes Hinterteil verwenden kann, falls ich mein eigenes nicht finde."

„Dummkopf", sagte der Hummer. „Ich bedaure, dass ich ein Gespräch mit dir begonnen habe. Verzieh dich und bring das mit deinem Hinterteil in Ordnung, wenn du Lust hast."

„Vielen Dank", sagte der Sandwurm.

So kroch er weg. Der Seestern ließ die Auster los, weil nichts mehr darin war.

„Der Sandwurm hat dir reinen Wein eingeschenkt", sagte der Seestern.

„Zu wem sagst du du?", fragte der Hummer erbost.

Er vergaß, dass er noch weich war, stieß vor, und trennte den einen Arm des Seesterns ab.

„Aua!", sagte der Seestern.

„Aua!", schrie der Hummer. „Jetzt ist meine schöne Schere vielleicht auf Lebenszeit beschädigt."

„Und mein Arm ist weg", sagte der Seestern. „Aber ich werde mir sicher einen neuen beschaffen."

So kroch er seines Weges. Und der Hummer kroch seines Weges, weil er an diesem Ort traurig war. Dort war jetzt nichts anderes mehr als des Seesterns abgetrennter Arm. Und eine Stunde später kam der Sandwurm zurück.

„Hast du dein Hinterteil nicht gefunden?", fragte der Seesternarm.

„Wer spricht?", fragte der Sandwurm. „Ich sehe niemanden."

„Das bin nur ich. Ich bin der fünfte Arm des Seesterns. Der Hummer hat mich abgetrennt, weil du ihn so wütend gemacht hattest."

„Herr Gott, deine Haut", sagte der Sandwurm. „Dann bist du fertig."

„Nun, äh", sagte der Seesternarm. „So schlimm ist es wohl auch nicht. – Hast du dein Hinterteil gefunden?"

„Nein, habe ich eben nicht", sagte der Sandwurm. „Und auch kein anderes. Ich werde wohl ein neues ausbilden. Falls ich nicht einfach zu alt dafür bin. Dann schaffe ich es schon, mich ohne zu behelfen."

„Das tut mir leid für dich", sagte der Seesternarm.

„Danke für deine Freundlichkeit", sagte der Sandwurm. „Übrigens finde ich, du könntest all das Mitgefühl, das du auftreiben kannst, für dich selbst benötigen. Du kannst ja niemals mehr zu einer Person werden."

„Warum das nicht?", fragte der Seesternarm. „Man soll niemals die Hoffnung aufgeben. Er, zu dem ich gehört habe, macht sich schnell genug einen Arm, und ich habe wirklich nicht vor, zu krepieren."

„Meiner Meinung nach gab es für dich dazu einen Anlass", sagte der Sandwurm. „Dir fehlen … lass mich sehen, dir fehlen vier Arme …"

„Und Mund und Magen und das alles", sagte der Seesternarm.

„Das bedeutet, dir fehlt das ganze Tier, abgesehen von dem Stumpf, der du bist", sagte der Sandwurm.

„Ja schon", sagte der Seesternarm. „Und es ist ja das, was einem fehlt, was man sich beschaffen soll. Falls du sehen könntest, würde ich dir zeigen, dass ich bereits begonnen habe, ein wenig nachzuwachsen."

„Kannst du denn sehen?"

„Klar kann ich das", sagte der Seesternarm. „Ich habe ein Auge … jeder von uns Armen hatte eines, und meins folgte mir gottseidank, weil ich das ganz außen an der Spitze habe. Und ein Stück Darm habe ich auch in mir, also ist das gar nicht so ein schlechter Beginn."

„Ja, viel Glück", sagte der Sandwurm.

„Danke", sagte der Seesternarm. „Das wird schon werden. – Hättest du nur dein Hinterteil."

„Hör mal, kleiner Freund", sagte der Sandwurm. „Ist es nicht ein wenig eingebildet von dir, dich mit meinen Angelegenheiten zu beschäftigen, so wie du in der gleichen Situation bist? Lass du mein Hinterteil sein, was es ist, und vergiss nicht den ganzen Seestern, der dir fehlt."

„Herr Gott", sagte der Seesternarm. „Bist du jetzt auch wichtig?"

„Wichtig?", fragte der Sandwurm. „Ich bin wohl nicht wichtig. Aber ich mag es nicht, wenn jemand sich wichtig macht. Es gibt da schon ein Unterschied."

„Gibt es einen?", fragte der Seesternarm. „Ich meinte nur, du hast doch zum Hummer gesagt …"

„Du sollst nicht belauschen, was ordentliche Leute sagen, wenn du es nicht verstehen kannst", sagte der Sandwurm wütend. „Was ich zum Hummer sage, ist eine Sache, was ich zu dir sage, eine andere. Du bist bloß ein elender Stumpf eines Weichtieres und ich bin ein Wurm … hörst du … ein Wurm … wenn auch gegenwärtig nur ein halber Wurm. Meilenweit stehe ich über dir, der da liegt und sich windet ohne Arme, ohne Magen, ohne Mund und all das, bis es eines Tages auf dem einen oder anderen Wege wieder an dir nachwächst – was dir ja ohnehin egal ist."

„Du darfst nicht wütend auf mich sein", sagte der Seesternarm. „Du kannst dein Hinterteil wiederbekommen … aber falls ich nun alles bekommen kann, was ich verloren habe, so ist es ziemlich raffiniert von mir ... nicht wahr? Ich finde, je schlimmer es einem ergangen ist, desto fähiger ist man, wenn man zurechtkommt ... war es nicht so etwas ähnliches, was du zu dem alten Hummer sagtest?"

„Weichtier! Idiot!", sagte der Sandwurm.

Dann kroch er fort.

Der Seesternarm lag und wuchs, und es dauerte nicht viele Tage, ehe alles wieder an ihm nachgewachsen war. Nun war er ein genauso guter Seestern wie die anderen, nur dass der alte Arm viel größer war als die vier Neuen. Aber das verbesserte sich mit der Zeit.

Glücklich ging er in die Welt hinaus, um jemanden zu finden, demgegenüber er wichtig sein könnte.

Eine Gefälligkeit

Gilli Fryzer

Irgendwer hatte es wohl für eine Gefälligkeit gehalten, ihn kommen zu lassen, hatte gedacht, sein Kommen werde Trost bringen. Oma Bevan vielleicht, oder Biddy von gegenüber, noch immer mit rotem Gesicht vom Rennen.

Nicht Joan, die bei meinen Worten eine halbgerupfte Junghenne hatte fallen lassen. Sie konnte nur Albert anschreien, er solle sein Kirchenhemd anziehen und zu ihrer Schwester nach unten rennen, so schnell, dass ich meine Röcke raffen musste, um mit ihm Schritt zu halten.

Doch, als Erste brachte Biddy die Nachricht, sie stammelte, was sie über das Pferd wusste, und darüber, dass es geschlagen worden war. Dann Joan, die mich am Handgelenk packte, als sie mich nach Hause zerrte.

Und doch kam er uns zuvor, ein spinnenbeiniges Häuflein Elend auf der Türschwelle, wo er seinen speckigen Mützenrand zwischen seinen spatzenknochigen Fingern drehte. Vor ihm Ma, stiefelhoch im nassen Matsch, den Mantel halb zugeknöpft, die Hand zu den abgebrochenen Zähnen erhoben, als könne sie diesen Anblick nicht fassen, die Prozession, die sich die Straße herab auf sie zubewegte, mit Harold an der Spitze und Llew Bevan tot im Mittelpunkt.

Er hieß Mordecai Jones, und wir Kinder kannten ihn als argen Sünder, so voller Schlechtigkeit, dass schon der Anblick seines krummen Rückens am Flussufer uns zur Kapelle hinjagte. Er hauste ganz oben am Pfad nach Dinas Cross, reparierte zerbrochene Stähle und Töpfe, die außer ihm nie wieder irgendwer benutzen mochte. Seine Hennen scharrten unter verfaulenden Apfelbäumen, die ebenso rachitisch waren wie der Mann. Er wagte sich nur in die Nähe anständiger Menschen, wenn er geholt wurde, oder wenn ein Nachbar, angestachelt durch die Worte des Predigers, über Nacht einen Eimer mit Hühnerresten vor seine Tür stellte. In der Sonntagsschule lernten wir, dass es so sein musste, denn der gewaltige Quell der Sünde, der in Mordecai Jones aufwallte, zersetzte alles, was er anrührte.

Vielleicht hatte an jenem Tag niemand nach Mordecai Jones geschickt. Vielleicht hatte er gesehen, wie mein Vater vor dem Pferd seinen Stock hob, hatte den Hieb und die Gegenwehr gesehen. Hatte gesehen, wie in aller Eile das Schafgatter gebracht und wie Da darauf gehoben wurde, den Kopf in den Nacken gekippt, das Genick gebrochen, wie bei einem Kaninchen.

Oder vielleicht, da er immer Hunger hatte, sah er einfach eine Gelegenheit. Schließlich hieß es, dass Mordecai Jones endlose Qualen litt, ein grauenhaftes Nagen in seinen Eingeweiden, das niemals aufhörte; dass er jungen Knochen das Fleisch wegreißen würde, wenn er nur könnte.

Es wurde geflüstert, der Sündenfresser könne die Lämmer aus den Mutterschafen fallen und die Bäuche der Frauen leer bleiben lassen, könne die Weizenernte verderben und das Heu zum Faulen bringen, so groß war sein Hunger, wenn der nicht gestillt wurde.

Oder vielleicht wusste er einfach nur, dass Nell Bevan ihn brauchen würde, an diesem Tag.

Thomas, Boy, Harry, Owen. Alle vier waren nötig, um meinen Vater in unser Haus zu tragen, und als das Gatter in der Haustür kippte, knallte der Haken gegen die offene Tür, wie um zu sagen, dass Llew Bevan wieder zu Hause war und nicht tot, und dass er seinen Tee wollte.

Mas Hand fuhr hoch, als sie das Klopfen hörte, und Joan schaute vom Wasserkessel auf, wie um zu sagen, wie das so ihre Art war: „Ist schon gut, Nellie, ist schon gut. Er ist weg, Mädel!"

Aber woran ich mich vor allem erinnere, ist, dass - ehe die Männer vom Hügel herunterkamen, ehe irgendwer bereit war - der Sündenfresser vor unserem Haus wartete, ein Hungerhaken von Mann mit Hühnerkacke an den Stiefeln und rotunterlaufenen Augen, die hin und her flackerten, aus Angst, der Prediger aus Dinas sei schon eingetroffen und lauere irgendwo in den Schatten, um uns alle zur Rechenschaft zu ziehen.

Bisher hatte ich Mordecai Jones noch nie aus der Nähe gesehen, hatte ihn niemals sprechen hören. Das hatte niemand von uns. Evan und Dai hatten einst als Mutprobe oben bei ihm Äpfel gestohlen und fauligbraunes Fallobst gegen die Tür geworfen, bis der alte Mann vom Abtritt hervorgestürzt kam.

„Gebrüllt und geflucht hat er und total nach Sünde gestunken", sagte Dai beim Abendessen. „Und er hat mit einer Mistgabel rumgefuchtelt wie der Teufel am Sonntag."

Bethan biss auf einem geklauten Apfel herum und schrie wie das Baby, das sie ja war. Ma klopfte die Maden auf den Steinboden und sagte, das solle uns eine Lektion sein, andere in Ruhe zu lassen.

„Einem Mann darf man sein Hab und Gut nicht nehmen", sagte sie.

„Du kannst schon aus der Ferne riechen, wie übel der Kerl ist", flüsterte Dai später, „Gestank und Dreck, wenn du etwas anfasst, wie ein verwester Fuchs, wenn seine Innereien explodieren."

Aber er sagte, der alte Sünder habe kein böses Wort zu ihm gesagt, so sehr er auch herumgetobt habe.

Die Männer rollten meinen Vater auf den Tisch und hielten für einen Moment inne.

„Seht ihn euch an", sagte Albert. „Das war er."

Joan drehte sich schnell genug vom Herd um, um ihn zum Schweigen zu bringen, aber laut sagte sie nur, dafür würde es noch Zeit und Ort geben.

Die eine Faust von Da baumelte über die Tischkante. Seine Hose war mit Schlamm verklebt und sein Hemd war zerfetzt und von Gehirnmasse und Blut durchtränkt. Sein Kopf lag verdreht auf seiner Schulter, seine Stirn wurde gelb dort, wo die Hufe sie gespalten hatten. Ein tiefrotes Auge starrte meine Mutter, die hinter ihm am Tischende stand, noch immer wütend an.

Thomas legte Harry den Arm um die Schulter. Sein Bruder atmete tief ein und ließ die Luft prustend wieder entweichen, wie ein Pferd.

„Großer Gott", sagte Albert, „so oder so ist es eine verdammte Geschichte."

„Fass du mal mit an", sagte nun Joan, und zusammen mit Albert und Dai zog sie meinem Vater Hose und Hemd aus, und ich weiß nicht mehr genau, wie es kam, dass Joan mir die Schüssel in die Hand drückte. Joan fing an, Da behutsam vom Hals bis zu den Zehen zu waschen, wobei sie der blutigen Masse, die das Hufeisen aus seinem Gesicht gemacht hatte, auswich und dabei das wütende Auge zudrückte.

Aber in all den langen Minuten, in denen ich neben meinem Vater stand, während die Metallschüssel in meinen Händen kalt wurde und das Wasser darin durch Schlamm und Blut eindickte, blieb meine Mutter oben am Tisch stehen, so still wie ihr Mann, und ihre blassen Augen hingen an Mordecai Jones, der ihren Blick von der Haustür her erwiderte.

Schließlich zog Joan ihren Kamm aus ihrer Schürze und fuhr damit durch die Haare meines Vaters, um die schlimmsten Schäden zu verbergen. Sie berührte im Vorübergehen Mas Schulter und stieg dann die schmale Treppe zur Kammer oben noch, und wir wagten alle nicht, aufzuschauen, aber wir wussten durch das Knacken der Bodenbretter, dass sie um sein Bett herumging, erst die eine, dann die andere Schublade öffnete, und in der sorgfältig zusammengelegten Wäsche meines Vaters nach genau dem richtigen Hemd suchte, und die ganze Zeit behielt meine Mutter Mordecai im Auge und wartete darauf, dass Joan sich um das kümmerte, was ihre Kräfte nun schon überstieg, das letzte, was für ihren toten Mann noch zu tun war.

Und dann – und ich wusste, Ma würde das tun oder vor Schande sterben müssen – riss sie sich so weit zusammen, dass sie Joan das saubere Hemd abnehmen und Da das frische Leinen über den Kopf streifen konnte. Sein zerschmetterter Schädel ruhte zwischen ihren Händen, als sie ihn mit sanften Bewegungen zu sich hinzog. Endlich nickte sie kurz und ihre plumpen Finger streiften seine schwarzen Haare, als sie ihn losließ.

Llew Bevan lag so gerade da, wie es der Anstand verlangte, ein Stoffstreifen hielt seinen Kopf fest, sein geplättetes Hemd war zugeschnürt und in die saubere Hose gesteckt, und der Krummstab ruhte wie immer zwischen seinen Fäusten.

Ma ging langsam zum Küchenschrank hinüber und kehrte mit einer kleinen Schüssel voll
Salz zurück. Sie stellte Da die Schüssel auf die
Brust, gleich oberhalb des Krummstabs. Dann
zog sie den Sessel aus Eichenholz unter dem Tischende hervor und winkte Mordecai Jones herein.

„Komm, setz dich", sagte sie.

Als Mordecai Jones am Tisch vorbeischlich,
ließ ich meinen Vater nicht aus den Augen – und
doch war der Misthaufen da, als der Sündenfresser im Vorübergehen meine Röcke streifte; Dreck
und Schweiß und wieder der Eisengeruch von
Blut. Der Schwefelgestank von Eiern folgte ihm
auf dem Fuße wie ein Hundebaby. Bethans Tränen hatten Streifen über ihre Wangen gezogen,
und Dais Lippen waren so weiß wie die von Da,
ein bleicher Mond von Junge, stumm an der Kü-
chenwand.

Ich weiß nicht mehr, ob es Angst war, was mir
den Mund verschloss, oder die kalte Luft, die mit
Mordecai Jones hereingekommen war. Aber ich
erinnere mich, dass Ma ihn mit seinem Namen
ansprach und ihm den Platz meines Vaters am
Tisch anbot, als ob der Mann Bevan selbst wäre,
der gekommen war, um sich früher als wir anderen satt zu essen.

Dai füllte einen Krug mit Bier und Mordecai
trank, wischte sich den Mund mit seinem mehr
als fadenscheinigen Ärmel ab. Er schob dem Jungen ohne einen weiteren Blick den leeren Krug

zu. Vielleicht wusste er, dass der Krug zerbrochen werden würde, nachdem er ihn benutzt hatte, und dass die Scherben in den Teich geworfen werden würden, oder vielleicht störte es ihn nicht, dass ein Gegenstand zerbrochen wurde, so lange die Möglichkeit bestand, dass dieser Gegenstand eines Tages den Weg zu ihm finden würde, um repariert zu werden. Seine Augen leuchteten wie schwelende Glut, und er ließ meine Mutter nicht für eine Sekunde aus den Augen.

Ma brachte ihm einen Zinnteller mit Käse; nicht das Rindenstück, das in die Suppe geschnitten wurde, nein, frischen Käse, an dem noch das Lab leuchtete, und neben den Käse legte sie ein Stück Brot von dem Roggenlaib, den sie aufgespart hatte, für den Fall, dass Da zum Tee eine Scheibe davon verlangen würde. Und als sie die Hand ausstreckte, um Brot und Käse nicht vor Mordecai auf den Tisch zu stellen, sondern auf die Brust meines Vaters, glitt ihr Ärmel hoch und Mordecai ließ den Blick vom Teller zu ihren Fingerknöcheln wandern, zu ihrem verbrannten Unterarm, zu ihrem Mund mit den fehlenden Zähnen, und dann wieder zurück.

Nun kamen noch andere Leute dazu, Albert hinter Joan, er drückte sie sanft auf ihren Stuhl; Thomas mit Ellen gleich neben der Tür, sie hatte ihr Tuch dicht um ihren leeren Bauch zusammengezogen; Oma Bevan mit ihrem milchigen Starren, sie verbarg ihr Gesicht hinter einem Schal; Dai und Evan und die kleine Awen, die auf Bethans Arm zappelte; alle und noch mehr drückten sich an unsere Küchenwände, und hielten sich so weit vom Tisch entfernt, wie das überhaupt nur möglich war.

Seine Zungenspitze jagte hin und her, als Mordecai Jones sich die ausgedörrten Lippen anfeuchtete, aber er sagte nichts und machte auch keine Anstalten, das zu essen, was ihm angeboten worden war; dieses Wesen, das solchen Hunger hatte, dass er bereit war, unsere Sünden zu verzehren, dieser Mann, der jeden Tag vor unser aller Augen Hunger litt.

Mit einem plötzlichen Scharren von Holz auf Backstein wurde der Stuhl meines Vaters zurückgeschoben. Die Handgelenke meiner Mutter wurden mit einer so schnellen Bewegung gepackt, dass Albert einen Schritt vortrat; aber Ma stand einfach nur da, ihre geschundenen Hände ruhten in der Besudelung durch den Sündenfresser und ihre Augen waren geschlossen, als sei auch sie kaum noch am Leben.

Ein gelber Fingernagel berührte den Arm meiner Mutter, fuhr über die vom Schüreisen hinterlassenen Brandstellen, als ob die Narben im versengten Fleisch geflickt werden könnten, als könnte das, was in ihr zerbrochen war, wieder hergestellt werden.

Dann ließ Mordecai Jones Mas Handgelenk los und sagte etwas, das nur für ihr Ohr bestimmt war, und als Antwort griff sie nach der Tonschüssel mit dem Salz und schleuderte sie ins

Feuer, so dass die Schüssel zerbrach und wütende grüne Funken in die Schatten spie. Ma nahm
Brot und Käse von der Brust meines Vaters und
brachte sie wieder in die Speisekammer, und als
sie zurückkehrte, hatte sie einen Schilling in der
Hand, für Mordecais Mühe.

Ich bin jetzt älter als damals Mordecai Jones,
und meine Erinnerung ist so zerbrochen wie die
Schüssel oder der Bierkrug, den wir im Garten
begruben, aber ich weiß noch, was Ma mir über
die Worte des Sündenfressers erzählt hat – dass
Llew Bevan ein Mann war, den man am besten
seinem eigenen Schicksal überließ.

Ballade von den Riesen Pandemiel und Gargantuäne

Nikolaus Gatter

Und als ich in die schöne Stadt reinfuhr,
Weil sie so lang und breit am Wasser liegt,
da hatte Pandemiel sie fest im Griff.
Ich tat beim nichtvorhand'nen Bart den Schwur,
wenn Gargantuäne erst einmal besiegt,
dass auch Pandemiels Herrschaft schwinde –
und mich der Virus nicht im Dunkeln finde.

Da promenierten viel Soldaten drin
mit Frauen auf eins-fünfzig Abstand nur!
Der Lockdown war für mich noch kein Begriff.
Ich hatte für Sperenzchen keinen Sinn:
Denn ich war müde nach der langen Tour.
Mein Auge wollte tief ins Schnapsglas schauen
Und trieb's mit Wolken, weißen oder blauen.

Und keine fragte, ob ich der Villon wohl sei,
Der Franz und nicht ein irgendwelcher Mann,
Die Fischerin kam nicht von ihrem Schiff,
Die Pflaumenzeit war auch schon längst vorbei:
Sie rührte meinen Schnabel gar nicht an.
Ich bin ja auch kein Biermann und kein Brecht,
nur mit Paul Zech habe ich dereinst gezecht.

Und als ich wieder aus der Stadt rausfuhr,
da stellte Pandemiel sich in die Quere …
Gargantuäne packte zu mit Klammergriff:
„Das war's, mein Freund, dein Leben rettet nur,
Löst du drei Rätsel, und zwar ziemlich schwere!
Dann lassen wir dich deiner Wege geh'n.
Wenn nicht, wirst du umsonst um Gnade fleh'n!"

Wie heißt der Ball, mit Noppen rings gespickt,
aus lila Strumpfwolle gestrickt, wie nennst du
den?
Womit füllt man der Nadel spitzen Schliff,
die lauter rote Löcher in die Arme piekt?
Und sag den Namen auf vom Wuhan-Gen,
sonst stirbst du unbeatmet," rief der Riese.
„Wohlan denn, heischt du Antworten, nimm
diese:

Coronavirus heißt die lila Woll',
die Noppen: Protein! Sars CO-Vau!
Es stärkt ein Impfserum die unspeziff-
ische Immunkraft, eine Spritze voll.
Das Genom ist schon sequenziert, doch schau,
Mit 30.000 nt willst mich quälen?
Es dauert Jahre, alle aufzuzählen!"

Da rauschte Flattern doch am Himmelsrand
Von einer Fledermaus. Ich riss den Mundschutz
hoch.
Pandemiel sprachlos, Gargantuäne pfiff

Mir anerkennend nach, als ich verschwand.
Wo war die Stadt? Nur Steine um ein Loch!
Die Fledermaus hing ab als Schmeicheltier.
Was ewig fehlen wird, macht kein Pläsir.

Gott spricht russisch

Eine Heldensage

Ralph Gerstenberg

Igor Alexejewitsch Belikow schlug den Kragen seines Militärmantels hoch, als er in der Wilhelm-Pieck-Allee aus der Straßenbahn stieg. Ein scharfer Wind wehte ihm ins Gesicht. Die breite Straße, die den Ostteil mit dem Westen der Stadt verband, bot wenig Schutz. Vielmehr bildeten die hohen Neubauten einen idealen Kanal für die eisigen Luftmassen, die den Schnee quer durch die Stadt trieben.

Räumfahrzeuge blockierten den Verkehr. Der Straßenbahnfahrer mühte sich, die Weichen zu stellen. Wie all die anderen Fahrgäste, die zwischen wartenden Autos quer über die Fahrbahn eilten, sprang der Soldat über grauschwarze Schneemassen am Straßenrand.

Dabei war es bereits Mitte März. Und er war in Deutschland. Sollte hier nicht längst Frühling sein?

Auf dem Gehweg zündete Igor sich eine Zigarette an. In dem Bummelzug, der ihn am Morgen von seinem Stützpunkt in Zerbst nach Magdeburg gebracht hatte, gab es dummerweise nur noch Plätze im Nichtraucherabteil. Länger als sonst hatte er für die paar Kilometer gebraucht.

Sobald die Flocken fielen, gab es Probleme. Das war hier nicht anders als in den Weiten der Sowjetrepublik. Zwischen Prödel und Gommern mussten die Gleise freigeschaufelt werden. Igor hatte den Schaffner gefragt, ob er behilflich sein könne. Doch der hatte nur den Kopf geschüttelt und ihn zurück ins Abteil geschickt.

Noch eine Viertelstunde bis zu seinem Arzttermin. Igor schlenderte rauchend an den großen Schaufenstern vorbei und hielt Ausschau nach Mitbringseln für seine Frau Olga und seine Tochter Natascha. Hier gab es Dinge, die er zu Hause nicht ohne weiteres bekam. Modische Kleider und Damenhüte zum Beispiel - in dem Geschäft, das schon mit den neuesten Frühjahrsmodellen ausgestattet war. Sogar Miniröcke hatten sie hier. Wie Olga wohl darin aussehen würde?

Igor schnippte die Kippe in den Schnee. Er konnte sich nicht helfen, aber irgendwie machten die Deutschen nicht den Eindruck, als hätten sie vor vierundzwanzig Jahren den Krieg verloren. Doch so etwas durfte er als Offizier der 126. Jagdfliegerdivision der sowjetischen Luftstreitkräfte eigentlich gar nicht denken.

Vor einem der Läden hatte sich eine lange Schlange gebildet. Igor war neugierig, wonach die Leute bei Wind und Wetter anstanden. Die Schaufenster des Geschäfts waren mit Pyramiden aus Konservendosen und Gläsern mit eingelegtem Gemüse dekoriert. Eine Methode, den Mangel zu kaschieren, die er gut kannte. Der Grund des Andrangs war von außen nicht sichtbar. Einen der Anstehenden zu fragen, traute er sich nicht. Obwohl sein Deutsch durch den Unterricht in der Kaserne gar nicht mehr so schlecht war, hatte er Hemmungen, es anzuwenden.

„FEINKOST" stand in großen Buchstaben über dem Eingang. Ein Wort, das er noch nie gehört hatte.

Vom Fenster aus sah Grete Lehmann die Schlange vor dem Feinkostladen. Offensichtlich hatten sie dort eine Lieferung bekommen. Rosenthaler Kadarka, polnische Dosenchampignons oder ungarische Salami, die Helmut so sehr mochte. Normalerweise wäre sie gleich runtergelaufen und hätte sich angestellt, doch Kathrin hatte Schnupfen. Und bei dem Wetter konnte Grete unmöglich mit dem kränkelnden Kind in der Schlange warten.

Nachdem sie ihrer vierjährigen Tochter Grießbrei gekocht hatte, fiel ihr Blick wieder durch das Fenster.

„Pass auf", sagte sie. „Du isst jetzt deinen Brei, und ich gehe mal kurz etwas für das Abendessen einkaufen. In fünf Minuten bin ich wieder da. Ja?"

„Ich komme mit", sagte Kathrin und stand auf.

„Nein, das geht nicht. Draußen schneit's, und du hast Schnupfen." Sie schob ihre Tochter wieder zurück auf den Kinderstuhl. „Außerdem wird dein Brei doch ganz kalt."

„Ich will aber."

„Wenn du brav bist, deinen Brei isst und danach das neue Buch anschaust, bis ich wieder da bin, bringe ich dir eine Überraschung mit."

„Einen Lolli?"

„Mal sehen. Also, bis gleich!"

Als die Mutter weg war, legte Kathrin den Löffel beiseite. Der Brei schmeckte nach Pappe. Bald würde sie etwas viel Besseres bekommen. Da fiel ihr ein, dass die Mutter gar nicht wusste, dass sie die roten Lollis viel lieber mochte als die grünen. Das hatte sie neulich erst herausgefunden.

Sie schob den Stuhl an das Fenster. Tatsächlich, so kam sie sogar an den Griff. Jetzt brauchte sie nur zu drehen und zu ziehen, und schon sprang das Fenster auf.

Gemeinerweise war dahinter noch ein zweites. Kathrin kletterte auf das Fensterbrett und drehte und rüttelte so lange, bis ihr kalte Luft entgegenschlug. Sogar ein paar Schneeflocken landeten in ihrem Gesicht. Das gefiel dem Mädchen. Doch wo war die Mutter? Die Menschen da unten waren so klein, und Kathrin konnte sie nirgendwo entdecken.

„Mammi!", rief sie. Um besser sehen zu können, lehnte sie sich weit hinaus. „Mammi!"

Igor musste sich beeilen. Beim Bummeln vor den Schaufenstern hatte er die Zeit vergessen. Nun waren es kaum noch fünf Minuten bis zu seinem Arzttermin. Von einem Offizier der Sowjetarmee wurde erwartete, dass er pünktlich erschien. Egal, ob es stürmt oder schneit, ein Sowjetsoldat ist immer bereit!

Die Bürgersteige waren glatt, doch er lief im Eilschritt, rannte fast, bis eine Menschenansammlung den Weg blockierte. Was war nur los, ärgerte er sich, hatten die Leute keine Arbeit? Warum warteten sie überall vor den Geschäften?

Doch diese Menschen standen nicht in einer Schlange. Sie hatten die Köpfe in den Nacken gelegt und starrten mit schreckensblassen Gesichtern in die Höhe.

„Mein Gott!", rief eine Frau und hielt sich die Hand vor den Mund.

Igors Augen folgten ihrem Blick in die fünfte Etage des Hauses. Er sah das Mädchen auf der Brüstung. Nicht viel älter als seine Tochter. Wie hoch mochte das sein? Fünfzehn, zwanzig Meter?

Ein Aufschrei ging durch die Menge. Ein Hausschuh fiel auf den Gehweg. Nur wenige Schritte von Igor entfernt: ein kleiner Hausschuh. Das Mädchen klammerte sich am Vorsprung fest. Bald nur noch mit einer Hand.

„Mein Gott!", entfuhr es jetzt auch Igor. Wie alle anderen wusste er, was passieren würde, wenn die Hand sich löste, bald, gleich, in wenigen Sekunden. Sein Atem stockte. Das Unglück schien unausweichlich. Konnte man wirklich nur hilflos dabei zusehen?

„Du weißt, was zu tun ist", hörte der Soldat plötzlich eine Stimme. „Du bist erwählt, Genosse!"

Igor riss sich den Mantel vom Leib, den langen, schweren Armeemantel aus graubraunem Filz, wickelte die Ärmel um seine Handgelenke und spannte das Kleidungsstück zu einem Sprungtuch. Gleichzeitig rannte er dorthin, wo der Hausschuh auf dem Pflaster gelandet war.

Andere wichen zurück, wohl aus Angst, von dem fallenden Körper des Mädchens erschlagen zu werden.

Igor streckte die Arme aus, spannte die Muskeln an, wie er es beim Fallschirmspringen gelernt hatte. Mit Blick nach oben versuchte er sich möglichst gut zu positionieren.

Dann ging alles ganz schnell: Ein weiterer Aufschrei der Menge, eine Wucht, die den Soldaten zu Boden riss, ein harter Aufprall, der nichts Gutes verhieß.

Igors Gelenke schmerzten, er hatte das Gefühl, seine Arme wären aus der Schulter gerissen worden, doch das war nicht der Grund, warum der Soldat sich nur langsam, fast in Zeitlupe, aufrichtete. Er hatte Angst, schreckliche Angst vor dem Anblick, der ihn erwartete.

Bevor er es wagte, dorthin zu schauen, wo sein Mantel lag, hörte er ein Schluchzen, ein leise wimmerndes Kleinmädchenschluchzen, wie er es von Natascha kannte, wenn sie sich mit zerkratzten Knien vom Pflaster aufrichtete.

„Mammi!", jammerte das Mädchen, das blonde Zöpfe hatte und verweinte Augen. „Wo ist meine Mammi?"

Als Igor sich ihr zuwenden wollte, war die Kleine bereits von Menschen umringt, die sie mit Fragen bombardierten. „Wie geht es dir? Tut dir was weh? Wie heißt du?"

„Das ist Kathrin", sagte eine Frau. „Wir sind Nachbarn."

Wenig später erschienen Krankenwagen, Polizei und Feuerwehr. Eine völlig aufgelöste Grete Lehmann schloss ihre Tochter in die Arme. Igors Handgelenke wurden bandagiert. Alles andere schien in Ordnung zu sein. Auch das Mädchen war mit ein paar blauen Flecken davongekommen. Sicherheitshalber sollte es zur Untersuchung ins Krankenhaus gebracht werden.

Grete Lehmann wusste nicht, wie man sich bei einem sowjetischen Offizier bedankte. Zunächst reichte sie ihm die Hand. „Sie haben meiner Tochter das Leben gerettet." Dann küsste sie ihn auf die Wange. „Das werde ich Ihnen nie vergessen."

Das Mädchen saß bereits im Krankenwagen. In der Hand hielt es einen roten Lolli.

„Schön", sagte der Fotograf. „Genosse Belikow, bitte noch ein Stück nach links und die Hand etwas höher. Ja, gut so."

Kathrin taten die Füße weh. Wie lange das dauerte, ein Foto zu machen. Und immer musste sie lächeln. Außerdem kratzte der Kragen des

Kleides, das ihre Mutter extra für solche Anlässe gekauft hatte.

Die Hand des Soldaten war warm und riesig. Wie oft sie diese Hand schon geschüttelt hatte. Und jedes Mal, wenn sie das tat, wurde fotografiert, gefilmt, geklatscht. Die große Hand, in der ihre kleine völlig verschwand.

Die Soldatenhand war sogar größer als die Hand von Kathrins Vater. Auch der Soldat selbst war größer als ihr Papa. Vielleicht lag das daran, dass Igor, wie sie ihn nennen sollte, weil er ihr Retter war, aus der Sowjetunion stammte. Die Sowjetunion, das wusste Kathrin von ihrer Mutter, war viel größer als die DDR. Deshalb waren natürlich auch die Menschen dort größer als hier.

Wenn Igor nicht so groß und stark wäre, dachte Kathrin, hätte er es sicher nicht geschafft, sie aufzufangen.

Das hatte sie ebenfalls von ihrer Mutter. Und die hatte es wiederum aus der Zeitung. Nur weil sowjetische Soldaten so viel Sport treiben, um den Frieden zu schützen, sei Igor stark genug gewesen, um sie zu retten, stand dort. Und dass er ein „Prachtkerl" sei, ein „Held" und Kathrins „Freund", dem das Mädchen ihr Leben lang dankbar sein würde. So wie die Menschen in der DDR den Sowjetsoldaten nie vergessen werden, dass sie sie von Hitler und den Faschisten befreit haben. Deshalb musste Kathrin Igor auch so oft die Hand schütteln und lächeln. Damit das niemand vergisst, die Rettung nicht und auch nicht die Befreiung.

Auch Igor lächelte. Immer wenn er Kathrin sah und sie ihn anschaute, lächelte er. Er hatte eine Tochter, die fast so alt war wie Kathrin. Er hatte ihr sogar ein Foto gezeigt, auf dem ein Mädchen zu sehen war, das komische Sachen anhatte. Aber das durfte Kathrin nicht sagen. Auch nicht, dass sie gar nicht mitbekommen hatte, dass Igor es war, der sie gerettet hatte. Sie war gefallen, ganz tief, bis sie auf die Erde geknallt war. Das hatte weh getan, und plötzlich waren ganz viele Menschen um sie herum gewesen. Und sie hatte auf dieser braunen Decke gesessen. Erst später hatte ihr jemand gesagt, dass das ein Mantel sei, in den sie hineingefallen war, der Mantel des Soldaten, der ihr das Leben gerettet hatte. Sonst wäre sie jetzt tot.

Igor war nett, aber auch ein bisschen unheimlich. Seine Stimme war tief, und meistens verstand Kathrin nicht, was er sagte. Manchmal, wenn alles sehr lange dauerte, so wie jetzt, guckte er traurig. Vielleicht, überlegte sich Kathrin, dachte er an seine Tochter, bei der er viel lieber gewesen wäre als hier mit ihr beim Fotografen, der „Und jetzt so bleiben und bitte lächeln!", sagte.

Dompfarrer Anselm Weber zögerte, als er den Mann in der dritten Reihe sah. Es kam nicht allzu oft vor, dass sich sowjetische Soldaten hierher verirrten. Und noch viel seltener blieben sie so lange wie dieser hier. Seit über einer Stunde saß er einfach nur da und betrachtete die Christusfigur hinter dem Altar.

„Kann ich Ihnen helfen?", fragte der Pfarrer.

Der Soldat wirkte erschrocken. Er schüttelte den Kopf und stand auf, um zu gehen.

„Бог с тобой!", sagte der Pfarrer. „Gott sei mit dir!"

Der Soldat blieb stehen und schaute ihn an - die Mütze mit dem roten Stern in den Händen, als wollte er sich daran festhalten. „Haben sie ihn schon mal gehört?", fragte er.

„Wen?"

„Ihn." Er machte eine Kopfbewegung in Richtung Kruzifix. „Hat er schon mal zu Ihnen gesprochen?"

„Setzen wir uns", sagte Anselm Weber. Halb eingedreht, den Ellenbogen etwas zu lässig über die Lehne gelegt, musterte er den Soldaten, der wieder in der dritten Reihe Platz genommen hatte. „Nun erzählen Sie mal. Was führt Sie hierher?"

Mit ruhiger Stimme berichtete Igor vom Schnee und vom Menschenauflauf in der Wilhelm-Pieck-Allee, vom Fenstersturz des Mädchens, von seiner Rettungsaktion mit dem Soldatenmantel. Erstmals erwähnte er die Stimme, die er gehört hatte, bevor er seinen Mantel ausgebreitet und das Mädchen damit aufgefangen hatte - die Stimme, ohne die er nicht getan hätte, was er dann tat.

Der Pfarrer rieb sich das Kinn. Natürlich kannte er die Geschichte aus der Zeitung. Und wenn er ehrlich war, hatte er seine Zweifel gehabt, als er sie las. Ein knappes Vierteljahrhundert nach dem größten Gemetzel der Menschheitsgeschichte fiel es den Leuten noch immer schwer, den ehemaligen Feind als Freund zu betrachten. Die propagierte deutsch-sowjetische Freundschaft war politischer Wille, keine Herzensangelegenheit. Erst neulich war Pfarrer Weber von Albert, seinem Küster, gefragt worden: „Sind die Russen unsere Freunde oder unsere Brüder?" Und bevor der Pfarrer etwas erwidern konnte, hatte Albert seine Frage schon selbst beantwortet: „Unsere Brüder! Freunde kann man sich aussuchen." Alberts Hohn hallte durch den Dom. Eine Geschichte von einem sowjetischen Soldaten, der einem kleinen deutschen Mädchen mit blonden Zöpfen durch eine Heldentat das Leben rettete, passte einfach zu gut ins politische Konzept.

Doch nun saß er hier, im Hauptschiff des Magdeburger Doms, der Held, und erzählte ihm, dem Pfarrer, von einer Sache, die er sich nicht erklären konnte, einer Sache, die mit Gott zu tun hatte, der zu ihm, Anselm Weber, noch nie in einer so direkten, wörtlichen Weise gesprochen hatte wie zu diesem sowjetischen Soldaten.

Er nahm sich vor, vorsichtig zu sein. Immerhin war es möglich, dass sich hier jemand einen schlechten Scherz mit ihm erlaubte oder - noch schlimmer - als Agent Provocateur geschickt worden war.

„In welcher Sprache", fragte Weber und wies ebenfalls beiläufig mit dem Kopf zum Kreuz (was er sonst nie tat), „in welcher Sprache hat er zu Ihnen gesprochen, deutsch oder russisch?"

Auf der Soldatenstirn bildete sich ein Fragezeichen. „Ich kann mich nicht erinnern", sagte Igor auf deutsch. „Aber ich habe ihn sofort verstanden. Also hat er wohl russisch geredet, ja, so muss es gewesen sein."

„Was genau hat er gesagt?"

„Du weißt, was zu tun ist ..." Es sah aus, als würde er überlegen. „Du bist erwählt, Genosse!"

„Gott hat „Genosse" gesagt?"

Igor nickte. „Ja, ganz bestimmt."

Wieder hatte Pfarrer Weber das Gefühl, jemand würde ihn auf den Arm nehmen. Doch sein Gegenüber wirkte sehr ernst und wartete auf eine Antwort.

„Warum sind Sie sich so sicher, dass es Gott war, der zu Ihnen gesprochen hat?"

„Ich habe seine Worte gehört und wusste, was zu tun war", sagte Igor. „Außerdem ... In meiner Division gibt es einen, der will Physik studieren - Juri. Der hat gesagt, dass der Körper eines Mädchens, das aus zweiundzwanzig Metern auf die Erde fällt, eine Menge Kraft hat. Aufprallkraft, hat Juri gesagt. Die ist so groß, als würde man 350 Kilogramm in die Höhe stemmen. Er hat das ausgerechnet und gelacht, weil er weiß, dass ich keine 350 Kilogramm hochheben kann. Niemals. Also wer kann geholfen haben, damit ich das schaffe?"

„Sie meinen …"

Igor zuckte die Achseln. „Ich bin Kommunist. Ich glaube nicht an Gott und Auferstehung und all das. Ich habe noch nie gebetet. Aber das war ein Wunder, ein echtes Wunder."

Der Pfarrer nickte und sagte: „Gott ist es egal, ob man an ihn glaubt. Er hat dir geholfen, an dich selbst zu glauben. Seine Stimme ist deine Stimme. Du hast sie gehört, als es darum ging, ein Leben zu retten. Und du hast das Wunder vollbracht, das niemand für möglich gehalten hätte. Mit Gottes Hilfe. Du bist der Held. Gott ist Gott."

„Seine Stimme ist meine Stimme", sagte Igor, warf einen weiteren Blick zum Altarkreuz und reichte Anselm Weber die Hand. „Gott sei mit dir!"

„Бог с тобой!"

Applaus im großen Saal des Kulturhauses „Ernst Thälmann" nach dem Vortrag einer Hymne auf den sowjetischen Lebensretter mit den Schluss-zeilen: „O Freundschaftslied! O Lied der Menschlichkeit! O Dank Dir!" Anschließend bat der Moderator die Anwesenden, etwa 700 Werktätige des Schwermaschinenkombinats und Bürger der Stadt Magdeburg, sich von ihren Sitzen zu erheben, weil nun ein echter Botschafter der Völkerfreundschaft die Bühne betreten würde, derjenige, der soeben zurecht in so schönen Worten besungen wurde: Hauptmann Igor Belikow!

„Natürlich", sagte Igor, nachdem alle wieder Platz genommen und der Moderator seine Eingangsfrage gestellt hatte. „Natürlich kann ein Mann allein kein Mädchen auffangen, das aus zweiundzwanzig Metern in die Tiefe stürzt."

„Ein gewöhnlicher Mann vielleicht nicht, aber einer wie Sie, der seinen Körper beherrscht, geistig klar, diszipliniert, reaktionsschnell, ein Fliegeroffizier der Sowjetarmee. Wie viele Stunden trainieren Sie eigentlich täglich?"

Igor warf einen Blick ins Publikum und sagte: „Auch ich kann das nicht."

„Aber …" Der Moderator wirkte irritiert. „Wir alle haben doch von Ihrer Heldentat gehört. Sie haben das Mädchen aufgefangen mit ihrem Mantel …"

„Nicht ich allein", protestierte Igor.

„Sie sind bescheiden, das ist bekannt, aber nun müssen Sie es auch aushalten, dass man Ihnen verdientermaßen und in aller Form die Lebensrettermedaille der DDR verleiht. Ehre, wem Ehre gebührt! Sie sind übrigens schon der 83. Bürger der Sowjetunion, der eine solche Auszeichnung erhält. Und ich frage Sie, frage uns, kann das ein Zufall sein?" Hektisch winkte er den Pionieren zu, die mit Urkunde und Blumenstrauß zur Medaillenübergabe bereitstanden.

Doch Igor schaute weiterhin nachdenklich ins Publikum. „Was Sie Bescheidenheit nennen, ist vielleicht Dankbarkeit - dafür, dass ich erwählt wurde, dieses junge Leben zu retten. Von Ihm!" Er hob den Kopf und schaute nach oben. Ein Raunen ging durch den Saal.

„Sie wollen damit sagen ..." Der Moderator rang um Fassung.

„Es ist ihm egal, ob man an ihn glaubt. Er hilft uns Menschen, an uns selbst zu glauben." Alles weitere wurde nicht mehr vom Mikrofon übertragen.

Vierzehn Tage später endete die Stationierung des Igor Alexejewitsch Belikow, Offizier der sowjetischen Luftstreitkräfte, in der Deutschen Demokratischen Republik. Eine offizielle Version seiner Lebensgeschichte kann man bei Wikipedia nachlesen.

Kameraden und Weggefährten berichteten indes von weiteren Wundern, die mit seiner Person in Verbindung gebracht wurden. Im Afghanistankrieg soll er durch seinen furchtlosen Einsatz etlichen Zivilisten das Leben gerettet haben. Später, berichteten andere, habe er dem sowjetischen Regierungschef Michail Gorbatschow in einer Sauna mit Wodkaaufguss den Fall der Berliner Mauer auf den Monat genau vorhergesagt. Auch von der Gründung einer spirituellen Kommune am Fuße eines aktiven Vulkans auf Kamtschatka war die Rede.

Die Stadt Magdeburg ernannte Igor zum Ehrenbürger und gab eine Plastik in Auftrag, die an die Rettungstat des sowjetischen Hauptmanns erinnern sollte. Die Stele wurde gegenüber dem Haus aufgestellt, in dem Familie Lehmann noch immer wohnte.

Kathrin, mittlerweile im Teenageralter, hasste es, auf dem Weg zur Schule jeden Tag daran vorbeigehen zu müssen. Sie fand das Bronzemädchen, das mit einem Blumenstrauß im Arm neben der Tafel stand, total misslungen. Reichte es nicht, dass sie von einigen Mitschülern Russen-Kathrin genannt wurde, weil sie Jahr für Jahr allen Erstklässlern auf Pioniernachmittagen ihre Fenstersturzgeschichte erzählen musste? Als sie wieder einmal diese unfassbar hässliche Skulptur erblickte, haderte sie mit ihrem Schicksal, das darin zu bestehen schien, für die Rettung ihres Lebens im Kleinkindalter ein Leben lang zu öffentlichem Dank verpflichtet zu sein. An diesem Nachmittag überlegte sie ernsthaft, ob sie nicht noch einmal aus dem Fenster fallen sollte, diesmal mit Absicht. Dann hätte das alles endlich ein Ende. Während sie aus dem fünften Stock hinunter auf die Wilhelm-Pieck-Allee schaute, klingelte das Telefon. Ihre Freundin Ines fragte, ob sie mit ins Kino kommen würde. Kathrin schloss das Fenster und verließ fröhlich die Wohnung.

Als Dompfarrer Anselm Weber die Gedenk-
plastik erstmals betrachtete, wunderte er sich
über ein Detail. Das geflügelte Wesen am rechten
Rand der Tafel, auf der die Rettungstat abgebildet war - war das etwa ein Engel? Ein Bote Gottes auf einem sozialistischen Denkmal? Wann
hatte man so etwas schon gesehen?

Wenig später erhielt er eine Karte mit einer
Abbildung des Erzengels Gabriel. Auf der Rück-
seite, auf der eine Briefmarke aus der UDSSR
klebte, standen die Worte: Бог с тобой!

Mauern

Espen Haarvardsholm

Alte, halb vergilbte Karten behaupten, dass das Schloss irgendwo tief im Wald auf den Hügeln liegt, und mit raschen Bewegungen hinterlässt der Ritter Knappe und Pferd am Tor, das sich mit einem rostigen Geräusch für ihn öffnet. Die üppigen Kastanienbäume der Allee beugen sich über ihn und beschützen ihn vor der erbarmungslosen Mittagssonne, und die Allee zieht sich dahin wie eine endlose mit Algen überwucherte Ankerkette. Und nach und nach schließt sie sich immer mehr, der Weg verschwindet, und verwitterte weiße Mauern ragen aus der Wildnis empor. Es ist möglich, an einer geheimen Stelle durch die Mauer zu kriechen, aber wenn man eine Weile sucht, findet man auch viele Stellen, wo die Steine von Schlingpflanzen und Gestrüpp durchbrochen sind und man einfach hinüberklettern kann. Der Ritter wirft die Rüstung auf die andere Seite, und eine Eidechse vollführt einen ruckhaften Rückzug über den blutenden Kalk. Dann folgt der Ritter seiner Rüstung. Der Mohn reißt hungrig seine roten Münder auf, und es gibt auch Gras, Eichenstämme, Fliegen, Nesseln, Asche und kalkfeuchte Erde, und braune Käfer und Schmetterlinge; die Vögel aber halten den Atem an. Kalkstaub legt sich auf die Haut, leuchtet und wird in der Sonnenwärme zersetzt. Die Bäume werfen Schatten.

Der Wald ist niedrig und die Bäume stehen in der Umklammerung von Schlingpflanzen mit ledrigen Blättern. An einigen Stellen hängen Vorhänge aus Lianen von den Zweigen und sehen aus wie Fischernetze voller schwarzgrüner Fische. Das Licht wird im Netz gefangen, und er versucht, danach zu greifen, aber schon haben die gierigen Schlünde es verschluckt, und für einen Moment glaubt er, sich verirrt zu haben und hier drinnen in Gefangenschaft zu geraten. Aber dann begreift er, dass es ein Durchkommen gibt, wenn man in die Hocke geht und keine Angst vor den Nesseln hat, denn es gibt Portale durch das Gestrüpp, auch wenn sie nicht so hoch sind, wie er sich das vielleicht vorgestellt hat, als die Erkenntnis, dass er der Ausersehene ist, der das Schloss finden soll, langsam in ihm reifte; es gibt enge dunkelgrüne Portale im Gestrüpp, wo es kühl ist und stark nach Unterholz und verfaultem Laub riecht, und wo die Zweige mit dem Licht auf dem Boden ein Mosaikspiel treiben. Aber weiter hinten tauchten wieder die Mauern auf, wie ein Muster auf dem verbrannten Boden, und der Sandstein knirscht unter seinen Füßen, als er anfängt zu klettern. Unter seinen Fingernägeln bilden sich feine Ablagerungen aus Sand und Kalk. Dann kommt wieder Wald, ein ausgetrocknetes Flussbett, und neue Mauern. Ab und zu sind Vogelstimmen zu hören und murmeln ängstlich zwischen den gesprenkelten Blättern, und einmal erstarrt er auf einem offenen Wiesenstück (während der Schweiß in weißen Tropfen strömt, nach denen er schlägt wie nach Insekten, er schaut jetzt nur noch voraus), denn er glaubt, zwischen den Stämmen, weit vorn, eine Wand zu ahnen – aber als er dort ankommt, war es nur Einbildung, oder vielleicht eine neue Mauer. Die Grashalme zittern, als er sich vorbeugt. Die Grillen sirren in dem weißen glasigen Licht, und an den Bäumen klebt eine feuchte Schicht aus grünem Moos, die ihre Farbe ändert, wenn er darüberstreicht. Hoch oben wölben sich die Baumkronen, und den Himmel kann er nur als fernes blaues Spiel vor der überwucherten Unendlichkeit ahnen. Dann gibt es wieder Mauern, blutende weiße Mauern mit fliehenden Eidechsen; und vielleicht läuft er die ganze Zeit im Kreis. Die Münder des Mohns atmen, wie Wasserpflanzen.

So vergehen viele Jahre, eine unendliche Reihe von Jahren, scheint es ihm, als er zurückblickt; aber das tut er nur nachts, wenn er Angst hat, ansonsten richtet er den Blick mutig nach vorn, denn überall können Gefahren lauern. Und er sieht, wie sich Wunden und Narben über seine Handflächen ziehen, bis die Haut wie schrumpfendes Horn aussieht. Aber im Traum kämpft er noch immer mit Drachen und überlistet tückische Ungeheuer, denn seinen Stolz hat er behalten, den kann ihm niemand nehmen; und das Ziel seiner Wanderung leuchtet ebenso wie am ersten Tag. Dann, eines Tages, steht er wieder auf der Wiese, und die Grashalme scheinen um ihn herum zu einem durchleuchteten Wald aus Schatten und eisigem Grün herangewachsen zu sein. Nur vage hat er noch eine Erinnerung an die Bäume in dem großen Wald, wie etwas, das er hinter sich gebracht hat, wie sie da standen, die Stämme in Schlingpflanzen geradezu eingewickelt, als ob sie Schutz suchten.

Er erreicht keine Mauern aus verwittertem Kalk mehr, sondern verlassene Ruinen und verrostete umgestürzte Stacheldrahtverhaue, durch die er hindurchzukriechen versucht, aber dann muss er um sie herumgehen und hat rostfarbene Risse in der Kleidung. Und später kommt er zu Bergen und tiefen Schluchten wie Wunden in der Erde, und Felsen mit Nadelbäumen, unter denen gelbe Teppiche aus verwelkten Nadeln liegen. Aber es gibt keine Insekten mehr, und keine Vögel, und die Stämme sind im Wuchs erstarrt, als wäre die Zeit angehalten worden, während der Augenblick langsam wächst, wie ein Ballon beim Aufblasen. Denn jetzt steht er vor dem Stall des Schlosses, und hinter ihm liegen Rüstungen und Kleiderfetzen wie blutige Flecken in der Landschaft, und die Kreide-, Erde-, Rost- und Sandschichten unter seinen Nägeln zeichnen sich ab wie Jahresringe und erzählen ihm, wie lange er schon unterwegs ist. Aber der Stall ist leer, verlassen, und aus den Boxen grinsen ihn rekonstruierte und mit Stahldraht zusammengehaltene

169

Skelette an. Und er sieht seinen eigenen Körper, der zu dem eines Zwergs geschrumpft ist, mit Greisenrunzeln und Säuglingsgesicht. Und der Schlossherr, der muss tot sein, oder vor langer Zeit ausgewandert; aber das kann ja egal sein, er soll schließlich die Prinzessin befreien. Er geht lautlos auf das Gebäude zu. Aber hinter verwucherten Dornenhecken und wildem Wein, der sich geschmeidig über die hohen, nackten Schlossmauern schlingt, heben sich die staubigen Reste eines Augenlides und bewegen sich mühselig fort zu dem düsteren Fenster mit den Eisenbeschlägen. Lange blinzeln sie ins Licht, ehe sie den eingeschrumpften Leib des Ritters entdecken, der endlich gekommen ist. Eine rollende Bewegung des Abscheus durchfährt das Skelett, und die Bewegung lässt die letzten sandartigen Hautreste zerfallen und verwandelt den frischgewaschenen jungen Körper endgültig zu Staub. Doch ehe das Auge bricht, gibt es eine letzte trübe Träne frei, in der sich das Licht spiegelt, und die Wiese, mit rotem Mohn, der die heißen durstigen Münder aufreißt, und Eidechsen, die durch den blutenden weißen Kalkstaub huschen. Und ganz weit hinten im Wassertropfen, wenn man genau hinschaut: Ein kleines Mädchen in blauem Kleid, das zwischen allem umherläuft und sich gegen jedes Ungeheuer auf der Welt gesichert hat.

Wie die Freie und Hansestadt Hamburg zu ihrem Bismarckdenkmal kam

Gabriele Haefs

Hoch über dem Hamburger Hafen ragt das Bismarckdenkmal auf – da steht er, der Eiserne Kanzler, gestützt auf sein Schwert, steht da wie in anderen Hansestädten der Roland oder wie höheren Orts der Engel mit dem Flammenschwert, der den Eingang zum Paradiese bewacht, ja ... aber wieso eigentlich? Konnte Hamburg sich nicht wie tausend andere Städte mit einem Bismarckturm begnügen? Und warum kehrt Bismarck der Stadt den Rücken zu, eben wie der Engel, wen will er nicht in die Stadt lassen? Fragen über Fragen, aber es war eigentlich ganz einfach.

Bismarck ritt eines Tages zur Jagd, entlang der Elbe, wo damals alles noch grün und wald- und wildreich war. So ritt er nun fürbaß, trank ab und zu einen Schluck aus seiner Feldflasche und hielt Ausschau nach einem wirklich interessanten Stück Wild. Und da, auf einer Lichtung, da stand ein kapitaler Hirsch und drehte Bismarck das Hinterteil zu. Kapitaler Hirsch, sprach Bismarck zu sich und griff nach seinem Pistol. Nun aber drehte sich der Hirsch um – und Bismarck sah im gewaltigen Geweih des Tieres einen güldenen Becher funkeln und gleißen, schöner als die schönste Holographie prangte das Bild dort, und Bismarck staunte.

„Hochedler Herr Hirsch, wer seid Ihr?", frug er ehrerbietig.

„Also, hömma, Bisi, die Formalitäten können wir uns ja wohl sparen. Ich bin hier der Platzhirsch und hab nen wichtigen Auftrag für dich", sprach der Hirsch.

„Na, Hirschi, dann bin ich ganz Ohr", erwiderte Bismarck und steckte sein Pistol wieder weg.

„Siehst du dort jenen Haselstrauch?", und mit einer lässigen Bewegung des Geweihs zeigte der Hirsch, welcher Strauch gemeint war. Bismarck nickte gespannt.

„Da gehste jetzt hin, und dann schneidste dir ne Haselgerte ab, und damit haust du hier dreimal aufn Boden."

„Ja, gut und schön", sagte Bismarck, „aber zu welchem Behufe eigentlich?"

„Dann wird ein funkelnder Quell aus dem Boden sprudeln, dessen Wasser heilend und labend ist und außerdem von wundersamer Wirkung", verkündete der Hirsch. „Von nun an bis ans Ende der Zeiten soll der Hamburger Bürgermeister in Begleitung seiner fürnehmsten Senatoren jeweils Jahr und Tag nach dieser unserer Begegnung hier und hinfort immer fürderhin nach Jahr und Tag hier erscheinen und einen Trunk aus dem Quell zu sich nehmen. Und dabei soll er schwören, dass alle Hamburger Kaufleute und Senatoren redlich ihre Arbeit verrichten, niemals lügen, betrügen, Bestechungsgelder annehmen oder sich auf Kosten von Witwen und Waisen bereichern."

„Naja, so ein Schwur ist leicht getan", meinte Bismarck. „Und wer hat irgendwas davon?"

„Alle", röhrte der Hirsch mit fürchterlicher Stimme. „Denn wisse, dem Quell wohnt Zauber-kraft inne, und wer davon trinkt, wenn er gerade gelogen hat, wird giftgrün anlaufen und dann tot umfallen."

Hm, dachte Bismarck, so rotten wir höchstens den ganzen Senat aus und treiben die gesamte Hamburger Kaufmannschaft in den Ruin. Aber er rief mit noch viel fürchterlicher Stimme: „Du wagst es, du blödes Vieh, hier ehrsamen hambur-gischen Kaufleuten und Senatoren zu unterstel-len, sie könnten bei ihrer entsagungsvollen Ar-beit nicht immer nur das Gemeinwohl im Auge haben?" Und abermals zog er sein Pistol, richtete es auf den Hirsch und gab einen Schuss ab. Der traf den Hirsch mitten im Geweih, und der Be-cher, wenngleich doch nur ein Trugbild, zer-scholl und zersprang in tausend Stücke. Was dem Hirsch einen solchen Schrecken einjagte, dass er umdrehte und mit einem gewaltigen Sprung über die Elbe setzte. Und ward nicht mehr gesehen.

Der dankbare Senat aber errichtete für Bismarck das uns bekannte Denkmal. Da steht er nun und schaut in die Richtung, in die der Hirsch damals entschwand. So soll verhindert werden, dass irgendwann ein neuer Hirsch (oder derselbe, falls er unsterblich ist) erscheint, um dem Hamburger Senat unverschämte Forderungen zu stellen.

Was aber kaum noch jemand weiß, ist, dass Bismarck gar nicht in seinem Mausoleum in Friedrichsruh begraben ist, nein, er ruhet unter dem Denkmal, denn bei Hirschen weiß man nie, und im Notfall wird er sich aus dem Grabe erheben, zum Schwerte greifen (da der Bildhauer ihm kein Pistol in den Gürtel gemeißelt hat) und abermals die Hamburger Geschäfte retten.

In Friedrichsruh im Mausoleum aber ist die Haselgerte bestattet, die Bismarck natürlich abschnitt, nachdem der Hirsch das Weite gesucht hatte, denn „wer weiß, wozu es gut ist", wie er sich sagte. Mitten im Sachsenwald hieb er dann mit der Gerte auf den Boden, und der sofort aufsprudelnde Quell beschert der Familie Bismarck noch heute ein nettes Einkommen. Senatoren jedoch wurden dort noch nie gesichtet.

Der Reußenstein

Wilhelm Hauff

Die Burg Reußenstein liegt auf jähen Felsen weit oben in der Luft und hat keine Nachbarschaft als die Wolken und bei Nacht den Mond. Gerade gegenüber der Burg, auf einem Berg, der Heimenstein genannt, liegt eine Höhle, darinnen wohnte vor alters ein Riese. Er hatte ungeheuer viel Gold und hätte herrlich und in Freuden leben können, wenn es noch mehr Riesen und Riesinnen außer ihm gegeben hätte. Da fiel es ihm ein, er wollte sich ein Schloss bauen, wie es die Ritter haben auf der Alb. Der Felsen gegenüber schien ihm gerade recht dazu.

Er selbst aber war ein schlechter Baumeister. Er grub mit den Nägeln haushohe Felsen aus der Alb und stellte sie aufeinander, aber sie fielen immer wieder ein und wollten kein geschicktes Schloss geben. Da legte er sich auf den Beurener Felsen und schrie ins Tal hinab nach Handwerkern: Zimmerleute, Maurer und Steinmetzen, Schlosser, alles solle kommen und ihm helfen, er wolle gut bezahlen. Man hörte sein Geschrei im ganzen Schwabenland, vom Kocher hinauf bis zum Bodensee, vom Neckar bis an die Donau, und überallher kamen die Meister und Gesellen, um dem Riesen das Schloss zu bauen. Nun war es lustig anzusehen, wie er vor seiner Höhle im

Sonnenschein saß und über dem Tal drüben auf dem hohen Felsen sein Schloss bauen sah; die Meister und Gesellen waren flink an der Arbeit und bauten, wie er ihnen über das Tal hinüber zuschrie; sie hatten allerlei Schwank und fröhliche Kurzweil mit ihm, weil er von der Bauerei nichts verstand.

Endlich war der Bau fertig, und der Riese zog ein und schaute aus dem höchsten Fenster aufs Tal hinab, wo die Meister und Gesellen versammelt waren, und fragte sie, ob ihm das Schloss gut anstehe, wenn er so zum Fenster hinausschaue. Als er sich aber umsah, ergrimmte er; denn die Meister hatten geschworen, es sei alles fertig, aber an dem obersten Fenster, wo er heraussah, fehlte noch ein Nagel.

Die Schlossermeister entschuldigten sich und sagten, es habe sich keiner getraut, sich vors Fenster zu setzen und den Nagel einzuschlagen. Der Riese aber wollte nichts davon hören und den Lohn nicht eher auszahlen, als bis der Nagel eingeschlagen sei.

Da zogen sie alle wieder in die Burg. Die wildesten Burschen vermaßen sich hoch und teuer, es sei ihnen ein Geringes, den Nagel einzuschlagen. Wenn sie aber an das oberste Fenster kamen und hinausschauten und hinab ins Tal, das so tief unter ihnen lag, und ringsum nichts als Felsen, da schüttelten sie den Kopf und zogen beschämt ab. Da boten die Meister zehnfachen Lohn dem, der den Nagel einschlage, aber es fand sich lange keiner.

Nun war ein flinker Schlossergeselle dabei, der hatte die Tochter seines Meisters lieb und sie ihn auch; aber der Vater war ein harter Mann und wollte sie ihm nicht zum Weibe geben, weil er arm war. Er fasste sich ein Herz und dachte, er könne hier seine Braut verdienen oder sterben; denn das Leben war ihm verleidet ohne sie. Er trat vor den Meister, ihren Vater, und sprach: „Gebt Ihr mir Eure Tochter, wenn ich den Nagel einschlage?" Der aber gedachte, seiner auf diese Art loszuwerden, wenn er auf die Felsen hinabstürze und den Hals breche, und sagte ja.

Der flinke Schlossergeselle nahm den Nagel und seinen Hammer, sprach ein frommes Gebet und schickte sich an, zum Fenster hinauszusteigen und den Nagel einzuschlagen für sein Mädchen. Da erhob sich ein Freudengeschrei unter den Bauleuten, dass der Riese vom Schlaf erwachte und fragte, was es gebe. Und als er hörte, dass sich einer gefunden habe, der den Nagel einschlagen wolle, kam er, betrachtete den jungen Schlosser lange und sagte: „Du bist ein braver Kerl und hast mehr Herz als das Lumpengesindel da; komm, ich will dir helfen." Da nahm er ihn beim Genick, dass es allen durch Mark und Bein ging, hob ihn zum Fenster hinaus in die Luft und sagte: „Jetzt hau drauf zu, ich lasse dich nicht fallen." Und der Knecht schlug den Nagel in den Stein, dass er festsaß; der Riese aber küsste und streichelte ihn, dass er beinahe ums Leben kam, führte ihn zum Schlossermeister und sprach: „Diesem gibst du dein Töchterlein." Dann ging er hinüber in seine Höhle, langte einen Geldsack heraus und zahlte jeden aus bei Heller und Pfennig. Endlich kam er auch an den flinken Schlossergesellen; zu diesem sagte er: „Jetzt geh heim, du herzhafter Bursche, hole deines Meisters Töchterlein und ziehe ein in diese Burg, denn sie ist dein."

So wahr, wie es gesagt wird

Levi Henriksen

„Warum bist du Schriftsteller geworden?", ist vielleicht die schwierigste Frage, die mir irgendwer stellen kann. Manchmal komme ich mir dann vor wie beim Arzt, wenn ich sagen soll, was meine Krankheit verursacht haben kann. Die Frage, warum ich schreibe, ist immer schwer zu beantworten, egal, wann und wo sie gestellt wird. Und das führt oft dazu, dass man sich jedesmal von neuem erfindet.

Isabel Allende hat über das Schreiben viele interessante Dinge gesagt, und in ihrem Erinnerungsbuch „Mein erfundenes Land" behauptet sie, wer eine Familie wie ihre habe, brauche keine Phantasie. Dort steht dann auch ein Satz, der sehr gut das Besondere am Schreiben einfängt: „Ich weiß nicht, ob ich diese Episode geträumt oder gedichtet habe, oder ob sie wirklich geschehen ist." Gerade hier liegen der größte Segen und der größte Fluch des Schriftstellers. Man gewöhnt sich so sehr daran, Geschichten zusammenzulügen, dass man sich am Ende fast schon fragt, ob man vielleicht eine erdichtete Person ist, oder jedenfalls, was man wirklich erlebt und was man seinen erdichteten Personen zugeschrieben hat. Mein Bruder behauptet ab und zu zum Spaß, dass ich mehr Erinnerungen an seine Kindheit habe als er selbst, ganz einfach, weil ich mit etwas gesegnet bin, was zum Allerwichtigsten für einen Autor gehört: ein gutes Gedächtnis.

Manchmal, wenn ich gefragt werde, warum ich schreibe, kommt es mir richtig vor zu sagen, dass die Nähe zu Schweden mich zum Autor gemacht hat. Das Ruhelose und Romantische daran, so dicht bei einer Landesgrenze aufzuwachsen. Die Vorstellung, dass hinter diesem imaginären Strich in der Landschaft ein Land mit etwas anderer Sprache und etwas anderen Werten liegt. Manchmal bin ich geradezu gerührt, wenn ich vom Flanellographen erzähle, und davon, wie meine Mutter – die Sonntagsschullehrerin – Geschichten dargestellt hat. Der barmherzige Samariter, Jesus, der auf einem Eselein in Jerusalem Einzug hält, Daniel in der Löwengrube. Vielleicht erwähne ich auch meinen großen Durchbruch als Dichter, damals, als ich eine gleichaltrige Abiturientin mit „Das geheime Haus der Nacht", einem Kerouac-Pastiche in ungebundener Form, dermaßen beeindruckte, dass sie ihren damaligen Freund spornstreichs durch mich ersetzte.

Ab und zu finde ich es zudem natürlich, über Annie Proulx zu sprechen. Von ihr stammt die Aussage, dass sich, wenn man sich lange genug an einem Ort aufhält, die Geschichten von selbst einstellen werden, eine Behauptung, die sich selbstverständlich leicht als Koketterie abtun lässt, aber zugleich liegt auf der Hand, dass ihre Novellen in hohem Grad der Landschaft entspringen. Außerdem hat sie vielleicht das beste Epigraph aller Zeiten, in „Brokeback Mountain – Geschichte aus Wyoming". Es ist übrigens mehr als nur ein Epigraph, es ist das eigentliche Mantra aller, die vom Dichten leben. Das Epigraph lautet: „Die Wirklichkeit war hier nie eine große Hilfe – Pensionierter Rancher aus Wyoming." Und damit sind wir bei dem Menschen angelangt, der mich mehr als irgendein anderer zum Schriftsteller gemacht hat. Bei meinem Großvater, Andreas Thorsen.

Opa glaubte auf dieselbe Weise an Wichtel wie an Jesus, der einzige Unterschied war, dass er dem Mann aus Nazareth nie von Angesicht zu Angesicht gegenüber gestanden hatte. Andreas Thorsen spielte die Geige mit der linken Hand, während er mit geschlossen Augen ganz vorn auf der Tribüne des Gebetshauses stand und über die Wasser von Babylon sang. Er besaß eine bereits früh entwickelte Neugier auf Leben und Tod. Opa behauptete, sich an seine eigene Geburt erinnern zu können, und er war erst zwei Jahre alt, als er in den Sarg kletterte, den sein Vater für seinen toten Bruder gezimmert hatte. Er musste fast neunzig Jahre warten, bis er sich in seinem eigenen Fichtenholzkasten ausruhen konnte. Er

starb quer über seinem Bett liegend in dem Käm-
merchen, in dem er Audienz hielt – oder Hof,
wenn man so will – ja, in vieler Hinsicht kann
man fast behaupten, er sei auf der Bühne gestorben.

Im Winter saß er gern neben dem Jotunofen,
der wie ein ausbruchsbereiter Vesuv in der Ecke
blubberte. Ein Vesuv auf vier Beinen, eingehüllt
in einen ewigen Wärmeschimmer, und immer,
wenn Opa die Ofentür öffnete, runzelte ich unwillkürlich die Stirn, um mich gegen die in den
Raum einbrechende Hitzewelle zu wappnen.
Viele hielten mich für ein überaus nachdenkli-
ches Kind, während in Wirklichkeit nur Opas
Geschichten und seine Ofenhitze mir diese ge-
runzelte Stirn bescherten. Und die Tür wurde oft
geöffnet. Das Holz, das Opa in den Ofen legte,
war kaum dicker als meine Arme und verbrann-
te rasch. Den ganzen Sommer und Herbst verbrachte er damit, Holzscheite von perfekter Größe zurechtzuhauen, und die Art, in der er Holz
hackte, sagte ebenso viel über das Alltagsevange-
lium, nach dem er lebte, wie alle Bibelverse, die
er im Buch Hiob, im Hohelied des Salomo und
im Buch Prediger unterstrichen hatte.

„Du musst dich selbst zu etwas verwenden, zu
etwas Nützlichem", sagte er gern, wenn er die
Ofentür öffnete, um ein neues Holzscheit hinein-
zulegen oder einen Strahl Oliver Twist auszu-
speien, als kleinen Schlusspunkt für seine Ge-

schichten. Als ich älter wurde und in die Schule kam, ging mir auf, dass er den Kautabak nicht als Punkt benutzte, sondern als Semikolon. Eine Geschichte löste sofort die andere ab, wie bei einem Kunstmaler, der an mehreren Leinwänden zugleich arbeitet. Opa ließ die Farben auf einem Bild niemals trocknen, ja, bisweilen zog er nicht einmal alle Striche, ehe er sich auch schon an das nächste machte. Und obwohl es ihm ein ganzes Leben hindurch gelang, mit Weile zu eilen, wurde er getrieben von einer kindlichen Lust am Erzählen, oder am Vermitteln, oder daran, sich selbst so wahr wie möglich zu lügen.

Als junger schreibender Mensch hatte ich meine vierzig Tage und vierzig Nächte in der Wüste, während ich mit dem Teufel rang und versuchte, meine Art des Schreibens zu finden, statt nur schlechte Kopien von Ernest Hemingway und Gabriel Garcia Marquez zu produzieren, meinen beiden großen Vorbildern. Ja, erst, als ich das Bild von Großvater vor dem Eisenofen heraufbeschwören konnte, fand ich meine eigene Stimme als Autor. Erst, indem ich an ihn dachte, begriff ich, dass Proulx recht hat, wenn sie über diese Geschichten spricht, die aus der dich umgebenden Landschaft aufsteigen. Und plötzlich verspürte ich einen schwellenden Stolz darauf, von einem Volk herzustammen, das sich in die Fäustlinge schnäuzte, mit einem Kittelhemd feinmachte und mit fast religiösem Eifer versuchte, eine

Geschichte zu erzählen – nicht so wahr wie möglich, sondern so gut wie möglich.

Opa hatte eine singende Art zu sprechen. Es
lag etwas in seinem Tonfall, das ich für den
Nachhall seiner Kindheit in einer dreisprachigen
Enklave in Finnskogen halte. Dieser Gegend an
der Grenze zwischen Schweden und Norwegen,
die während der großen Hungersnot in Finnland
gegen Ende des 17. Jahrhunderts von Finnen be-
siedelt wurde, die meisten davon aus Savolax. In
einem meiner Bücher schreibe ich, dass „eine Mi-
schung aus finnischer Melancholie, schwedi-
schem Übermut und norwegischem Fleiß uns zu
den Menschen gemacht hat, die wir sind. Wur-
zellos und bodenständig, Menschen, die alle
Wege in das Land kennen, aber keinen hinaus."
Und es war eben dieses Grenzland zwischen
Schweden, Norwegen und Finnland, zwischen
dem, was wirklich war, und dem, was hätte sein
können (und in einigen Fällen hätte sein müssen), aus dem die allermeisten Geschichten meines Großvaters stammten.

Durch einen Vornamen wie Levi ist mir der
Begriff Stammvater vertraut. Deshalb hatte es
fast etwas Biblisches, wenn Opa über unsere finnischen Vorfahren und von unserem Stammvater
Ronkainen erzählte. Keiner meiner Klassenkame-
raden hatte je einen Stammvater erwähnt, aber
ich hatte also einen.

„Weißt du, woher der Name Bogen stammt?",
fragte Opa, und ich musste den Kopf schütteln.

Bogen liegt gleich hinter der schwedischen Grenze im Bezirk Värmland bei Mittanderfors, wo heutzutage eine Etappe von Svenska Rallyt vorüberführt, einem von Nordeuropas größten winterlichen Autorennen. Mitten hier im dicksten Wald, den einzelne böse Zungen „Little Germany" nennen, weil so viele Deutsche hier Ferienhütten haben, liegt das Restaurant Tvällen, gegründet von einem Ehepaar mit dem passenden Namen von Essen. Das Restaurant wurde seinerzeit im deutschen Playboy erwähnt und genoss einen so guten Ruf, dass eines Tages während Svenska Rallyt der schwedische König Carl Gustav XVI mit dem Hubschrauber dort landete, weil er zu Mittag speisen wollte. Aber zurück zu Bogen, meinem finnischen Stammvater. Opa traten immer Tränen in die Augen, wenn er diese Geschichte erzählte, und er erhob sich, um seinen Worten größeres Gewicht zu verleihen.

„Unsere Vorfahren waren Waldfinnen mit Gewehren. Einer hieß Ronkainen und schoss einen Bären, den eine norwegische Jagdgesellschaft auf der schwedischen Seite der Grenze aufgebracht hatte. Zum Dank durfte er sich einen Teil des Tieres aussuchen. Die Norweger boten ihm Stücke von Rücken und Oberschenkeln an, aber unser Stammvater entschied sich für die Schulter, „bogen" auf Norwegisch. Der Ort, wo der Bär gefällt wurde, hat noch heute diesen Namen. Bogen. Eigentlich liegt dort unsere gesamte Familiengeschichte. Wir haben niemals aufgehört, Bärentöter zu sein. Noch immer bleiben Orte, wo wir gewohnt haben, durch unsere Taten in Erinnerung. Wir waren noch nie von der Sorte, die kehrtmacht und die Beine in die Hand nimmt oder die sich fallenlässt und totstellt, wenn der Bär kommt, sagte mein Großvater und ich spürte, wie mir das Herz anschwoll vor Stolz über diese Geschichte und den Mut, den mein Stammvater an den Tag gelegt hatte. Nicht zuletzt gefiel mir auch, dass Opa die Geschichte als einen Teil der Erklärung nutzte, warum wir so geworden waren, wie wir eben waren. Erst viele Jahre später erfuhr ich dann, dass wir überhaupt nicht von der Familie Ronkainen abstammen, aber das machte die Geschichte nicht schlechter oder weniger wahr.

Und so gingen im Grunde Opas Geschichten weiter, denn die Wirklichkeit war ihm nie eine große Hilfe. Bei der Arbeit an einem Buch, das ich gerade schreibe, stieß ich auf Kassettenaufnahmen, die ich in der vierten Klasse gemacht habe, als Opa Mitte achtzig war. Die Aufnahmen sind im Laufe von zwei Tagen entstanden. Bei der ersten Runde bin ich mit Opa allein, und diese Geschichten sind von der eher humoristischen Sorte.

Wie die, in der der alte Moan (aus Finnskogen) seine Verwandtschaft in Amerika besuchen wollte. Opa schäumt über vor Erzählerfreude und bei ihm scheint Amerika nur zwei Stunden von uns entfernt zu liegen. Er verwendet zudem etliche Wörter, die heute in Norwegen nicht als politisch korrekt gelten.

„Nein, der alte Moan erzählte, dass er mal kurz in Amerika war. Die Kinder hatten ihm die Fahrkarte geschickt. Da fuhr er hin und blieb sechs Wochen, dann kam er zurück, weil es ihm nicht gefiel. Die Kinder mussten ihm die Rückfahrkarte kaufen und den Alten nach Hause schicken. Als ich ihn einmal getroffen hab, hat er von Vergnügungsstätten erzählt, in der Stadt, wo seine Kinder wohnten, und ob du's glaubst oder nicht, der alte geile Bock ist in so nen Laden reingegangen. Vor einer Bude saßen lauter Mannsbilder, und in der Wand war'n Kuckloch, durch das die Kerle den Kopf stecken konnten. Und da reinzukucken kostete nen Dollar. Wenn jemand den Kopf reinsteckte, fiel ihm eine Klappe in den Nacken, und dann kriegte er den Kopf nicht mehr raus. Wenn er dann ne Weile so gestanden hatte, fuchtelte er mit den Händen und trat mit den Beinen um sich, um sich loszumachen. Die Leute dachten, in der Bude müsste ja was wahnsinnig Witziges vor sich gehen, aber die, die reingeschaut hatten, wollten nix verraten. Sowie einer genug gesehen hatte, steckte der Nächste den Kopf rein und alles ging wieder los. Und der alte Moan, der geile Bock, bezahlte und steckte dann auch den Kopf durch das Kuckloch. Und da drinnen tanzte eine nackte Negerin. Ja, splitternackt! Und als sie eine Weile getanzt hatte, kehrte sie ihm den Hintern zu, ja, sie drückte den Zuschauern ihren Hintern ins Gesicht und rieb hin und her, und da zappelten die Mannsbilder los und wollten weg. Also, als sie der Frau die Nase in den Arsch gesteckt hatten."

Opa lacht laut und fügt hinzu: „Da haben sie sicher nen Haufen Geld mit verdient."

Ich gehe in die vierte Klasse, und da meine Familie einer Pfingstgemeinde angehört, bin ich weltlichen Einflüssen nur selten ausgesetzt. Ich darf keine Rockmusik hören, kaum je fernsehen und war noch nie im Kino. Dennoch höre ich mein Teil an burlesken Geschichten, denn obwohl mein Großvater Gemeindeältester war und sein Herz im Himmel wohnte, stand er mit beiden Beinen fest auf dem Boden, und davon sind alle seine Geschichten geprägt.

Bei zwei Aufnahmen ist mein Vater dazugekommen. Diese Geschichten sind weniger humoristisch und wirken wie eine Art magischer Realismus aus Finnskogen. Opa erzählt von einer Frau, die vom Forstbesitzer nicht weniger als dreimal geschwängert wurde. Als er heiratet, will er von der Frau nichts mehr wissen, und in ihrer Verzweiflung, weil sie ihre Kinder nicht mehr ernähren kann, beschließt sie, die zu ertränken. Das gelingt ihr bei den beiden Jüngeren, der Älteste aber überlebt. Er kann davonlaufen und Hilfe suchen, die Frau wird festgenommen und zu lebenslänglicher Haft verurteilt. Viele Jahre später wird sie begnadigt von König Haakon, der nach der Auflösung der Union mit Schweden soeben zum König von Norwegen gekrönt worden ist. Und nun bewegt sich die Geschichte eher in Brüder-Grimm-Richtung. Die Frau kommt zurück zu der kleinen Hütte, in der sie früher gewohnt hat, und nimmt ihr karges Dasein wieder auf. Es macht ihren Alltag nicht leichter, dass es im Wald um sie herum von Wölfen nur so wimmelt, oder von Isegrim, wie sie konsequent sagt. Eines Tages wird sie von einem ganzen Rudel belagert, worauf sie – Opa erklärt nicht, weshalb – durch den Schornstein ihrer Hütte nach oben klettert, um sich einen Überblick über die Lage zu verschaffen. Als sie den Kopf aus dem Schornstein steckt, sitzt ein Wolf auf dem Dach und verbeißt sich in ihre eine Brust, aber sie kann Isegrim durch den Schornstein nach unten ziehen, und mit letzter Kraft drückt sie das Tier in einen riesigen Bottich voller Wasser, der neben dem Ofen steht. Nachdem sie Isegrim ertränkt hat, schwebt sie mehrere Tage lang zwischen Leben und Tod, doch dann findet ihr Sohn sie (der Sohn, den sie damals umbringen wollte) und bringt sie zum Arzt.

Bei dieser Geschichte muss ich lächeln, während zugleich meine jüngere Ausgabe auf dem Mitschnitt hörbar aufkeucht. Aus Jux googele ich die Verbreitung von Wölfen in Norwegen zu Anfang des 20. Jahrhunderts. König Haakon wurde bekanntlich 1905 zum König von Norwegen gekrönt, und da war der Wolf in Skandinavien so gut wie ausgerottet. Norwegen hatte den Abschuss 1845 per Gesetz beschlossen, und dass es nach 1905 in Finnskogen von Wölfen gewimmelt haben soll, ist total unwahrscheinlich, aber Opa ließ sich eine gute Geschichte niemals durch die Wahrheit ruinieren.

Dann kommt er auf den Kirchenbrand von Grue zu sprechen. Svullrya ist in vieler Hinsicht das Herz von Finnskogen und liegt in der Gemeinde Grue. Der Brand geschah indes in der Nähe der Siedlung Kirkenær und ist der in der norwegischen Geschichte, der die meisten Menschenleben gefordert hat.

„Das Feuer brach am Pfingstsonntag 1822 aus", sagt Opa mit ernster Stimme. „Danach kam die Bestimmung, dass die Türen in allen öffentlichen Gebäuden in Norwegen nach außen aufgehen müssen. Der Brand wurde durch einen Blitzeinschlag ausgelöst. Hundertdreizehn Menschen kamen ums Leben. Die meisten waren Frauen und Kinder. Ja, hier hielt der Flammen Raub ein letztes Mal Hof, und die Strahlen der Sonne erloschen für immer."

Die letzte Zeile singt Opa, und mir ist klar, dass sie aus einem Lied stammen muss.

„Ohne den Urgroßvater meines besten Freundes wären noch mehr umgekommen", fügt er dann hinzu. „Als das Feuer bemerkt wurde, brach wilde Panik aus. Die Menschen drängten sich vor der Tür, konnten sie aber nicht öffnen, weil sie nach innen aufging. Aber der Urgroßvater konnte einige Bretter zusammennageln und wie eine Laufplanke auslegen, über die mehrere Frauen und Kinder sich retten konnten. Von ihm blieb nur ein Nagel übrig."

Auf dem Mitschnitt kann ich mich aufkeuchen hören, aber heute frage ich mich doch eher, wieso ein einfacher Kirchgänger beim Gottesdienst Bretter, Hammer und Nägel in Reichweite hatte.

„Der Urgroßvater war Handwerker. Er hatte gerade angefangen, in der Sakristei einige Ausbesserungen vorzunehmen", sagt Opa, als ob er schon wüsste, dass mir so viele Jahre später Zweifel kommen würden.

„Der Nagel ist bis heute im Besitz der Familie. Abgesehen von einigen Jahren in der Erde", sagt Opa nun.

„In der Erde? Hatte den irgendwer verloren?", frage ich.

„Sozusagen. Mit nur sechzehn Jahren wurde die Urgroßmutter des Kumpels mit einem gemeinen alten Kerl verheiratet. Im Volksmund hieß es, er habe sie wie eine Kuh mit einem Brandzeichen versehen, und wenn er wegging, band er sie im Keller an."

„Jetzt machst du aber Witze?", frage ich bestürzt, aber Opa erzählt unangefochten weiter.

„Als der Alte eines Abends in seinem Schaukelstuhl eingeschlafen war, hatte sie genug, holte sich einen Nagel und schlug ihn quer durch seinen Schädel. Er muss sofort tot gewesen sein."

„Und das war derselbe Nagel, den der Urgroßvater hinterlassen hatte", sage ich.

„Stimmt", sagt er.

„Musste sie lange sitzen?"

„Sie musste überhaupt nicht sitzen", sagt Opa.

„Weil der Mann so gemein gewesen war?", frage ich.

„Nein, aber dann hat sie den Urgroßvater meines Kumpels geheiratet, und erst, als sie über achtzig war, klopfte eines Tages der Dorfpolizist an ihre Tür. Sie wurde entlarvt, als auf dem Friedhof alte Gräber aufgelassen wurden."

„Dabei war das Grab von diesem Urgroßvater?"

„Jein. Nicht das des Urgroßvaters, sondern das vom ersten Ehemann seiner Urgroßmutter. Als sie die Knochen aus dem Grab nahmen und auf den Boden legten, kullerte der Schädel davon. Der Gräber dachte zuerst, darin sitze eine Maus, aber als er genauer hinsah, begriff er, dass das Gewicht des Nagels die Bewegung verursachte."

„Was passierte dann?"

„Der Dorfpolizist suchte die Urgroßmutter auf und sie gab alles zu. Als ihr erster Mann tot war, hatte sie einfach dessen Haare über den Nagelkopf gekämmt und behauptet, er sei eines natürlichen Todes gestorben. Und warum hätte man ihr das nicht glauben sollen? Der Kerl war alt gewesen und hatte so gelebt, dass niemand ihn vermisste."

„Was für eine Geschichte", sagt mein Vater.

„Ja", sagt Opa. „Und seither wird der Nagel in der Familie aufbewahrt und hat sich auch weiterhin nützlich gemacht."

„Sind damit noch mehr Leute umgebracht worden?", frage ich.

„Nein", sagt Opa und lacht. „Er wurde nicht mehr zum Morden benutzt, sondern zum Gegenteil. Zum Heilen. Stahl, der zum Töten verwendet worden ist, hat danach heilende Wirkung. Als der Vater meines Kumpels den Kalten Brand hatte, hat dieser Stahl ihn geheilt, und er selbst hat gesehen, wie der Nagel verhindert hat, dass sein Bruder verblutete."

Also, meine Damen und Herren. Mit einem solchen wandelnden Gegensatz von Großvater aufzuwachsen, einem bibeltreuen Pfingstler und einem gottbegnadeten Geschichtenerzähler, hat mehr als alles andere dazu beigetragen, mich zu dem Schriftsteller zu machen, der ich heute bin. Etwas an seinen Geschichten hat auch dafür gesorgt, dass ich noch nie ein Bild in Finnskogen gemacht habe, um es auf Facebook oder Instagram zu posten. Denn das würde das Erlebnis entwerten. Was wir als wirklich erleben, hängt in diesen tiefen Wäldern immer von uns selbst ab. Ich habe gelesen, dass in der Kindheit der Kamera Urbevölkerungen sich weigerten, sich fotografieren zu lassen, weil sie glaubten, dieses Gerät könne ihre Seele stehlen. Mir geht es so mit Finnskogen. Das ist eine Landschaft, die man sieht, in der man sich aufhält, und die man dann irgendwo in sich selbst aufbewahrt, zusammen mit allen anderen Erfahrungen und Erlebnissen, die mich zu dem Mann gemacht haben, der ich bin.

Wie die kleine Seejungfrau zu ihrem Fischschwanz kam

Christel Hildebrandt

Wir alle kennen die Seejungfrauen, von der bronzenen in Kopenhagen bis zur kunterbunten Arielle. Und wir wissen, sie leben im Wasser, können ausgezeichnet schwimmen und auch an der Luft atmen. Aber woher haben sie ihren Fischschwanz? Das ist niemals erklärt worden. Dabei ist es schon fast banal.

Wir kennen heute die nach strengen Regeln ablaufenden Sportwettbewerbe, seien es nun Meisterschaften oder gar die Olympiade. Und ein Kräftemessen, wer wohl am schnellsten schwimmen kann, gab es schon sehr früh in der Geschichte, vor allem natürlich bei den Küstenvölkern. Und diese Wettbewerbe fanden natürlich am liebsten direkt im Meer statt, wurde doch der Kampf durch Wind und Wellen umso interessanter.

Zu Beginn waren es nur die jungen Burschen, die zeigen wollten, wer der Beste ist, und es war jedes Mal ein großes Hallo, wenn ein einfacher Fischerssohn einen adligen Jüngling besiegte. Was natürlich nicht so oft vorkam, schon früh kannte man bei Hofe diverse Tricks und Schummeleien, um die Vormacht des Adels in allen Bereichen zu zeigen. Und genügend Zeit für das Training hatten die jungen Adligen ja allemal.

Mitte des 19. Jahrhunderts, im Zeichen der Industrialisierung, veränderte sich gar viel in der Gesellschaft, die Frauen waren nicht mehr nur Ehefrau und Mutter, sie arbeiteten Seit an Seit mit dem Manne, wenn auch zu sehr viel geringerem Lohn. Und in ihrem Leben als Arbeiterinnen entdeckten sie auch für sich den Sport, sehr wohl getrennt von dem männlichen Geschlecht, aber auf dessen Spott und Häme konnte frau gut verzichten.

Und so kam es, dass in Kopenhagen zum ersten Mal auch ein Schwimmwettkampf für Frauenzimmer ausgerichtet wurde. Groß war die Aufregung, nicht nur unter den einfachen Arbeiterinnen und Bürgersfrauen, sondern auch am Hofe. Denn es gab hier ein Problem: Während die jungen Prinzen, Grafen und Herzoge sich durchaus sportlich betätigten, wenn auch meist eher im Waffengewerbe als in der Leibesertüchtigung, so war es den jungen adligen Damen untersagt, sich körperlich zu trainieren, das schadete ihrem Ruf, war ganz einfach unweiblich.

Also lief der Hof Gefahr, diesen Wettkampf gegen das gemeine Volk zu verlieren. Da war guter

Rat teuer und kaum zu bekommen. Die jungen Mademoiselles übten nun zwar eifrig das Schwimmen, hatten aber nicht die Kraft, eine längere Strecke zurückzulegen, und das schon gar nicht im offenen Wasser. Doch eines Tages, eine Woche vor dem angekündigten Wettkampf, erschien ein sonderbares Wesen am Hofe und verlangte, die Königin und den König zu sprechen, beide, wie es betonte. In einem langen, nassen grünen Mantel schlurfte es in den Audienzsaal, wobei es sich auf einen Dreizack stützte und eine Pfütze hinter sich ließ. Als es vor dem Thron angekommen war, auf dem der König und die Königin es gespannt und neugierig erwarteten, schob es sich die Kapuze vom Kopf, und nun erkannten es alle: es war der friesische Meermann Ekke Nekkepenn. Wie einen Schal schwang er sich ein Fischernetz um den Hals, verneigte sich höfisch und sprach:

„Eure Hoheiten, ich weiß um Eure Probleme und ich sehe einen Weg, sie zu lösen."

Der König und die Königin schauten sich überrascht an, dann ergriff die Königin das Wort:

„Du meinst also, du wüsstest, wie eine Jungfrau von Adel diesen Schwimmwettbewerb gewinnen könnte?"

Wieder verneigte sich Ekke Nekkepenn, diesmal aber nicht ganz so tief und erwiderte darauf mit einem neckischen Schmunzeln:

„Aber ja, Hoheit. Es ist ganz einfach und dabei wieder sehr schwer."

„Dann rede nicht länger um den heißen Brei herum und sag uns, wie die Lösung aussieht", unterbrach ihn ungeduldig der König.

„Aber gern", nun setzte sich Ekke Nekkepenn auf den Audienzstuhl, zupfte umständlich den weiten, nassen Umhang zurecht und begann:

„Ihr kennt doch sicher die berühmten Hippocampen, die schnellsten Pferde der Meere."

Beide Hoheiten nickten wortlos.

„Schön, und warum sind sie so schnell? Weil sie einen Fischschwanz haben, damit sind sie allen Pferden zu Wasser überlegen."

Der Meermann verstummte, wartete auf die Reaktion der Hoheiten.

„Aber", stotterte die Königin, „willst du damit sagen, dass ..."

Ihr versagte die Stimme.

Ekke Nekkepenn nickte, weise lächelnd.

„Genau das will ich sagen. Mit einem Fischschwanz wird Eure Kandidatin unschlagbar sein."

Stumm schauten der König und die Königin sich gegenseitig an.

Dann seufzten beide schwer und die Königin fragte:

„Du weißt schon, dass unsere jüngste Tochter Margarete die Favoritin ist?"

Ekke Nekkepenn nickte nur, immer noch mit einem Lächeln auf den Lippen.

„Und was müssen wir, oder was muss sie tun, um diesen Fischschwanz zu bekommen?", fuhr die besorgte Königin fort.

„Ach, das ist gar nicht schwer, sie muss sich nur vor dem Wettkampf den Fischschwanz über die Füße streifen, und schon wird sie gewinnen."

Verblüfft schauten die Hoheiten nun den Meermann an, dann stotterte der König:

„Ja, schön, aber gibt es da nicht irgendwo einen Haken?"

„Nein, nein", versicherte Ekke Nekkepenn, „und wenn es gewünscht wird, können alle adligen jungen Damen so einen Fischschwanz bekommen, das ist kein Problem!"

Der Tag des großen Wettkampfes kam, Mägde, Arbeiterinnen, Handwerkerinnen strömten von der Stadt her zu dem Uferstück, an dem die Spiele ausgerichtet werden sollten. Vom Schloss her war eine munter plaudernde, fröhlich hüpfende Schar adliger Töchter zu sehen, die nach den Prophezeiungen des Meermannes alle am Wettkampf teilnehmen wollten.

Und dieser hielt sein Versprechen, er kam mit einer ganzen Schar an Hippocampen angeschwommen, die auf ihren Rücken diverse Fischschwänze transportierten. So konnte jede adlige Teilnehmerin sich einen Fischschwanz überstreifen, sehr zum Ärger der einfachen Mädchen, die versuchten, bei der Jury zu protestieren. Doch sie hatten keinen Erfolg, schließlich stand nirgendwo in den Statuten, dass die Teilnehmerinnen keinen Fischschwanz benutzen durften.

Also kam es, wie es der Meermann prophezeit hatte: Mit großem Vorsprung gewannen die adligen Schwimmerinnen, und auf den ersten Platz kam tatsächlich Margarete, die jüngste Prinzessin. Unter lauten Jubelrufen nahm sie ihren Preis entgegen, einen Hering aus reinem Silber. Sie bedankte sich in ihrer anschließenden Rede nicht nur bei den Eltern, die ihr die Teilnahme ermöglicht hatten, sondern auch noch einmal ganz besonders bei Ekke Nekkepenn, schließlich habe er ihr zu ihrem Sieg verholfen. Und jetzt möge er doch so gut sein, und sie wieder von dem Fischschwanz befreien, der Sieg war eingefahren, alle wollten nun zum rauschenden Ball aufbrechen, der den Höhepunkt und Abschluss der Wettkämpfe bilden sollte.

Publikum und Teilnehmerinnen drehten sich wieder zum Wasser um, doch was war das? Das Meer schlug zwar noch hohe Wellen, doch es war kein Meermann zu sehen, und auch kein einziger Hippocampus, nur eine Fischhaut lag am Uferrand.

Die Zofe der Königin eilte sofort an den Strand und brachte ihrer Herrin die Haut. Diese musterte sie, las dann laut vor, was auf ihr geschrieben stand:

„Herzlichen Glückwunsch zu diesem überwältigenden Sieg! Und damit auch alle anderen Schwimmwettkämpfe für Euch so zufriedenstel-

lend ausfallen, rate ich den reizenden Meerjungfrauen, ab jetzt dafür zu trainieren, die besten
Voraussetzungen habt ihr ja. Ansonsten wünsche
ich euch ein schönes Leben in unserem wunder-
baren Meer, und möge dieser Tag euch eine Warnung sein, denn jetzt seht ihr, welche Folgen eure
Eitelkeit haben kann."

Frau kann sich vorstellen, welch ein Gejam-
mer und Geschrei sich auf diese Botschaft hin erhob, doch so sehr die jungen Damen an ihren
Fischschwänzen zogen und zerrten, sie saßen fest
wie eine zweite Haut und ließen sich nicht wieder entfernen.

Und was blieb den eitlen Mädchen danach anderes übrig, als sich eine schöne Stelle am Mee-
resufer zu suchen, an der sie fortan lebten und
ihr Schicksal bejammerten, wobei sie natürlich
dem Meermann und nicht ihrer eigenen Dummheit die Schuld gaben.

Die lange Leitung

Ulrich Joosten

Seine höllische Majestät Luzifer der Erste hatte einen verdammt himmlischen Tag verbracht, mit anderen Worten: einen katastrophalen. Es hatte damit angefangen, dass eine verlotterte Schiffsbesatzung nicht wie geplant koppheister über Bord gegangen und jämmerlich ersoffen war. Sein Vizehöllenherrscher Beelzebub, der alte Fliegenfresser, hatte es einfach nicht geschafft, einen ordentlichen Orkan zusammenzubrauen, um den altersschwachen Seelenverkäufer zum Kentern zu bringen.

Damit nicht genug war der von Luzifer selbst subtil eingefädelte Hexenprozess gegen das Kräuterweiblein Magdalena Stromb aus Speyer gescheitert. Die dämliche Kuh hatte es glatt vorgezogen, sich der hochnotpeinlichen Befragung durch Selbstentleibung mittels eines Gifttrunks zu entziehen. Klar, nach dieser Todsünde brutzelte ihre Seele zwar dennoch im Höllenfeuer, doch Luzifer fühlte sich um sein Vergnügen betrogen. Eine ausgedehnte Folter mit Daumenschrauben, Streckbank und anderen hochvergnüglichen Verhörmethoden wäre mal wieder eine feine unterhaltsame Abwechslung zum Einerlei des Höllenalltags gewesen, aber nein ...

Wütend schlürfte der Fürst der Finsternis einen Schwefelsäure-Cocktail mit Tollkirschen und extra Maden-Einlage, eine seiner gelungenen Eigenkreationen, wie er nicht ohne Stolz feststellte. Doch selbst diese Köstlichkeit trug kaum dazu bei, seine unterdrückte Wut zu zügeln. Als Höllenherrscher konnte er es sich nicht leisten, sein Temperament nicht unter Kontrolle zu haben. Das untergrub seine Autorität. Es musste reichen, dass er im Affekt einem der kleinen Hilfsheizerteufel aus der Vorhölle zunächst die Flügelchen abgerissen und dann den Kopf abgebissen hatte. Aber der Tag wurde nicht besser. Luzifer witterte Unrat, als Beelzebub mit süffisantem Grinsen vor seinem Thron erschien.

„Eure Höllität", grüßte sein Vize servil und verneigte sich mit einem vollendeten Kratzfuß. „Es gibt unerhörte Neuigkeiten! Ich muss Euch leider mitteilen, dass es demnächst zu Coellen am Rhein ein neues Gottes... "

Luzifer explodierte: „Sprich diesen Namen nicht aus in meiner Gegenwart, zur Hölle nochmal!", brüllte er Beelzebub an.

„ ...haus geben wird," vollendete dieser ungerührt. „Einen neuen Halleluja-Bunker direkt am Rhenus Fluvius, im Heili... "

Mit einem Satz hatte Luzifer ihn an der Gurgel gepackt und ihm gleichzeitig mit seinem Bocksfuß auf das empfindliche Schwanzende getreten. Gefährlich leise zischte er seinen Stellvertreter an: „Jetzt spuck zum Henker nochmal deine Botschaft aus, ohne dem Alten Mann zu huldigen, sonst werde ich unangenehm!"

„Sehr wohl, Eure Höllischkeit", würgte Beelzebub hervor und schlug mit seinen Fledermausflügeln. „In der Stadt Coellen wird derzeit ein neuer Tempel gebaut, der du-weißt-schon-wem geweiht werden soll. Man sagt, der Bau gehe äußerst zügig vonstatten, seit ein gewisser Magister Gerardus als Baumeister eingestellt wurde, der bereits in Troyes und in Paris an Kathedralen gearbeitet hat."

„Nun denn", zischte Luzifer gefährlich leise und stieß seinen höllischen Vertreter von sich. „Finde heraus, wo dieser Meister Gerhard wohnt, wann er zur Arbeit geht, welche Schwächen er hat und welche Vorlieben. Ich will alles über ihn wissen: welche Leichen er im Keller hat, mit welchen Metzen er seine Frau betrügt, welche Spielschulden er hat – einfach alles. Egal wie, wir müssen diesen ..." (angeekelt spuckte Luzifer dieses Wort regelrecht aus) „... Kirchenbau unbedingt verhindern. Dabei habe ich mir vor Jahren die allergrößte Mühe gegeben und mit satanischem Vergnügen in Coellen den Hildebold-Dom abgefackelt. Und jetzt erzählst du mir, die bauen eine neue Kathedrale?"

Beelzebub schluckte, um seine malträtierte Kehle wieder geschmeidig zu bekommen, doch mehr als ein Krächzen brachte er kaum heraus: „Die Achskapelle steht kurz vor der Einwölbung, die Arbeiten daran haben gerade begonn... "

„Hunderttausend heulende Höllenhunde!", fluchte Luzifer. „Ich will die Seele dieses Baumeisters, und ich will sie sofort! Lass dir gefälligst was Teuflisches einfallen, damit ich etwas unternehmen kann!"

*

Ein paar Tage später saß der Dombaumeister Gerhard in der Wein- und Gruitbierschänke Zom Halve Hahn am Heumarkt zu Coellen, wo er mit einigen Domherren das Mittagsmahl einnahm. Die Gesellschaft disputierte das geplante Bibelfenster. Der vorgesehene altmodische romanische Stil gefiel nicht jedem der Kapitulare, und stichhaltige Argumente wurden ebenso ausgetauscht wie deftige Beschimpfungen.

Gut versteckt in einer dunklen Ecke der Schänke und für die Augen der Menschen unsichtbar, zechten der Heinzelmann Roter Ranunkel und einer seiner Artgenossen, der auf den schönen coellnischen Namen Jode Kabänes hörte, was so viel heißt wie guter Kumpel. In diesem Fall war Nomen tatsächlich Omen. Er gehörte zur Gilde der Schankheinzel und war ein feiner Kerl. Roter Ranunkel hingegen war ein Gartenheinzel und betreute die Beete und Bäume des Domkapitels. Sein Name leitete sich von seiner Lieblingsblume ab, der seine Mütze in Form und Farbe glich.

Man schrieb das Jahr Anno Domini 1260. In Coellen war eine umfangreiche Population von Heinzelmännchen aktiv, die nächtens heimlich, still und unbemerkt dem Handwerk und dem Gastgewerbe der Domstadt zur Hand ging. Neben Zimmerleuten, Bäckern, Küfern, Schneidern, Hufschmieden, Seilern, Korbmachern und anderen Gewerben nahmen sie auch den Maurern und Steinmetzen auf der Dombaustelle unangenehme und beschwerliche Arbeiten ab. Eine Delegation von Heinzeln war sogar unbemerkt mit Meister Gerhards Steinhauerkolonne auf einem Oberländer rheinaufwärts zum Trachyt-Steinbruch am Drachenfels gereist. Dort schwangen sie mit Wonne ihre kleinen Hämmer und beschleunigten den Steinabbau ungemein.

Die Gewerke der neuen Kathedrale schritten so flott voran, dass den Dombaumeister nach nur wenigen Jahren ein Nimbus des Unfehlbaren umgab. Aber auch einer des Hochmutes. Gerhard wusste genau, was er wollte und was er konnte, und ihm war jedes Mittel recht, sein Ziel zu erreichen. Er war ein Arbeitstier und verstand es, seine Handwerker zu Höchstleistungen anzuspornen, was ihm die freundschaftliche Hochachtung und Förderung durch den Erzbischof von Coellen, Konrad von Hochstaden, eingebracht hatte.

Nach dem Mittagsmahl löste sich die Gesellschaft an Meister Gerhards Tisch auf. Der Dombaumeister saß allein über einige Pergamentrollen gebeugt und studierte seine Baupläne. Da legte sich ein Schatten vor das Sonnenlicht, das durch die offene Wirtshaustür und die farbigen Butzenglasscheiben hereinschien.

Roter Ranunkel gewahrte einen eisigen Windhauch, der einen leicht brenzligen Duft von Schwefel verströmte. Ein großer, elegant nach der neuesten französischen Mode gekleideter Fremder betrat den Schankraum. Er trug einen merkwürdig geformten Schlapphut mit Ausbeulungen an den Seiten. Ein weiter, mitternachtsblauer Umhängemantel kaschierte das leichte Hinken, mit dem der Neuankömmling an Meister Gerhards Tisch trat.

„Bonjour, Monsieur Gérard!", grüßte der Fremde.

Jode Kabänes schaute mit schreckgeweiteten Augen Roter Ranunkel an und flüsterte: „Zur Hölle, wir haben ein Problem. Der mag sich noch so elegant verkleiden, aber ich erkenne einen von diesen Drecksäcken, wenn ich ihn sehe. Lass uns bloß schnell schauen, dass wir Land gewinnen!" Er sprang auf und zerrte am Ärmel seines Heinzelfreundes.

Roter Ranunkel widersetzte sich: „Nein, nein, warte, das ist wichtig! Wir müssen unbedingt erfahren, was dieser Mistkerl vorhat. Aber pass auf, dass er uns nicht erspäht."

Der Mistkerl hatte sich inzwischen Meister Gerhard vorgestellt: „Bitte verzeihen Ihro Hochwohlgeboren! Man sagte mir, dass ich den bedeutendsten Dombaumeister aller Zeiten hier in dieser bescheidenen Schänke bei der Arbeit vorfände, et voilà – hier seid Ihr! Enchanté! Welche eine Freude, Euch kennenzulernen."

Meister Gerhard löste sich nur ungern vom Studium seiner Pläne. Widerwillig schaute er von den Pergamentrollen auf und raunzte kurz angebunden:

„Ja. Und? Wer seid Ihr? Was wollt Ihr? Ich habe keine Zeit und ersuche Euch höflichst, mir diese nicht zu stehlen!"

„Oh, Euer Gnaden, nichts läge mir ferner! Im Gegenteil, ich habe wichtige Informationen. Ich bewundere Eure Arbeit seit Jahren und möchte Euch vor großen Fehlern im Bau bewahren, auf dass der makellose Ruf des Magisters Gerardus nicht befleckt werde!"

Mit einer Behändigkeit, die man ihm angesichts seines stattlichen Bäuchleins nicht zugetraut hätte, schnellte Meister Gerhard vom Tisch hoch: „Da soll mich doch gleich der Teufel holen! So eine Unverschämtheit! Ich werde euch ...“

„Gemach, gemach!", beschwichtigte ihn der Fremde. „Lasst uns in Ruhe weiterreden, ehe wir die Aufmerksamkeit der anderen Gäste erregen." Mit einer geschmeidigen Bewegung nahm er an dem großen Eichentisch Platz und bedeutete dem Dombaumeister mit einer einladenden Handbewegung, sich neben ihn zu setzen.

„Also, wer seid Ihr?", raunzte Meister Gerhard ungnädig.

„Mein Name ist Louis Cifre, Baumeister aus Frankreich. Ich bin seit langem ein großer Bewunderer Eurer Arbeit", sagte der Fremde. „Ich habe mir heute den Rohbau angeschaut und leider festgestellt, dass die Einwölbung der Achskapelle nie und nimmer den Gesetzen der Kathedralbaukunst gerecht wird und genau hier ..." – er deutete mit einem eleganten Schwung seines Flanierstocks auf den vor ihnen ausgebreiteten Bauplan – „... wird die Wölbung dem aufzufangenden Gewicht nicht standhalten und unweigerlich einstürzen. Nicht auszudenken, wie viele Seelen ..." – Cifre leckte sich unwillkürlich die Lippen – „... einem solchen Unglück zum Opfer fielen! Abgesehen davon sind die Fenster zu hoch, sie schaden der Stabilität des Mauerwerks."

Meister Gerhards Gesicht war rot angelaufen und die Zornesader an seiner Stirn trat hervor: „Ihr wagt es, an meiner Kompetenz zu zweifeln? Ich ..."

„Oh nein, gewiss nicht", lenkte der Franzose beschwichtigend ein, „im Gegenteil! Ich bewundere Euch und möchte Euren guten Ruf vor Schaden bewahren. Und doch ...", auf eine effektvolle Pause folgte beredtes Schweigen.

„Was?", bellte Meister Gerhard.

„Nun ja", fuhr Louis Cifre gedehnt fort. „Der Neubau der Kathedrale schreitet ja, seit Ihr die Bauleitung übernommen habt, so ungemein zügig voran, dass das Volk munkelt, es gehe nicht mit rechten Dingen zu."

„So ein dummes Zeug!", echauffierte sich der Dombaumeister. „Nur weil die Gewerke äußerst effizient organisiert und die Arbeiter hoch motiviert sind, heißt das noch lange nicht, dass am Bau die Heinzelmännchen zugange sind!"

In ihrem Versteck rammte Kabänes seinem Freund empört einen Ellbogen in die Rippen und gestikulierte protestierend in Richtung des Franzosen: „So eine Unverfrorenheit hab' ich doch selten ge..." – „Sch-scht!" Roter Ranunkel presste ihm die Hand auf den Mund: „Schnauze!", flüsterte er eindringlich. „Der Schwefelfresser entdeckt uns sonst noch! Außerdem will ich hören, was er vorhat!"

„Nun, wie dem auch sei", fuhrt Louis Cifre fort, „ich bin bereit, meine Fachkompetenz als Architekt zu beweisen. Ich biete Euch eine Wette an."

Der Franzose kannte Meister Gerhards Schwachstelle: grenzenlose Selbstsicherheit. Sie hatte den Dombaumeister in Kombination mit seiner Vorliebe für das Glücksspiel schon mehr als einmal in eine unangenehme Situation gebracht.

„Eine Wette?", entgegnete er prompt und zog interessiert die Augenbrauen hoch. „Lasst hören!"

„Also gut," sagte Louis Cifre mit maliziösem Grinsen. „Ich behaupte, dass ich eine komplette Wasserleitung aus der Eifel bis hier an die Kathedrale gebaut bekomme ..."

„Eine Wasserleitung? Aus der Eifel?", schnappte Gerhard dazwischen, „von wo genau in der Eifel? Und was für eine Wasserleitung?"

„Na, egal von wo, aber sagen wir: von Augusta Trevorum", entgegnete Louis Cifre. „Eine Leitung, wie sie schon von den Römern gebaut wurde. Größtenteils unterirdisch und gemauert, drei Ellen hoch und zwei Ellen breit. Jedenfalls wette ich, dass ich diese Leitung eher fertigstellen werde als Ihr den Dombau zu Coellen!"

„Ha! Im Leben nicht!", rief Meister Gerhard triumphierend. „Das schafft Ihr niemals, und wenn Ihr der Teufel persönlich wäret!"

Louis Cifre beugte sich vor, bis seine Nase fast das Ohr des Dombaumeisters berührte.

„Ich bin der Teufel!", flüsterte er mit sirenenhaft verlockender Stimme. Seine Augen funkelten wie zwei rotglühende Kohlen. „Und der Wetteinsatz? Wenn ich die Wette gewinne, nachdem eine Ente die ganze Strecke von Trier nach Coellen durch die Wasserleitung bis in einen Tümpel neben dem Dom geschwommen ist, dann, ja dann – ist Eure Seele mein! Aber wenn zuerst die Kreuzblume auf der Kirchturmspitze steht, seid Ihr der Sieger!"

Louis Cifre brachte wie von Zauberhand ein Stück Pergament aus seiner Wamstasche zum Vorschein: „Bitte, Meister Gerhard, Ihr braucht Euch nur mit einer Nadel einen kleinen Tropfen Blut aus dem Finger zu stechen und damit diesen Pakt zu unterzeichnen. Und sollte ich nicht gewinnen – nun, so habt Ihr drei Wünsche frei und Euer Name, ja, Euer Name wird Unsterblichkeit erlangen!"

Meister Gerhard erbleichte. Kleine Schweißtröpfchen sammelten sich an seinen Schläfen, sein Puls schlug bis zum Hals und seine Gedanken rasten. Roter Ranunkel und Jode Kabänes hielten in ihrem Versteck den Atem an und rührten sich nicht.

„Ach, wisst Ihr was, Magister Gerardus", fuhr der Leibhaftige nonchalant und gönnerhaft fort, „ich erhöhe mein Angebot. Legt noch die Seelen Eurer Gattin Gude und die Eurer Kinder Wilhelm, Peter, Johann und Elisabeth drauf, und ich verdopple meinerseits den Einsatz auf sechs Wünsche sowie einen großen Sack puren Goldes. Na los, Baumeister, was hab Ihr zu verlieren? Bis ich mit der Wasserleitung hier angekommen bin, dauert es vielleicht Jahrzehnte, dann seid Ihr ja ohnehin schon tot. Und da Ihr ja so schnell bauen könnt, wie Ihr behauptet ..."

In seiner Ehre gekränkt riss Meister Gerhard dem Satan das Pergament aus den Händen. Er nestelte seinen Dolch aus der Scheide, ritzte die Kuppe seines linken Zeigefingers, quetschte einen großen Tropfen Blut hervor und setzte seinen Fingerabdruck als Unterschrift auf den Teufelspakt.

Ein markerschütterndes, kreischendes Gelächter erklang. Der französische Baumeister verwandelte sich in einen pechschwarzen Gesellen mit riesigen Fledermausflügeln auf dem Rücken, Hörnern auf dem Kopf, einem Ziegenbocksfuß und einer langen, gespaltenen Zunge.

„Aber leider habt Ihr in Eurer grenzenlosen Selbstüberschätzung vergessen", kreischte Luzifer hämisch, „dass mir tausende Hilfsteufel zur Verfügung stehen. Die werden Maurerkellen statt Kohleschaufeln schwingen, und meine Höllenhunde werden nicht Kohlewagen, sondern Ziegelkarren ziehen. Haaaaaaaahahaaaa! Eure Seelen, sie sind mein! Mein! Mein!! Mein!!! Auf sehr bald, Magister Gerardus, auf sehr bald! Haaaaaaahahaaaa!"

Louis Cifre drehte sich immer schneller werdend in einer stinkenden Rauchwolke um die eigene Achse und verschwand mit einem gleißenden Blitz, dem unmittelbar ein tosender Donnerschlag folgte. Er ließ nichts als einen brenzligen Schwefelduft zurück, der sich im Dunst der Schänke bald verflüchtigte.

Meister Gerhard saß stocksteif erstarrt wie eine versteinerte Salzsäule an seinem Tisch. Dann schlug er beide Hände vors Gesicht, sprang auf und stürmte aus dem Wirtshaus, als seien sämtliche Teufel der Hölle hinter ihm her. Was ja, so gesehen, genau der Fall war.

„Jetz han mer d'r Dress!", Kabänes war in die rheinische Mundart verfallen. „Jetz es d'r Dress am dämpe."

Roter Ranunkel nickte nachdenklich, strich sich bedächtig über seinen Bart und wiederholte sinnierend: „Oh ja, jetzt ist die Kacke wirklich am Dampfen! Wir können das auf keinen Fall zulassen! Wenn Meister Gerhard diese Wette verliert und zur Hölle fährt – wer soll dann den Dom fertigbauen? Und sollen etwa alle Heinzel auf der Dombaustelle und in den Steinbrüchen arbeitslos werden? Wir müssen etwas unternehmen!"

*

Tage und Wochen zogen ins Land. Immer wieder hörten Roter Ranunkel und Jode Kabänes beunruhigende Gerüchte aus der Albenwelt. In der ungewöhnlich lauen Nacht des letzten Apriltags wimmelten die Rheinauen von Naturgeistern, die sich aus dem weiteren Umland zum Balzfest eingefunden hatten. Feen, Zwerge, Heinzelmännchen, Waldmännlein, Landwichte ließen an den hellauf lodernden Walpurgisfeuern den Honigmet und roten Wein in Strömen fließen. Nixen aus dem Rhein lagen träge im Ufersand und unterhielten sich mit Klabautermännern von den im Hafen verankerten Rheinschiffen. Hexen rauschten auf ihren Flugbesen nur so zum Spaß im Tiefflug über die Feuer und über die Köpfe der tanzenden Feen und Alben und erschreckten sie zu Tode.

Ranunkel und Kabänes trafen auf eine Gruppe Waldheinzel, die ordentlich gebechert und entsprechend lockere Zungen hatten. Sie stammten aus den großen Waldgebieten bei Trier und hatten verstörende Neuigkeiten.

„Vor einigen Monaten ist Beelzebub, der Herr der Fliegen, mit einer ganzen Horde von Hilfsteufeln in unsere Heimatwälder eingefallen", berichtete einer der Heinzel. „Sie haben hunderte, wenn nicht tausende Wichtel gefangen genommen und zwingen sie, für Luzifer eine Wasserleitung zu bauen. Sie sind, so hört man, bereits an Prüm vorbei und an Blankenheim, und bewegen sich auf Düren zu. Unsere Brüder werden gnadenlos ausgepeitscht, sobald sie auch nur für einen Atemzug mit der Arbeit innehalten und verschnaufen."

Jode Kabänes runzelte die Stirn. „Wenn die Schwefelfresser Erfolg haben, dann gute Nacht, Marie. Wir müssen die Drecksäcke unbedingt aufhalten und unsere Heinzelbrüder aus der Sklaverei befreien."

„Und wie", fragte Roter Ranunkel, „willst du das anstellen? In die Hölle fahren und dem Leibhaftigen persönlich ein Ultimatum stellen? ‚Hej, Luzi, entweder unsere Brüder sind sofort frei oder wir pinkeln dir sämtliche Höllenfeuer aus?' Mensch, Kabänes! Luzifer ist ein Oberdämon allererster Klasse! Herrscher der Hölle! Der beißt dir, ohne eine Miene zu verziehen, mit einem Happs den Kopf ab und verfüttert deine Eingeweide an seine Höllenhunde."

„Also soweit möchte ich es nicht kommen lassen", entgegnete Jode Kabänes mit selbstzufriedenem Grinsen. „Ich hätte da eine Idee ..."

*

Wenige Tage später verließ eine Gruppe schwer beladener Fuhrwerke das Overstolzenhaus in der Coellner Rheingasse in Richtung Westen. Die Planwagen waren mit allerlei Stoffen der verschiedensten Art bepackt, feinstes Leinen, Wolle, Pelze und dergleichen mehr, für die Handelsstationen der Patrizier in Aachen, Lüttich und Namur.

Roter Ranunkel und Jode Kabänes fühlten sich sicher auf einem der Wagen in der Mitte des Trecks. Sie waren, wie schon erwähnt, dem Auge der Menschen nicht sichtbar. Niemand nahm Notiz von ihnen. Sie hatten sich auf einem Ballen feinster Seide aus Lucca bequem eingerichtet, die die Overstolzens vermutlich ein kleines Vermögen gekostet hatte und deren Verkauf ein mittleres bis großes Kapital erwirtschaften sollte. Jode Kabänes streifte den Matsch der Rheingasse und dann ein halbes Häufchen Hundekot von seinen Stiefeln. Roter Ranunkel breitete auf dem Seidenballen indes ihren Proviant aus: eine fetttriefende Blutwurst, einen Schinken sowie einen großen Laib Roggenbrot und ein Fässchen Met. Daneben legte er einen Lederköcher mit mehreren Rollen Pergamentpapier.

Der Treck passierte bei bestem Reisewetter das Hahnentor an der Coellner Stadtmauer. Nach einer Übernachtung am Neffelbach in Kerpen erreichten die Wagen gegen Mittag den kleinen Ort Düren. Die Sonne stand im Zenit, und der Konvoi bewegte sich weiter westlich auf Aachen zu, während Ranunkel und Kabänes absprangen. Sie nahmen den Weg, der in südlicher Richtung auf die Feste Nideggen zu führte. Die beiden Heinzel ließen das Kastell rechter Hand liegen und wanderten über saftiggrüne Hügel und durch dichte, düstere Forste. Am nächsten Tag gelangten sie in die Nähe der Burg Hengelach, wo weite, sanfte Kornfelder und fruchtbare Äcker das Landschaftsbild prägten. Eine merkwürdige, ungute Stimmung schien in der Luft zu liegen. Der Himmel wirkte drückend trüb, obwohl er wolkenlos blau schimmerte. Sie hielten inne. Roter Ranunkel hob die Nase und schnupperte witternd. „Schwefel", flüsterte er seinem Kumpel zu, „kaum wahrnehmbar, aber es kann nicht mehr weit sein! Wir müssen Vorsicht walten lassen."

Jode Kabänes nickte bedächtig, entkorkte das Metfäßchen, nahm einen Zug direkt aus dem Spundloch und ließ einen tief aus den Eingeweiden hochrollenden Rülpser erklingen.

„Willst du uns die Teufel gleich auf den Hals hetzen?", schnauzte Roter Ranunkel. „Mach nicht so einen Radau und lass' mich auch mal! Verflucht, du hast den ganzen Met ausgesoffen!"

„Kein Wunder, dass ich dauernd bölken muss", entgegnete Kabänes schuldbewusst. „Tut mir wirklich leid, ich versuche, mich zu beherrschen! Mit lautem Rülpsen, meine ich."

Vorsichtig pirschten die Heinzel durch ein dichtes Waldstück. Sie nahmen den stärker wer-

denden Schwefelgeruch wahr, und endlich er-
spähten sie hinter einer Böschung die Wasserlei-
tungswanderbaustelle. Vorne war eine etwa ein-
hundertköpfige Gruppe kräftiger Wichtel mit
Spaten dabei, eine drei bis vier Ellen tiefe und
zweieinhalb Ellen breite Grube auszuheben. Ihre
Schaufeln schabten und schüppten und flogen
auf und nieder, das Erdreich zu kleinen Wällen
auf beiden Seiten des Grabens anhäufend. Weiter
hinten schleppten Heinzel karrenweise Ziegel-
steine heran. Eine dritte Gruppe rührte Mörtel an
und der vierte Trupp mauerte die Leitung. Die
Wichtel waren mit feurigen Fußfesseln aneinan-
dergekettet und wurden von einer Horde Teufel
mit Funken stiebenden neunschwänzigen Katzen
angetrieben. Roter Ranunkel drehte sich der Magen um und Jode Kabänes stieß geräuschvoll die
Luft aus, als einer der Schwarzen auf sie aufmerksam wurde.

„He, ihr zwei da! Kommt sofort her!",
herrschte er die beiden Kameraden an.

Nun gab es kein Zurück mehr und es würde
sich zeigen, ob ihr Plan gelänge.

*

Einige Wochen später bat Beelzebub um eine
höllische Audienz bei seiner satanischen Majestät
Luzifer dem Ersten. Mit bis zu den Knien ge-
beugtem Haupt und sorgfältig eingefalteten Flü-
geln näherte er sich katzbuckelnd dem Höllen-
fürsten.

„Eure Höllität, ich komme mit froher Kunde", schleimte er und schnappte mit seiner gespaltenen Echsenzuge beiläufig nach einer der Fliegen, die ständig sein Haupt umschwärmten.

„Und die wäre, Schwachkopf?", zischelte Luzifer gefährlich leise.

„Eure Höllischkeit, die lange Leitung ist in dieser Nacht fertig geworden und die Ente ist bereits von Trier nach Coellen unterwegs! Freut Euch, oh satanische Majestät, morgen gibt es frische, saftige Seelen vom Dombaumeister und den seinen! Ihr braucht mir nur zu folgen, ich führe Euch gern zu dem neuen Teich am Coellner Dom!"

„Na dann", donnerte Luzifer. „Auf geht's, hahahahahaaaa!"

„Folgt mir, Gebieter!", sagte Beelzebub und entmaterialisierte in einer Rauchwolke. Der Fürst der Hölle ließ sich nicht zweimal bitten.

*

Die Sonne stand noch hinter dem Horizont, sandte aber bereits ihre ersten Strahlen über die Stadt und den Fluss. An diesem Frühsommermorgen herrschte große Aufregung ob des neuen Bauwerks, das tags zuvor nicht existiert hatte. Vor dem Kirchenbau schickten sich Maurer, Zimmerleute und andere Handwerker an, ihre Arbeit aufzunehmen. Sie staunten nicht schlecht, als sie in der einsetzenden Morgendämmerung neben der Kirche einen neu angelegten Teich erblickten, der aus einer ebenfalls neuen Wasserleitung gespeist wurde. Auf dem Wasser zog eine einsame Ente majestätisch ihre Kreise, als Beelzebub und Luzifer materialisierten.

Die Handwerker stoben auseinander wie ein Schwarm Hühner, in deren Stall der Fuchs eingebrochen war. Luzifer schaffte es dennoch, einen der Maurerleute am Schlafittchen zu packen.

„Sagt an, Menschlein", fauchte er den Maurer an. „Wo finde ich euren Meister Gerhard, den Großkotzigen? Ich hab – hihihi – noch eine Rechnung mit ihm offen!"

„M-m-Meister G-Gerhard?", stammelte der Arbeiter mit Panik in den Augen. „Den b-berühmten Meister G-Gerhard?"

„Genau den!", fauchte Luzifer. „Wen denn sonst?"

„Aber der arbeitet doch am Dom zu Coellen!", wandte der Maurer ein.

„Natürlich arbeitet der an eurem Dom! Holt ihn schon her, sofort!"

„Aber Eure Eminenz, das wird dauern!", gab der Arbeiter zu denken.

„Wieso?", brüllte Luzifer.

„Euer Hochwohlgeboren," flüsterte der Mauerer, „der Kirchenbau dort – das ist nicht die Petruskirche! Es die Kirche Sankt Martin – wir sind hier in Düsseldorf."

*

Zu Coellen in der Schänke Zom Halve Hahn saßen indes die Heinzelmännchen Jode Kabänes und Roter Ranunkel und waren sehr zufrieden mit sich. Sie zechten Honigmet und ließen ihr Abenteuer Revue passieren.

„Dieser Beelzebub ist zwar ein Satan", sagte Ranunkel giggelnd, „aber ein unglaublich dämlicher! Haha, ich höre den Blödmann noch: ‚Wisst ihr Wichtel, in welcher Richtung es hier nach Coellen geht?'" Er nahm einen tiefen Zug aus seinem Bierkrug. „Jedenfalls war die Idee, uns als Landvermesser und Kartographen auszugeben, einfach genial!"

„Hihi!" Jode Kabänes griente von einem Ohr zum anderen. „Aber deine gefälschte Landkarte war ja auch wirklich der Clou!", entgegnete er. „Coellen viel weiter flussabwärts dort einzuzeichnen, wo Düsseldorf liegt ... hihi! Und immerhin durften die geknechteten Heinzel im Tausch für die Karte in ihre Heimat zurückkehren."

Er leerte seinen Humpen mit einem langen Zug und ließ wieder einmal einen herzhaften Rülpser erklingen. „Komm, lass' uns mal zum Dom spazieren und nach dem Stand der Arbeiten schauen!"

Sie verließen die Schänke und flanierten vom Heumarkt zur Dombaustelle. Der erhabene Kathedralenbau war von hohen Baugerüsten umgeben und schien im hellen Sonnenlicht zu leuchten. Ranunkel und Kabänes sahen von den Flussauen einen berittenen Depeschenkurier herangaloppieren.

„Meister Gerhard!", rief der Reiter atemlos. „Ich muss Meister Gerhard sprechen!" Er sprang von seinem Gaul, direkt vor einer Gruppe Arbeiter, die sich gerade anschickten, eine Wagenladung Steine aufzustapeln.

Einer der Handwerker, der Polier, deutete himmelwärts und zeigte auf die oberste Gerüstebene. „Meister Gerhard? Der ist oben und inspiziert das Gewölbe. Was wollt ihr von ihm?"

„Ich habe wichtige Neuigkeiten!", entgegnete der Kurier. Er formte seine Hände zu einem Trichter, legte den Kopf in den Nacken und rief hinauf: „Meister Gerhard! Meister Gerhard! Ich komme aus Düsseldorf! Dort haben die Teufel eine Wasserleitung gebaut und wieder zum Einstürzen gebracht, nachdem Sie Euch sprechen wollten! Stellt Euch das vor! Und dann sind sie fluchend zur Hölle gefahren!"

Hoch oben auf dem Gerüst vernahm der Dombaumeister die frohe Kunde und sein Herz wurde leicht. Er war davongekommen! Er hatte nichts mehr zu befürchten! Oh, welche Freude, oh, welche Erleichterung! Luzifer hatte versagt, jawohl, und er, Meister Gerhard, hatte seine Wette gewonnen. Er stieß einen Triumphschrei aus und vollführte hoch oben auf seinem Gerüst einen Freudentanz. Leider übersah er ein Kantholz, das irgend ein Idiot liegengelassen hatte. Meister Gerhard stolperte, verlor das Gleichgewicht, und stürzte, diesmal mit einem Schrei des

Schreckens, in die Tiefe und brach sich das Genick.

Waldemar Atterdag
brandschatzt Visby

Selma Lagerlöf

Als Hellqvists Monumentalgemälde „Waldemar Atterdag brandschatzt Visby" im Kunstverein ausgestellt wurde, ging ich an einem stillen Vormittag hin. Das große Bild mit den vielen Farben und Gestalten war bereits auf den ersten Blick ungeheuer beeindruckend. Ich ging geradewegs darauf zu, setzte mich hin und versank in stille Betrachtung. Eine halbe Stunde lang lebte ich im Mittelalter.

Schon bald stand ich mitten in der Szene auf dem Marktplatz von Visby. Ich sah die Bierfässer, die sich mit dem von König Waldemar erwünschten goldenen Trunk füllten, und die Gruppen, die sich um die Fässer herum ansammelten. Ich sah den reichen Kaufmann mit seinem Diener, der unter Gold- und Silberschüsseln fast zusammenbricht, ich sah den jungen Bürger, der dem König mit der Faust droht, den Mönch mit dem scharfgezeichneten Gesicht, der forschend den König mustert, den zerlumpten Bettler, der sein Scherflein opfert, den König auf seinem Thron, das Heer, das sich aus einer engen Gasse heranwälzt, die hohen Giebel der Häuser und die kleinen Gruppen trotziger Soldaten und widerstrebender Bürger.

Aber plötzlich ging mir auf, dass die Hauptgestalt auf dem Bild nicht der König ist, sondern der eine eisengepanzerte Schildknappe des Königs, der mit dem heruntergelassenen Visier.

Dieser Gestalt hat der Künstler eine seltsame Kraft gegeben. Man sieht nicht das Geringste von ihm selbst, der ganze Mann ist Eisen und Stahl, und doch scheint er der wahre Herr der Lage zu sein.

„Ich bin die Gewalt, ich bin die Raublust", sagt er. „Ich bin es, der Visby brandschatzt. Ich bin kein Mensch, ich bin nur Eisen und Stahl. Ich freue mich über Qualen und Grausamkeiten. Sollen sie einander nur peinigen! - Sieh", scheint er uns zu fragen, „kannst du nicht sehen, dass ich hier der Herr bin? Soweit dein Auge reicht, gibt es nur Menschen, die einander quälen. Seufzend kommen die Besiegten und liefern ihr Gold ab. Sie hassen und drohen, aber sie gehorchen. Und die Gier der Sieger wird immer wilder. Was sind denn der König von Dänemark und seine Soldaten, wenn nicht meine Diener, wenigstens heute? Morgen werden sie zur Kirche gehen, in friedlichem Zwiegespräch im Wirtshaus oder vielleicht als treusorgender Vater im eigenen Heim sitzen, heute aber dienen sie mir, heute sind sie Verbrecher und Gewalttäter."

Und je länger man ihm zuhört, um so besser versteht man das Bild: Es ist einfach eine Illustration der alten Geschichte darüber, wie Menschen einander quälen können. Kein versöhnlicher Zug ist zu sehen, nur erbarmungslose Gewalt. Und trotziger Hass und hoffnungsloses Leid.

Aber diese drei Gefäße müssen gefüllt werden, damit Visby nicht geplündert und in Schutt und Asche gelegt wird. Warum kommen sie nicht, diese Hanseaten, in flammender Begeisterung? Warum bringen die Frauen nicht ihr Geschmeide, der Trinker nicht seinen Becher, der Priester nicht den Reliquienschrein, eifrig, glühend vor Opferwillen? „Alles für dich, für dich, unsere geliebte Stadt! Wozu uns Krieger schicken, wenn es doch um dich geht? O Visby, unsere Mutter, unsere Ehre! Nimm zurück, was du uns geschenkt hast!"

Aber so wollte der Maler das nicht sehen, und so war es auch nicht. Keine Begeisterung, nur Zwang, nur unterdrückter Trotz, nur Jammer. Das Gold bedeutet ihnen alles, Frauen und Männer seufzen wegen dieses Goldes, von dem sie sich trennen müssen.

„Sieh sie an!", spricht die Gewalt, die zu Füßen des Thrones steht. „Es trifft sie ins Herz, dass sie ein Opfer bringen müssen. Soll Mitleid mit ihnen haben, wer will. Geizig, gewinnsüchtig, übermütig sind sie! Sie sind nicht besser als der gierige Räuber, den ich auf sie gehetzt habe!"

Eine Frau ist vor dem Fass zusammengebrochen. Ist es so schrecklich für sie, ihr Gold herzugeben? Oder ist sie vielleicht schuld an dem Jammer? Hat sie die Stadt verraten? Ja, sie ist es, sie war König Waldemars Geliebte. Sie ist Jung-Hansens Tochter.

Sie weiß, dass sie ihr Gold nicht herzugeben braucht. Das Haus ihres Vaters wird jedenfalls verschont, aber sie hat doch zusammengerafft, was sie besitzt. Auf dem Marktplatz wurde sie von dem Elend überwältigt und sank in grenzenloser Verzweiflung zu Boden.

Hübsch und fröhlich war er gewesen, der Goldschmiedegeselle, der im vergangenen Jahr im Haus ihres Vaters gedient hatte. Herrlich war es, an seiner Seite hier über den Marktplatz zu schreiten, wenn der Mond hinter den Giebeln aufstieg und den Glanz von Visby beleuchtete. Stolz war sie auf ihn, stolz auf ihren Vater, stolz auf ihre Stadt. Und nun liegt sie da, vor Kummer gebrochen. Unschuldig und doch schuldig. Er, der kalt und grausam auf dem Thron sitzt und dieses Elend in die Stadt gebracht hat, ist er es, der ihr zärtliche Worte zugeflüstert hat? Hat sie sich zum Stelldichein mit ihm geschlichen, als sie in der vergangenen Nacht bei ihrem Vater den Schlüssel stahl und das Stadttor öffnete? Und als sie ihren Goldschmiedegesellen als gepanzerten Ritter an der Spitze eines Heeres vor sich sah, was hat sie da gedacht? Wurde sie wahnsinnig, als sie sah, wie sich die stählerne Flut durch das von ihr geöffnete Tor wälzte? Deine Klagen kommen zu spät, du junge Frau! Warum hast du den Feind deiner Stadt geliebt? Visby ist gefallen, sein Glanz wird vergehen. Warum hast du dich nicht im Tor zu Boden geworfen und dich von den eisernen Hufen tottrampeln lassen? Wolltest du leben und sehen, wie der Frevler von himmlischen Blitzen getroffen wird?

Ach, junge Frau, an seiner Seite steht die Gewalt und schützt ihn. Er vergreift sich nun an heiligeren Dingen als einer leichtgläubigen Jungfrau. Nicht einmal Gottes heiligen Tempel schont er. Die leuchtenden Edelsteine bricht er aus der Kirchenmauer, um das letzte Fass zu füllen.

Nun ändern die Gestalten auf dem Bild ihre Haltung. Blindes Entsetzen packt alles Lebende. Der wildeste Kriegsknecht erbleicht, die Bürger schauen zum Himmel auf, alle warten auf das himmlische Strafgericht, alle erbeben, nur nicht die Gewalt auf den Stufen des Thrones und der König, ihr Diener.

Ich wünschte, der Künstler lebte noch und könnte mich in den Hafen von Visby führen und mir dieselben Bürger zeigen, wie sie der davonsegelnden Flotte hinterher blicken. Sie lassen Verwünschungen über die Wogen erschallen. „Vernichtet sie!", rufen sie. „Vernichtet sie! O Ostsee, unsere Freundin, nimm unsere Schätze auf. Tu deine erstickende Tiefe unter den Gottlosen auf, unter den Treulosen!"

Und die Ostsee donnert dumpfen Beifalle, und die Gewalt, die auf dem Flaggschiff des Königs steht, nickt zustimmend. „So ist es gut", sagt sie, „verfolgen und verfolgt werden, das ist mein

Gesetz. Mögen Sturm und Meer die räuberische Flotte vernichten und die Schätze meines königlichen Dieners an sich raffen. Um so eher können wir auf neue Vernichtungszüge ausziehen!"

Aber die Bürger am Strand drehen sich um und schauen hoch zu ihrer Stadt. Droben lodern die Flammen, hinter geborstenen Scheiben gähnen verwüstete Wohnungen. Rußgeschwärzte Giebel sehen sie, geschändete Gotteshäuser, blutige Leichen liegen in den engen Gassen und vor Angst wahnsinnige Frauen eilen durch die Stadt. Sollen sie das alles hilflos mitansehen müssen? Gibt es denn niemanden, den ihre Rache erreichen kann, niemanden, den sie ihrerseits quälen und vernichten könnten?

Gott im Himmel, seht doch! Das Haus des Goldschmieds ist nicht geplündert, nicht in Brand gesteckt worden! Was hat das zu bedeuten? Hat er mit dem Feind gemeinsame Sache gemacht? Hatte er nicht den Schlüssel zu dem einen Stadttor in seiner Obhut? Du da, Jung-Hansens Tochter, sag uns, was hat das zu bedeuten?

Dort auf dem Flaggschiff steht die Gewalt, betrachtet ihren königlichen Diener und lächelt unter dem Visier. „Höre den Sturm, Herr, höre den Sturm! Das Gold, das du geraubt hast, wird bald, dir unerreichbar, auf dem Meeresgrund ruhen. Und schau zurück nach Visby, mein hoher Herr! Die Frau, die du betrogen hast, wird von Priestern und Soldaten zur Stadtmauer geführt. Hörst du die Menschenmenge, die ihr folgt, fluchend und wehklagend? Sieh, die Maurer bringen Kalk und Kellen! Sieh, die Frauen bringen Steine! Alle bringen sie Steine, alle, alle! O König, auch wenn du nicht sehen kannst, was sich in Visby abspielt, musst du es doch hören, musst du es wissen. Du bist ja nicht aus Stahl und Eisen, wie die Gestalt an deiner Seite. Wenn die düsteren Tage des Alters kommen und du im Schatten des Todes lebst, wird das Bild von Jung-Hansens Tochter in deine Erinnerung treten.

Du wirst sehen, wie sie erbleichend unter Hohn und Verachtung zusammenbricht. Du wirst sehen, wie sie zwischen Priestern und Soldaten bei Glockengeläut und frommen Liedern fortgeführt wird. In den Augen des Volkes ist sie schon tot. Tot fühlt sie sich auch, getötet von allem, was sie geliebt hat. Du wirst sie in den Turm steigen sehen, wirst sehen, wie Steine eingefügt werden, wirst hören, wie die Maurerkellen scharren, wirst das Volk hören, wie es immer neue Steine bringt. „Hier, Maurer nimm meinen, nimm meinen! Lass auch meinen Stein zum Werk der Rache beitragen. Lass meinen Stein helfen, Jung-Hansens Tochter Licht und Luft zu nehmen! Gefallen ist Visby, das herrliche Visby! Gott segne eure Hände, Maurer. Lass mich dabeisein, wenn die Rache vollzogen wird!"

O Waldemar, König von Dänemark, auch du wirst dem Tod begegnen, und dann wirst du auf deinem Bett liegen und vieles hören und sehen und dich in Qualen winden. Und auch dieses

Scharren der Maurerkelle, diesen Schrei nach Rache wirst du hören. Wo sind dann die heiligen Glocken, die die Seelenqual übertönen? Wo sind sie, die weiten Metallrachen, deren Zungen Gott um Gnade für dich anflehen? Wo ist die von holdem Klang erzitternde Luft, die die Seele in Gottes Reich trägt?

O hilf, Esrom, hilf, Sorø, hilf, große Glocke von Lund!

Was erzählt dieses Bild doch für eine düstere Geschichte! Es war ein seltsames, fremdes Gefühl, wieder in den Park hinauszutreten, in den strahlenden Sonnenschein, unter lebende Menschen.

Die blauen Augen der Eifel

Eris von Lethe

Das kleine Dorf lag idyllisch an einem der Maare, den ehemaligen Kraterseen der Eifel, die bei bestimmtem Lichteinfall tiefblau leuchten. Der älteste Sohn des Bauern, der dort seinen Hof betrieb, konnte sich nicht sattsehen an dieser Farbe, und wann immer es ihm die Zeit erlaubte, lief er ans Ufer des Sees, legte sich ins Gras und tauchte mit seiner Seele tief ein in das uralte Gewässer. In diesen Tagträumen begegnete er bunten Fischen und glitzernden Wassernymphen, die mit ihm sprachen und ihn einluden, mit ihnen gemeinsam zu schwimmen. Wenn er die Augen aufschlug, lachte er oft ganz laut, weil er durchaus wusste, dass diese Begegnungen seiner Fantasie entsprungen waren. Er war immer schon ein Träumer gewesen, was seinem Vater, dem wortkargen Eifelbauern, gar nicht gefiel, und deshalb sprach Anton in der Familie niemals über seine Ausflüge. Die Mutter wusste, wohin es ihren Ältesten so magisch hinzog, aber sie schwieg. Der Junge hatte es schwer genug, weil ihr Mann den Jüngeren, einen wahren Haudegen, eindeutig vorzog, während sie sich dem Feinsinnigen der Brüder näher fühlte.

An einem herrlichen Sommertag, dem Johannis-
tag, nachdem die Arbeit auf dem Felde getan
war, machte sich Anton wieder auf zu seinem
Maar. Er war betrübt, da der Vater ihn wie immer angebrüllt hatte, er solle schneller arbeiten,
sich so anstellig zeigen wie sein Bruder Knut.
Dieser habe das richtige Blut eines Bauern in
sich, der sei nicht so eine Memme, nicht so ein
Muttersöhnchen. Knut hatte bei den Worten des
Vaters nur hämisch gefeixt.

In dieser bedrückten Stimmung lag Anton nun
im weichen Gras, dabei kämpfte sich eine Träne
durch seinen dichten Wimpernkranz, derer er
sich schämte. Zum Glück sieht das der Vater
nicht, dachte er und wischte sich die Traurigkeit
rasch weg. Eine zweite Träne folgte der ersten
unvermittelt nach und tropfte auf den Boden. Im
selben Moment raschelte es zwischen den Gras-
halmen, Anton erschrak und schaute neben sich.
Eine bräunlich-grüne Unke blickte ihn mit ihren
großen Glubschaugen an, und was ihn besonders
erstaunte, das war die Farbe dieser riesigen Augen. Sie waren so blau wie das Maar, das in tie-
fem Schweigen zu seinen Füßen ruhte.

Die Unke hingegen war äußerst redselig und
sprach zu ihm in näselndem Flüsterton: „Ich kenne dich, du bist ein guter Junge und ein großer
Naturfreund. Ich möchte dir deinen Herzens-

wunsch erfüllen, aber dafür musst du dich einer Aufgabe stellen." Anton konnte kaum antworten vor Erstaunen, aber er fasste sich rasch und sagte in ebenso gedämpftem Ton: „Mein größter Wunsch ist es, als erwachsener Mann in der großen Stadt einen Laden mit edlen Steinen aufzumachen. Die Steine sollten alle diese blaue Farbe unserer Maare haben; und ich würde aus ihnen edle Schmuckstücke machen für feine Damen und Herren."

„Nichts leichter als das. Dein Wunsch wird dir erfüllt werden, mein Junge." Die Unke lächelte ihn an, soweit das die riesigen Augen erlaubten, deren Blau nun glitzerte wie alle Maare der Eifel zusammen. „Aber gütige Unke, sag an, was muss ich dafür tun? Ich bin zu allem bereit." Die Unke senkte ihr Haupt und sprach jetzt so leise, dass er sie kaum verstand: „Es ist eine Aufgabe, die sehr schwer für dich sein wird, da sie deiner Natur in keiner Weise entspricht." „Ach Unke, so schwer wird sie schon nicht sein. Ich bin doch ein mutiger Kerl." Nun ja, da hatte Anton ein bisschen übertrieben, aber was sollte das schon für eine Aufgabe sein. Die Unke würde sicher nichts Gefährliches von ihm verlangen.

„Lieber Junge", hub die Unke nun ausgesprochen feierlich an, „heute nach Mitternacht musst du wiederkommen. Ich werde dich hier erwarten. Du musst mich sofort töten, mir die Augen ausreißen und diese in das Maar werfen." Anton erstarrte. Was verlangte die Unke von ihm, der niemandem etwas zuleide tun konnte, weder Mensch noch Tier? „Oh nein, liebe Unke, das tu ich nimmer, da bleibe ich doch lieber zeitlebens im Dorf ein armer Bauer."

Anton hatte die Unke angeschrien und entschuldigte sich sofort bei ihr. Aber warum in aller Welt, sollte er eine solche Freveltat an einem Geschöpf Gottes verüben? Er schüttelte heftig den Kopf. „Guter Junge", die Unke legte einen ganz sanften, beruhigenden Ton in ihre Stimme, „deine Belohnung ist das eine; das andere ist, dass ein böser Fluch über unseren wunderschönen Maaren liegt. Dieser wird sich in der heutigen Johannisnacht erfüllen." „Was ist das für ein Fluch, Unke?" Anton war zutiefst beunruhigt. Dem herrlichen See, seinem geliebten Maar sollte etwas Schreckliches widerfahren?

Die Unke hatte seine furchtsamen Gedanken erraten, und sie fuhr leise fort: „Ja, Junge, es wird etwas Schreckliches geschehen, aber du kannst es verhindern. Ich beobachte dich seit langem, wenn du hier am Ufer träumend liegst, und ich weiß, dass du der Richtige bist, ein rechtschaffener, bescheidener Mensch, der die Natur liebt." Es war Anton beinahe ein wenig peinlich ob der Komplimente, die die Unke ihm machte: „Lass gut sein, Unke, ich bin auch nur ein einfacher

235

Bursche, aber sprich weiter: Was um Himmels Willen wird den Maaren geschehen?"

Die Unke bewegte ihre wasserblauen Augäpfel heftig hin und her und fuhr fort: „In dieser Nacht werden sich alle Maare dieser Gegend verdunkeln und auf ewig tiefschwarz bleiben. So lautet der Fluch. Nur durch die Tat, die ich von dir verlange, kann das wunderbare Blau unserer Gewässer gerettet werden. Mehr darf ich dir dazu nicht sagen." Mit diesen Worten hüpfte die Unke davon und ließ Anton verzweifelt zurück.

Mit einem Herz so schwer wie ein Felsbrocken, erhob sich der Junge und schlich zurück zum Hof. Dort erwarteten ihn bereits der Vater und der wie immer grinsende Bruder. „Wo hast du dich wieder herumgetrieben? Ein Faulenzer bist du, ein Nichtsnutz von Sohn. Geh und pflüge den Acker hinter dem Haus, zur Strafe allein. Und das Abendessen fällt für dich heute aus."

Anton dachte während der schweren Arbeit die ganze Zeit über an die Worte der Unke, und dabei verließ ein ganzes Maar von Tränen seine verwirrte Seele. Wie sollte er diese an ihn herangetragene Aufgabe nur bewältigen? Vielleicht sollte er einfach zu Hause bleiben und sich in seinem Bett verkriechen. Eine innere Stimme sagte ihm jedoch, dass er in der Nacht in jedem Fall an den See gehen musste. Vielleicht gab es doch noch eine andere, eine bessere Lösung, um den Fluch, von dem die Unke so eindringlich gesprochen hatte, zu bannen.

Erschöpft und hungrig sank Anton nach getaner Arbeit auf sein Lager, aber einschlafen konnte er nicht, so aufgeregt wie er war. Und als die Turmuhr der nahegelegenen Kirche Zwölf schlug, machte er sich eilig auf zum See. Tief in Gedanken versunken, bemerkte er dabei nicht, dass der Bruder, der sein Fortgehen bemerkt hatte, ihm heimlich folgte. Knut war zu neugierig, hatte er doch immer schon von den heimlichen Ausflügen Antons zu dem Maar gewusst, aber jetzt mitten in der Nacht? Was das wohl zu bedeuten hatte? Da war bestimmt ein Mädel im Spiel. Ha, das würde er dem Weichei von Anton schon ausspannen. Knut hielt sich auf dem Weg aber in gebührendem Abstand zum Bruder, und kaum am Ufer des Sees angelangt, verbarg er sich hinter einem großen Ginsterbusch.

Von einem Mädel allerdings war weit und breit nichts zu sehen, dennoch schien Anton mit jemandem zu sprechen. Knut bog die Zweige des Busches vorsichtig zur Seite, sehen konnte er leider nichts, aber was er hörte, verschlug ihm schier den Atem. „Ich kann das nicht tun, liebe Unke, dich töten und dir die Augen ausreißen. Das ist wider meine Natur." Knut hörte den Bruder bei diesen Worten tief schluchzen. „Doch du musst es tun, mein lieber Junge, nur so kann der Fluch aufgehoben werden. Und denke daran, du wirst dadurch ein reicher Mann werden, in der Stadt verehrt und wohl geachtet." Als Knut das vernahm, platzte er beinahe vor Anspannung. Der Bruder Anton ein wohlhabender Mann in der großen Stadt, und er, Knut, weiter der schlichte Bauerngeselle auf dem Dorf? Niemals! Das würde er schon zu verhindern wissen. Er würde sich diese anscheinend äußerst wertvollen Augen, wem auch immer sie gehörten, sichern, und nicht der Bruder.

Knut robbte nun langsam ein bisschen näher an das Geschehen, entdeckte das glibberige Tier, das zu erschlagen ja wohl kein Problem darstellen sollte und vernahm deutlich die weiteren Worte des Bruders: „Das ist mir egal, Unke, ich tue dir das nicht an." Da hielt den jüngeren Bruder nichts mehr in seinem Versteck. Er brüllte laut wie ein Ochse: „Was für ein großer Narr du bist", sprang auf, rang den Bruder im Sprunge nieder und stürzte sich auf die Unke. Er packte das Tier, schlug es mit aller Kraft auf die Erde und wollte ihm gerade brutal die Augen ausreißen, als sich unvermittelt ein Donnersturm erhob. Das Maar wurde pechschwarz, ein greller Blitz tauchte auf aus der Tiefe, blendete Knut und nahm ihm so sein Augenlicht. Vor Schmerz und Entsetzen schreiend stürzte dieser davon.

Anton aber, der jetzt langsam wieder zu sich kam, blieb verschont. Als er noch leicht benommen die Augen öffnete, sah er die sterbende Unke neben sich liegen, die mit gebrochener Stimme ihm zuraunte: „Tu bitte, was ich dir aufgetragen habe, töte mich und vollende das Werk." Dabei schimmerten ihre tiefblauen Augen in der Dunkelheit wie kostbarste Saphire.

Der Junge zitterte am ganzen Leibe vor Kummer und vor Abscheu vor dem, was die Unke ihm aufgetragen hatte, aber als er auf den rabenschwarzen See blickte, der aussah wie ein offenes Grab, da überwand er sich, erstickte das brave Tier und schälte vorsichtig die kostbaren Augen aus dem toten Gesicht.

Er kroch, so geschwächt wie er war von seinem für ihn so grausamen Tun, ganz nah ans Ufer und warf die Augen ins Wasser, so wie die Unke es von ihm verlangt hatte. Dann wartete er, vollkommen entkräftet, einen Moment, und siehe da: Die Wasseroberfläche vor ihm kräuselte sich ganz sanft wie ein großes Seidentuch, die dunkle Schwärze verwandelte sich wieder in strahlendes Blau und zwar in das schönste Blau, das er jemals gesehen hatte. Und es erschien ihm, als ertönte aus der Tiefe des Maares ein Dankeslied aller Wassertiere.

Anton kehrte nicht auf den Hof zurück, sondern wanderte noch in der Nacht in die große Stadt, wo er als berühmter Goldschmied die tiefblauen Augen der Eifel in der ganzen Welt berühmt machte.

Die Nixe von Kellinghusen

Liederjan

Am 30. Mai Achtzehnhundert und vier
ging die Fahrt los, zunächst auf der Stör.
An Bord hatten wir tausend Fässer mit Bier,
nur für uns - na, die waren schnell leer.
Die Bark warn geiler Kasten mit ihren zwanzig
Masten
und der Mannschaft in goldenen Blusen.
Keiner sah sie je weil – sie war schnell wie ein
Pfeil:
Die "Nixe von Kellinghusen".

Hey ho, hey ho, hey ho
die "Nixe von Kellinghusen"

Mit fuhrn Ole aus Leck, der aß gern Maden im
Speck
und auch Andersen aus Flensburg–West,
und Johnny der Torf-Kopp aus Südstockelsdorf,
der fraß alles und rief: "Allerbest!".
Da war Uwe aus Kiel, der soff gerne und viel,
und Sven, der träumte nur von Busen.
Dann noch Hein, der Kaptein, mit dem
hölzernen Bein
Auf der "Nixe von Kellinghusen"

Hey ho, hey ho, hey ho
auf der "Nixe von Kellinghusen"

Da warn zehntausend Sack, das war schon ein
Schnack,
vom besten Strandsand aus Damp.
Daraus würde – dingong – der bester Beton
für die Mexikomauer von Trump.
Dor gifft wat to holn, der Typ mutt betoln,
hei mit seine gelben Flusen.
Das war schon son Stück vonne Weltpolitik
auf der "Nixe von Kellinghusen"

Hey ho, hey ho, hey ho
auf der "Nixe von Kellinghusen"

Nach nur sieben Jahrn Fahrt, da wurde es hart,
wir warn grad im Sturm vor Kap Hoorn.
Ein Riesenkrake griff nach Mannschaft und
Schiff,
war wohl auf der Suche nach unsrem Korn.
Dabei schluckte er die Crew und Heins Kakadu,
er konnte den Korn wohl nicht verknusen.
Als er das Schiff zerfetzte, war klar ich war der
Letzte
Auf der "Nixe von Kellinghusen"

Hey ho, hey ho, hey ho
auf der "Nixe von Kellinghusen"

Text: Jörg Ermisch,
Musik: Erk Böteführ

242

De Profundis

(für L. O'B.)

Dorothy McArdle

„Eines Abends demnächst", hatte Father Martin uns versprochen, „werde ich euch eine Geschichte erzählen, die seltsamer ist, auch wenn vielleicht nicht abenteuerlicher, als viele andere, die ihr hier gehört habt. Ich werde euch erzählen, wieso ich Priester werden wollte – denn ich war ein eigensinniger, aufrührerischer Knabe."

Es war schwer, sich Father Martin als wilden Bengel vorzustellen; wir hatten ihn immer nur als Geistlichen gekannt, der in seiner Mission aufging, einen leidenschaftlichen Boten der Ewigkeit, den der Anblick des weltlichen Treibens in Verzweiflung trieb. „Ich will nicht gewinnen!", rief er sogar eines Abends Liam zu. „Irland, das kämpft, betet, Verfolgung erleiden muss, ist heilig – ein siegreiches Irland könnte so werden!" Und er schaute voller Verzweiflung auf die geschäftige Straßenkreuzung in Philadelphia hinunter. Wir konnten seine Befürchtungen natürlich nicht teilen, sondern nannten ihn einen „Fanatiker" und verziehen ihm diesen Pessimismus. Wir wussten, dass Irland auf seine inbrünstigen Gebete zählen konnte.

Er erzählte uns seine Geschichte an einem Abend im Juni; nachdem wir sie gehört hatten,

konnten wir besser verstehen, warum er alles außer den unsterblichen Dingen für unwirklich
hielt.

„Ich frage mich, kennt ihr überhaupt", begann
er, „diese Art von hungriger, heruntergekomme-
ner Bauernhütte, die unser zu Hause war? Mein
Vater starb, als wir noch klein waren, wir neun
Kinder. Gott weiß, wie meine Mutter uns groß
und satt bekommen hat, und nie habe ich gesehen, dass das Licht der Güte in ihren Augen erloschen wäre. – Ich war siebzehn, als die Seuche
kam, nach einer argen Missernte. Es war eine
dieser Epidemien, die die Ärzte ‚Influenza' nennen, wir nannten sie den ‚schwarzen Tod', sie
fegte so tödlich durch Killerane wie später, im
Krieg, durch das ganze Land. Die alten Leute
schienen nicht gefährdet zu sein, wer starb, waren die Jungen. Meine Schwester Rosie war achtzehn – die Älteste von uns, sie brachte die Krankheit mit von einem Nachbarn, den sie gepflegt
hatte, und nach drei Tagen war sie tot.

Ich glaube, die Angst, die mich damals überkam, war schlimmer als meine Trauer, denn obwohl ich kein guter Sohn gewesen war, war meine Mutter doch meine Königin. Als mir aufging,
dass auch sie erkranken könnte, zitterte ich am
ganzen Leib. Und zwei Tage nach Rosies Beerdigung musste sie sich hinlegen.

Die Kinder waren einfach hilflos, Nora, die
mir im Alter am nächsten war, war vierzehn,
und nirgendwo war Hilfe zu finden. Der Arzt

schaute zweimal vorbei, er ritt wie die wilde Jagd durch die Gegend und hatte in fast jedem Haus Tote oder Sterbende liegen. Er sagte, es hätte keinen Zweck, noch einmal zu kommen. Am Sonntag erhielt sie die letzte Ölung, wir taten dem Priester leid, sagte er, aber mehr konnte er nicht für uns tun, er war allein für zwei Pfarreien verantwortlich.

Ich saß den ganzen Tag bei ihr und sah zu, wie sie ihr Leben auskeuchte, ich sah, wie das Fieber in ihren Augen wütete, und mein Herz brach vor Entsetzen und vor Sehnsucht nach der klugen, glücklichen Mutter, die ich gekannt hatte. In jeder Ecke weinten Kinder, und die arme kleine Nora schlich sich aus und ein, wie eine verirrte Seele.

In dieser Nacht hatte ich weder Glauben noch Hoffnung. Ich ging hinaus, ich erinnere mich an den süßen, sanften Wind vom Moor her und an den tapferen weiten Himmel, die fliegenden Wolken, die dem Mond ihren Anteil an Silber und Gold raubten, und ich weiß noch, dass ich, statt Gott zu preisen, Zorn und Blasphemie im Herzen hegte.

Ich wollte meine Mutter nicht verlieren, ich wollte nicht, dass sie in den Himmel kam. ‚Was kann der Himmel ihr denn bedeuten‘, wütete ich. ‚Während ihre Kinder auf den kalten Straßen dieser Welt betteln müssen?‘

Gott möge mir vergeben, ich hatte nur ketzerische Gedanken. Das brach meiner Mutter das

Herz, und ich wusste nur zu gut, dass ich nicht zum Priester geschaffen war. ‚Und wenn ich berufen wäre, woher würdest du dann das Geld nehmen?‘, fragte ich sie immer wieder, und dann antwortete sie geduldig: ‚Wenn du es wolltest, Avic, würde Gott den Weg schicken.‘ Aber trotz allem war ich immer gern Messdiener. Und ich dachte darüber nach, in meinem Elend dort draußen im Wind, und ich schwor, dass ich mich bessern würde, wenn sie nicht sterben müsste.

Die kleine Bridie kam weinend aus dem Haus und sagte, ich müsste hineingehen. Ich ging zu meiner Mutter in die Kammer, sie lag weiß und erschöpft da, ihre Hände umklammerten die Decke, und sie schaute mit einem schrecklichen, verzweifelten Blick zu mir auf. Mir liefen die Tränen übers Gesicht. Endlich brachte sie heraus:

‚Hast du Father Doherty gebeten, eine Messe zu lesen?‘

Das hatte ich natürlich nicht getan, weil wir nur noch drei Schilling im Haus hatten, und in meiner düsteren Stimmung fand ich, damit könnten wir etwas Besseres anfangen.

Mutter stöhnte, als ich den Kopf schüttelte. ‚Nichts sonst kann mich retten‘, sagte sie. ‚Wenn er noch heute Nacht eine Messe liest, kann ich vielleicht gesund werden.‘

Nora zupfte mich am Ärmel und flüsterte: ‚Geh doch zum Priester.‘

Ich fand, das hätte doch alles keinen Sinn.

‚Ich soll die sechs Meilen laufen?', fragte ich. ‚Nach Killerane? Ich würde ihn doch gar nicht antreffen, er ist Tag und Nacht unterwegs. Und ich gehe doch nicht weg und lasse sie allein sterben.'

Aber Mutter schaute wieder zu mir hoch, so elend, euch würde das Herz brechen, und stöhnte: ‚Oh, Martin, mein Sohn, wenn du mich je geliebt hast, dann lass den Priester eine Messe lesen.'

Naja, ich küsste sie – war halb erstickt vom Weinen, und dann ging ich. Ich dachte, ich würde sie lebend nicht wiedersehen.

Den dunklen Weg nach Killerane werde ich nie vergessen, wie ich mich die steilen Hügel hoch mühte, während der Wind bei jedem Schritt mit mir rang; ich fluchte und ich betete und weinte laut, wie ein Kind.

Es war Mitternacht, als ich in Killerane ankam, und im Haus des Priesters war alles dunkel. Als die Frau endlich die Tür aufmachte, war sie wild wie ein Sack voller Katzen. ‚Der ist unterwegs nach Carrigroe', fauchte sie, ‚und danach geht er weiter zu O'Flahertys – hat er deiner Mutter denn nicht schon die letzte Ölung gegeben, was will sie denn noch? Kannst ihm ja nachlaufen, wenn du willst', sagte sie, ‚aber es wäre verlorene Zeit.'

‚Sagen Sie ihm', bat ich sie, ‚dass ich um eine Messe gebeten habe, und hier sind drei Schilling, und den Rest besorg ich schon irgendwie.'

‚Ich werd's ihm ausrichten', sagte sie, ‚aber bestimmt hat er seine Messen schon für mindestens eine Woche vergeben, schließlich sind vier tot und neun liegen im Sterben.' Und sie schloss die Tür.

Ich wusste nicht, was ich tun sollte. Ich wusste, es hätte keinen Zweck, nach Carrigroe zu gehen, sicher hätte er die Messen schon vergeben. Aber zu meiner Mutter zurückzukehren und ihr zu sagen, dass ich keine Messe bestellen konnte – das brachte ich nicht über mich. Und wenn ich mich auf den Weg zu O'Flahertys machte – fünf Meilen weiter, dann würde sie tot sein, wenn ich wieder nach Hause kam.

Da stand ich nun im Dunkeln beim Tor auf der Landstraße und betete – ‚Gott, hilf mir, was soll ich tun?', und dann machte ich mich auf dem Weg nach Carrigroe.

Ich hatte nur bittere Gedanken im Herzen so, als wäre ein Teufel in mich gefahren und hätte mich mit Wut und Hass erfüllt.

‚Warum konnte Mrs. O'Flaherty nicht einfach sterben?', fragte ich. ‚Eine verbitterte Frau, die dir die Sonne schwarz macht, und nicht meine Mutter, die die Güte und Wärme der Sonne selbst besitzt?'

Auf dem Weg vom Pfarrhaus nach Carrigroe musste ich vorbei an dem Friedhof und der Kapelle, die abseits von der Straße in einem dunklen Waldstück mit alten Bäumen stand. Ich war kein ängstlicher Junge, oft genug hatte ich mich über das Getuschel meiner Schulkameraden über den alten Friedhof lustig gemacht und sie als Mutprobe aufgefordert, nachts hinüberzugehen, aber der Gedanke an meine Schwester Rosie, die noch vor einer Woche bei der Arbeit gesungen hatte und jetzt unten in der schwarzen Erde eingesperrt war, erfüllte mich plötzlich mit Entsetzen, und als ich dann dachte, dass bald für Mutter ein Grab ausgehoben werden müsste – das konnte ich nicht ertragen – ich rannte los.

Habt ihr jemals Panik erlebt – die echte Urangst, die die Griechen mit diesem Wort bezeichnet haben? Die ganze Natur scheint euch zu jagen, euch mit einem furchtbaren, grausamen Ziel zu überholen, ihr flieht, aber jeder Busch und jeder Stein hinter euch erhebt sich, um euch zu hetzen und zu vernichten – und am Ende stürzt ihr. Ich stürzte zu Boden, und zwar genau vor dem Tor zur Kapelle.

Dort kam ich dann zu mir, ich staunte, weil meine Seele von Frieden und Trost erfüllt war. Die schmalen Fenster der Kapelle leuchteten und zu den hohen Bäumen heraus strömte ein sanftes, klares gelbes Licht.

Ich dachte nicht einmal, wie seltsam das alles sei, dass um diese Zeit die Kerzen brannten. Ich ging so leise ich konnte über den Weg und durch die offene Tür. Ich kniete in der letzten Bank nieder. In der Kapelle war alles still, außer mir war dort keine Menschenseele, aber die Kerzen am Altar brannten alle, und ihr Licht schien bis in mein Herz zu leuchten. Ich war erfüllt von Glauben und Frieden, und ich betete.

Ich wusste, dass ich noch warten müsste. Endlich stand der Wein auf dem kleinen Tisch, dann kam, ganz allein, der Priester aus der Sakristei.

Ich hatte ihn noch nie gesehen, er war viel größer als Father Doherty, sehr alt, mit hoher Stirn und langen weißen Haaren. Er bewegte sich langsam, er kam zur Kommunionbank und schaute sich traurig in der Kapelle um. Mir kam er verzweifelt und unendlich erschöpft vor. Ich erhob mich, und als er mich sah, sah er plötzlich glücklich und erstaunt aus. Ich ging hinauf und kniete auf der Kommunionbank nieder.

,Meine Mutter', sagte ich und schaute zu ihm auf, und er senkte den Kopf und ich wusste, dass er mich verstanden hatte. Dann begann die Messe.

Ich war ein bisschen schläfrig, glaube ich, und ich dachte die ganze Zeit an meine Sorgen; ich erlebte den ersten Teil der Messe wie in einem Traum. Aber die fremde Stimme des Priesters riss mich heraus – der tiefe, schmerzhafte Klang, wie die Stimme einer verlorenen Seele. Ich habe niemals vorher oder nachher die Messe so gelesen gehört wie damals, es war wie ein Schrei um Erbarmen, allein mit Gott. Seine Leidenschaft gab mir ebenfalls Kraft, und ich betete, wie ich noch nie gebetet hatte, für alle Sünder und für ihn: Misereatur tui omnipotens Deus, et dimissis peccatis tuis, perdurat te ad vitam aeternam. Ich betete mit aller Kraft, und mit einem tiefen, furchtbaren Seufzer sagte er: ‚Amen.'

Doch nach dem Offertorium verschwand sein Kummer, sein Gesicht verändert sich, es leuchtete in einer Art von heiligem Frieden, und in seiner Stimme lag nun eine wunderschöne Musik. Er sagte: Ite missa est, mit langsamer, staunender Freude, und dann: Deo gratias! Ein Ruf voller Dankbarkeit, und am Ende trug er das ‚De Profundis' vor wie einen Triumphgesang.

Ich wurde schwach und blind angesichts seiner Kraft und seiner Fremdheit; als alles vorüber war, kniete ich auf der Kommunionbank nieder und legte den Kopf auf meine Arme. Ich zitterte unter einer Erscheinung – einem Licht aus einer anderen Welt.

Ich spürte, dass er in der Nähe war, dass er sich über mich beugte, aber ich wagte nicht, zu ihm aufzublicken. Ich hörte ihn sprechen: „Mein Sohn', sagte er mit einer Stimme voller Freude und Liebe. ‚Du hast mich endlich aus meiner langen Buße erlöst. Nacht für Nacht seit ungezählten Jahrzehnten habe ich gewartet, aber nie einen Messdiener gefunden. Denk daran, wenn deine Zeit kommt, dieses Mysterium zu zelebrieren, eine arme Seele, die wegen eines gebrochenen Versprechens, wegen einer vergessenen Messe, für zahllose Jahre aus dem Angesicht Gottes verbannt war. Bete für mich, ich habe für dich gebetet.'

Damit war er verschwunden, lange blieb alles still und ich betete. Als ich endlich aufschaute, war in der Kapelle alles dunkel und es war sehr kalt. Ich zitterte. Ich lief zur Tür, weil ich unbedingt nach Hause wollte, aber die war verschlossen, ich war gefangen.

Ich bin dann wohl dort auf dem Boden eingeschlafen. Der Küster weckte mich am Morgen und träufelte mir Weihwasser ins Gesicht. Es war ein wunderschöner sonniger Tag mit klarer Luft, und ich rannte den ganzen Weg nach Hause.

Meine Mutter wach, es ging ihr viel besser, und sie lächelte mich an, als ich hereinkam. Ich sagte ihr nur, dass eine Messe für sie gelesen worden war. Aber am Tag, an dem ich zum Priester geweiht wurde, habe ich ihr dann alles erzählt."

Schach am See

Tomás Mac Siomóin

Es war einmal vor langer Zeit, und es war wirklich eine sehr lange Zeit. Wir reden hier vom Sohn eines Kriegerkönigs, der in den kargen Landen am westlichen Ozean lebte. Als der König jung war, fehlte es seinem Sohn, so heißt es, niemals an Speis und Trank vom Feinsten, noch an der süßen Musik der Harfe, die vom hellen Morgen bis zur dunklen Nacht erklang. So heißt es.

Jedoch heißt es auch, dass immerfort der fette fiese Wurm der Unzufriedenheit an seinem Herzen nagte. Das ging so weit, dass er beschloss, das Wohlleben in seines Vaters Festung aufzugeben und in fremde Gefilde zu wandern. Das Leben müsse ein höheres Ziel haben als die Freuden der Tafel und des Fleisches, wie er zu seinen ein wenig verwunderten Freunden sagte. Im Irland jener Zeit war weithin bekannt, wie heilig Caoimhin aus Gleann Dá Locha war, dem Tal mit den beiden Seen. Deshalb beschloss der Königssohn, die Flüsse und die waldigen Ebenen Irlands zu durchqueren und sich zum Kloster des heiligen Mannes zu begeben. Denn dort würde er, glaubte er, den Rat erhalten, der ihn verwandeln würde, eine spirituelle Arznei, die ihn für immer von seinem Weltschmerz befreien würde. Falls es eine solche Arznei überhaupt gäbe. Das alles war gut, es war nicht schlecht. Seine Reise durch das Land der raubgierigen Waldbewohner des weiten Flachlandes verlief durch himmlische Fügung ohne Zwischenfälle, und er erreichte müde, aber unversehrt das waldreiche Tal in den Bergen von Wicklow, wo am Seeufer Caoimhins Kloster stand.

Um eine lange Geschichte kurz zu machen - und eine kurze Geschichte kürzer, als sie es möglicherweise verdient hat - wurde der edle Fremde unverzüglich ins Kloster eingelassen und vor den Abt, nämlich Caoimhin, geführt. Er erklärte ausführlich und mit vielen Einzelheiten, auf die wir hier nicht näher einzugehen brauchen, diesem weisen und heiligmäßigen Mann aus dem Tal das Ziel seiner Reise und die Ursache seines geistigen Unwohlseins, so weit er sie erfassen konnte.

„Ich glaube wahrlich nicht an Gott oder den Teufel", sagte er. „Im Reich meines Stammes wird Crom Dubh, der schwarze Gott der Cruach, sehr verehrt. Aber ich finde keinerlei Trost mehr in der Anbetung dieser furchterregenden Gottheit. Und auch nicht in der ermüdenden Gesellschaft seiner getreuen Anhänger, die am alljährlichen Festtag des Crom auf dem Gipfel seines heiligen Berges viele Stunden mit Beten und Krähentöten verbringen. Ganz zu schweigen von der geisttötenden Langeweile jener öden und sinnlos luxuriösen Jahre, die ich in meines Vaters Festung verbracht habe, und von denen meine Seele zerfressen wurde. Ich würde mein Leben geben, wenn ich das vielgepriesene Glück und den Seelenfrieden erleben könnte, die dein Gott angeblich Seinen Getreuen schenkt. Und wenn ich für immer Abschied nehmen könnte von der grauen Unzufriedenheit, die meinen Geist von innen her verfaulen lässt. Wenn ich mich hier unter deinen Schutz begäbe", sagte er zu Caoimhin, „und wenn ich versuchte, jeden Fingerbreit aristokratischen Dünkels aus meiner Seele auszurotten, und wenn ich demütig vor dir auf die Knie fiele, würdest du dann geruhen, mir den Rat zu erteilen, der meine volle Menschlichkeit wiederherstellen kann?"

„Noch so viele Kniebeugen und Demutsübungen vor mir – oder vor dem Bildnis irgendeiner Gottheit, ob lebend oder tot – können die Leere füllen, die du in deinem Herzen verspürst", sprach Caoimhin zu diesem unerwarteten Pilger von königlichem Geblüt. „Überlasse solche sinnlosen Veranstaltungen den irrsinnigen Anhängern des Crom Dubh, den von Ruhm geblendeten Trotteln oder den vielen Christen, die, oh weh, ihrem Glauben gestattet haben, zu Aberglauben hinabzusinken. Ich möchte dir hier und jetzt ans Herz legen, dass Gottes Gnade niemals aus Aberglauben oder selbstsüchtigem Verlangen entspringen kann. Nimmermehr! Um diesen geheiligten Zustand zu erlangen, ist ganz andere Mühsal vonnöten. Und ich sage dir, Seine Gnade ist nicht ohne harte Anstrengungen von Seiten des Bittstellers zu erlangen. Meine Frage an dich lautet nun also: Ist das Verlangen deines Herzens stark genug, damit du dich jeglicher Aufgabe stellst, die ich dir auferlege?"

„Alle Welt weiß, dass du im Frieden deines Gottes haust, verehrter Caoimhin", sprach der Königssohn. „Außerdem heißt es bei meinem Volk im Westen, dass du diese Gnade durch Monate des Fastens und Betens in einer Höhle am Ufer eines der Seen in der Nähe deines Klosters erlangt hast. Aber, wäre dein Glaube an deinen Gott nicht so stark, hättest du eine dermaßen harte Buße niemals durchhalten können. Ohne die Hilfe eines Gottes, an den ich nicht glaube, steht fest, dass die Härte der Buße, die du ertragen hast, mich zerbrechen würde … Glaubst du, oh Heiliger, dass es eine andere Möglichkeit geben könnte, die Gnade deines Gottes zu erlangen, ohne dem verschlungenen Pfad des einsamen Eremiten zu folgen?"

„Nur der weiseste aller Menschen könnte diese Frage beantworten", sprach Caoimhin. „Ich sage nicht, dass es einen solchen Pfad gibt oder dass es ihn nicht gibt, oder dass er sich in irgendeiner der Sprachen der Menschen beschreiben lässt. Was ich sage, ist, dass die Antwort auf deine Frage von dir allein abhängt. Die Frage, die ich dir stellen möchte, ist abermals diese: Wenn es eine andere Möglichkeit gäbe, den Frieden Gottes zu erlangen, wärst du bereit, mit all deiner Kraft und Ausdauer die Aufgabe zu lösen, die ich dir dann stellen würde?"

„Natürlich wäre ich dazu bereit", sprach der Königssohn.

„Dann werde ich dir eine andere Frage stellen", sagte nun Caoimhin.

„Aber ich bin sicher, dass sie für dich keinen Sinn ergeben wird."

„Ich bin ganz Ohr", sprach der Königssohn.

„Bitte sehr", erwiderte Caoimhin. „Was ist dein Lieblingsspiel oder Zeitvertreib? Wie verbringst du am liebsten die öden Stunden der Langeweile, die du mir vorhin so ausdrucksstark beschrieben hast?"

Der Königssohn dachte kurz über diese unerwartete Frage nach. Aber er konnte keine verborgenen Fallstricke unter der scheinbar unschuldigen Oberfläche erkennen.

„Ich habe immer schon das Schachspiel geliebt und liebe es noch", sagte er dann.

„Schach?", wiederholte der Heilige nachdenklich und fuhr sich mit seinen langen schlanken Fingern durch den grauen Bart. „Was du nicht sagst. Schach, so, so! Das bringt mich auf eine interessante Idee."

Er schnippte mit den Fingern, sprach ganz leise ein kurzes Gebet und rief dann einem Mönch zu, der gerade vorüberging: „Beeil dich, Bruder Neasán", sagte er, „und such Lomán. Du wirst ihn vermutlich bei der Arbeit im Gemüsegarten hinter dem Rundturm antreffen. Sag ihm, er soll sofort herkommen. Und, nicht vergessen, er soll eins unserer Schachspiele mitbringen."

Sofort eilte der Mönch von dannen. Und schon bald danach sahen sie besagten Lomán auf sich zukommen; er hatte unter dem Arm das Schachbrett und in der Hand eine Schachtel mit den Schachfiguren. Der Königssohn wusste das noch nicht, aber Lomán war der Schachmeister des Klosters. Es war in dieser wilden Ecke Irlands allgemein bekannt, dass im ganzen Osten des Landes kein besserer Schachspieler zu finden war als Lomán.

Nun befahl Caoimhin einem weiteren Mönch, ein Schwert zu der Stelle zu bringen, an der er und der Königssohn ins Gespräch vertieft waren.

Während sie auf die Rückkehr dieses Mönchs warteten, legte Caoimhin das Schachbrett auf einen flachen Felsbrocken zwischen seinem Besucher und Lomán und stellte die Schachfiguren in ihrer Schlachtordnung auf.

Der Königssohn konnte dieser Bitte um ein Schwert keinen Sinn entnehmen. Was hat eine Partie Schach mit Schwertern zu tun, fragte er sich. Und vor allem bei einem lebenden Heiligen, der in ganz Irland für seine friedlichen Lösungen von Konflikten aller Art bekannt ist? Ein Schwert ist doch der letzte Gegenstand, den man mit Caoimhin assoziieren würde.

Als der Mönch mit einem funkelnden Schwert zurückkehrte, winkte Caoimhin den beiden Spielern und bat sie, ihm genau zuzuhören.

„Geliebter Lomán", sagte er, „worum ich dich nun bitten werde, ist, das Gelübde des Gehorsams, das du beim Eintritt in dieses Kloster abgelegt hast, jetzt zum ersten Mal zu erfüllen. An jenem Tag hast du versprochen, ‚getreu bis in den Tod' zu sein. Willst du dieses Gelübde noch immer ehren?"

„Natürlich, so wahr mir Gott helfe!"

„Also, geliebter Lomán, ich werde dich nun bitten, eine Partie Schach mit diesem Jüngling zu spielen, der aus dem fernen Connacht zu uns gekommen ist. Wenn du ihn nicht besiegen kannst, zwingst du mich, dich mit diesem Schwert hier zu enthaupten."

Und Caoimhin brachte die stille Abendluft zum Pfeifen, als er wütend mit dem Schwert auf sie einhieb. Der Königssohn war verwundert und entsetzt angesichts dieser Geschehnisse. Waren denn die vielen Gerüchte, die er über Caoimhins heiliges Wesen gehört hatte, nur leeres Gerede gewesen? War es möglich, dass die Anhänger Christi ebenso blutrünstig waren wie die Anhänger Croms?

„Aber, geliebter Bruder in Christi", sprach Caoimhin weiter, „was recht ist, soll recht bleiben, und wenn du unseren Besucher bezwingst, dann versichere ich dir, dass sein Kopf der scharfen Schneide dieser Waffe zum Opfer fallen wird."

Abermals schlug er wütend mit dem Schwert auf die Abendluft ein.

Die beiden anderen sahen Caoimhin und dann einander an und ihre Augen waren erfüllt von Verblüffung und Entsetzen. Wie hätten sie sich eine dermaßen unwahrscheinliche Entwicklung jemals vorstellen können? Hatte der Heilige den Verstand verloren? Konnte er wirklich ernsthaft ein solches blutiges Ende für eine Schachpartie verlangen?

Doch das Antlitz des Heiligen zeigte nichts anderes als hartnäckige Entschlossenheit. Und der Königssohn hatte jedenfalls noch nie eine Herausforderung zurückgewiesen, so kühn sie auch gewesen war. Seine Vorfahren hatten das auch nicht getan …

Die beiden, der Mönch und der Königssohn, machten den ersten Zug. Der Königssohn spürte, wie ihm der Schweiß auf die Stirn trat. Denn als er nun das scharfe Schwert in Caoimhins Händen und den wilden Blick in den Augen des Heiligen sah, begriff er, dass hier wahrlich sein Leben auf dem Spiel stand.

Die Partie dauerte sieben Tage und sieben Nächte. Manchmal war der Königssohn im Vorteil und manchmal Lomán. Aber am Ende der Woche schien keiner der beiden Spieler den anderen übertreffen zu können.

Doch dann, plötzlich und unerwartet, erkannte der Königssohn eine Schwäche, einen achtlos aufgestellten Bauern in Lománs Verteidigungslinie. Die Erschöpfung forderte von dem Mönch jetzt ihren Preis. Der Königssohn nutzte seinen

Vorteil. Im Handumdrehen, gewissermaßen, hatte er die Dame, einen Läufer und einen Turm des Mönchs geschlagen. Und nun wurde Lománs König belagert. Noch ein Zug mit dem Springer, und Lomán hätte keinen Ausweg mehr. Schachmatt, würde der vornehme Gast dann triumphierend verkünden.

Während Lomán das Brett anstarrte und hoffnungslos eine Rettung aus seiner Notlage suchte, musterte der Königssohn ihn genauer. Er sah edle Züge, aus denen Güte und Frömmigkeit sprachen. Ein Gesicht, das durch Jahre von Buße und Fasten, von Hilfsbereitschaft und guten Taten gezeichnet und durchfurcht war. Er kam nicht umhin, das hinter Lomán liegende Leben mit seinen eigenen vergeudeten Jahren zu vergleichen. Er dachte an die Feinde, die er grausam und oft ohne Grund niedergemetzelt hatte, an die sinnlosen Vergnügungen in den Schenken. An die Befriedigung gieriger Lüste, die nichts anderes waren als zynische Nachahmungen von Liebe. Und vor allem dachte er an die verfluchte Langeweile, die in seinem Mund den bitteren Geschmack von Asche hinterlassen hatte.

Er spürte, wie gleichsam eine hohe Welle der Scham aus der Tiefe seiner Seele aufstieg. Und als diese Welle sich an den Gestaden seines Bewusstseins brach, hinterließ sie eine feste Entschlossenheit. Zusammen mit einem überwältigenden Mitgefühl für seinen Gegner.

Er wusste jetzt, was er zu tun hatte, trotz des Preises, den er danach für seine Tat zahlen müsste. Er machte bewusst einen törichten Zug. Lomán ergriff die Gelegenheit beim Schopfe, um sich aus der Notlage zu befreien, in die das Geschick seines Gegners ihn gebracht hatte. Lomán konnte sein Glück kaum fassen, als der Königssohn einen unsinnigen Fehler nach dem anderen beging. Bis der Vorteil, in den dieser sich auf so kluge Weise gebracht hatte, entschwand wie ein Irrlicht. Und nun stand der König des Mannes aus Connacht ohne irgendeine Verteidigung da, die Lománs Angriff hätte widerstehen können.

Caoimhin hatte das Spiel in dieser ganzen Zeit nicht eine Sekunde aus den Augen gelassen. Jetzt, und ohne ein Wort der Warnung, streckte er die Hände aus und fegte Schachbrett und Figuren vom Felsblock auf den Boden. Die beiden Spieler sahen mit offenem Mund zu und wussten nicht, was sie sagen sollten.

Dann erklang endlich die Stimme Caoimhins: „Das hier ist ein Spiel, das niemals gewonnen oder verloren wird", sagte er langsam und betonte dabei jedes Wort. „Hier wird weder heute noch irgendwann mit diesem Schwert ein Kopf abgeschlagen werden." Und dann wandte er sich dem Königssohn zu und sprach: „Zwei Dinge werden von dem Bittsteller verlangt, der sich nach Gottes Gnade sehnt: die vollständige Ergebenheit seines Herzens und die Liebe zu seinem Nächsten. Bei dem Spiel, das du nun hinter dich gebracht hast, hast du diese beiden segensreichen Tugenden gezeigt. Du hast dich ganz und gar dem Spiel ergeben, um dein Leben zu retten. Dennoch hast du bewiesen, dass in deinem Herzen ein noch höherer Platz für jene unbezahlbare Perle bereitsteht, die Bereitschaft, dein Leben für das deines Nächsten zu opfern. Deshalb zögere ich nicht, dich zu einem Aufenthalt bei uns einzuladen. Lege dieselbe Liebe und Hingabe für unsere Klosterordnung hier an den Tag, und ich verspreche dir, dass du bald spüren wirst, wie die Gnade Gottes dein Herz erhebt …"

„Und wird mir dann das Angesicht Gottes zugewandt werden?", fragte der Königssohn.

Caoimhin musterte den Fremden mit leichter Verwunderung und sprach sodann: „Gott der Herr, möge Er auf immerdar gepriesen sein, hat sich dir bereits offenbart."

Denkmal für einen Riesen ohne Eigenschaften

Romain John van de Maele

Gerade hier hat Josef K. gezögert. Wo jetzt das Denkmal steht, hat er lange gezweifelt ob er nach Amerika auswandern sollte. Oder sollte er vielleicht doch in Prag gegen alle Gespenster weiter kämpfen. Gerade hier ist er dem Ungeheuer begegnet, und hier hat er geschrieben, dass Alleinsein nur Strafen bringt. Hier hat ein Mann auf ihn gewartet, ein Riese der Bescheid wusste und ihn begleiten wollte. Er sah fast aus wie der heilige Christophorus mit dem Jesuskind auf den Schultern.

Der Weg nach New York war viel länger als die Fußreise nach Santiago de Compostela, und die Begegnungen mit den vielen Strohwitwen an Bord des Schiffes waren gefährlicher als die Hinterhalte auf dem alten Pilgerpfad. Sollte Josef K. sich verabschieden und vielleicht ein letztes Mal das Hradschin besuchen und am Ufer der Moldau einen Brief schreiben, um seine Braut zu beruhigen? Der Riese wusste nur, dass das Ziel Amerika war, vor allem New York, wo es kein Schloss gab, und darüber hinaus waren Prozesse nur ein Spektakel auf der anderen Seite der Atlantik. Josef K. sollte nur halten und beißen. Der

Riese war schon in Amerika gewesen, er wusste was the greatest in the world bedeutete und hatte nicht nur New York besucht, wo er Al Capone begegnet war, sondern auch Chicago, wo er eine Gang getroffen hatte, die in den vielen Bars mit Menschen spielte.

Der Riese war ein geübter Leibwächter und ein kundiger Reiseführer. Josef K. entschloss sich und schrieb an Milena:

Mein liebstes Herzchen,

heute Abend fahren ein freundlicher Riese und ich nach Antwerpen. Von Antwerpen geht's nach Amerika. Wir haben schon die Reise gebucht und werden mit der Red Star Line, sozusagen wie die Auswanderer, an der imposanten Statue der Freiheitsgöttin vorbeifahren. Sobald ich in New York eine Wohnung für uns beide gefunden habe, wird der Riese heimfahren. Er wird Dir helfen und Dich begleiten während Deiner Überfahrt nach New York. Du sollst keine Angst haben. Der Riese wird die ganze Zeit bei Dir sein. Bis wir uns in Amerika wiedersehen, wünsche ich Dir und Deinen Eltern alles Gute.

Heiße Küsse, Dein Josef

Nach vielen Monaten meldete der Riese sich bei Milena. Josef K. hatte eine geschickte Wohnung gefunden, und er war schon George Grosz, Upton Sinclair, Edmund Wilson und John dos Passos begegnet. Zusammen hatten sie mehrere Wochenende in Cape Cod verbracht. Dort hatte Josef K. gehört wie aus der Leere der Sanddünenküste und den vielen Gläsern Schnaps Romane geworden waren, keine Geschichten, die die Leser in große, quälende Angst versetzten. Einem Ungeheuer war er noch nicht begegnet. An der Küste gab es nur Möwen, Helden und Meerjungfrauen. Die Helden waren nicht edler Abkunft und sie hatten sich nicht durch große und kühne Taten in Kampf und Krieg ausgezeichnet, sie hatten bloß unerschrocken dem Abendland den Rücken zugekehrt. Cape Cod würde Melina gefallen. Die Freundinnen der Dichter liebten den Broadway, aber die Künstler bevorzugten doch die Sanddünenküste und die langen Nächte. Milena würde rücksichtslos die Freiheit genießen, nicht immer wieder um Erlaubnis bitten müssen. In Cape Cod gab es keine Schrankenwärter und keine Moralreiter, es gab überhaupt keine berittene Polizei. Der Schnaps strömte viel häufiger als das Badewasser, und keiner sagte ein einziges Wort.

„Wo hast Du das erste Mal mit Josef gesprochen?"

„Ich kann Dir zeigen wo wir uns das erste Mal getroffen haben, aber weißt Du, Milena, Josef schmachtet nach Dir. Wir dürfen nicht zögern, und Du darfst nicht vergessen, dass die Freiheit in New York und Cape Cod grenzenlos ist, auch unter den Wolken."

„Grenzenlos? Die Freiheit ist doch immer beschränkt, oder?"

266

„Grenzenlos. Weiße Männer tanzen ab und zu mit schwarzen Frauen. Es ist verboten, aber die Schriftsteller und die Mahler anerkennen die Verbote nicht. Sie anerkennen überhaupt keine Gebote und schreiben Tag und Nacht in leicht veränderter Art Freiheit, freedom. Josef hat mir erzählt, dass Du Paris bevorzugst, aber weißt Du, das Moulin Rouge und Pigalle sehen nicht länger aus wie vor dem Krieg. Wann warst Du das letzte Mal am Fuß des Montmartre? Heutzutage versuchen junge Männer in der Nähe der Kreuzkuppelkirche Sacré Coeur den Reisenden Freundschaftsbänder anzudrehen. Sie ergreifen die Hand und wickeln das Band fest um das Handgelenk, sodass man sich nicht befreien kann. Mit dem Freundschaftsband ziehen sie die Geiseln zur Kirche hoch. Dort verlangen die neuen Freunde plötzlich bis zu 150 Kronen. Erst wenn die Geiseln bezahlt haben, werden sie vom Band befreit. So etwas gibt's nicht in Cape Cod. Die Freiheit ist grenzenlos, und die Künstler genießen ihre Privilegien."

„Gibt es auch Geigenmusik in Cape Cod? Mir gefällt der Schrei der Saxophonspieler nicht. Ich habe im Alhambra in Paris Marcel Mule gesehen, sein Saxophon klang wie das Röhren während der Brunst, wirklich entarte Musik. Ich weiß nicht ob er sein Territorium abgrenzen wollte und seine Rivalen, die Trompeter und die Klarinettenspieler, beeindrucken wollte. Auch die Musik vom Zerstörer Charlie Parker mag ich nicht, und gerade er und der Trompeter Dizzie Gillespie haben mit ihrem Bebop den Swing-Stil vertrieben. Geigenmusik und der Swing-Stil, oder gar nichts."

„Die Gruppe braucht keine Musik um der Nacht entgegen zu swingen. In Cape Cod haben die Künstler Zeit um mit der Seele zu baumeln. Die Meeresklänge erwecken das zweite Chakra zum Leben: Lust, Liebe und Lachen, auch wenn John dos Passos oder Edmund Wilson zu viel Schnaps getrunken haben. Du sollst wirklich keine Angst haben."

Milena hatte keine Angst, sie wollte Zeit gewinnen. Sie dachte nicht daran auszuwandern. Warum hatte Josef sich überzeugen lassen? Was hatte der Riese mit den vielen Eigenschaften, der geübte Leibwächter, der kundige Reiseführer, dem ständig zweifelnden Geliebten versprochen? Hatte Josef die kohlschwarzen Augen gefürchtet oder hatte er sich der Wirkung der Traumvorstellungen nicht entziehen können? Sie war besser vorbereitet, sie hatte den Brief erhalten und wusste, dass der Riese ein Wolf im Schafspelz war, und sie würde sich nicht täuschen lassen. Milena hatte die Absicht den Riesen einen Kopf kleiner zu machen, aber wie? Josef hatte sich den Kopf verdrehen lassen, aber sie würde nicht warten bis es fast unmöglich war den Hals aus der Schlinge zu ziehen. Es gab nur eine Möglichkeit. Nachts war der Riese wie alle Männer verletzlich, aber doch nicht ohne Hilfe. Sie beobachtete den Leibwächter und skizzierte heimlich seine Gestalt. In der Burg Karlstein gab es sieben Mädchen die mit ihren zarten Händen dem Riesen den Weg in eine andere Welt vorbereiten konnten.

Milena hat den Reiseführer – oder Verführer – skizziert, und nach langer Arbeit hat sie selbst die Zeichnung einen Kopf kürzer gemacht. Die Mädchen der Burg Karlstein hatten kein Interesse an ihrem Plan. Danach hat sie die Skizze auf ein Foto von Josef geklebt. Das Kunstwerk war den Bildern des heiligen Christophorus ähnlich - Josef auf den Schultern des Riesen. Der Leibwächter und Reiseführer war ein Riese ohne Eigenschaften geworden.

Milena ließ sich nicht überzeugen, und nach vielen Monaten ist der Riese nach Amerika zurückgekehrt. Milena hat später einen Mann aus Böhmen geheiratet, und eines Tages hat ihre Tochter die Skizze gefunden und sie hat diese als Bronzefigur gestaltet. Das Denkmal für den Riese ohne Eigenschaften bezaubert viele Touristen. Es gibt Ausländer die glauben, dass das Männchen auf den Schultern des Riesen Franz Kafka sei, aber wenn sie gut zuhören, was ihre innere Stimme zu sagen hat, sehen sie zum ersten Mal Josef K., nicht wie er in Cape Cod die Freiheit genossen hat, aber wie Milena ihn gesehen hat. Und wenn sie auf ihre innere Stimme hören, brauchen sie nicht im Außen nach Bestätigung und Anerkennung zu suchen und werden sich damit vergnügen ein Teil der Tradition zu sein. In Amerika hat Josef K. sich darüber gefreut, dass der Prager Frühling und die menschliche Fackel nicht umsonst gewesen sind. Er wäre gerne Honza begegnet, aber damals war die Freiheit noch nicht errungen. Josef K. ruht jetzt an der Sanddünenküste und ist nur als Zwerg zurückgekommen. Diesmal auf den Schultern eines Riesen, der seine Eigenschaften verloren hat. Ob er in Zukunft auch als Reinkarnation die Brücken über die Moldau überqueren wird, weiß nur der Wind, und am Ufer der Moldau blickt Milenas Tochter vor sich hin und flüstert fast unhörbar: „Über allen Denkmälern ist Ruh, in allen Wipfeln spürest Du kaum einen Hauch. Die Vögelein schweigen im Walde. Warte nur! Balde ruhest Du auch."

Die Geschichte von Hildur, der guten Stiefmutter

Freyja Melsted

Vor vielen Jahren erzählte man sich in Island die Geschichte von der Königstochter Ingibjörg und Hildur, der guten Stiefmutter. Jón Árnason (1819-1888), Sammler isländischer Märchen und Sagen, hat einige Varianten davon aufgeschrieben. Die folgende Fassung vereint unterschiedliche Versionen.

Es waren einmal ein König und eine Königin, die lebten zufrieden in ihrem Reich. Sie hatten nur eine einzige Sorge: Sie wünschten sich ein Kind, konnten aber keines bekommen. Der König hatte einen Ratgeber namens Rauður, ein böswilliger und hinterlistiger Mann. Die meisten Leute mochten ihn nicht, doch dem König und der Königin gegenüber war er stets treu und sie schätzten ihn sehr. Eines schönen Wintertages gingen die Königin und Rauður in den verschneiten Wald, da bekam die Königin plötzlich Nasenbluten. Als sie das rote Blut auf dem Schnee sah, meinte sie zu dem Ratgeber, sie wünsche sich eine Tochter – so weiß wie der Schnee, mit Wangen so rot wie das Blut. Ihr Wunsch solle in Er-

271

füllung gehen, meinte Rauður, doch er fügte noch etwas hinzu: „Ihr müsst Eure Tochter unmittelbar nach der Geburt wegschicken. Wenn Ihr auch nur einen Blick auf sie werft, werdet Ihr sie verwünschen. Dann wird sie keinen Tag ihres Lebens glücklich sein, ehe sie nicht einen Mann tötet, ein Schloss niederbrennt und ein uneheliches Kind gebiert." Die Königin hörte seine Warnung, doch sie wollte unbedingt eine Tochter.

Und so kam es, dass die Königin schwanger wurde. Die Geburt verlief ohne Probleme und als man der Königin mitteilte, sie habe eine wunderschöne Tochter geboren, ließ sie das Kind umgehend wegbringen, ohne auch nur einen Blick auf das Mädchen zu werfen. Ihre Dienerinnen brachten die Tochter zum König, der sie sofort ins Herz schloss und auf den Namen Ingibjörg taufte. Doch dann schickte er sie weit weg zu einer Pflegefamilie, so wie die Mutter es wünschte. Die Königin erholte sich schnell von der Geburt und tat, als wäre nichts geschehen. Der König aber besuchte seine Tochter, so oft er konnte. Er lud die Königin immer wieder ein, mit ihm zu kommen, doch sie lehnte stets ab. Sie dürfe die Tochter nicht sehen, meinte sie nur. Warum, das erzählte sie niemandem.

Ingibjörg wuchs heran und galt als das schönste und liebste Mädchen im ganzen Land. Als sie zehn Jahre alt war, erkrankte die Königin schwer. Sie hatte nicht mehr lange zu leben, und auf dem Sterbebett ließ sie Ingibjörg zu sich bringen, denn sie wollte ihre Tochter zumindest einmal in ihrem Leben zu Gesicht bekommen. Ingibjörg kam freudig in die Kammer ihrer Mutter, wollte zu ihr gehen und sie umarmen, doch die Königin stieß sie von sich und sprach den Fluch aus: „Verwünscht sollst du sein! Du wirst keinen Tag deines Lebens glücklich sein, ehe du nicht einen Mann tötest, ein Schloss niederbrennst und ein uneheliches Kind gebierst." Dann starb sie und Ingibjörg zog sich zurück und weinte bitterlich. Alle bei Hof trauerten um die Königin, doch niemand war so bedrückt wie die Königstochter. Ein schlimmer Kummer überfiel sie und alle dachten, es wäre die Trauer um ihre verstorbene Mutter. Niemand wusste von dem Fluch.

Der König war ebenfalls lange betrübt, er verlor das Interesse an den Regierungsgeschäften und kümmerte sich nicht um das Land. Seine Ratgeber schlugen ihm vor, sich eine neue Königin zu suchen, doch der König war nicht überzeugt; eine neue Frau könne die Verstorbene schließlich nicht einfach so ersetzten. Er überließ die Entscheidung aber seinen Ratgebern, die daraufhin lossegelten, um eine neue Königin für ihn zu suchen. Sie segelten lange, gerieten in einen tiefen Nebel, und als sie wieder auf Land trafen, wussten sie nicht so recht, wo sie waren. Doch sie fanden einen stattlichen Hof, auf dem lebte ein Mann und der hatte eine wunderschöne Tochter namens Hildur. Hildur gefiel den Ratgebern gut und sie nahmen sie mit und stellten sie dem König vor. Dieser freute sich über die schöne Frau, die seiner Tochter Ingibjörg sehr ähnlich sah. Er war vom ersten Anblick an verliebt in sie und lud zum Hochzeitsfest. Alle bei Hof waren begeistert von der neuen Königin.

Nur Ingibjörg lebte zurückgezogen in ihrer Kammer und war weiterhin untröstlich. Eines Tages fragte Hildur ihren Gemahl, ob er denn keine Kinder habe. „Doch, doch", antwortete er, „eine Tochter namens Ingibjörg. Aber die Trauer um ihre Mutter hat sie todkrank gemacht." Am Tag darauf ging Hildur zu Ingibjörg. Sie riet dem Mädchen, die Trauer hinter sich zu lassen. „Als neue Gemahlin deines Vaters, als deine Stiefmutter, ist es meine Aufgabe, wie eine Mutter für dich zu sein." Ingibjörg schenkte ihr kaum Beachtung, doch Hildur ließ nicht locker, bis Ingibjörg ihr erzählte, was sie so sehr bedrückte.

Am Tag darauf ging die Königin wieder zu Ingibjörg und kümmerte sich um sie. Einige Tage vergingen und die Königin schaffte es, ihre Stieftochter ein wenig aufzuheitern, konnte sie sogar dazu überreden, ab und zu ihre Kammer zu verlassen, um ein wenig Zeit mit dem König zu verbringen. Dieser war beeindruckt, wie gut Hildurs Gesellschaft seiner Tochter tat.

Eines Tages gingen Hildur und Ingibjörg draußen spazieren, da meinte Hildur: „Es ist an der Zeit. Du musst tun, was du tun musst." Doch Ingibjörg, lieb wie sie war, wollte gar nicht daran denken, den Fluch aufzuheben. „Lieber würde

ich sterben, als solche Gräueltaten zu begehen",
sagte sie. Da erzählte ihr die Königin von einem
jungen Mann aus dem Dorf. „In einer kleinen
Hütte lebt ein Junge, Sigurður heißt er, und er ist
sehr schwach und hat nicht mehr lange zu leben.
Ihn kannst du umbringen." Doch Ingibjörg wollte das nicht. Die Königin aber ließ nicht locker.
„Wir gehen mit ihm zu den Klippen. Dann sagst
du, du hättest weit unten eine schöne Blume gesehen, und bittest ihn, sie für dich zu holen." Ingibjörg sträubte sich, doch schließlich ging sie
zusammen mit ihrer Stiefmutter zu dem Jungen.
Die Frauen gaben ihm zu essen und trinken und
nahmen ihn dann mit zu den Klippen und klettern auf die höchste Stelle. Ingibjörg sagte zu Sigurður: „Da unten wächst eine schöne Blume,
kannst du sie für mich holen?" Sigurður wusste,
dass er die Aufgabe wohl kaum überleben würde, aber Ingibjörg zuliebe wollte er es versuchen.
Die Frauen banden ein Seil um ihn und Ingibjörg
hielt das Ende fest. Als Sigurður auf halbem Weg
nach unten geklettert war, flüsterte Hildur ihr
zu, sie solle loslassen. Das tat sie, und der junge
Mann starb noch bevor er unten aufprallte. Ingibjörg erschrak und bedauerte die grausame Tat
sehr. Ihre Stiefmutter aber beruhigte sie und die
beiden gingen nach Hause. Dort hatte niemand
etwas mitbekommen. Ingibjörg war von dem Tag
an etwas leichter ums Herz.

Eines Tages war wunderschönes Wetter, der
König war unterwegs, um Steuern einzutreiben,

und alle anderen waren mit der Ernte beschäftigt. Hildur und Ingibjörg waren im menschenleeren Schloss zurückgeblieben, da schlug Hildur vor, alle Schätze aus dem Schloss zu tragen, dann könnte Ingibjörg es anzünden. So geschah es auch, und als der König von weit her die Flammen sah, eilte er schnell nach Hause. Hildur und Ingibjörg liefen ihm entgegen und versicherten, sie hätten alles Wertvolle rechtzeitig aus dem Schloss gebracht. Daraufhin war der König beruhigt. Das Schloss war ohnehin bereits alt und baufällig gewesen, also ließ er ein neues und noch viel prächtigeres erbauen. Ingibjörg wurde wieder etwas leichter ums Herz, auch wenn sie wusste, dass das Schlimmste noch bevorstand.

Eines Tages gingen Hildur und Ingibjörg wieder draußen spazieren und als sie zu einem Bach kamen, sagte die Königin: „Hier müssen unsere Wege sich trennen. Gehe du am Bach entlang, bis du zu einer Hütte kommst. Gehe hinein und du wirst ein Bett sehen. Und auch wenn dir nicht ganz wohl dabei ist, musst du dich hineinlegen. Dann wird ein Riese kommen und du wirst erschrecken, wenn du siehst, wie groß und hässlich er ist. Er wird sich auf das Bett werfen und einschlafen und dann musst du ihn küssen. Wenn es dich so sehr ekelt, dass du es gar nicht tun kannst, dann leg ein Tuch über sein Gesicht und küsse ihn dann, das wird genügen. Dann musst du sechs Nächte bei ihm bleiben und ihr werdet es schön haben. Doch mein Leben hängt davon ab, dass du danach so schnell wie möglich zurückkommst."

Die Königin verabschiedete sich von Ingibjörg und kehrte zum Schloss zurück, Ingibjörg aber ging den Bach entlang, bis sie zu einer Hütte kam. Sie trat ein, ging zu dem Bett und legte sich hin. Als es zu dämmern begann, hörte sie draußen ein lautes Stampfen. Die Tür ging auf und ein Riese trat ein. Er war groß und hässlich und der Rotz hing ihm bis zu den Zehen. „Ach, sieh einer an", sagte er, „wer mich hier besuchen kommt, eine Königstochter! Das hätt ich nicht gedacht." Dann legte er sich zu ihr und schon kurz darauf schnarchte er laut. Ingibjörg erschauderte bei dem Gedanken, seinen abstoßenden, rotzverschmierten Mund zu küssen, doch sie nahm ein Seidentuch aus ihrer Tasche, legte es über sein Gesicht und küsste den Riesen. Daraufhin verwandelte er sich in einen schönen Mann und sie blieb sechs Nächte bei ihm, bevor sie schnell zurück nach Hause eilte.

In der Zwischenzeit aber machte man sich bei Hof große Sorgen um die Königstochter. Man fragte Hildur, ob sie etwas von ihr gehört habe, sie hatte sie schließlich zuletzt gesehen, doch die Königin behauptete, sie wüsste nichts. Überall wurde nach dem Mädchen gesucht, doch niemand konnte sie finden. Rauður, der böswillige Ratgeber des Königs, der Schaden anrichtete, wo er nur konnte, redete dem König ein, die Königin sei für das Verschwinden seiner Tochter verantwortlich. Der König weigerte sich lange, es zu glauben, doch schließlich willigte er ein, Hildur zur Strafe auf dem Scheiterhaufen zu verbrennen.

In dem Moment, als man Hildur vor den Augen einer Menge Neugieriger zum Scheiterhaufen führte, kam Ingibjörg zurück. Alle erschraken, als sie die Königstochter wohlauf sahen. Ingibjörg ging zu ihrem Vater, begrüßte ihn kurz und meinte, Hildur müsse für ihre Tugend belohnt werden und nicht auf dem Scheiterhaufen verbrannt, wie eine böse Hexe. Der König entschuldigte sich, es sei eine überstürzte Entscheidung gewesen, und nur auf das Gerede von Rauður hin. Er befahl, die Königin freizulassen, nahm sie in den Arm und bat sie, ihm zu vergeben – was sie sofort tat. Dann gingen der König und die Königin zusammen mit Ingibjörg nach Hause und lebten zufrieden. Doch mit der Zeit bemerkte Ingibjörg, dass sie schwanger war. Zusammen mit Hildur wollte sie alles tun, um das zu verheimlichen.

Eines Tages meinte Rauður zum König, seine Tochter erwarte ein Kind, da sei er ganz sicher, doch der König hielt es für Unsinn. Zu jener Zeit stand der Geburtstag des Königs an und wie jedes Jahr plante man zu dem Anlass ein rauschendes Fest. Rauður prophezeite dem König, seine Tochter würde nicht in der Lage sein, auf dem Fest zu tanzen, und riet ihm, sie den ganzen Abend genau zu beobachten. Hildur erfuhr davon und da immer alle betonten, wie ähnlich sie und Ingibjörg sich doch sähen, schlug sie Ingibjörg vor, für einen Abend mit ihr die Rollen zu tauschen. Ingibjörg sollte den ganzen Abend an der Seite des Königs sitzen und so tun, als wäre sie die Königin. Hildur aber würde in den Kleidern ihrer Stieftochter die ganze Nacht durchtanzen. So geschah es und dem König fiel nichts auf, was an seiner Tochter anders sein sollte.

Kurz darauf meinte Rauður abermals zum König, er sei ganz sicher, Ingibjörg erwarte ein Kind. „Das kann nicht sein!", sagte der König. „Hüte dich, solche Lügengeschichten über meine Tochter zu verbreiten." Da riet ihm Rauður, zusammen mit seiner Tochter bei der Ernte zu helfen, dann würde er sehen, wie schwer es ihr fiele, sich zu bücken. Hildur bekam wieder Wind von der Sache, ging zu Ingibjörg und warnte sie. Am nächsten Morgen gingen sie alle zusammen aufs Feld und der König schlug vor, sich in Zweiergruppen aufzuteilen, Rauður solle mit Hildur gehen und er mit seiner Tochter. Doch da meinte Hildur: „Wollen wir es nicht so haben, wie ich es aus meiner Heimat kenne, die Frauen zusammen und die Männer auch?" Der König willigte ein und die Königin und Ingibjörg hielten etwas Abstand zu den Männern. Die Königin legte sich ordentlich ins Zeug, damit Ingibjörg sich zwischendurch immer wieder ausruhen konnte. Gegen Abend hatten die Frauen deutlich mehr geerntet als die Männer, und sie gingen alle nach Hause. Der König beschuldigte Rauður, ihn belogen zu haben, denn ihm war nicht aufgefallen, dass mit seiner Tochter irgendetwas anders gewesen wäre als sonst.

Kurz darauf berichtete Rauður dem König noch einmal, dass seine Tochter ein Kind erwartete. Er war sich ganz sicher und meinte, er würde sein Leben darauf verwetten. „Besucht sie morgen früh in ihrer Kammer," schlug er vor, „und tut so, als wärt Ihr krank. Legt den Kopf auf ihren Schoß und Ihr werdet spüren, dass sich in ihrem Bauch etwas regt." Der König ließ es sich einreden, doch die Königin erfuhr von dem Plan und ging zu Ingibjörg, um sie vorzuwarnen. „Setz dich morgen schon früh auf und lege einen dicken Stoff auf deinen Schoß. Tu so, als würdest du nähen, und lass die Welpen meiner Hündin unter deine Schürze kriechen. Wenn dein Vater kommt, wird er seinen Kopf auf deinen Schoß legen, doch wenn er meint, er spüre Bewegungen, dann zeigst du ihm die Welpen." Früh am Morgen ging der König in die Kammer seiner Tochter und klagte über Kopfschmerzen. Ingibjörg saß bereits aufrecht im Bett, so wie die Stiefmutter es geraten hatte. Der König legte seinen Kopf in ihren Schoß, doch kurz darauf stand er auf. „Was ist das?", fragte er. „In deinem Bauch bewegt sich etwas!" Ingibjörg zeigte ihm die Welpen und antwortete: „Das sind nur die Welpen meiner lieben Stiefmutter, die haben sich unter meinen Kleidern verkrochen." Als die Königin ihren Mann später fragte, wo er am Morgen gewesen sei, erzählte er ihr alles. „Das ist nicht die erste Lüge aus Rauður Mund", meinte Hildur. „Es wäre wohl besser, wenn wir ihn hängen ließen." Der König war einverstanden und ließ Rauður auf dem größten Galgen hängen. Keiner trauerte um ihn.

Einige Monate später brachte Ingibjörg einen wunderschönen Sohn zur Welt und gab ihm den Namen Sigurður. Keiner außer der Königin und ihren engsten Dienerinnen wusste davon. Die Königin brachte ihn zu Zieheltern, gab ihm Schätze mit und sah zu, dass der Junge es gut haben würde. Zwei Jahre vergingen, da lief eines Tages ein prächtiges Schiff im Hafen ein. Der König wurde nervös, fürchtete, es könnte sich um Angreifer handeln, doch Hildur lief sofort zum Hafen und begrüßte die Neuankömmlinge freudig. Einer der Männer auf dem Schiff war ihr Bruder Hálfdán. Der König war erleichtert und lud zu einem großen Fest.

Am zweiten Tag der Feierlichkeiten kam Ingibjörg ins Schloss. Auf dem Arm trug sie ihren kleinen Sohn. Sie ging auf Hildurs Bruder zu und sagte vor allen: „Du bist der rechtmäßige Vater dieses Kindes und ich seine Mutter." Hálfdán bestätigte dies und fiel vor dem König auf die Knie. Er bat ihn, ihn zu vergeben, und der König war bereit, dies zu tun, auch wenn er bedauerte, Rauður unschuldig getötet zu haben.

Ingibjörg erzählte endlich die ganze Geschichte – von dem Fluch und allem, was danach geschah. Und auch Hildur erzählte von einer Trollfrau, die sich in ihren Bruder verliebt hatte. Als Hálfdán sie abwies, war sie gekränkt und verwandelte ihn in einen hässlichen und abstoßenden Riesen. Er würde erst wieder er selbst sein, wenn eine Königstochter ihn küsste – „und das hat Ingibjörg getan." Daraufhin hielt Hálfdán um Ingibjörgs Hand an. Das Fest wurde verlängert und ging in eine Hochzeitsfeier über. Der König vererbte Hálfdán noch zu Lebzeiten die Hälfte des Reichs und nach seinem Ableben auch die andere Hälfte. Sie lebten glücklich und zufrieden. So endet die Geschichte.

Postrel, der Lausbub

Alexander Mochalov

Eigentlich hieß er Bogomil, was Gottlieb bedeutete. Er war ein gerissener Junge, völlig außer Rand
und Band. Wie sollte so einer Gott lieb sein? Man
nannte ihn Postrel, was Lausbub bedeutete, und
kaum jemand kannte seinen richtigen Namen. Er
war der dritte Junge im Dienst des Nowgoroder
Kaufmanns Stavr, ein paar Jahre älter als Danilka
und Prokhor, die anderen beiden. Postrel konnte
ohne Grund eine Schlägerei auf der Straße anfangen oder irgendetwas stibitzen, auch konnte er,
wie es bei Jungen nun manchmal so ist, Danilka
oder Proshka einfach eine Kopfnuss verpassen,
aber bei einer Straßenschlägerei war er immer
auf ihrer Seite.

Doch die Verhältnisse begannen sich zu verändern. Sowohl Peitsche als auch Zuckerbrot, be-
wirkten eine Veränderung in Postrels Verhalten.
Peitsche, sollte das Schlagwort sein. Die Zuchtru-
te landete oft auf Postrels Rücken und Hintern.
Doch was hatte es mit dem Zuckerbrot auf sich?
Das war so: Eines Tages versuchte Postrel, einen
Honigkuchen in Sadkos Handelsstube zu stehlen. Postrel nutzte die Geschäftigkeit dort aus
und griff sich einen Honigkuchen, aber der Han-
delsgehilfe bemerkte den Diebstahl und rief:
„Dieb! Dieb! Diebstahl!" Zu Postrels Glück, oder

eher Pech, war der Meister selbst dort. Sadko rief: „Dein Hut brennt, Dieb!" Postrel griff nach seiner Mütze und so wurde er erwischt. Doch es war nicht die Peitsche, die er zur Strafe erhielt, sondern er bekam den Honigkuchen und nun sollte er berichten, was im Haus von Sadkos Hauptkonkurrenten – Stavr – vor sich ging. Natürlich hatte Sadko auch einen echten Spion in Stavrs Haus.

Als Danilka die Aufgabe erhielt, den Gesprächen der Gäste aus Übersee zu lauschen, gingen ihre Wege auseinander. Fremdsprachen muss man, trotz Talent, studieren. Danilka wurde von der Hausarbeit befreit, besser genährt und gekleidet. Auch war das Trinkgeld der hanseatischen Kaufleute deutlich höher als Postrels Spionagegehalt. So wuchs dessen Feindseligkeit gegenüber dem Begabteren, Erfolgreicheren immer mehr. Danilka bewohnte nun auch auf Stavrs Befehl hin ein kleines Stübchen, wie es sonst nur den Handelsgehilfen zu stand. Was für das Gesinde nicht akzeptabel war. Von seinen Jugendfreunden war nur noch Prokhor geblieben.

Zur Zeit unserer Geschichte, war Postrel sechzehn und Prokhor und Danilka waren jeweils vierzehn Jahre alt.

Durch seinen echten Spion erfuhr Sadko, dass Stavr bei Jägern und Händler günstig Felle von ziemlich durchschnittlicher Qualität gekauft hatte. Wenn diese aber richtig ausgelegt und ins rechte Licht gerückt wurden, und man einige

Felle aus alten Lagerbeständen hinzufügte, würde sich der Gewinn verdreifachen lassen. Da der Winter in diesem Jahr sehr warm war, waren Sadkos Pelze auch nicht von besserer Qualität. Stavr hatte bereits einen Käufer – den hanseatischen Kaufmann Gottlieb aus Wismar, der zum ersten Mal in Nowgorod war. Sadko traf mehr oder weniger zufällig auf Gottlieb und es gelang ihm, ganz ohne Lieder und Gusli*, dem ausländischen Gast Honig um den Bart zu schmieren. Der, auch mit allen Wassern gewaschen, beschloss, Sadko zum Abendfest bei Stavr mitzunehmen.

Danilka, Proshka und Postrel bedienten bei Tisch. Bei Gottlieb war noch ein weiterer Mann. Ein dicker, fast kahler, Vater Rupert. Er unterstützte Gottlieb beim Met trinken, besser gesagt, er trank für ihn. Gottlieb selbst konnte mit den Nowgorodern nicht mithalten. Es war ihm anzusehen, dass es mit seiner Gesundheit nicht zum Besten stand.

Stavr, Sadko, Gottlieb und Rupert tranken Met, plauderten über Kleinigkeiten und versuchten nebenher, einen Preis auszuhandeln. Wie es nun einmal bei solchen Tischgesprächen ist, prahlten die Kaufleute über die Wunder, die sie gesehen haben, und erzählten allerlei Geschichten über ihre Erlebnisse. Da Plattdeutsch die Sprache der Hanse war, brauchte man keinen Dolmetscher. „Ich habe auch ein silbernes Kreuz aus dem Heiligen Land", sagte Gottlieb.

Rupert grinste, als wolle er sagen: „Red du nur", und steckte sich ein Stück Sterlet in den Mund, dann sagte er: „Und kannst du, ehrwürdiger Sadko, mir etwas erzählen, dass ich Lüge nennen könnte?"

„Nun", Sadko trank und nötigte auch Gottlieb zum Trinken.

Rupert bat nun um einen Augenblick Geduld und nahm von Gottlieb den Schlüssel zum Gästezimmer, Stavr hatte immer ein Zimmer für seine Gäste bereit, und verließ die Festhalle.

Bald kehrte er mit einem silbernen Becher zurück, in den er ein wenig Met füllte, und Gottlieb trank. Sadko nahm die Gusli, spielte und sang das Lied „Des Fisches Goldene Flosse". Seine Zuhörer lauschten wie hypnotisiert. Plötzlich rief Gottlieb, aus welchem Grund auch immer: „Nicht wahr!"

„Wahr, mehr als wahr", sagte der Guslar Sadko, ruhig.

Gottlieb zog sein Schwert. „Dies ist das Schwert eines Kreuzritters, es wurde aus Damaszener Stahl geschmiedet. Wenn du mir die goldene Flosse zeigst, gehört es dir. Wenn nicht, sind all deine Pelze mein."

Stavr flüsterte Sadko zu, dass dies eine Gelegenheit wäre das Schwert dem Fürsten Mstislav zu schenken. Sadko nickte widerwillig. Stavr entschuldigte sich und verließ die Festhalle. Kurz darauf kehrte er mit einer Schatulle zurück, öffnete sie und nahm einen seltsamen Gegenstand heraus. Es war die goldene Rückenflosse eines kleinen Fisches, die auf einer echten Gräte saß. Die Wette war gewonnen und Sadko erhielt das Schwert. Betrunkener Leichtsinn überkam den normalerweise vorsichtigen Stavr und er fragte: „Ehrwürdiger Gottlieb, was kannst du mir für diese goldene Flosse geben?"

„Dieser Kelch ist aus dem Heiligen Land", antwortete Rupert ruhig, als ob er die Veränderung in Gottliebs Gesicht nicht bemerkt hätte, und fuhr fort: „Es macht das Wasser klar und hilft, einen nüchternen Kopf zu behalten."

Rupert hob den sehr alten Kelch, aus billigem Silber, mit den eingravierten Zeichen, die zur Hälfte abgegriffen waren. „Er wurde den Sarazenen abgenommen, aber vorher gehörte er den Juden."

„Welchen Juden?", fragte der Guslar mit betrunkener Stimme. „Diesen Christusverkäufern?"

Chastislav, der Oberhandelsgehilfe, nickte dem Jungen zu, den Deutschen nachzuschenken. Postrel stellte Danilka ein Bein, er fiel und knickte mit dem Fuß um. Postrel und Proshka zogen Danilka beiseite.

„Halt!", rief Rupert, Er verließ schwankend den Tisch und renkte geschickt den Fuß ein: „Der Rest kann warten" – dann wandte er sich an Sadko, den Guslar. „Ebendieselben, da ist nichts zu machen. Bitte, verehrter Stavr."

Es schien, dass Stavrs Erzählung über jeden Tadel erhaben wäre. „Ein Weib kann niemals

Priesterin sein, ein hübsches Mädel dient nicht der Messe."

„Doch! Es war einmal wahr. Aber ein Mal ist auch genug! Es ist lange her, ungefähr zweihundert oder mehr Jahre", und Rupert erzählte den Nowgorodern die Geschichte über die Päpstin, über Anna aus Mainz.

„Jetzt", wandte sich Rupert an Sadko. „Was wirst du, lieber Kaufmann, gegen dieses Kreuz aus dem Heiligen Land setzen?" Das Kreuz war alt, aber das Silber schien sauber und die großen Edelsteine schienen echt zu sein. „Deine Pelze?"

Es war nicht einmal ein Drittel deren Preises wert. Trotzdem nickte Sadko.

‚Was kann man schon Gutes über die Juden sagen?', dachte er.

Das Bewusstsein eines Menschen funktioniert während eines Schmerzschocks ganz anders. Eine plötzliche Vermutung fuhr durch Danilkas Gehirn. Seine Schulkenntnisse aus der zweiten Klasse der alten Pfarrschule waren plötzlich wieder da. Er wusste, dass Sadko verlieren würde. Er rief, natürlich auf Russisch: „Ich setze meinen Kopf. Wenn ich gewinne möchte ich die goldene Flosse bekommen, ehrenwerter Gast Gottlieb." Chastislav übersetzte schadenfroh. Vergebens kickte Rupert Gottlieb unter dem Tisch, der nickte. Der Wetteinsatz wurde angenommen. Nun konnte Rupert über die Juden sprechen.

„Alle zwölf Apostel waren Juden."

Sadko ertrug es kaum.

„Die Mutter Gottes, die Jungfrau Maria, war Jüdin."

Sadko konnte kaum an sich halten.

„Und das Wort Christi wurde von einem Juden ins heilige Russland gebracht – nämlich Andreas."

Der betrunkene Sadko verlor die Nerven und rief: „Unwahrheit!"

„Wahrheit! Wenn du keine Angst vor Exkommunikation hast, frag morgen den Metropoliten, Kaufmann. Oder wir werden jetzt die Heilige Schrift lesen."

Jetzt war Danilka an der Reihe. „Ich lag hier in der Ecke und sah eine große Fliege. Ich packte sie an den Füßen und sie hat mich in den Himmel getragen."

Der Deutsche schwieg.

„Plötzlich, als wir schon über den Wolken waren, löste ich mich von ihren Füßen und ich stürzte hinab, so schwer, dass ich durch den Boden fiel."

Der Deutsche schwieg.

„Ich fiel so tief, dass ich in die Unterwelt kam. Dort sehe ich ein Kerlchen, das Wasser auf einen anderen schüttet. Er ist mein Vater. Ich sehe den zweiten an, der Ihnen sehr ähnlich sieht, verehrter Gast. Es ist ihr Vater!"

„Das ist nicht wahr!", schrie Gottlieb, Danilka gewann die Wette und verlor für einen Moment das Bewusstsein.

„Ich hole eine Salbe", Rupert streckte die Hand nach dem Schlüssel aus. Zurück kam er mit einer alten schäbigen Schatulle.

„Das Schloss wurde aufgebrochen. Ein kostbarer Dolch wurde gestohlen", sprach Rupert zu Gottlieb, in einem Dialekt, der wie Deutsch klang, aber den Danilka nicht verstehen konnte. „Gott sei Dank ist die Schatulle da."

„Eines meiner wertvollsten Besitztümer ist verschwunden", sagte Gottlieb sehr ruhig. „Dies ist eine magische Schatulle, sie stammt ebenfalls aus dem Heiligen Land. Wir werden nun Stöckchen aus dieser verteilen und der, bei dem das Holz über Nacht über den kleinen Fingernagel hinauswächst, ist der Dieb."

Rupert hielt das Kreuz über die Schatulle, dann öffnete er sie. Der erste, der das verzauberte Hölzchen herausnahm war Gottlieb, dann Rupert selbst, dann Sadko, dann Chastislav, dann Stavr.

Dann ging Rupert zu Danilka: „Nimm dein Stäbchen. Du bekommst die Flosse, wenn es am Morgen nicht gewachsen ist."

Prokhor kehrte mit den übrigen Dienern zurück und Rupert verteilte die Stäbchen an sie. Dann kümmerte er sich um Danilkas Bein. Er legte einfach einen engen Verband an und gab Danilka etwas zu trinken. Prokhor packte seinen Freund, bevor Postrel es zu ihm schaffen konnte, und zog ihn in sein Stübchen. So endete das Fest für Danilka und Proshka.

Das Bein tat schrecklich weh. Mehrmals meinte Danilka, dass jemand versuchte die Tür zu öffnen, die Proshka verriegelt hatte.

Am nächsten Morgen brachte Prokhor Danilka einen Stock und half ihm, in den Festsaal zu gelangen. Alle anderen waren bereits versammelt. Rupert maß die Stäbchen und Postrels erwies sich als kürzer als die der anderen. Er leugnete alles, bekreuzigte sich und schwor bei Gott. Danilka wusste, dass Postrel bei Gott schwor, um den Vorwurf von sich abzulenken, er schwor ziemlich oft, nur glaubte ihm kaum jemand. Doch diesmal schien sein Eid irgendwie aufrichtig zu sein. Eher Danilka darüber nachdenken konnte, wies Postrel mit dem Finger auf ihn und rief: „Er war es! Er war es! Er hat nachts mein Stäbchen kürzer geschnitten!"

Weiter kam er nicht, denn Chastislav schlug ihn zu Boden.

„Soll ich ihn wegsperren oder soll er bleiben?", fragte er den Meister.

Danilka begriff, dass die Geschichte über die magische Schatulle ein geschickter Bluff war. Der Dieb dachte, das Stäbchen würde wachsen, kürzte es und wurde erwischt. Aber etwas passte nicht. Doch es war keine Zeit zum Nachdenken, nun würden die Deutschen alles durchsuchen. Danilka fragte: „Ich bin unschuldig, wo ist meine goldene Flosse?"

„Vielleicht willst du sie gegen deinen Freund eintauschen?", begann Rupert. „Ob wir das Diebesgut finden oder nicht, er wird uns Bußgeld schulden."

„Wenn er nicht bezahlt, verkaufen wir ihn in die Sklaverei", fuhr Gottlieb fort.

Danilka wusste, dass er, wenn er nein sagte, einen Widersacher, wenn nicht sogar einen wahren Feind loswerden würde, aber einen der Seinen in die Sklaverei kommen zu lassen? Jetzt waren die alten und auch die nicht so alten Gemeinheiten weit weg und Postrel und die Gefahr, dass er in die Sklaverei verkauft würde, die waren genau jetzt da. Aber Postrels neuste Gemeinheit war es auch. Danilka verstand selbst nicht warum. Aber schüttelte den Kopf und sagte: „Nein!"

„Wozu brauchst du eine goldene Flosse?", rief Prokhor. „Rette ihn!"

Danilka schwieg, es war ihm schwer ums Herz. Sein „Nein" war eher aus jugendlicher Heftigkeit gekommen. Nun musste er eine endgültige Entscheidung treffen. Danilka begriff, dass er über Nacht erwachsen geworden war. Das half ihm nun. Er schüttelte unter ungeheurer Anstrengung den Kopf.

Rupert holte eine goldene Flosse aus der Schachtel und gab sie Danilka. Da geschah ein Wunder. Sobald Danilka die Fischgräte ergriff, verwandelte sich die goldene Flosse in eine ganz gewöhnliche. Gottlieb und Rupert sahen sich bedeutungsvoll an. Die anderen bemerkten es nicht.

„Der Bursche kommt mit", sagte Gottlieb und zeigte auf Danilka. Stavr war klar, dass es sinnlos war, Einwände zu erheben.

Die Bediensteten schliefen in der Gesindestube auf den Truhen, die ihre einfachen Besitztümer enthielten. Postrels Truhe stand an der Wand. Es war eine der tragenden Wände und aus schwerem Holz gebaut. Jenseits der Wand befindete sich ein Warenlager.

‚Wie ist der Bursche nur zu diesem guten Platz gekommen, der steht ihm doch gar nicht zu', dachte Danilka und diese Entdeckung beruhigte ihn etwas.

Rupert und Gottlieb zogen die Truhe beiseite, in den Lücken zwischen Wand und Truhe waren einige Schmuckstücke und Eichhörnchen Felle versteckt. Postrels kleine Diebstähle.

Als Rupert die Wand untersuchte und die seltsamen Kratzer an den Kiefernstämmen bemerkte, stürmte Chastislav in die Gesindestube und rief: „Er hat gestanden! Es gibt ein Versteck in der Wand." Das Versteck war sehr geschickt gefertigt und nicht leicht zu entdecken. Postrel war eher schlau als klug, und hatte den Kieferstamm von der anderen Seite, aus dem Lagerraum heraus aufgesägt. Aber wem wäre das, außer Rupert, in den Sinn gekommen?

Das Versteck wurde geöffnet. Was Danilka am meisten überraschte, war ein teurer Kamm aus Walrossknochen. Solche konnte man nur in Sadkos Laden kaufen.

„Ehrwürdiger Stavr", Gottlieb sprach jetzt auf Hanse-Deutsch. „Vater Rupert möchte noch einmal einen Blick auf das Bein des Burschen werfen. Auf unserem Gebiet. Er wird zum Abendessen wieder mit uns zurückkommen. Wir bringen das Geld und nehmen den Dieb und die Pelze, nachdem wir sie noch einmal angeschaut haben. Überlege du dir, wie wir alle eine Audienz beim Fürsten bekommen."

Was weiter geschah, ist eher der Anfang einer anderen langen Geschichte über Sadkos und Danilkas Überseereise, als das Ende dieser.

*Gusli: Eine grifflose Kastenzitter, wird oft in der russischen Volksmusik eingesetzt. Guslar werden die Spieler der Gusli genannt.

Wie der Svartisen-Gletscher entstanden ist

Frei nach Regine Normann

von Dörte Giebel

Damals, als die meisten Menschen noch nicht lesen konnten und noch nie etwas von der Eiszeit gehört hatten, glaubten einige, dass der Gletscher namens Svartisen (norwegisch für „das schwarze Eis") durch die Zauberkraft der Samen entstanden sei. Es kursierten verschiedene Geschichten darüber, wie das vonstatten gegangen sein könnte, und es waren vor allem die Seemänner, die auf ihren Streifzügen entlang der norwegischen Küste diese Sagen weitererzählten.

An einem düsteren Herbstabend mit Sturm und Dauerregen hatte eine ganze Bootsmannschaft, die aufgrund des Wetters den Heringsfang unterbrechen musste, in der kleinen Hütte auf unserem Hof Unterschlupf gefunden. Ich wusste nur zu gut, dass an solchen Abenden Märchen und Sagen durch die warme Stube waberten, und ich schlich mich trotz striktem Verbot durch das Unwetter hinüber zu den Seeleuten.

Als ich zurückkam, wartete eine ordentliche Tracht Prügel auf mich, doch kaum waren die schlimmsten Schmerzen abgeklungen und die Tränen getrocknet, legte meine Großmutter eine weiche Decke auf die schwere Holztruhe neben ihrem Bett und forderte mich auf, mich zu ihr zu setzen und ihr all die Geschichten zu erzählen, die ich soeben zu hören bekommen hatte. Eine davon war die Sage vom Ursprung des Svartisen.

Dort, wo sich heute der Gletscher über die Berge bis ins tiefe Tal ausbreitet, befanden sich einst saftige Wiesen und ein dichter Wald. Auf der einen Talseite, nicht weit vom Meer entfernt, lag ein großer Bauernhof, zu dem viel fruchtbares Land, ein Stück des Uferstreifens und allerlei Prachtbauten gehörten, die für alle sichtbar vom Wohlstand des Großbauern zeugten.

Nun hatte sich der älteste Sohn des Bauern in ein wunderschönes Samenmädchen verliebt, welches in den Bergen lebte und dort mit ihren Rentieren umherstreifte, und er war wild entschlossen, sie zu heiraten.

Doch die Eltern des Jungen und seine gesamte Verwandtschaft sprachen sich gegen diese Hochzeit aus. Sie sagten, was jeder Norweger mit nur einem Funken Selbstachtung damals gesagt hätte, dass die Samen ja ein ganz anderer Schlag Mensch seien als die sesshaften Norweger, sie seien meist klein und schlitzäugig, schwarzhaarig und O-beinig, ihre Sprache sei nicht zu verstehen und weil sie in einem fort von einem Ort zum nächsten zögen, seien sie nirgendwo zu Hause.

Während die sesshaften Norweger es also für eine Schande hielten, ihr Blut mit dem der Nomaden zu mischen, waren diese nicht weniger hochmütig. Ihre Vorfahren hatten schließlich über ganz Lappland, Finnland und weit darüber hinaus geherrscht und sich überall vom Meer bis in die Berge frei bewegt. Ihre beiden großen Lehrmeister Noidus und Lapakapatapus hatten ihnen die ewigwährende Pflicht auferlegt, ihre uralten Sitten und Gebräuche an die nächste Generation weiterzugeben. Niemals durften sie ihre Sprache, ihre Art sich zu kleiden, oder ihre Behausungen zu bauen verändern, denn dann würden sich ihre Götter von ihnen abwenden und sie zu Geächteten auf Erden machen.

Am allerwenigstens durften sie sich vom Prunk und Pomp der Sesshaften verleiten lassen und einer von denen werden.

Wenn ein samischer Junge getauft wurde, bekam er ein Gebiet in den Bergen zugesprochen, in dem er genug Wild jagen konnte, um sich und seine Familie zu ernähren, außerdem einen Flussabschnitt mit reichlich Lachs und einen ergiebigen Fischgrund im Meer. Ein samisches Mädchen hingegen erhielt bei ihrer Taufe ein oder mehrere Rentierkühe, deren Kälber später ihr gehören und ihr am Tag ihrer Hochzeit überlassen werden sollten. Dazu kam noch der ihr zustehende Anteil des vererbten Silbers, sowie Kleidung und allerlei Haushaltsgerät.

Doch ganz gleich, was die Familie des Jungen zu dem verliebten Paar sagte, die beiden blieben dabei, dass sie heiraten wollten, und das Mädchen trat hoffnungsfroh die lange Wanderung zu ihrer Familie in der Hochebene an, um ihre Mitgift zu holen und ihre Eltern zu bitten, sie zur Hochzeit zu begleiten.

Doch als sie dort ankam und ihre Eltern erfuhren, dass ihre Tochter mit ihren Sitten gebrochen und sich auf einen Sesshaften eingelassen hatte, vertrieben sie sie, ja, sie warfen sogar glühende Kohlen nach ihr, um ihr unmissverständlich klarzumachen, dass sie sich nie wieder blicken lassen sollte. Von der Mitgift bekam sie nichts zu sehen, nicht einmal eines ihrer Rentiere durfte sie mitnehmen, obwohl alle Tiere bereits mit ihrem Brandzeichen versehen waren.

Mit leeren Händen und von ihrer Familie verstoßen machte sich das Mädchen auf den weiten Weg über die Berge zurück zu ihrem Liebsten. Er würde sie trotzdem zur Frau nehmen, da war sie sich sicher, auch wenn ihre Mitgift nur aus den Kleidern bestand, die sie am Leibe trug.

Es war eine lange Wanderung, und als sie endlich über den Kamm des letzten Berges hinweg ins Tal schauen konnte, blieb sie wie versteinert stehen. Es wimmelte dort unten nur so von Menschen auf dem großen Marktplatz, und am Ufer lag ein Boot neben dem anderen. Was hatte das zu bedeuten, so kurz vor der Hochzeit?

Schnell lief sie den Hang hinunter, doch als sie sich dem Hof näherte, begegneten ihr die Menschen mit scheelen Blicken. Ihr Liebster hatte sie während ihrer Abwesenheit verraten und feierte bereits Verlobung mit einer reichen Bauerntochter.

Wutentbrannt lief das samische Mädchen zurück auf den Berg, erst an seinem höchsten Punkt hielt sie inne und drehte sich um. Sie konnte den Lärm des Festes bis dort oben hören. Mit zitternden Fingern zog sie einen kleinen Lederbeutel aus ihrer Brusttasche, schnürte ihn auf und schüttelte den feinen pechschwarzen Staub, der sich darin befand, in den Wind.

Im gleichen Augenblick begann es auch schon zu schneien. Es schneite und schneite, und der Schnee mischte sich mit dem schwarzen Staub, bis alles – der Hof und das Dorf, das ganze Tal samt Wald und Wiesen, ja sogar der Berg, auf dem sie stand, und auch sie selbst – unter einer riesigen Schneewehe verschwand.

Und eine Schneeschicht legte sich auf die nächste und drückte alles immer fester zusammen, und so ist der Svartisen entstanden.

Die Gans von Podwolotschyska

Roda Roda

Es gibt törichte Wiener, die sich mit dem Zerfall des alten großen Österreich-Ungarn abgefunden haben, sich mit dem winzigen Rest-Österreich bescheiden; die „froh sind", nichts mehr vom gemischtsprachigen Kreisgericht in Trautenau zu hören, dem viel umstrittenen Sandschak und Trentino. Wie das alles hinter uns liegt! Als wär es nie gewesen. – Und doch gab es einst einen ewigen ‚Ausgleich' mit Ungarn (64,5 Prozent), der in den Zeitungen soviel von sich reden machte, daß man im fernen Ausland die k. u. k. Monarchie längst nicht mehr für einen Staat hielt sondern für eine Konkursmasse.

Mich aber verzehrt die Sehnsucht nach der Vergangenheit, den vielen schönen ‚im Reichsrat vertretenen Königreichen und Ländern'.

Und am meisten – grinst nicht! – schmachte ich nach Galizien. Was war es ein buntes Gebilde! Ein asiatischer Karawanenteppich, der launigen Gestalten voll, breitete es sich von den Karpathenhängen ins Sarmatische.

Dreißig Jahre standen Altösterreichs Reiterhaufen dort in Garnison. Was für Garnisonen: Tarnopol, Trembowla, Torresani und nach ihm

Soehnstorff haben es beschrieben – dies Leben zwischen Gutshof, Landschenke, Faktokes und Schlachzizen.

Das Land, wo ein Esterhasy, Magnat und Husar, wetten konnte: er werde heute, heißen Sommermittags, quer durch die Hauptstadt reiten, nur mit einer roten Schwimmhose angetan – und die Ergänzung seiner Uniform – die verschnürte Attila, die blanken Stiefel hatte er sich mit Ölfarbe auf den Leib gemalt ...

Das Land, wo Fürst Karl Fugger, Rittmeister, seiner Schwadron Batisthemden anmessen ließ mit angenähten Manschetten – weil er Röllchen nicht leiden wollte ...

Das Land, wo der Herr Oberst seinem Leutnant befahl: „Herr Leutnant, binnen vierundzwanzig Stunden haben Sie Ihre Schulden zu berappen." Und der Leutnant ließ vom Polizisten austrommeln: um vier Uhr habe die Judengemeinde auf dem Rynek, Hauptplatz, gestellt zu sein. Am Tisch, im Freien saß der Rechnungsoffizier mit der Gläubigerliste und zahlte bei Heller und Pfennig die Schulden des Herrn Leutnants.

Das Land, wo man Chansonettentruppen auf Regimenter aufteilte: Um 5 Uhr nachmittag kam der Eisenbahnzug mit den Wiener Chansonetten in Rawaruska an. Die Offizierskorps warteten schon auf dem Bahnhof. Um 5 Uhr 10 waren die Chansonetten verschwunden – als hätte man einen Eimer Wasser auf Sand geschüttet.

Das Land, wo man die Gans von Podwolotschyska servierte ...

– – Podwolotschyska war der Grenzbahnhof der alten Kaisertümer Rußland und Österreich. Wer nach endloser Fahrt – einer Nacht, eines Tages und wieder einer Nacht – von Wien – über Krakau – Przemysl – Lemberg – in Podwolotschyska eintraf, er stürzte zunächst hungrig nach der Bahnhofwirtschaft. Und in der Bahnhofwirtschaft fand er zwei lange Tafeln gedeckt mit leckerdampfenden Gemüsesuppen: auf der einen Tafel Borschtsch und auf der andern Schtschij. Borschtsch ist eine Suppe von roten Rüben, Beeten; Schtschij – eine Suppe von Weißkohl mit sauerm Rahm. – Ein seigneuraler Oberkellner ging mit zweierlei Bons um, roten Bons und grünen Bons.

„Wünschen Sie, Panje, unser kleines Menü – zu vier Kronen – Suppe und Rindfleisch – – oder wünschen Sie, Panje, das große Menü, 6 K 50:

Suppe
Rindfleisch
Gansbraten
Zibebenstrudel."

Jedermann wählte das große Menü, zahlte 6 Kronen 50, erhielt einen roten Bon ...

Allein, sowie das Rindfleisch gegessen war, entstand eine kleine Pause; ein Mann mit Dienstmütze und Glocke erschien in der Tür, schwang die mächtige Glocke und rief mit Stentorstimme:

302

„Höchste Zeit zum Zug nach Kiew, Charkow, Moskau, Jekaterinoslaw, Odessa."

Das Volk sprang im Hui auf die Beine und hastete Hals über Kopf nach den Bahnwagen ...

So spielte sich die Szene tagtäglich ab – viele Jahre, in aller Ordnung – und nie, solange Habsburg in Podwolotschyska regierte, über 140 Jahre, hat ein sterblich Auge den Gansbraten gesehen – – – weil nämlich der Mann mit der Dienstmütze der Bahnhofwirt in Person war.

Einmal aber – und er hatte doch gerade heute besonders laut geklingelt und ausgerufen – eines Tages mußte der Wirt zu seinem Schrecken und seiner Entrüstung sehen, daß ihm drei Gäste da einfach sitzenblieben. Er ging zu ihnen hin und läutete und brüllte:

„Allerhöchste Zeit zum Zug nach Kiew, Charkow ..."

„Macht nichts", sprachen die Herren, „bringen Sie nur den Gansbraten! Wir fahren nämlich gar nicht weiter; wir bleiben hier; wir sind die k.u.k. Kommission aus Lemberg, betraut mit der Prüfung der galizischen Bahnhofwirtschaften."

Nun, das österreichische Polen ließ den Himmelsmächten stets einen breiten Raum der Betätigung. – Und was hatte Gott in diesem Fall getan? Der liebe Gott hatte die k.u.k. Kommission schon heute morgen aus Lemberg abreisen sehen – und in seiner Allgüte und Allweisheit hatte der liebe Gott der Bahnhofwirtin von Podwolotschyska den Gedanken eingegeben, an diesem Morgen

eine Gans zu schlachten; als welche Gans allerdings zum Privatkonsum der Gastwirtsfamilie
bestimmt war – nun aber, im Augenblick pein-
lichster Verlegenheit, den Lemberger Funktionä-
ren konnte aufgetragen werden.

Als die unersättlichen Beamten nun aber auch
noch nach der Süßspeise verlangten, da konnte
der Wirt dokumentarisch nachweisen, daß dieser
‚Zibebenstrudel' nicht mehr zum Menü gehörte;
es war des Wirtes Unterschrift. Der Mann hieß
so.

Die Frau in schwarz

Claudia Schmid

Ellie griff in ihren Kleiderschrank und fischte ein Baumwollkleid heraus. Das kurze mit den dünnen Trägern. Es war nämlich ungewöhnlich heiß in diesem Sommer des Jahres 1975. In Italien wäre diese Temperatur normal gewesen. Dort war sie im letzten Jahr, am Strand von Rimini. Mit dem Bus war sie dorthin gefahren. Gemeinsam mit ihrer besten Freundin. Es war Renis Idee gewesen, ans Meer zu reisen. Für niederbayerische Verhältnisse hingegen war es eindeutig zu warm. Die Bäume im nahen Bayerischen Wald nadelten wie die Christbäume nach Weihnachten. Sie streifte das Kleid über und ging nach unten in die Küche, wo ihre Mutter am Herd hantierte.

„Wie du wieder aussiehst!", Martha seufzte. „Du bist beinahe nackt."

„Soll ich bei dieser Hitze im Rollkragenpullover herumlaufen?", Ellie lupfte neugierig den Deckel des Kochtopfes und linste hinein. Erschrocken ließ sie den Deckel fallen und sprang zurück. „Pfui Teufel, was kochst du da? Das sieht grausig aus!"

„Dein Vater wünscht sich Sülze. Bei der Hitze genau das Richtige. Dafür koche ich einen Schweinskopf aus. Den habe ich vorhin beim

Huber Michl geholt, der hat gestern Schlachttag gehabt. Mein Gott, hab dich nicht so! Sei du erst mal verheiratet, dann wirst du auch kochen, was dein Mann verlangt."

„Mein Mann kann kochen, was mir schmeckt." Ellie öffnete den Kühlschrank. Mit einer Limonade setzte sie sich an den Tisch.

Ihre Mutter stellte ihr eilig ein Glas dazu. „Du wirst nicht aus der Flasche trinken! Fang endlich an, dich wie eine Dame zu benehmen. Du endest als alte Jungfer, wenn du so weitermachst. Wer soll dich denn wählen, wenn du dich nicht zu benehmen weißt? Und immerzu diese frechen Sprüche. Der Alois vom Huber Michl ist übrigens ein ganz Netter. Der wäre was für dich. Mit so einem Metzgersohn in der Familie, da hat man echt ausgesorgt."

Ellie öffnete den Mund, schloss ihn aber wieder, da ihr Vater die Küche betrat. Der ging ebenfalls zum Kühlschrank, entnahm jedoch eine Flasche Bier. Er nahm gegenüber seiner Tochter auf der hölzernen Eckbank Platz.

„Papa, magst du ein Glas für dein Bier?" Mit scheinheiligem Gesichtsausdruck linste Ellie zu ihrer Mutter. Die reagierte nicht. Offenbar galten die aufgestellten Benimmregeln nur für die weiblichen Mitglieder des Bürgermeisterhaushaltes.

Albert Hufnagel nahm einen kräftigen Schluck aus der Flasche. „Sie ist schon wieder gesehen worden."

„Wer denn?"

Die Mutter schnaubte. „Die schwarze Frau wird er meinen, gell, Albert? Das ist eine Frau, die immer ganz in schwarz gekleidet ist. Sie prophezeit nichts Gutes. Alle reden von ihr. Der Hilde ist sie auch schon begegnet." Sie wischte ihre Finger an der karierten Kittelschürze ab. Ellie konnte sich nicht daran erinnern, wann sie ihre Mutter im Haus zuletzt in einem anderen Kleidungsstück erlebt hatte. „Wer war es denn dieses Mal?"

Albert nickte bedächtig. „Dem Schöffelhauser ist sie erschienen. Letzte Nacht. Er war auf der Heimfahrt, da hat er im Lichtkegel eine Frau gesehen."

„Von wo ist er denn gekommen?" Ellie wusste wie die meisten im Ort, wo der verheiratete Erwin Schöffelhauser an diesem einen Abend in jeder Woche war. Regelmäßig seit etlichen Jahren, während er offiziell mit Kumpanen Skat spielte. Dabei kannte der noch nicht einmal die Karten richtig. Auch dies war bekannt.

„Das ist völlig egal, wo der gewesen ist. Jedenfalls war die Frau ganz schwarz angezogen. Er hat sich gedacht, eine Frau im Dunkeln allein, die kann man nicht einfach so stehen lassen. Also hielt er an und fragte, ob sie mit will. Sie ist hinten eingestiegen."

„Wie hat sie denn ausgesehen?" Ellie behielt ihre eigentlichen Gedanken bei sich, was ihrer Meinung nach einen Kerl wie den dazu veranlasste, fremde Frauen in sein Auto einzuladen.

„Das Gesicht hat er nicht sehen können, weil sie ein Kopftuch trug."

„Ein bissel was wird er doch gesehen haben. Sie hat schließlich keine Sturmhaube aufgehabt."

„Das Kopftuch hat sie sich weit nach vorne gezogen. Er hat zwar in den Rückspiegel geschaut, konnte aber nichts erkennen. Er meint, dass sie alt gewesen ist, weil sie einen Buckel gehabt hat."

„Der Schöffelhauser hat also ein altes Hutzelweiberl mitgenommen. Dann hat er wenigstens seine Hände bei sich gelassen."

„Wie redest denn du daher! Der Schöffelhauser ist ein Spezl vom Vater!"

Ellie zog es vor, darauf nichts zu entgegnen. Sie und ihre Freundinnen wussten sehr gut, wem sie in ihrem Ort nicht über den Weg trauten. Mit welchen Männern man besser nicht alleine in einen Raum blieb.

„Eine Weile ist sie einfach nur still auf der Rückbank gesessen. Aber dann hat sie plötzlich zu reden angefangen. Es soll einen schönen Sommer geben, dieses Jahr."

„Schön ist leicht untertrieben. Wir kommen halb um vor Hitze."

„Jetzt lass den Vater mal ausreden. Unterbrich ihn nicht dauernd!"

„Es wird einen blutigen Herbst geben, hat sie dann gesagt. Einen sehr blutigen Herbst."

„Die redet ja so, wie die von dieser Vereinigung, die auf den Weltuntergang warten. Die Eltern von der Dorle sind Mitglied bei denen. 1975 soll die Welt untergehen. Das ist gar nicht mehr so lange, nur noch ein paar Monate. Deshalb durfte die Dorle nicht mit uns aufs Gymnasium gehen, weil es sich eh nicht mehr lohnt. Nur die Leute, die vorher schon daran geglaubt haben, die überleben. Dafür dann aber ewig. Ich weiß nicht, wie dies gehen soll, wenn es keine Welt mehr gibt. Außerdem muss es nach ein paar Hundert Jahren furchtbar langweilig werden. Vor allem, wenn die wirklich interessanten Menschen allesamt in der Hölle schmoren."

„Das sind anständige Leute, die Eltern von der Dorle. Immer sauber angezogen und vorm Haus ist alles aufgeräumt."

„Aber einen Hau haben die trotzdem, meinst du nicht, Mama?"

„Nebendran bei denen, da schaut es immer aus! Furchtbar. Die räumen noch nicht einmal ihre Mülltonnen weg, wenn die geleert wurden. Das ganze Jahr über stehen die auf dem öffentlichen Gehweg. Ein richtiger Saustall ist das. Da muss man sich grad schämen für die."

Ellie nahm einen Schluck Limonade. Sie fand die Ansichten ihrer Mutter diesbezüglich schräg und teilte ihren Hang zu übertriebener Sauberkeit nicht. Schon gar nicht deren Logik, wonach es egal war, nach welchen kruden Regeln Leute lebten, solange sie ihre Mülltonnen ordentlich wegräumten und ihre Fenster putzten. Schon vor einiger Zeit hatte sie durchgesetzt, dass ihre Mutter nicht mehr in ihrem Zimmer Staub wischte und es dabei im selben Durchgang einer gründlichen Inspektion unterzog.

„Euer Gerede hat nichts mit der schwarzen Frau zu tun. Die war nämlich weg, als der Schöffelhauser rechts rangefahren ist und sich nach ihr umgedreht hat."

„Wie, weg?", fragte Ellie.

Ihr Vater nahm einen tiefen Schluck aus der Flasche. „Einfach nicht mehr da. In Luft aufgelöst hat die sich. Das ist ein Geist, der da umgeht. Der Schöffelhauser ist ein Trumm von einem Mannsbild. Aber der hat noch gezittert, als er davon erzählte."

Die Mutter bekreuzigte sich. Ein Kreuz schlug sie mit der rechten Hand über ihrer Stirn, zwei auf Höhe ihres imposanten Busens. So, wie sie es immer tat, wenn etwas sie besonders aufregte. „JessasMarundJosef", flüsterte sie. „Das ist in diesem Sommer schon mehrfach passiert. Aber jetzt sogar jemand, den wir persönlich kennen. Furchtbar ist das. Am Ende begegnet sie mir auch noch ... was soll ich denn dann machen?" Ihre Augen waren bereits von der bloßen Vorstellung vor Schreck geweitet. „Als Kind habe ich so Angst gehabt vor dem Glasmandl."

„Das war der Schmarrn, den die Oma immer erzählt hat."

„Kind, es gibt mehr zwischen Himmel und Erde, als wir uns vorstellen können. Unsere Ahnen haben das noch gewusst. Die haben sich besser ausgekannt, als manch einer heutzutage. Es gibt keinen einzigen Grund, respektlos von deinen Vorfahren zu reden. Außerdem soll man die Toten ehren."

„Amen. Ich geh dann jetzt." Ellie stellte ihr Glas im Spülbecken ab.

„Es wäre mir Recht, wenn du vor der Dunkelheit wieder daheim wärst."

„Mama! Ich bin volljährig."

„Aber auch erst seit diesem Jahr. Davor wärst du nämlich mit 21 Jahren volljährig geworden. So ein Unfug! Was das alles anrichtet in den Familien. Da hat man ja gar keine Handhabe mehr."

„Neue Zeiten, Mama. Jetzt bin ich seit letztem Jahr volljährig."

„Solange du die Füße unter unserem Tisch ..."

„Ich strecke sie gar nicht darunter, schau nur, ich geh gleich raus."

„Frech ist die." Missbilligend blickte die Mutter zum Vater. „Jetzt sag du halt auch mal was! Ich war in der in ihrem Alter ganz anders!"

„Da warst du mit meinem großen Bruder schwanger, gell, Mama."

Bevor ihre Eltern etwas erwidern konnten, war sie aus dem Haus entschwunden. Es war nicht leicht für sie, die Tochter des Bürgermeisters in dem kleinen Ort am Rande des Bayerischen Waldes zu sein. Für sie schienen noch strengere Regeln zu gelten als für die anderen. „Weil die Leute nach uns schauen." Mit diesen

311

Worten begannen meist die unsinnigen Verbote der Mutter. Ob die Mutter sich selbst zuhörte? Die verhielt sich immer so, wie sie dachte, dass es von der Dorfgemeinschaft erwartet wurde. Dabei bemerkte sie nicht, dass sich die Welt änderte. Zwar langsamer als in der Großstadt, so wie in München. Studentenrevolten hatte es 1968 gegeben. Da es bis zur nächsten Universität von hier aus sehr weit war, kam davon bei ihnen nichts an. Ein paar Kilometer von ihnen entfernt befand sich der sogenannte Eiserne Vorhang. Der war sogar noch schwerer zu überwinden als der Dickschädel ihres Vaters. Dass es so etwas wie eine Frauenbewegung gab, wusste Ellie von ihrer Tante. Die jüngere Schwester der Mutter hatte es in ihren Augen richtig gemacht. Die war vor einigen Jahren weg von hier und nach München gezogen. Die hatte einen eigenen Beruf und konnte machen, was sie wollte. Außerdem versorgte sie ihre Nichte mit den neuesten Kleidertrends, wenn sie aus der Großstadt zu Besuch kam. Der Mutter war es unangenehm, wenn das Auto ihrer Schwester mit den bunten Aufklebern vor der Tür ihres Anwesens stand. „Wenn sie wenigstens einen Mann hätte, der sie herfahren würde. Wer weiß schon, was die alles so treibt in der Großstadt." Dies war einer ihrer Lieblingssprüche, die sie über ihre Schwester vom Stapel ließ.

Das Gerede über die schwarze Frau ließ Ellie nicht los. Auch nicht, als sie ihre Freundinnen in der „Honigbar" traf. Entgegen dem Namen der

Kneipe waren hier härtere Sachen zu bestellen, und wen der Wirt länger kannte, dem reichte er auf besonderen Wunsch ein wenig Gras über die Theke. Selbstverständlich heimlich. Reni, Karo und Gitti hatten natürlich auch von dem Geist gehört. Sie redeten sich die Köpfe heiß beim Austausch der Geschichten. Trotz allem wusste Reni das heißeste zu berichten. „Haltet euch gut fest. Ich habe was herausgefunden."

„Ist sie dir auch begegnet?", fragte Karo.

„Viel was Besseres. Ihr glaubt es nicht."

„Erzähl schon. Mach es nicht derart spannend!" Gitti schlug mit der flachen Hand auf den Tisch. Ein wenig von ihrem Gin Tonic schwappte aus dem Glas.

„Wir haben doch den Luigi in der Werkstatt."

„Dein Vater hat lange genug nach einem Mechaniker gesucht. Da kam ihm der Luigi aus Italien gerade Recht." Karo nippte an ihrem Glas.

„Nicht nur dem!" Reni blickte bedeutungsvoll.

„Wem denn noch?" Das kam von Ellie.

„Ich habe die beiden erwischt. In flagranti, wie man so schön sagt."

„Der Luigi hat eine Freundin. Was soll daran so bedeutungsvoll sein?" Ellie verstand die Worte nicht.

„Naja, es ist eine ganz besondere Freundin, die er sich ausgesucht hat, der Luigi."

„Gut aussehen tut er ja. Nett ist er auch. Der Kerl ist nicht grad der Griff ins Klo. Wer ist denn die Glückliche?" Karo winkte nach der Bedienung.

„Ich habe ihn mit meiner Mutter im Bett erwischt."

„Bringen Sie eine Runde Schnaps!", rief Karo Sylvie entgegen, die stundenweise in der Bar arbeitete. „Einen Klaren. Für uns alle, bitte." Und an Reni gewandt: „Das wird nicht gut ausgehen, wenn dein Vater das mitkriegt. Der hat eine Schrotflinte, mit der er immer zum Wildern geht."

„Wildern, mein Vater?"

„Tu nicht so. Das wissen schließlich alle. Das große Wild bringt er nachts zum Huber Michl. Meine Mutter hat neulich bei einem Stück Rehfleisch auf eine Schrotkugel gebissen."

„Wir sollten abhauen. Wenn wir bleiben, losen unsere Mütter aus, wer den rosagesichtigen Buben vom Huber Michl heiraten muss, damit die Metzgerei im Ort bleibt. Meine Mutter hat heute versucht, ihn mir schön zu reden. So lange kann die gar nicht reden, bis der ansehnlich wird."

„Ihr habt Recht. Wenn mein Vater das rauskriegt mit dem Luigi, dann geschieht hier im Ort ein Unglück."

2019

„Weißt du eigentlich noch, jener Sommer?" Ellie tupfte mit einem Tuch die Stirn ihrer Mutter ab.

Sie hatte sich ein paar Tage frei genommen, um die Mutter bei der Eingewöhnung ins Pflegeheim zu unterstützen. Seit zwanzig Jahren war die Mutter verwitwet. Nun, beinahe an die neunzig Jahre alt, brauchte sie Hilfe. „Als die Mutter von der Reni mit dem Luigi durchgebrannt ist."

„Ich erinnere mich ganz genau an den Aufruhr. Ihr Mann hat danach mit dem Trinken angefangen. Deshalb konnte dein Bruder die Werkstatt so günstig übernehmen."

„Angefangen passt nicht so ganz. Verstärkt umschreibt es besser. Hast du die je wieder gesehen?"

„Wo denkst du hin. Ihr Mann hätte die Mona eigenhändig umgebracht."

Ellie schüttelte sich. „Der hat seine Frau als Besitz betrachtet."

„Im Jahr drauf seid ihr dann weggezogen. Du und deine Freundinnen." Die Mutter griff nach Ellies Hand. „War es gut für dich, von uns fortzugehen?"

„Ich glaub schon. Aber was ist denn eigentlich aus der schwarzen Frau geworden? Die ging genau im selben Jahr um."

„Neulich soll sie wieder einer gesehen haben."

„Ich denk, da hat einer einen alten Zeitungsartikel gelesen und sich dann etwas zusammenfantasiert. Sogenannte Schwarze Frauen tauchten über die Jahre in mehreren Ländern auf. Immer prophezeien sie Unglück."

„Gescheit bist du geworden. Es freut mich, Kind, dass du studiert hast."

„War es nicht unbefriedigend für dich, immer nur den Haushalt zu machen und das zu tun, was der Vater anschafft?"

Die Mutter winkte ab. „Ich habe es nicht anders gekannt. Als ich dann allein war, habe ich sogar ein paar Reisen mit dem Bus gemacht. Der Vater wollte ja nie weg. Aber ich habe das Meer gesehen."

„So wie Renis Mutter. Die Mona hat sogar dort gelebt."

Auf dem Flur des Seniorenheimes traf Ellie überraschend auf Reni. „Wo kommst du denn her?" Sie wischte mit einer Umarmung die letzten Jahre beiseite, in denen sie sich nicht getroffen hatten. „So ein Zufall! Ich dachte, du bist in Berlin?"

„War ich auch. Ich bin vor kurzem in den vorzeitigen Ruhestand gegangen und endlich zu meinem Partner gezogen. Wir sind so viele Jahre gependelt, das nervt auf Dauer."

„Das glaube ich dir."

„Hast du ebenfalls deine Mutter hier?"

„Du auch? Hätte ja auch sein können, dass du jemand anderen hier besuchst."

„Der Luigi ist vor ein paar Monaten gestorben. Da habe ich die Mama hierher geholt. Kommst geschwind mit zu ihr? Ich glaube, sie hat nicht mehr lange. Sie freut sich bestimmt, wenn sie dich sieht."

„Hast du Ellie mitgebracht? Reni, das freut mich." Mona versuchte vergeblich, sich aufzurichten. Ihre Tochter eilte zu ihr und stopfte ihr ein weiteres Kissen in den Rücken. „Du hast dich gar nicht verändert, Ellie." Die Greisin lächelte.

„Ein wenig Farbe in den Haaren, und schon sieht man jünger aus."

„Hast du denn Kinder, Ellie? Ich habe ja leider keine Enkel."

Ellie nickte. „Eine Tochter."

„Der Luigi hätt auch noch gerne Kinder gehabt. Aber es hat nicht mehr geklappt."

„Das war schon ein besonderer Sommer, als du damals nach Italien gezogen bist." Ellie überlegte. „Da war doch auch die schwarze Frau unterwegs. Ich habe vorhin mit meiner Mutter über die gesprochen."

Mona lächelte verschmitzt. „Das habt ihr alle geglaubt, gell?"

„An einen Geist?"

„Niemanden ist aufgefallen, dass die schwarze Frau bestimmten Leuten erschienen ist. Jenen, die irgendwie Dreck am Stecken hatten. Die haben alle einen gehörigen Schrecken bekommen, das könnt ihr mir glauben."

„Mama, woher willst du denn das wissen?"

„Habt ihr euch nie gewundert, weshalb die schwarze Frau weggeblieben ist, nachdem ich fort war?" Sie kicherte.

„Du?! Aber – wie hätte denn das gehen sollen? Die ist immer plötzlich verschwunden."

„Da hat mir der Luigi geholfen. Wir haben immer genau abgesprochen, wo ich aus den Autos steige. Dann bin ich ein paar Meter weiter gehuscht, wo der Luigi versteckt auf mich gewartet hat. Wir hatten einen Heidenspaß, das könnt ihr mir glauben. Einmal wäre ich ums Haar aufgeflogen. Aber nur beinahe. Es hat sonst keiner gemerkt, wenn ich aus dem Auto gehuscht bin, weil die vor Schrecken ganz starr waren. Aber das eine Mal, da hat doch einer die Tür gehört. Ich habe mich flach in den Straßengraben gelegt, bis der endlich weitergefahren ist. Naja, und dann mussten wir eh weg, weil dein Vater gemerkt hat, dass der Luigi und ich uns sehr nahestehen. Mit dem Gewehr konnte er umgehen. Mit dem Bierkrug ebenso."

„Du warst …", Reni setzte sich auf einen der beiden Sessel, die neben dem Bett standen. „Ich habe nie was bemerkt davon."

„Wir haben ziemlich aufgepasst. Der Luigi hat mich dort abgesetzt, wo ich gewartet habe auf die honorigen Herrschaften. Die Eltern von der Dorle habe ich auch erschreckt. Die haben ihre Kinder verdroschen und alle haben weggeschaut, weil es ja so ordentliche Leute waren. Nachdem ihnen die schwarze Frau erschienen ist und die ihnen gesagt hat, dass in einem blutigen Herbst allen die Hände verdorren, die ihre Kinder schlagen, haben sie ihre Kinder nie wieder angerührt."

Ellie nahm ebenfalls Platz. „Die Dorle hat nie etwas gesagt."

„Zu wem hätte sie denn gehen sollen? Das hätte es wahrscheinlich nur noch schlimmer für sie gemacht."

„Wenn ich die Nachrichten aus aller Welt ansehe, denke ich, wir könnten wieder eine schwarze Frau gebrauchen. Jemand, der den Großkopferten mächtig die Meinung sagt. Aber so, dass es wirkt. Was muss denn noch alles passieren, damit die Menschen endlich gescheiter werden? Auf die Jugend sollte man hören. Da sind kluge Köpfe dabei." Sie lächelte Ellie an. „Wie alt ist denn deine Tochter? Ich suche nach einer, der mein schwarzes Gewand passt. Das habe ich all die Jahre aufbewahrt. Wenn die wieder so einen Klima-Gipfel machen, da wäre es gut, wenn den Regierenden eine die Leviten liest. Aber so richtig, dass es denen in die Knochen fährt. Richtig fürchten müssen die sich, sonst tun die nichts. Höchste Zeit für die schwarze Frau, sich einigen Menschen zu zeigen und denen mit Prophezeiungen ins Gewissen zu reden. Es geht uns schließlich alle an."

Die schwarze Frau
Es begab sich zur Jugendzeit der Autorin und tatsächlich im Jahr 1975, dass der Sage nach eine „Schwarze Frau" im Bayerischen Wald unter-

wegs war. Nachdem sie ihre düstere Prophezeiung von einem „blutigen Herbst" ausgestoßen hatte, verschwand sie jeweils. Mehrere Menschen behaupteten, sie per Anhalter im Auto mitgenommen zu haben. Immer soll sie auf der Rückbank gesessen haben. Angebliche Gespenstererscheinungen wie Schwarze Frauen werden weltweit seit mehreren Hundert Jahren herangezogen, um Angst vor der Zukunft zu streuen.

Gretel und Hänsel

David Slattery

Es war einmal wieder so weit, dass der Storch ein
weiteres Baby, das in einem weißen Taschentuch
von seinem Schnabel hing, in die Bäckerei bei der
Mühle brachte, wo das Korn für die kleine Stadt
gemahlen wurde, die in einer waldbedeckten
Talsohle, an einem Berg weit weit weg lag. Der
Bäcker, Herr Leckermaul, hielt öfters inne, während er seinen hungrigen Kunden die frischen
Brotlaibe über den Ladentisch reichte und, die
Hände in seine ausladenden Seiten gestützt es lachend für einen Vorteil erklärte, dass seine jüngste Tochter Rosina blind sei und sich nicht selbst
im Spiegel sehen könne, denn seiner Meinung
nach war sie das hässlichste Kind im Königreich,
wenn nicht sogar auf der ganzen weiten Welt.
Seine Frau widersprach ihm nie, sondern ver-
drehte höchstens einmal bewundernd die Augen
über den Witz ihres Mannes, bevor sie sich mit
aufgerollten Ärmeln wieder dem endlosen
Teigkneten zuwandte. Wenn die Bewohner das
Benehmen von Rosinas Vater schockierte, so sagten sie es nicht, sondern lächelten höchstens. Einen Streit mit dem Bäcker zu riskieren war keine
gute Idee, denn die einzige andere Quelle für
Brot war weiter unten im Tal und nur nach einer
mühsamen Klettertour über steile Hügel zu errei-

chen. Abgesehen davon waren sich alle einig, dass das Kind sehr sehr hässlich war.

Während Rosina durch das Gewirr der kleinen Zimmer, über dem Mühlrad, krabbelte und wackelte, lernte sie mit ihren missgebildeten Fingern die Welt zu begreifen. Da niemand im Haus je ein freundliches Wort an sie richtete, fand sie Ermutigung im Lied des Eisvogels, der draußen am Ufer unter ihrem Schlafzimmerfenster sang. Ein Lied, das alle anderen ignorierten. Mutter Natur, die sie so, wie sie war, geschaffen hatte, schien nun die vielen Verunstaltungen, mit denen sie sie beschenkt hatte, zu bereuen. Dem allen zum Trotz wuchs sie zu einem intelligenten und arbeitsamen Wesen mit innerer Widerstandskraft heran. Fallend, während sie sich selbst wieder auf ihre unsicheren Füße helfen musste, lernte sie zu laufen und auf dem Schulhof zu spielen. Obwohl sie nicht lesen konnte, hörte sie aufmerksam zu, wenn morgens die anderen aus der Klasse ihre Hausaufgaben vorlasen. Aber die kurze Zeit in der Einraumschule war unglücklich, denn sie wurde sowohl von den älteren als auch jüngeren Kindern schikaniert, sowie auch vom Lehrer, der ihre Schuhbänder an ihr Pult band, um die anderen zu amüsieren. Niemand trat für das unglückliche junge Mädchen ohne Freunde ein.

Eines Tages nun fand Rosina sich als Lehrling der Näherin Fräulein Holtz wieder. Ihr Vater war auf diese Idee gekommen, weil er es lustig fand, dass alle die alte Jungfer für die grausamste und boshafteste Person der ganzen Stadt hielten, die Rosinas Elend bestimm noch schlimmer machen würde. Zu jener Zeit war man sich in Weitweitweg einig, dass es sehr sehr hässlichen Kindern sehr sehr schlecht gehen solle.

Doch etwas unerwartet Gutes geschah Rosina, als sie in Fräulein Holtzens Werkstatt in dem Steinhäuschen am Rand der Stadt, nähte und säumte. Die alte Jungfer sah, dass Rosinas Stiche gleichmäßig und präzise waren. Rosinas Fingerspitzen konnten die Qualität eines Stoffes besser beurteilen als das erfahrene Auge der Näherin, und sie arbeitete den ganzen Tag ohne Pause und Jammern. Fräulein Holtz begann, etwas besonderes in ihrem Lehrling zu sehen, und ihr angeblich kaltes Herz erwärmte sich für ihre hässliche Gefährtin. Sie lud Rosina ein, ihr schmales Häuschen mit ihr zu teilen. So dass ihr die Unbequemlichkeit erspart blieb, jeden Morgen ihren Weg mit dem Tap Tap des Blindenstocks von der Bäckerei an der Mühle über die gepflasterten Straßen zum Steinhaushäuschen der Näherei und am Abend oder spät in der Nacht wieder zurück nach Hause zu ertasten. Dorthin, wo sie weder geliebt noch erwünscht war, nur ein weiterer Mund, der gefüttert werden musste. Als sie sich in ihrem gemeinsamen Leben eingerichtet hatten, lehrte Fräulein Holtz Rosina, das Menschen wie sie schön im Inneren sein konnten.

Eines Abends, als die beiden Gefährtinnen vor einem lodernden Holzfeuer saßen und sich mit bescheidener Befriedigung über die gute Arbeit des Tages unterhielten und über die Aufgaben das nächsten Tages sprachen, wie es ihre Gewohnheit war, war es kaum überraschend, dass Rosina mit ihrer Liebe für die gütige Jungfer herausplatzte, so überwältigt war sie von der neuen Erfahrung, geschätzt zu werden.

„Ich liebe dich auch, Rosina", murmelte Fräulein Holtz, mit ungesehenen Tränen in den Augen.

Rosina erhob sich und, mit ausgestreckten Armen, fand sie ihren Weg zu den Knien ihrer Mentorin. Dort streckte sie ihre missgebildeten Finger aus, bis sie das ernste, feuchte Gesicht der Jungfer fanden. Rosina küsste ihre Lippen. Auch wenn dies nur eine ungestüme Reaktion auf die ungewohnte Freundlichkeit war, so wären sich die Stadtältesten einig gewesen, dass so ein Benehmen zu verdammen sei.

„Rosina, versprich mir, dass du niemals irgendjemandem hiervon erzählen wirst", bat Fräulein Holtz, als sie ihr Lehrmädchen umarmte.

Rosinas Glück war der Art, die nicht hielt. Ein zerbrechliches, hauchdünnes Gefühl schwebt wie ein Spinnennetz im Zugwind eines Durchganges. Mit den ersten Wirbeln des Herbstwindes, der die Blätter der Bäume in den die Stadt von allen Seiten umgebenden Wäldern löst, starb Fräulein Holtz im Schlaf. Wer bisher alte Hosen und

Mäntel von der Näherin geflickt bekommen und sich neue Kleider oder Anzüge hatte anmessen lassen, war jetzt ängstlich und wagte sich nicht über die Schwelle des Hauses der Jungfer. Von der Straße aus riefen sie Fräulein Holtz zu, was sie gemacht haben wollten, während ihr Lehrling drinnen die Schatten umarmte. Wie konnte Rosina heraus ins Licht kommen und das Maßband über ihre Kunden gleiten lassen, ohne sie zu ängstigen und was sollte sie mit ihrem gebrochenen Herzen anfangen? Sie musste fortgehen! Doch wohin sollte sie sich wenden? In der Bäckerei bei der Mühle war sie nicht länger willkommen, und sie fürchtete sich vor einer ungewissen Zukunft ohne die Jungfer an ihrer Seite. Letztlich entschied sie schweren Herzens, weit weit fort zu gehen. Sie wusste nicht wohin oder wie sie dort leben sollte.

Am Tag nach der Beerdigung, von der fernzubleiben man ihr geraten hatte, packte Rosina ihren Ranzen. Gerade zu der Zeit raffte der Notar der Stadt sein kleines bisschen Mut zusammen. Voller Angst vor Rosinas Anblick und wie Espenlaub zitternd, informierte er Rosina durch das offene Fenster, dass Fräulein Holtz ihr das kleine Haus zusammen mit all ihren Ersparnissen hinterlassen hatte und dass es keine Verwandten gäbe, die dagegen Einspruch erheben könnten. Da die Jungfer sehr sparsam und vorsichtig gelebt hatte, war es so viel, dass Rosina für eine sehr, sehr lange Zeit unabhängig davon leben konnte. Da der Notar nichts mehr liebte als Klatsch, verbreitete sich die Neuigkeit von Rosinas Reichtum schnell über die Stadt, und bald schon standen ihr Vater, ihre Mutter, alle ihre älteren Geschwister Tag und Nacht vor ihrer Tür. Einer brauchte neue Schuhe, die nächste ein neues Kleid und eine Perücke, während eine andere einfach nur ein sehr weit entferntes Schloss besuchen musste, zuversichtlich, hinter dessen Mauern einen charmanten Prinzen zu finden, der ihren nur ihr bekannten Reizen erliegen würde. So sehr sie es versuchte, während sie allein in dem leeren Häuschen, das ihr nichts mehr bedeutete, lebte, Rosina konnte sich an kein freundliches Wort von irgendjemandem aus ihrer Familie erinnern. So verkaufte sie eines Tages, Anfang des Frühlings, mit der Hilfe des überraschten, nervösen Notars alles und erstand ein Häuschen mitten im Wald, weit weit fort von allen. Niemand schien sich mehr an das Häuschen zu erinnern. Der Notar fand die Urkunden erst, nachdem er seinen Urgroßvater in Sachen längst vergessene abgelegene Häuser konsultiert hatte, auf dem Boden einer alten Truhe unter einer dicken Schicht Staub. Der Notar belud einen Wagen mit Handwerkern und Werkzeug, setzte Rosina obenauf und so rollten sie, sich an die alte Karte klammernd, hinter vier starken Ochsen in die Wälder. Nachts schliefen sie auf der Erde, drei Tage brauchten sie, um die Hütte zu finden, und weitere sieben Tage, um das Häuschen in Stand zu setzen: Buntes Glas für die Fenster, ein neuer Eisenofen wurde über dem Feuer, unter dem offenen Kamin installiert, Türrahmen gerichtet und Türen wieder eingehängt, und im Garten wurde ein Brunnen für frisches Wasser gegraben. Rosina bezahlte den Notar großzügig, da sie erkannte, dass er ein wenig Angst vor ihr hatte und, für eine Goldmünze für jeden, versprachen er und die Händler, dass sie den Weg zu Rosinas Häuschen sofort vergessen würden, sowie sie sicher zu Hause wären.

Nachdem die Ochsen endlich, nachdem sie mehrmals falsch abgebogen waren, den Weg zurück in Stadt gefunden hatten, trank der erleichterte Notar in der Taverne auf Rosinas Gesundheit und erzählte immer mehr aufgebauschte Geschichten von dem tief tief im Wald versteckten Haus, so froh war er, so sah er es, die große Expedition in die Wälder mit der hässlichen Hexe überlebt zu haben. Doch wie will sie dort leben, fragten die Stadtleute Nacht für Nacht, wenn sie auf seine sichere Heimkehr tranken. Der immer stärker betrunkene Notar antwortete darauf, indem er vorspielte, unter welch dramatischen Rückenschmerzen er den riesigen Eisenofen aus dem Wagen getragen hatte, in denen die Hexe, wie er seinem Publikum versicherte, alle Kinder rösten wolle, die sich im Wald verirrten. Am Morgen bereute er diese Unfreundlichkeit und seine Kopfschmerzen, was ihn aber nicht davon abhielt, am Abend in der Taverne erneut seiner Fantasie freien Lauf zu lassen.

Die blinde, verkrüppelte Rosina legte einen Garten für Gemüse und mit wilden Blumen rund um ihr Häuschen an. Sehr zum Entzücken der Vögel, die für sie sangen, und der Insekten, die ständig vor den bunten Fenstern summten, die Rosina sich nur vorstellen konnte. Sie füllte Tontöpfe mit Geranien: rot, rosa, weiß und gelb. Sie malte Muster in unsichtbaren Farben auf die Wände und Giebel, und an die sich weit, wie um ihn zu preisen, zum Himmel ausbreitenden Zweige der Magnolien, hängte sie Glöckchen. Während die Bäume des Waldes mit jeder Jahreszeit ihr Gewand wechselten und die Zeit verfloss, sank Rosina in eine gemächliche, aber befriedigende Existenz, weitab von den Schmerzen, die andere ihr zugefügt hatten. Sie lernte, für ihre bescheidenen Bedürfnisse und für die der vielen Tiere des Waldes, die kamen, um im Schatten ihrer Freundlichkeit zu leben, zu sorgen. Sie entdeckte die medizinischen Eigenschaften der Pflanzen und konnte die Veränderungen des Wetters durch den Luftdruck auf ihrer Haut vorhersagen. Sie vergaß alle in der kleinen Stadt, mit Ausnahme der Näherin: dem lieben Fräulein Holtz. Und die Stadtleute vergaßen sie, besonders nachdem der Notar durch einen Schlaganfall in der Taverne tot umgefallen war, während er wieder einmal den imaginären Ofen vom Wagen hob. Rosina Leckermaul hätte glücklich bis

an ihr seliges Ende leben können, wären da nicht
Gretel und Hänsel Metzler gewesen.

* * *

Gretel und Hänsel waren die Sorte Kinder, die
morgens lange im Bett liegen blieben und nur
zur Schule gingen, wenn ihnen danach war, was
so gut wie nie vorkam. An diesem bestimmten
Morgen, erinnerten sie sich, während sie sich
streckten und gähnten, dass ihr Vater heute ihre
neue Stiefmutter heiraten würde, dann drehten
sie sich um und schliefen weiter. Wie alle verzo-
genen Kinder waren sie äußerst talentiert darin,
die Erwachsenen zu Mitleid zu bewegen: Die armen mutterlosen Waisen! Der Gedanke daran,
wie närrisch Erwachsene sein konnten, besonders ihr Vater, brachte sie zum Lachen. Sonntags,
wenn der Priester seinen Blick über die Gemeinde schweifen ließ und Herrn Metzler dort allein
ohne seinen Sohn und seine Tochter sitzen sah,
mochte er seufzen und sich ins Gedächtnis rufen,
wie glücklich er dran war, keine eigenen Kinder
zu haben - nicht einmal Waisen.

Als die Kutsche vor dem Rathaus hielt, stieg
Fräulein Nele Kreuz aus, aufgeregt vor der baldi-
gen ersten Begegnung mit ihren Stiefkindern.
Dort stand Franz Metzler in seinem neuen An-
zug und winkte ihr verlegen lächelnd. Er küsste
sie auf die Wange und murmelte eine Entschul-
digung, warum die Kinder nicht gekommen waren, um sie zu begrüßen. Dann gingen sie ins
Rathaus, wo sie vom Bürgermeister getraut wur-

den, mit den Bäcker und dem Flickschuster als Zeugen. Zu Hause, nach der Zeremonie, fand die neue Frau Metzler das Haus genau so vor, wie ihr Mann es in den Briefen geschildert hatte, die er hinter dem Rücken seiner Kinder an sie geschrieben hatte.

Einige Tage später, während sie die Treppe kehrte, hörte Frau Metzler die Kinder in Gretels Zimmer kichern, und obwohl ihr das eigentlich zuwider war, ging sie nach oben, schlich den Flur entlang und presste ihr Ohr an die Tür. Obwohl sie von Natur aus freundlich war, war es gut, dass sie scharfe Instinkte besaß. Denn was sie hörte war dies:

„Wir müssen unsere neue Stiefmutter loswerden", riet Gretel ihrem Bruder. „Sie besteht darauf, dass wir jeden Tag zur Schule gehen und unser Gemüse aufessen. Igitt."

„Ach, vielleicht ist sie nicht so schlecht", sagte Hänsel. „Sie hat ein nettes Lächeln."

Vor der Tür teilten sich die Lippen seiner Stiefmutter, wie um es zu demonstrieren. Sie konnte sich vorstellen, wie er sein Kinn die Hände stützte. Sie hatte diese Angewohnheit bereits bei ihm beobachtet.

„Sei nicht blöd", tat Gretel den Einwand ihres Bruders ab. „Offenbar verzaubert sie dich mit ihrem Lächeln. Das tun Hexen. Erinnerst du dich, wie glücklich wir waren, bevor sie auftauchte und alles ruinierte? Sie muss gehen!"

„Du willst sie umbringen?", stammelte Hänsel. Er hatte mehr als nur ein wenig Angst vor seiner Schwester.

„Hmm, das ist keine so schlechte Idee, Bruder. Wir könnten sie die Treppe hinunterstoßen."

„Wäre es nicht netter, sie in den Wäldern zu verlieren?", schlug er vor und wies in Richtung der grünen Berghänge vor ihrem Fenster. „Niemand hat jemals seinen Weg aus dem Wald zurückgefunden", sagte Hänsel und bewies damit ein subtileres Talent für Missetaten als seine Schwester.

Gretel schauderte: „Ich hasse die Wälder. Aber selbst wenn wir unsere böse Stiefmutter überreden könnten, in den Wald zu gehen, wie kämen wir heraus, ohne uns selbst zu verirren?"

„Wir könnten den Wagen nehmen, denn Maire findet von überall auf der ganzen weiten Welt in ihren warmen Stall zu dem süßen Heu."

„Ich verstehe. Dann müssen wir nur noch darüber nachdenken, wie wir die liebe Mama verlieren, wenn wir tief tief im Wald sind."

„Ich habe eine Idee", verkündete Hänsel. „Wir laden unsere Eltern zu einem Picknick ein, um ihre Hochzeit zu feiern."

„Wir werden unsere böse Stiefmutter losschicken, um Beeren als Überraschung für Papa zu pflücken", fügte Gretel hinzu, die Gedanken ihres Bruders lesend.

„Und dann wirst du ohnmächtig."

„Und der doofe Papa wird mich ohne einen Gedanken an irgendjemand anderen auf der ganzen weiten Welt heimbringen wollen."

„Gretel, wir sind Genies."

Die Kinder lachten bei dem Gedanken, wie einfach es wäre, sich von ihrer bösen Stiefmutter befreien.

Am nächsten Tag wäre Frau Metzler fast auf der obersten Stufe auf einer Murmel ausgerutscht, die Hänsel gehörte. „Vergessliches Kind", beruhigte sie sich selbst.

Einige Tage später machte Gretel ihren Vater überraschend glücklich, als sie ein Picknick tief tief in den die Stadt umgebenden Wäldern vorschlug, um ihre neue Familie zu feiern.

„Bitte, bitte Papa, sag dass wir gehen. Ich möchte Mama zeigen, wie glücklich sie Hänsel und mich durch eure Heirat gemacht hat."

Herr Metzler umarmte seine Kinder und lachte entzückt. Am nächsten Morgen beluden sie den Wagen mit Körben voller köstlicher Kuchen und Limonade und los trottete Maire in den Wald, mal links, mal rechts und dann wieder rechts und links herum, bis die Stute endlich an einer schmalen grasbedeckten, von der Sonne beschienenen Lichtung hielt. Alles lief genau ab, wie Gretel und Hansel es geplant hatten. Während ihre böse Stiefmutter zuvorkommenderweise weit genug außer Sichtweite war, um Beeren zu pflücken, einem Vorschlag, dem Nele erfreulich schnell zustimmte, lief Gretel rot an und fiel

332

in Ohnmacht. Herr Metzler war so beunruhigt, dass er seine neue Frau komplett vergaß, obwohl er sie in der Ferne vor sich hin summen hörte. Tatsächlich vergaß er sogar Hänsel, der hinter dem Wagen herrennen musste. Auf und davon floh er mit seinen Kindern, zurück in die Stadt, wohin Maire leicht ihren Weg zurückfand und erst anhielt, als ihre Hufeisen auf dem vertrauten Steinboden ihrer Scheune klapperten. Herr Metzler war erleichtert, seine Tochter wieder bei Bewusstsein und gesünder zu sehen als das schweratmende Pferd, das den ganzen Weg mit ihnen nach Hause gelaufen war.

Auch wenn es schon zu dämmern begann, als Nele Metzler sich allein im Wald wiederfand, setzte sie sich auf einen Baumstumpf und wartete auf den Mondaufgang. Dann folgte sie der Spur der Perlen vom Halsband ihrer Mutter, die sie an jeder Abzweigung des sich endlos windenden Pfades, den die Stute genommen hatte, hatte fallen lassen. Die kleinen Perlen schimmerten wie winzige Sterne im Mondlicht, als sie sie eine nach der anderen aufnahm und in einen kleinen roten Samtbeutel sammelte. Ihre Mutter hatte das Halsband an ihrem Hochzeitstag getragen und ihrer Tochter versichert, es würde ihr Glück bringen.

Gretel steigerte sich in einen Wutanfall, stampfe mit dem Fuß und Hänsel sank in sein verärgertes Schweigen, als ihre Stiefmutter am nächsten Morgen, gerade als die Sonne aufging, an der Haustür auftauchte.

Was sollten sie nun tun?

„Stimmt was nicht, Gretel", fragte Frau Metzler ihre Stieftochter, die immer noch vor Zorn kochte, am nächsten Tag:

„Ach, ich bin so wütend, dass ich bei unserem Picknick ohnmächtig geworden bin. Ich weiß nicht, wie das geschehen konnte. Nichts wäre mir lieber, als wenn wir morgen noch einmal gingen, um den von mir ruinierten Familienausflug wieder gut zu machen. Liebe Stiefmutter, bitte sag, dass wir ein weiteres Picknick machen können", bettelte Gretel. Als Nele so einfach verkündete, es wäre eine wundervolle Idee, noch einmal in die dunklen Wälder zu gehen, war Gretel überrascht, aber zu selbstbewusst, um misstrauisch zu sein. Manche würden so ein Selbstbewusstsein Arroganz nennen, im Falle von Kindern ist es vielleicht einfach Dummheit.

So sehr Herr Metzler seine reizenden Kinderlein liebte, so wurde ihm von Tag zu Tag bewusster, dass er seine neue Frau Nele auf eine noch gewaltigere Art liebte: Ihre helle Haut, ihre weichen Brüste, ihr rotblondes Haar, das bis hinunter auf ihre schmale Taille fiel, und ihre roten Lippen, alles zusammen genügte, dass ihm schwindelig wurde. Auch wenn sie keine Hexe war, so hüllte sie ihn doch unbemerkt von ihm in einen Zauber, der ihn langsam dem bösartigen Einfluss seiner Kinder entzog.

Wieder im tiefen dunklen Wald, noch weiter als beim ersten Mal, während die Kinder einen Korb Sahnekuchen auspackten, schlug Nele die Augenlider nieder, öffnete ihre roten Lippen, ließ ihre Zunge über die perlweißen Zähne gleiten und wies ihren Mann mit einer kaum merkbaren Augenbewegung auf eine Mulde hinter einem großen Baum hin, die ihm als das bequemste Bett der Welt erschien. Er flog, seine Kinder augenblicklich vergessend, in ihre Arme. Als Gretel und Hänsel für einen Moment aufhörten, sich mit den von ihrer Stiefmutter so fürsorglich eingepackten Kuchen den Mund vollzustopfen, entdeckten sie, dass sie ganz allein waren. Hatten sie vor, ihren Vater gemeinsam mit ihrer Stiefmutter zurückzulassen? Wir wissen es nicht. Wir wissen, dass die in den Wagen sprangen, dem Pferd die Lederzügel auf den Hintern klatschten und zwischen den dunklen Bäumen verschwanden. Das arme Pferd war kaum eine Meile gelaufen, als es anhielt und sich verwirrt umsah. Er hatte sich verlaufen. Ja, er! In der Tat war es ein er, weil Frau Metzler am Abend vor dem zweiten Picknick Maire in die Stadt mitgenommen hatte, in die Kneipe, die der Notar einst frequentiert hatte, und dem Wirt das großzügige Angebot machte, die junge, starke Stute gegen sein ältestes Pferd zu tauschen, solange beide nur die gleiche Farbe hatten. Oh weh!

Herr Metzler erinnerte sich seiner Kinder, als er seine Hose zuknöpfte. Wo konnten sie hingegangen sein? Wo war der Wagen?

„Ach, mach dir keine Sorgen, mein Lieber. Maire wird sie sicher und gesund in die Stadt zurückbringen", versicherte Nele ihrem Mann.

„Aber wie sollen wir unseren Weg nach Hause finden?", frage der leicht besorgte Herr Metzler, der immer noch den schlanken Hals seiner Frau bewunderte.

„Ach, mein Lieber, habe ich dir nicht von meiner magischen Halskette erzählt?", säuselte Nele und zog den nun leeren Samtbeutel aus ihrer Rocktasche.

Gretel und Hänsel ließen den Wagen zurück, als das alte Hochstaplerpferd müde wurde, anhielt und sich weigerte weiterzugehen. Vielleicht hatten die Kinder, nachdem sie fast sechs Stunden ohne Nahrung gelaufen waren, Halluzinationen, aber als sie an Rosina Leckermauls Häuschen kamen, schien es ihnen durch die leuchtenden Farben, dass die Wände aus Lebkuchen und die Fensterrahmen aus Zucker wären. Hänsel war noch nie in seinem Leben so hungrig gewesen. Als er seine Vorderzähne in eine Fensterbank grub, öffnete Rosina die Tür, um in Erfahrung zu bringen, wer so einen Lärm in ihrem Garten machte.

Als Gretel bemerkte, dass Rosina blind war, versetzte sie ihrem Bruder einen Rippenstoß und flüsterte: „Überlass die scheußliche alte Hexe mir."

„Ach, wir sind Kinder aus der Stadt und haben uns im Wald verirrt. Wir frieren, sind müde, haben Angst und sind hungrig. Bitte liebe Frau, könnt ihr uns Obdach für die Nacht geben?" Die arme Rosina ließ die beiden in ihr Haus.

Gretel und Hänsel saßen vor dem großen Ofen, der einst die Quelle für das Drama des betrunkenen Notars in der Kneipe in der Stadt weit weit weg gewesen war. Mit offener Tür, am Kamin sitzend, beanspruchten die Kinder die ganze Wärme für sich. Sie forderten mehr und mehr Essen von ihrer verwirrten Gastgeberin. Gretel spie eine Möhre aus und fragte voller Ekel: „Hast du nicht irgendwas anderes, außer Gemüse? Wir brauchen Kuchen. Siehst du nicht, wie dünn wir sind?" Zum Beweis ihrer Behauptung streckte sie ein Stück Anmachholz aus.

„Ich esse nur, dass was ich im Garten ziehen kann. Ich jage die Tiere die diese Wälder mit mir teilen nicht, weil sie meine Freunde sind", erklärte Rosina ihre Ernährungsweise.

„Aber du musst doch Kuchen haben. Alle haben Kuchen", insistierte Hänsel verblüfft.

„Niemals in meinem ganzen Leben habe ich jemanden getroffen, der keinen Kuchen hatte", bestätigte seine Schwester seine ernährungsmäßigen Vorurteile. Rosina erklärte sich mit einem Seufzer bereit, mit dem Honig der Bienen etwas

Süßes für die Kinder zu backen. Warnte sie aber, dass sie über keine diesbezüglichen Erfahrungen verfügte.

„Willst du mir helfen?", fragte sie.

„Nein", sagte Gretel, rümpfte ihre Nase und machte es sich vor dem Ofen noch gemütlicher.

Nun war es genug! Rosina entschied, dass es Zeit war, mit ihren Gästen über deren Benehmen zu sprechen. Gretel hörte schockiert, wie das erste Mal in ihrem Leben ihre offensichtlichen Fehler klar aufgelistet wurden. Doch schnell wechselte der Schock zu Ärger, ihr Gesicht färbte sich dunkelrot, ein Warnsignal, das Rosina nicht sehen konnte. Gretel hob ihr Kinn, als stumme Aufforderung, dass ihr Bruder das Häuschen der blinden Hexe untersuchen solle.

Hänsel fand keinen Kuchen, dafür aber etwas viel Besseres: Rosinas Gold lagerte in einem großen Blumentopf im rückwärtigen Teil des Häuschens. Damit konnte er sich allen Kuchen der Welt kaufen.

Dann, als der Ofen heiß und die vorhandenen Zutaten zusammengemixt waren, öffnete die blinde Frau die Ofentür und lehnte sich mit der Backform vor. In dem Moment kam Hänsel mit den Händen voller Goldmünzen zurück. Als Gretel das sah, sprang sie auf und schubste Rosina so hart sie konnte, dass sie direkt im Ofen landete.

Gretel schlug die Tür hinter ihr zu.

Als die Schreie aus dem Ofen verstummten, füllten die Kinder ihre Taschen mit Goldmünzen und warteten auf den Sonnenaufgang. Im Garten baten sie einen auf einem Ast sitzenden weißen Vogel ihnen den Weg durch die Wälder zurück in die Stadt zu zeigen. Sie versprachen dem Vogel, dass sie für immer und ewig gut sein wollten, wenn sie erst einmal zu Hause wären. Der Vogel, der die über die Gesichter der armen verirrten Kinder strömenden Tränen sah, hatte Mitleid mit ihnen. Er wusste nicht, was seiner Freundin Rosina im Häuschen geschehen war. Er flog in die Luft und schwebte dort vor ihnen, bevor er sie mit einem Pfiff aufforderte, ihm zu folgen.

Als sie schließlich erschöpft durch die Vordertür ihres Hauses fielen, schrien und weinten sie so sehr, dass Herr Metzler sie erst kaum verstehen konnte.

„Ach Papa", erklärten sie gemeinsam, eine böse Hexe hat versucht, uns in ihrem Ofen zu braten." Sie umarmten und küssten ihren Vater, der nun, da sie sicher zu Hause waren, nicht länger mit sich haderte, weil er seine Kinder im Wald zurückgelassen hatte. In der Tat lachte er, als sie ihm das ihre Taschen ausbeulende Gold zeigten.

So lebten sie alle glücklich bis an ihr seliges Ende. Außer Nele, die vergeblich versuchte ihre Verärgerung über die unerwartet rasche Heimkehr ihrer Stiefkinder zu verbergen, und Gretel und Hänsel, die nie mehr länger als zehn Minuten am Stück glücklich waren, egal wie viel Kuchen sie aßen, und Rosinas Verwandtschaft und die meisten Bewohner der Stadt, denen es eh mies ging. Vielleicht war Herr Metzler für den Rest seines Lebens glücklich, weil es nicht lange währte. Am nächsten Tag rutschte er auf einer Murmel aus, die jemand oben auf dem Treppenabsatz vergessen hatte, und brach sich beim Sturz das Genick.

Der Bericht der Dichterin Sorcha gan Sloinne

Mein Name, hochedle Königin? Der bedeutet, „ohne Familie", denn meine Familie kann ich nicht nennen, ich weiß nicht einmal, ob ich noch eine habe. Ich komme aus Irland, aber das wisst Ihr ja schon, und ich bin Dichterin von Beruf. Sorcha an Bheanfhile wurde ich genannt, Sorcha die Dichterin. Dichter werden in meiner Heimat hoch geachtet, und wer alle Reimformen beherrscht und die Geschichte des Landes und die Gesetze vortragen kann, hat Anspruch auf ein Gefolge von vierundzwanzig Barden. Barden sind die unfähigen Dichter, die diè Reimformen nicht begreifen und nur Knittelverse für den Kneipengebrauch zustande bringen – aber, wo meine vierundzwanzig Barden sind, fragt Ihr? In Irland, nehme ich an, bei meiner Flucht habe ich alles zurücklassen müssen, und sicher sind sie jetzt längst in anderen Diensten. In Diensten, genau, denn ohne einen Patron oder eine Gönnerin kommt auch die größte Dichterin nicht weit, und ich würde auf meiner Insel keine Fürstin finden, die mich noch aufzunehmen wagte. Deshalb stehe ich vor Euch, Frau Königin, denn Euer Mut ist in vielen Ländern berühmt, und gewiss werdet Ihr mir helfen.

Ihr erinnert Euch doch an Eachtach? Die junge Irin, die eines Tages zu Euch kam, um das Waffenhandwerk zu erlernen? In Irland gibt es solchen Unterricht für Frauen nämlich nicht, wir sollen uns einen Gatten suchen und unter seinen Schutz stellen, so wird uns das beigebracht. Aber Eachtach musste doch lernen, wie man mit Schwert und Speer umgeht – wie hätte sie sich sonst rächen sollen? Ich sehe, Ihr erinnert Euch – aber die Herren hier in der Runde, die waren nicht dabei, als Eachtach zu Euch kam, und deshalb kurz eine Erklärung. Eachtach wollte den Mord an ihrem Vater Diamaid rächen. Ihr habt doch von Fionn MacCumaill gehört, der als größter irischer Held gilt? Gilt, sage ich, der Kerl ist ein elender Feigling. Viele Jahre zuvor wollte er Eachtachs Mutter Gráinne heiraten. Dass sie Diarmaid liebte, war ihm egal, und er war der mächtigste Mann weit und breit und hätte sie zur Not auch zur Hochzeit gezwungen – und so brannte sie mit Diarmaid durch, und sie lebten viele Jahre glücklich zusammen und bekamen fünf Kinder. Aber Fionn hatte die ganze Zeit nach ihnen gesucht, und als er sie gefunden hatte, sprach er zwar von Versöhnung, aber dann brachte er Diarmaid hinterhältig um und heiratete Gráinne. Und da dachten wir, vielleicht hätten Diarmaid und Gráinne ja doch nicht so glücklich miteinander gelebt, aber nun war ja ohnehin alles zu spät.

Ich sehe, Ihr edlen Ritter, Ihr seid entsetzt von so viel Gemeinheit. Eachtachs Brüder wollten ihren Vater rächen – aber das gelang ihnen nicht, denn Fionn schickte gegen jeden vierzig Ritter in den Kampf, und natürlich wurden auch die Brüder erschlagen. Eachtach aber bot der große Held an, dass er eine ehrenvolle und reiche Ehe für sie arrangierten würde. Eachtach konnte fliehen und kam zu Euch nach Island, wo Ihr sie im Waffenhandwerk unterrichtet habt, verehrte Königin.

Wo ich in dieser Zeit war, fragt Euer edler Gemahl? Ich machte damals bei den Meisterinnen und Meistern der Kunst meine Ausbildung zur Beanfhile, zur Dichterin, und es ging alles so schnell, Eachtach konnte mir keinen Bescheid mehr geben, sondern verließ Irland so schnell sie konnte und bei Nacht und Nebel – aus Angst, Fionn könnte sie sonst zu einer Heirat mit einem seiner Günstlinge zwingen – ich hätte meine beste Freundin und Pflegeschwester sonst zu Euch begleitet, Königin, das schwöre ich. Ein Schwert kunstvoll zu führen, hätte ich wohl nie gelernt, aber auch auf Eurer Insel gibt es ja hochberühmte Dichter, bei denen ich gern in die Lehre gegangen wäre.

Ich hatte gerade ausgelernt und heuerte mein Bardengefolge an, als Eachtach aus Island zurückkehrte, und natürlich bot ich ihr an, bei mir zu wohnen. Kaum hatte es sich herumgesprochen, dass sie bei mir war, da schickte gleich Fionn MacCumaill einen Boten, dieser alte Esel (ich meine Fionn, natürlich, nicht den Boten, dem war seine Aufgabe überaus peinlich). Fionn lud Eachtach an seinen Hof ein, weil sie ja so etwas wie seine Stieftochter sei – und eine vorteilhafte Ehe könnte er weiterhin für sie aus dem Ärmel schütteln.

Was Gráinne von der ganzen Sache hielt, wollt Ihr wissen? Ich weiß es nicht, Eachtach hat nach ihrer Flucht nie wieder etwas von ihrer Mutter gehört. Und als sie dann an Fionns Hof erschien, ließ Gráinne sich nicht blicken.

Ja, richtig, Eachtach begab sich zu Fionn – und er grinste zufrieden und wollte gleich die passenden Heiratskandidaten vor ihr paradieren lassen.

Doch Eachtach, meine beste Freundin und Pflegeschwester, sprach: „Ich bin nicht gekommen, um mich zu vermählen, und wenn ich je einen Mann nehme, dann keinen von deinen Spießgesellen." Fionn runzelte die Stirn. Und Eachtach zog ihr Schwert, Ihr wisst, Königin, das Schwert, welches Ihr Eurer gelehrigen Schülerin zum Abschied geschenkt hattet, und sie rief: „Ich bin gekommen, meinen Vater Diarmaid zu rächen. Fionn, du feiger Mörder, ich fordere dich heraus." Ich habe ein Lied darüber gemacht, ich trage jetzt ein paar Strophen daraus vor, ich muss nur schnell meine Zither stimmen. Und nun höret:

„Die edle Eachtach forderte Fionn heraus, zum Zweikampf, Frau gegen Mann, und Fionn, obwohl alt und fett, nahm diese Forderung an.

Fionn, das Haupt der Fianna, trat vor, und ein wütender Kampf war zu sehen. Schläge und Gegenschläge in vielen Dutzend, schlagendes Schwert sang auf Tropfhasel. Von Zwergen geschmiedetes Eisen ließ die tapfere Eachtach auf Fionns harten Schild regnen, so hart schlug sie darauf ein, dass nur ein Sieb mit rotem Rand übrigblieb. Abermals hob sie ihre schimmernde Klinge, leuchtend wie eine funkelnde Fackel. Rasch warf sich Daolgus zwischen Fionn MacCumaill und Eachtachs Schwert. Als Eachtach mit ihrer wilden Klinge auf Daolgus traf, versetzte sie ihm einen gewaltigen Hieb, und zur Rechten sah man wie zur Linken einen halben Daolgus niedersinken. Eachtachs blauleuchtende Waffe zerschlug Fionns starken Schild ohne Mühe, und brach mindestens drei Rippen im Leib des tapferen Häuptlings. Zerfetzt, blutend, schwach und erschöpft stöhnte Fionn MacCumaill verzweifelt auf. Sein uralter Schild aus Tropfhasel krachte wie Donner zu Boden. Fionn sah im Schatten seines Schildes aus wie ein halbwüchsiger Knabe, weinend, geschlagen von einer Maid musste der gefürchtete Fionn aufgeben.

Zur Rettung seines Herrn eilte herbei der schöne Ludhorn, er mordete die mutige Maid mit einem schändlichen mörderischen Hieb."

Und ich – ich hatte sie begleitet, ich stand im Hintergrund und hielt die Pferde. Als Ludhorn seine feige Tat beging, war mir klar: Ich war hier nicht nur als Eachtachs Freundin, Pflegeschwester und Schildmaid, sondern auch als Dichterin – und Fionn und seine Leute wussten, wenn sie mich am Leben ließen, würde ich diesen gemeinen Mord besingen und im ganzen Land bekanntmachen. Und selbst, wenn ich verspräche zu schweigen, sie würden sich niemals sicher fühlen können. Und ich wusste doch jetzt, was sie für ein feiges Mörderpack waren. Und also sprang ich auf mein Pferd und galoppierte von dannen und gönnte mir keinen Augenblick Ruhe, bis ich die Küste erreicht und ein Schiff gefunden hatte, das mich zu Euch bringen würde, edle Königin.

Doch als wir Island erreichten, hieß es, Ihr hättet einem edlen König aus dem Frankenland Eure Hand gereicht und wäret mit ihm in sein Reich gezogen – und deshalb bin ich Euch gefolgt und hier stehe ich nun vor Euch und bitte um Euren Schutz. Denn eins weiß ich – wenn eine Frau sich irgendwo sicher fühlen kann, dann, Frau Brünhilde, an Eurem Hofe zu Worms!

Der Tod und das Leben

Ralf Sotscheck

In Dublins Leprechaun Museum taucht man in die Anderswelt ein.

Lenny hat noch nie einen Leprechaun gesehen. Aber sie weiß viel über den kleinen irischen Kobold. Das muss sie auch, denn sie macht die Führungen im Dubliner Leprechaun Museum. Wegen Corona sind die Besuchergruppen auf fünf Leute beschränkt, aber die anderen drei Gäste haben es sich offenbar anders überlegt, so dass Áine und ich in den Genuss einer privaten Führung kommen.

Lenny hat das Zeug zur Seanchaí, einer Geschichtenerzählerin, sie variiert bei ihren Vorträgen ständig die Stimme, so dass man sich wie in einem Theaterstück fühlt. Ein Seanchaí sorgte in der keltischen Gesellschaft für die Unterhaltung. In keinem anderen Land Europas hat sich eine so reiche Überlieferung an Märchen und Sagen erhalten wie in Irland. Und die Erzählkunst wird immer noch gepflegt, wie man bei einem Pubbesuch feststellen kann, wobei die Geschichten zu später Stunde allerdings immer weniger unterhaltsam werden.

Die 1935 gegründete Irische Folklore-Kommission besitzt eineinhalb Millionen Seiten mit Aufzeichnungen und Sagen sowie Tausende

Tonbänder mit den Geschichten der traditionellen Erzähler. Darunter sind zahlreiche Erzählungen aus Irlands Frühgeschichte. Man weiß wenig über die ersten Völker, die Irland bewohnten, bevor die Kelten die Insel besiedelten – sie bleiben im Nebel der Märchen und Legenden verborgen.

Lenny führt uns durch einen dunklen Tunnel in einen Raum mit überdimensionalem Mobiliar, um zu illustrieren, wie sich der Leprechaun in der Welt der Menschen fühlt. Ich klettere sogleich auf einen riesigen Stuhl. „Eigentlich machen das nur unsere kleinen Besucher", meint Lenny. „Leprechaun", man mag es kaum glauben, ist ein englisches Wort, erklärt sie. Es leitet sich aus dem mittelirischen Luchorpán ab – „Lu" für „klein" und „corp" für „Körper".

Hut und Mantel des Kobolds sind eigentlich nicht leuchtend grün, wie es meist dargestellt wird, sondern sie sind eher dezent in dunklem Braun und Rot gehalten. Walt Disney ist schuld am Ergrünen, sagt Lenny. Als der Film „Darby O'Gill And The Little People" – auf deutsch „Das Geheimnis der verwunschenen Höhle" – 1959 gedreht wurde, hob sich die dunkle Kleidung des Leprechauns schlecht von den Hecken und Torfmooren ab. So verpasste ihm Disney ein grünes Outfit.

Und er schummelte auch an anderer Stelle. Brian Connors, der 5000 Jahre alte König der Leprechauns, wird in dem Film von Darby O'Gill gefangen und muss ihm drei Wünsche erfüllen.

In Wirklichkeit, so erklärt uns Lenny, ist das Erfüllen von Wünschen überaus anstrengend, so
dass man drei Leprechauns benötigt, um ihnen
einen Wunsch abzuringen. Da sie aber Einzel-
gänger sind, ist es mühsam, mehrere zu fangen.

Disney war übrigens irischstämmig. Weil seine Vorfahren an einer Rebellion gegen den König
teilnahmen, mussten sie aus England verschwinden und flohen nach Irland. Urgroßvater Arun-
del Disney, in Kilkenny geboren, wanderte 1801
in die USA aus. Disney bereiste das Land seiner
Ahnen mehrmals. Die Idee zu dem Film kam
ihm 1947 bei seinem Besuch bei der Irischen
Folklore-Kommission. Für Sean Connery war es
der erste Hollywood-Film überhaupt. Die New
York Times war von ihm nicht sonderlich beeindruckt: Er sei „lediglich groß, brünett und ansehnlich“.

Der Leprechaun ist ein harmloser Gesell, sagt
Lenny. Er spielt den Menschen zwar gerne Streiche, aber sie sind nie bösartig. Angeblich kennt
er Goldverstecke, und im nächsten Museums-
raum liegt ein großer gelber Klumpen auf einem
Podest. Es sei kein echtes Gold, sagt Lenny, als
sie das Glitzern in meinen Augen bemerkt.

Die Aos Sí, die Feen, sind hingegen heimtücki-
scher. Sie leben im Untergrund und stehlen gerne kleine Jungs. Stattdessen hinterlassen sie einen Wechselbalg. Den erkennt man daran, dass
er eine gelbliche Haut und blutunterlaufene Au-

gen hat – was in Wahrheit an der Tuberkulose lag, die früher weit verbreitet war.

Viele Mütter verkleideten ihre Söhne zur Sicherheit als Mädchen, und die Haare schnitten sie ihnen erst zur Einschulung. Mein Schwager zum Beispiel musste Kleider tragen, bis er drei Jahre alt und für die Feen nicht mehr interessant war. Eisen bietet Schutz gegen die Feen, ein Hufeisen zum Beispiel, aber es muss mit der Öffnung nach oben aufgehängt werden, weil sonst das Glück ausläuft.

Auf vielen Äckern findet man kleine, verwilderte Hügel, die von Gestrüpp überwuchert sind. Jeder Bauer macht mit seinem Traktor einen Bogen um sie, denn er weiß, dass sie von Feen bewohnt sind, und wer sie stört, wird eine böse Überraschung erleben. In Ennis an der Westküste hat man vor ein paar Jahren sogar die geplante Umgehungsstraße verlegt, damit der Feenhügel intakt blieb.

Die Banshee ist eine Feenfrau, sie erscheint als schönes junges Mädchen oder auch als steinalte Frau und schleicht laut klagend ums Haus. Dann wissen die Bewohner, dass ein Familienmitglied in Gefahr ist. Der Klagegesang der Banshee heißt im Irischen „caoineadh", woraus sich das englische „keening" herleitet. Daher rührt auch der Name der professionellen Klageweiber: Die Kee-

ners wurden bei kleineren Begräbnissen ange-
heuert, um die Trauergemeinde stattlicher erscheinen zu lassen. Die Banshee sei aber keineswegs eine Todesfee, sagt Lenny. In Wirklichkeit
sieht sie Unheil heraufziehen und warnt davor:
„Sie repäsentiert also nicht den Tod, sondern das
Leben."

Apropos Tod: Das Leprechaun Museum war früher eine Leichenhalle, denn nebenan befand sich
ein Krankenhaus. Aber später gewann das Leben
die Oberhand, denn das Haus wurde zu einer Fa-
brik für Damenunterwäsche. Die Frauen arbeiteten im Kellergeschoss. Von dort gab es einen Ge-
heimgang zu einer Werkstatt, so dass sich die Arbeiterinnen mit den Handwerkern heimlich treffen konnten.

Wenn man nach einer Dreiviertelstunde aus
dem Seiteneingang des Museums tritt, dauert es
einen Moment, bis man wieder in der realen
Welt angekommen ist. Man fragt sich, warum an
die Rückwand des Museums Dutzende Grabsteine angelehnt sind, alle mit den Namen der Verstorbenen und einer Nummer versehen.

Eine kleine Tafel, hoch oben angebracht, erklärt es: Der Wolfe Tone Square, auf dem wir stehen, war der Friedhof der benachbarten Kirche
St. Mary's, wo Irlands Freiheitskämpfer Theo-
bald Wolfe Tone getauft und der Brauereigrün-
der Arthur Guinness vermählt wurde. Zwar sind
die meisten Knochen ausgegraben worden, aber

einige liegen noch 35 Zentimeter unter unseren Füßen. Der Leprechaun passt auf sie auf.

Der Drachenfels bei Königswinter

Christine Vogeley

Wer kennt ihn nicht? Den Felsen im Siebengebirge am Rhein? Schön liegt der da, der ehemalige Vulkanfelsen aus Trachyt, am Ufer des berühmten Stroms. Ja, viele Sagen ranken sich um ihn, einmal rechts rum, einmal linksrum. Die wohl bekannteste ist die des Drachens, der dort wohnte und der aus Ruhmesanhäufungsgründen von Siegfried – wer das ist, muss ich ja nicht erklären - besiegt und erschlagen wurde.

Die Nibelungen und Siegfried – vor allem Letzterer wird in Deutschland traditionell überbewertet. Siegfried, in Drachenblut gebadet und deshalb unverletzlich (bis auf diese Sollbruchstelle), Profikämpfer mit flächendeckender Hornhaut, war mir immer schon relativ unsympathisch, weil er seine Mitmenschen erschlug wie andere Leute Kakerlaken. Dass Siegfried den Drachenfels-Drachen erschlagen hat, wird aber sogar von Nibelungenfans bezweifelt. Lokale und zeitliche Faktoren stimmen mal hier nicht, mal da noch weniger und so wenden wir uns der zweiten Sage zu, die auch schon sehr lange erzählt wird:

Zu einer Zeit, als das Rheinland rund um den Drachenfels noch von Heiden bewohnt war, lebte auf dem Felsen ein böserböser Drache, dem die Anwohner ringsherum jeden Tag einen Gefangenen brachten, den der Drache dann auch prompt auffraß, so die Sage. Hätten sie das nicht gemacht, hätte der Drache die Bevölkerung aufgefuttert.

Eines Tages brachten die heidnischen Bewohner des Drachenfelser Ländchens eine sehr hübsche Gefangene, die darüber hinaus auch noch eine neue Religion vertrat. Als der Drache kam und das Mädel fressen wollte, hielt sie nur ihr kleines Goldkreuz in die Höhe, der Drache jaulte auf, brüllte, stürzte rückwärts in die Fluten des Rheins und das war's. Mädchen gerettet und die Provinz Drachenfels wurde peu à peu christianisiert.

So die „Sagen".

Jetzt kommt die echte Geschichte.

Die heidnischen Dörfler aus dem Vorläuferkaff des heutigen Ortes Königswinter brachten also das arme Mädchen zum Felsen, banden es an einen schwarz verkokelten Baumstamm mitten im Drachenterrain und suchten eilig das Weite. Es war ein wunderbarer Sonnentag Mitte Mai. Das Mädchen wusste, was ihm bevorstand. Aber die Kraft ihres tiefen Glaubens ließ sie aufrecht stehen, geradeaus schauen. Die Augen weit geöffnet, die Hände gefaltet, hielt sie fest das kleine goldene Kreuz.

Auf einmal stand der Drache vor ihr. Nur wenige Meter von ihr entfernt, wie aus dem Nichts, wie eine Erscheinung. Sie hatte ihn nicht kommen sehen. Vor Schreck fuhr sie zusammen, ihr wurde heiß vor Angst, sie zitterte, schloss die Augen und betete laut: „Oh lieber Gott, hilf mir, lass es schnell vorbei sein, steh mir bei, lieber Gott – bitte bitte hilf mir, lass es …“

„Mit wem sprichst du?", fragte eine tiefe, freundliche Stimme.

Das Mädchen zuckte noch einmal zusammen und öffnete vorsichtig die Augen, ein ganz klein wenig. Sie blickte in goldene, große Augen, in ein freundliches, breites, dunkelblau glänzendes Drachengesicht. Der Drache hatte sich ganz gemütlich vor ihr niedergelassen, den blauviolett geschuppten Schwanz um die Hinterfüße gewickelt und die Vorderbeine wie zwei Arme verschränkt. Er war ungefähr so lang und so groß wie zwei ausgewachsene Pferde und erschien dem Mädchen riesenhaft. Und er lächelte!

„Bitte, wenn du mich fressen willst, dann tue das sofort, ich habe solche Angst!", flehte sie.

Der Drache lachte. Es hörte sich eigenartig an, so etwa wie dunkles Wiehern, aber zweitonig und melodiös. Er schüttelte den Kopf. „Haben sie dir das unten im Dorf erzählt, dass ich junge Damen fresse?", fragte er.

Sie nickte. „Ich verstehe ihre Sprache nicht. Sie haben unseren Volksstamm überfallen, Gefangene genommen und mich auch. Aber sie haben mir durch Zeichensprache erzählt, was auf mich wartet." Plötzlich hielt sie inne und betrachtete ihr Gegenüber noch intensiver. „Aber du sprichst meine Sprache – wie kommt das? Du bist doch kein Mensch, und meinem Stamm gehörst du auch nicht an, oder?"

„Nein, gewiss nicht. Drachen gehören keinen Stämmen oder Völkern an, mein Kind. Aber wir verstehen und wir sprechen alle Sprachen. Das heißt, wir sprechen nur eine Sprache, aber die wird von allen verstanden, von den Menschen, den Tieren und sogar von den Wolken."

Das Mädchen machte große Augen. Sie hielt vorsichtig ihr goldenes Kreuz ein bisschen höher. „Dann versteht auch Gott diese Sprache?"

Der Drache nickte: „Das muss er doch. Die Wesen, die zu ihm beten, kommen von überall her."

„Kennst du ihn?", flüsterte sie.

Der Drache lächelte nur: „Komm, wir sehen mal, wie wir dich von diesem Baumstamm losbinden können."

Und er pfiff auf zwei Krallen, woraufhin drei Marder unter einem Holunderbusch hervorflitzten und in ein paar Minuten das Seil durchgenagt hatten. Der Drache warf ihnen drei harte, rote Bröckchen zu, die sie gierig verschlangen. Dann verschwanden sie wieder.

„Sie werden immer schneller! Gestern haben sie den Gefangenen in ein paar Sekunden befreit. Und das war ein ganz schöner Mops, den die Dorfleute mit doppeltem Seil festgebunden hatten."

„Du hast den gestrigen Gefangenen auch frei gelassen? Und dann?"

Der Drache lächelte. Es sah furchterregend aus, weil es so viele gewaltige Zähne freilegte, aber das Mädchen schaute instinktiv in seine Augen, die immer noch tief und freundlich waren.

„Na, ich habe mit ihm das gemacht, was ich mit allen Gefangenen mache: Ich bringe sie zur Grenze von diesem Stammgebiet und dann können sie versuchen, ihre Heimat wieder zu finden."

Ihr Gesicht leuchtete: „Machst Du das auch mit mir?"

„Warum sollte ich bei Dir eine Ausnahme machen?"

Sie schloss die Augen und wischte sich mit dem Handrücken die Tränen fort.

Beide schwiegen einen Moment.

„Sag mal", begann sie vorsichtig, „wenn du keine Menschen frisst, was dann? Ich habe auch immer nur gehört, dass Drachen Menschen fressen. Wovon ernährst du dich dann?"

Der Drache wies betrübt auf die arg lädierte Umgebung, die verkokelten und fehlenden Baumkronen, ob es jetzt Tannen, Kiefern oder Pappeln waren.

357

„Siehst du, Kind! – Ach, wie heißt du eigentlich?"

„Aliana. Ich stamme von Ripuariern ab."

„Also Aliana, die Menschen haben eine besonders blöde Eigenschaft: Wenn sie nicht wagen,
etwas genau zu erkunden, dann erfinden sie einfach etwas. Weil ich Feuer spucken kann und sie
schon oft von diesem Felsen hier vertrieben habe,
war ihnen klar, ich brate mit meinem heißen
Atem Menschen und fresse sie anschließend auf.
Ich esse, wie alle Drachen, knusprig gebratene
Tannenkronen, Pappelzweige, auch mal frische
Apfelbäume zur Blütezeit und am allerliebsten
Holunderbüsche, wenn die Beeren gerade reif
sind."

Aliana hatte fasziniert zugehört und befand,
der Drache spräche die Wahrheit, denn ringsherum war die Vegetation fast vollständig abgefres-
sen und abgekokelt.

„Aber die Schäden, die ich hier anrichte, würde ich lieber auf einen großen Wald verteilen. Ich
werde bald in Richtung Süden ziehen und mir
eine andere Ecke suchen. Es ist nur so hübsch
hier oben auf dem Felsen! Da unten ist der schöne Fluss, dann hab ich hier im Rücken den Wald,
aber der ist so bevölkert. Und gegenüber, am anderen Ufer ist auch eine liebliche Landschaft - ja,
es hat mir schon gut gefallen hier. Aber es wird
Zeit für einen Wechsel. In ein paar hundert Jahren werden sie hier sowieso eine Burg bauen,

mitten auf den schönen Felsen und dann ist es vorbei mit der Ruhe."

Aliana machte große Augen: „In ein paar hundert Jahren? Woher weißt du das?"

Der Drache hob seine glänzenden Tatzen: „Das ist schwer zu erklären. Wir sind einfach ein Teil der Welt und damit auch ihrer Geschichte und damit auch des Universums."

„Was ist das – Universum?"

„Alles. Und so kommen wir in die Welt, aber das ist auch nicht ganz richtig. Wir gehen nie wirklich und sind einfach da. Wir Drachen leben außerhalb der Zeit – eurer Zeit. Wir leben in der Drachenzeit."

Aliana begriff nichts, aber sie betrachtete ihn ehrfürchtig. Sie erhob sich, streckte langsam den Arm aus und ging vorsichtig auf den Drachen zu: „Darf ich?", fragte sie und hielt ihre schmale Hand dicht über die glänzende Drachenflanke.

Er nickte. Sie strich voller Andacht über die glatten, seidigen Schuppen. Er beobachtete sie. Ihr Gesicht war noch kindlich, aber ihr Ausdruck war der eines Menschen voller Konzentration und Anteilnahme: „Es fühlt sich wundervoll an", sagte sie. „Ich kann es mit nichts vergleichen, was ich kenne."

Plötzlich hob sie die Hand zum Mund, machte noch größere Augen, bekam einen Schluckauf und lachte, sah plötzlich ganz ungläubig und verwirrt aus.

„Ich habe gerade einen Drachen gestreichelt!"

„Und das war nett von Dir! Du bist einer der wenigen Menschen, die offene Augen haben und wissen wollen."

„Ich glaube auch, du weißt sehr viel. Weißt du, wo die Sonne abends hin geht, wenn sie am Horizont versinkt? Und wie macht sie das, aufzusteigen und herunter zu sinken?"

Der Drache lächelte: „Sie folgt dem Ruf der Sterne, wie wir Drachen. Aber, Aliana, darüber zu reden ist sehr schwierig, ich glaube, wir machen uns jetzt auf den Weg zur Grenze, bevor es zu dunkel wird. Vorher muss ich noch ein bisschen Theater spielen, damit die Leute im Tal auch denken, dass ich mein Abendessen richtig gebraten habe. Du musst nicht so ängstlich dreinschauen, dir passiert nichts, du hast mein Wort."

Alianas Augen füllten sich mit Tränen. „Nein, ich habe keine Angst mehr vor Dir. Aber weißt du, ich habe keine Ahnung, wo sich mein Stamm jetzt befindet, wir waren unterwegs hierher, wollten auf der anderen Seite des Flusses vielleicht einen Ort finden, um eine Siedlung zu gründen, aber dann wurden wir überfallen, ein paar Mal, und beim letzten Mal haben sie mich gefangen genommen, einige konnten fliehen, aber viele meiner Leute wurde getötet." Sie schluchzte, wischte sich die Tränen mit dem Ärmel ihres zerrissenen Kleides fort und versuchte, Fassung zu gewinnen.

„Kann ich nicht … kann ich nicht bei Dir bleiben?"

„Ach Kind, du gehörst zu den Menschen, nicht zu einem Drachen."

„Du bist viel netter als die meisten Menschen, die ich kennen gelernt habe."

„Ich werde dich an einen Ort bringen, an dem man dich hoffentlich gut behandeln wird. Ich kenne einen Stamm, der deine Religion angenommen hat, also denke ich, es wird dir dort nicht schlecht gehen."

Aliana senkte den Kopf und sprach nicht mehr.

Der Drache flog eine kleine Runde bis zum vulkanischen Gipfelzipfel des Drachenfelsens, stieß eine Feuergarbe von bestimmt zwanzig Metern Länge aus und brüllte, dass alles im Umkreis von hundert Metern vibrierte.

Von Ferne, aus dem Dorf der Gefangenenauslieferer, hörte man vereinzelt Schreckensschreie. Aliana war tief beeindruckt von der gleißenden Helligkeit des Feuers, der alles durchdringenden Kraft des Drachengebrülls, und gleichzeitig wärmend getragen von dem Bewusstsein, dass diese scheinbar zerstörerische Macht ein Quell von Güte und Weisheit war. Ihr war, als habe ihr der dunkelnde Himmel die Tür in ein anderes Dasein geöffnet.

Und genau das war auch geschehen.

Als der Drache wieder neben ihr landete, wies er nur mit dem Kopf nach hinten: „Steig auf! Aber halt dich gut fest. Hinter meinen Ohren sind zwei helle Punkte, dort sind zwei Schuppen, an denen du gut Halt findest. Es wird nicht so lange dauern. Wir fliegen nur den Fluss entlang, zu einer Stadt, in der du Menschen deines Glaubens finden wirst. Auch Römer und andere Völker, aber im Moment ist es dort friedlich."

Aliana hatte keine Probleme, auf den warmen Drachenschuppen Halt zu finden und sich gut festzuhalten.

Der Drache machte ein paar große, elastische Sprünge und schwang sich vom Rand des Felsens in die jetzt blaue Nacht, in der sie beide sicher kaum zu sehen waren. Seine Schwingen waren riesig, wie sie sich so weit und gleichmäßig bewegten. Alianas Haare flatterten im Wind und bald schon legte sie sich ganz eng und flach auf den warmen Drachenkörper, denn die Nachtluft wurde sehr kühl. Unten konnte man vereinzelt Feuerstellen und Lichter ausmachen, aber fast überall war es jetzt ganz dunkel auf der Erde, nur der breite Fluss mit seinen wenigen kleinen Booten war wie ein schimmerndes Band, das sie zum Ziel führen sollte.

Waren sie eine Stunde lang geflogen oder zwei? Jedenfalls tauchten in der Ferne auf einmal Türme auf, kleinere Lichter, größere Lichter, einige große Feuerstellen und gut erkennbare größere Schiffe auf dem Rhein.

Der Drache flog eine große Schleife, dann landete er vorsichtig und sanft im Sichtschutz eines Waldes am Rande der umfangreichen Siedlung und legte sich flach auf den Boden.

„Komm herunter, Aliana, hier sind keine Leute, aber die Stadt ist nicht weit. Unten am Fluss ist ein großes Holzhaus, eine Art christliches Kloster, dort wirst du Menschen deines Glaubens finden, die dir helfen können."

Das Mädchen glitt herunter, noch ganz benommen von diesem nie zuvor erlebten Gefühl eines Fluges. Sie strich sich ihre zerzausten Haare nach hinten, dann blickte sie dem Drachen in die Augen, beugte sich herunter und umfing mit beiden Armen seinen rechten Vorderlauf und hielt sich daran fest. Sie zitterte, schüttelte sich, presste sich an seine Vorderpfote und der Drache merkte wohl, dass sie weinte.

„Ich will nicht in diese Stadt! Ich will nicht zu den Menschen! Ich habe so viel Schlimmes mit ihnen erlebt, oh bitte bitte, lieber Drache – ich will bei Dir bleiben, bitte!"

Der Drache schloß seine großen Augen und atmete tief aus. Aliana löste sich von seinem Bein, trat zurück und spürte, dass Besonderes vor sich ging. Dann stellte sich der Drache auf seine Hinterläufe, breitete die Schwingen aus und verharrte so in vollkommener Stille, als sei er aus Stein gemeißelt, er atmete nicht. Seine Farbe veränderte sich, er schien durchsichtig zu werden, gleichzeitig war Aliana, als durchströmten Lichtwellen seinen Körper.

Schließlich atmete er wieder, faltete die Flügel zusammen und ließ sich auf dem Boden nieder: „Komm her, Kind. Setz dich hierher."

Aliana legte vertrauensvoll ihre kleinen Hände auf seine großen Krallen, setzte sich und sah ihm geradewegs in die Augen. „Weißt du", begann sie, „ich könnte für dich Holunderzweige suchen oder auch andere Pflanzen, ich kenne mich da gut aus. Und die könntest du gut rösten und dann kann ich auch noch …"

Er machte ein Zeichen, sie verstummte.

„Weißt Du, Aliana, wir Drachen bleiben eigentlich immer unter uns. Wir leben allein, doch ab und zu treffen wir uns in unserem Land und manchmal, sehr selten, bringen wir Menschen dorthin mit. Wir nennen sie Grenzgänger, wir nehmen sie bei uns auf. Sie lernen uns kennen, sie lernen über die Welt und über das Universum – ja, ich weiß, du hast schon einmal gefragt, was das ist, und dort würdest Du es erfahren. In unserem Land kannst du dir dann aussuchen, ob du zum Drachen werden willst, oder zum Riesenbaum, oder zum See. Oder ob du Mensch bleiben willst, aber dann musst du zu den Menschen zurück, um mit ihnen das zu leben, was du bei uns gelernt hast. Denn das ist etwas, was die Menschen sehr gut brauchen können, immer."

„Güte und Frieden", flüsterte Aliana.

„Vorher muss ich um Erlaubnis fragen, ob du kommen darfst, und das habe ich eben."

„Als das Licht durch dich hindurchströmte?", wisperte Aliana.

Er nickte: „Du darfst kommen. Lerne uns kennen und dann kannst Du dir überlegen, was du möchtest."

Das Mädchen hielt ihm ihr goldenes Kreuz entgegen: „Muss ich meinen Gott fragen, ob ich das machen darf?"

Der Drache lächelte: „Güte und Frieden hast du vorhin gesagt. Gib dir selbst die Antwort."

*

Es war ein unendlich langer Flug gewesen, wie oft sie unter Felsen und Tannen, auf einsamen Inseln und in tiefsten Wäldern übernachtet hatten , konnte Aliana beim besten Willen nicht mehr sagen. Aber mit jedem Morgen, an dem sie erwachte, an dem sie in die Augen ihres Weggefährten blickte, wünschte sie ich noch drängender, bald auch solche Flügel zu haben und sich zur Sonne oder zum Mond zu schwingen wie ein riesiger Vogel.

Der Drache hatte irgendwo für Aliana ein großes, warmes Fell gefunden, in das sie sich wickeln konnte, denn es war kalt geworden. Jetzt gerade flogen sie über ein einsames Land, unter ihnen leuchtete das Meer, hohe Berge, tiefe, lange Schluchten, in denen das Meerwasser glänzte, keine erkennbaren Spuren menschlicher Besiedlung mehr.

„Wir sind bald da, Aliana, bald!" Und er spürte durch die dichten Hornschuppen das Zittern ihres Körpers.

Es dämmerte. Sie flogen bis ans Ende des langen Fjords, hinaus aufs offene Meer, als plötzlich ein gleißend rotes Lichtfeld am Himmel aufflammte, gewölbt wie ein großes Portal.

„Wir sind da, Aliana, wir sind da!", rief der Drache. Das rote Licht erlosch wieder. Der Drache begann, wie eine Möwe kreisförmig vor der Stelle, an der das Licht aufgeflammt war, große Bögen zu fliegen: „Wir müssen noch warten, Aliana, bleib ruhig. Alles ist gut. Sie wissen, dass du kommst. Das Licht muss noch zweimal aufleuchten, dann ist es so weit."

Und dann war es so weit.

Einige hundert Jahre später erzählte der Drache Aliana einem menschlichen Grenzgänger, den sie ins Drachenreich gebracht hatte, wie sie den ganzen Zauber des Himmels in sich aufgenommen spürte, als sie am nächsten Morgen mit Drachenflügeln, violetten Schuppen und glänzend türkisfarbenen Krallen erwacht war und unter der Obhut ihres Schirmherren die ersten Kreise unter der Sonne drehte und wusste, dass sie die richtige Entscheidung getroffen hatte.

„Nur eins hat sich mit meiner Ankunft geändert, mein Junge", und sie lachte. „Was mir nicht gefiel, war das rot aufblitzende Tor, durch das wir Drachen bis dahin fliegen mussten."

„Aber", wandte der menschliche Grenzgänger schüchtern ein," das sah doch ganz anders aus, als du mit mir hierher gekommen bist!"

„Ja eben! Ich habe meine Freunde überzeugen können, dass dieses kurze rote Licht keine adäquate Eingangsbeleuchtung zu unserem Reich ist. Und sie haben mich malen und arbeiten lassen."

Drache Aliana wies mit der rechten Schwinge auf eine Stelle am Himmel, die erst in grünen, dann in gelben, dann in türkisfarbenen Wellen überirdisch zauberhafte Bögen spannte, dann ein blaues Riesentor formte, sich dann in schmale hellgrüne Wogen teilte, um sich plötzlich ganz im schwarzblauen Nachthimmel zu verlieren und auf einmal wie ein gleißendes, schwebendes Portal den ganzen Fjord in ein zauberisch blaugelbes Licht zu tauchen.

Und so hat der Drachenfels bei Königswinter zur Entstehung des Nordlichtes beigetragen, was bis dato noch niemand gewusst hatte.

Und dass das Matterhorn eine ähnlich innige Verbindung spiritueller Art mit der Brooklyn Bridge in London hat, weiß auch keiner. Aber das ist eine andere Geschichte.

Die Dünengnome von Juist

Benedikt Wrede

Es gibt zahlreiche Geschichten über die ostfriesische Insel Juist, die sich in der Nordsee erstreckt zwischen Borkum auf der westlichen Seite und Norderney auf der östlichen Seite. Die meisten handeln von den Menschen, die dort leben oder gelebt haben, doch diejenige, die ich Euch heute erzählen möchte, wird Euch von anderen Wesen berichten. Bevor ich die Geschichte mit Euch teile, möchte ich noch erwähnen, dass sie mir von einem alten Fischer erzählt wurde. Er hat sie von seinem Großvater überliefert bekommen, dieser von seinem Vater und immer so weiter. Die Geschichte gibt es also schon sehr lange und die Zeit, in der sie spielt, ist noch viel länger her.

Wie Forscher aus dem Fund eines Schweineschädels schließen konnten, den sie vor einigen Jahren in einem alten Brunnenschacht am Strand gefunden haben, lebten bereits im 15. Jahrhundert Menschen auf Juist – vor über 500 Jahren von heute aus betrachtet. Auch die vielen Tierarten – Rehe, Hasen, Füchse, Krebse, Möwen, Seehunde, Fasane – sind schon seit Langem nicht mehr wegzudenken. Wer die Insel aber mit Sicherheit am längsten bewohnt, das sind - so unglaublich es klingen mag - die anderen Wesen: Wesen, zu denen auch Gnome und Kobolde gehören.

Die Gnome waren zuallererst da - sie leben auf der Insel, seitdem es diese gibt. Später kamen die Kobolde hinzu: Sie kamen angereist auf den Schiffen der Nordseepiraten, die zunächst vor Juist ankerten, um hier ihre Piratenschätze zu vergraben, und sich dann entschieden, für immer zu bleiben. Durch irreführende Lichtsignale brachten sie fortan vorbeifahrende Schiffe vom rechten Weg ab und raubten die Mannschaften aus, die sie anschließend ihrem traurigen Schicksal in der Nordsee überließen. Mit fetter Beute kehrten sie nach Juist zurück. Bei einem dieser Beutezüge brachten die Piraten nicht nur ihre Schätze, sondern eben auch einige Kobolde mit, die sich ganz unten in den dunkelsten Ecken und Winkeln der Schiffe versteckt hatten. Die Kobolde kannten bereits sämtliche Kontinente, hatten die ganze Welt bereist, auf den unterschiedlichsten Schiffen. Nun beschlossen sie ebenfalls, wie einst die Piraten, Juist nicht mehr zu verlassen, da es auch ihnen hier so gut gefiel.

Allerdings sind Kobolde ganz anders als Gnome, die eine ruhige und besonnene Lebensart schätzen: Kobolde sind laut, wild und angsteinflößend. Da sie gerne unter sich bleiben, ließen sie sich damals am Westende der Insel nieder, beim großen Sandriff. Hier konnten sie ungestört ihre wilden Feste abhalten. Zu der Zeit hausten die Gnome am Ostende, dem anderen Ende der Insel. In der heutigen Zeit wird diese Gegend von uns Menschen Kalfamer genannt, was von dem friesischen Wort „Kalf-Hammer" abstammt und so viel wie „Kälberwiese" bedeutet. Nicht Kälber sind es jedoch, die man dort findet, sondern vor allem seltene Vogelarten und gelegentlich schauen auch gerne ein paar Seehunde vorbei.

Die Gnome lebten in einer riesigen Schneckenmuschel am Strand, deren außergewöhnliche Magie dafür sorgte, dass alle Wesen in ihrer Umgebung mit bester Gesundheit und faszinierender Schönheit versehen waren und nur äußerst langsam alterten. Die Muschel bot den Gnomen eine schützende Behausung, die sie sich mit handgefertigten Möbeln aus Juister Bernstein gemütlich eingerichtet hatten.

Tagsüber in der Sonne war die Schneckenmuschel fast unsichtbar, weil das Licht auf ihrer Oberfläche so stark reflektierte, dass sie schon aus nächster Nähe kaum noch auszumachen war. Den Menschen blieb sie also verborgen. Erst nachts bei Mondlicht begann sie, in den schönsten Farben zu schillern, in jeder Nacht ein wenig anders als in der Nacht zuvor, so dass alle Wesen, die sie sahen, von ihrer Schönheit verzaubert wurden. Bei Vollmond leuchtete die Muschel sogar weit über das Meer hinaus, manchmal bis nach Norderney.

Die ersten Menschen auf Juist, bei denen es sich ja um Nordseepiraten handelte, lebten in der Inselmitte und kamen nur selten an eines der beiden Enden. Irgendwann gründeten sie Familien, bauten ein Dorf und lebten statt von der Piraterie immer mehr vom Fischfang. Später kamen noch weitere Menschen auf die Insel. Unter ihnen befand sich auch eine böse Nordseehexe, die ein kleines Häuschen auf halber Strecke zwischen dem Dorf und dem Kalfamer, dem Reich der Gnome, bezog. Eigentlich lebte die Hexe auf dem Meeresboden, doch wenn es die Situation erforderte, konnte sie sich mühelos ein paar Wochen außerhalb des Wassers aufhalten.

Die Menschen auf Juist erkannten sie nicht als Hexe, sondern hielten sie für eine alte, einsame Frau. Wenn jemand aus dem Dorf bei ihr vorbeischaute und ihr seine Hilfe für alltägliche Dinge wie Kochen und Putzen anbot, beschimpfte sie die Besucher fürchterlich und scheuchte sie davon, sodass sich bald keiner mehr in ihre Nähe traute.

Weshalb sie auf die Insel Juist gezogen war? Das will ich Euch nun erzählen:

Viele Jahre lang hatte die Nordseehexe vergeblich die magische Schneckenmuschel gesucht. Durch andere Hexen hatte sie einst bei der Walpurgisnacht, dem jährlichen Treffen der Hexen aus aller Welt, von der Existenz der Muschel erfahren, doch keine von ihnen konnte ihr sagen, wo genau sich diese befand. Da sich die Hexe nichts sehnlicher wünschte, als für immer jung und schön zu bleiben - ja mehr noch: Die schönste Frau von allen auf der gesamten Welt zu sein - hatte sie ihre lange Suche nach der Muschel begonnen.

Einmal dann, als die Hexe bei Vollmond aus dem Meer emporgestiegen war und Richtung Norderney flog, um dort an einem Hexenseminar für ostfriesische Zaubertranklehre teilzunehmen, sah sie die Muschel von hoch oben in der dunklen Nacht erstrahlen. So hatte sie ihr Objekt der Begierde endlich ausfindig machen können. Schnell erkannte sie jedoch, dass mehrere Gnome Tag und Nacht damit beschäftigt waren, vor dem Eingang der Muschel Wache zu stehen. Um die Muschel in ihren Besitz zu bringen, musste die Hexe unbemerkt hineingelangen. Also siedelte sie sich auf der Insel an und beobachtete viele Wochen lang die Muschel und die Wachgnome davor.

Eines Nachts waren zwei junge und unerfahrene Gnome namens Pampam und Evam als Wachen vor der Muschel positioniert. Die Hexe schlenderte herbei, gab sich als einsame Wanderin aus und verwickelte die beiden in ein Gespräch.

Pampam und Evam waren beste Freunde, seitdem sie denken konnten. Schon in ihrer Kindheit waren sie unzertrennlich und ergänzten sich perfekt: Während Pampam ausgesprochen mutig war, sich jedoch hin und wieder etwas vorschnell zu Entscheidungen hinreißen ließ, die er später bereute, war Evam eher von ängstlicher Natur. Dafür hatte er immer eine Lösung parat, wenn er Pampam wieder mal aus der Klemme helfen musste.

Die Skepsis der zwei Gnome ließ nach, als die Hexe ihnen einen zauberhaft duftenden Sanddornsaft mit besonders erfrischender Wirkung anbot, den sie bei sich trug. Pampam und Evam nahmen, dankbar für die Abwechslung in der doch eher eintönigen Nacht, jeder einen kräftigen Zug aus der Flasche. Nur wenige Momente später fielen sie in einen tiefen Schlaf, worauf die Hexe zufrieden kichernd die Muschel betreten konnte. Kaum war sie drinnen, sprach sie leise und mit zischender Stimme die Formel für einen äußerst hinterlistigen Fluch, noch bevor einer der Gnome in der Muschel sie bemerkt hatte:

„Höllenkräfte, Naturgewalten,
Nordseestürme, Sand-Orkan!
Was sonst auch für Gesetze galten,
jetzt dienet mir als Untertan!
Gehorcht der Formel aus meinem Mund,
bringt mich samt Huus zum Meeresgrund!"

In Windeseile braute sich ein wahnsinniger Sturm über der Nordsee zusammen und dicke Gewitterwolken verdunkelten den Himmel. Am Strand wirbelte der Sand auf bis hoch in die Luft und das Meer bildete riesige Wellen, die auf die

Insel zurollten. Schließlich erreichte eine Welle den Strand, die so hoch war wie Juist breit ist. Meter für Meter arbeitete sie sich bis zur Schneckenmuschel der Gnome vor, wo sie unter viel Getöse in sich zusammenbrach. Mit der gewaltigen Kraft der Natur wurde die Muschel hinaus in die eiskalte Nordsee gezogen. Dort funkelte und glänzte sie noch einige Augenblicke im strahlenden Mondlicht, dann verschluckte sie das Meer und sie verschwand in der Tiefe.

Die Gnome in der Muschel kriegten sofort mit, dass etwas nicht stimmte und dass es sich nicht um ein normales Unwetter handelte, als sie den aufziehenden Sturm außerhalb ihrer gemütlichen Behausung gehört hatten, konnten aber nichts weiter tun, als sich mitsamt ihrer Unterkunft vom Meer fortreißen zu lassen. Bisher hatte die Muschel ihnen so viel Glück gebracht, hatte sie vor Wind und Wetter geschützt und ihnen ein warmes Zuhause geboten, doch jetzt saßen sie hilflos darin fest. Die Muschel wurde ihnen zu einem Gefängnis, aus dem es kein Entkommen gab. Ein Gefängnis, welches sie zumindest weiterhin mit Atemluft versorgte. Die Gnome wussten genau: Der Sauerstoff in der Muschel würde nur für wenige Tage reichen – sollte bis dahin kein Wunder geschehen, würden sie hilflos zugrunde gehen.

Nachdem die Hexe Pampam und Evam außer Gefecht gesetzt und die Muschel in ihre Gewalt gebracht hatte, verspürte sie tiefe Zufriedenheit:

Endlich hatte sie ihre lange Suche erfolgreich beendet. Sie konnte es kaum erwarten, bei der nächsten Walpurgisnacht die anderen Hexen mit ihrer neu gewonnenen Schönheit vor Neid erblassen zu lassen.

Pampam und Evam waren am Strand in dem Moment erwacht, als die riesige Welle die Muschel mit sich fortriss. Die beiden Gnome selbst waren verschont geblieben, erkannten aber bestürzt, was sie wieder einmal angerichtet hatten. Mit Mühe und Not konnten sie sich in Richtung Inselmitte retten. Sie verbrachten die kommenden Tage in den Dünen und überlegten verzweifelt, was sie tun sollten.

Nach Tagen des Grübelns hatte Evam die Idee, die Kobolde am anderen Inselende um Hilfe zu fragen, verwarf sie allerdings sofort wieder, da er sich sehr fürchtete vor diesen wilden Kreaturen. Pampam war hingegen sofort Feuer und Flamme und sprang erfreut auf. Evam bereute es, die Idee laut ausgesprochen zu haben, doch Pampam ließ sich den Plan nicht mehr ausreden. Er drängte Evam dazu, auf der Stelle mit ihm loszulaufen. Evam zögerte. Schließlich willigte er ein, da er und Pampam ja die Schuld daran trugen, dass ihre Verwandten und Freunde entführt worden waren. Nun mussten sie tun, was sie konnten, um ihren Stamm zu retten.

Gesagt, getan. Nach einem langen Marsch erreichten sie das Sandriff am Westende der Insel. Dort mussten sie nicht lange nach den Kobolden suchen, die gerade ein wildes Fest feierten, laute Koboldlieder sangen und sich die Bäuche mit Sanddornbeeren und anderen Kobold-Spezialitäten vollschlugen. Als sie Pampam und Evam entdeckten, begrüßten sie die Gnome höhnisch lachend. „Was machen denn die beiden Zwerge hier?", schrie der Anführer Gregor McSniffsnaff vergnügt und stopfte sich einen gegrillten Hering ins Maul.

McSniffsnaff war ein großer, kräftiger Kobold mit verfilzten Locken, die in wildem Durcheinander in alle Richtungen ragten. Er hatte sonnenverbrannte Haut und zahlreiche Narben zierten sein Gesicht, auf die er sehr stolz war, erzählten sie doch von heldenhaften Kämpfen aus vergangenen Tagen, lange bevor er mit seiner Mannschaft nach Juist gekommen war. Wie immer trug McSniffsnaff seinen Umhang aus Kaninchenfell und an seinem Gürtel zwei wunderschöne, glänzende Fasanenfedern. Er liebte es zu singen, allerdings sang er so laut und schief, dass seine Feinde mehr noch als seinen Wagemut seine tiefe Stimme fürchteten.

Die anderen Kobolde musterten die beiden Gnome neugierig. Sie waren kaum halb so groß wie die Kobolde. Schüchtern schauten sie zu McSniffsnaff auf und schilderten, was ihnen widerfahren war, und dass sie sich große Sorgen um ihre entführten Verwandten in der Schneckenmuschel machten.

„Und jetzt kommt ihr zu uns und wollt, dass wir wieder alles in Ordnung bringen?", fragte McSniffsnaff grinsend. „Da habt ihr ja ganz schön Mist gebaut!" Wieder brachen alle Kobolde in schallendes Gelächter aus.

„Na gut, passt auf, ihr zwei halben Portionen: Wir kennen die alte Nordseehexe. Schon oft haben sich unsere Wege gekreuzt, vor vielen Jahren, als wir noch um die Welt gereist sind. Auch uns hat sie bisher nichts als Ärger beschert. Außerdem mögen wir euch Gnome ja eigentlich ganz gerne, schließlich kümmert Ihr euch seit Jahren um die Tiere und die Pflanzen hier auf unserer schönen Insel." McSniffsnaff blickte nachdenklich zu den beiden leicht verunsicherten Gnomen hinab, dann verkündete er feierlich: „Wir werden euch helfen! Wir werden unserer alten Bekannten ordentlich in die Suppe spucken und ihr endgültig den Spaß daran verderben, andere zu schikanieren."

Pampam und Evam strahlten McSniffsnaff begeistert an und bedankten sich überschwänglich bei ihm, da ergänzte er: „Wenn wir euch helfen, müsst ihr uns auch einen Gefallen tun: Künftig müsst ihr uns dabei unterstützen, den ganzen Müll der Menschen wegzuräumen, der immer wieder von weit entfernten Ufern angeschwemmt wird, und auch hier, an unserem Inselende, für Ordnung zu sorgen, einverstanden?" Damit waren die Gnome mehr als einverstanden. Sie hätten sich wahrscheinlich zu fast allem bereit erklärt – für sie zählte nur, ihre Familien zu retten.

Pampam und Evam durften die Nacht im Lager der Kobolde verbringen. Am nächsten Tag weckte man sie schon früh morgens. Als sie nach einem kleinen Frühstück, das aus Sanddornbeeren-Kompott und Fasanenpastete bestand, zum Ufer begleitet wurden, legten dort einige Kobolde gerade ein paar riesigen, wild schnaufenden Seepferdchen ihr Zaumzeug an. Staunend beobachteten die Gnome das Geschehen, als McSniffsnaff gut gelaunt zu ihnen trat und ihnen erklärte, dass man Hexen nur besiegen könne, wenn nicht jeder für sich alleine versuchte, gegen sie anzutreten, sondern sich alle verbündeten. Kleine Meinungsverschiedenheiten zwischen Kobolden und Gnomen zählten nun nicht mehr. Viel wichtiger sei es, zusammenzuhalten: Nur mit vereinten Kräften könne man sich auch die Natur zum Verbündeten machen, und nur mithilfe der Natur habe man eine Chance, erfolgreich gegen Hexen zu Felde zu ziehen. „Wir sind vielleicht laut, wild und angsteinflößend – aber wir wollen dasselbe wie ihr Gnome: Juist - diese schönste Sandbank der Welt - erhalten! Eure Muschel hat sie ja bereits gestohlen und wenn wir sie nicht gemeinsam stoppen, wird die Hexe ab jetzt immer wieder die Natur gegen uns heraufbeschwören. Sie wird sich nach und nach immer mehr von der Insel unter ihren dreckigen Nagel reißen, bis Juist ihr komplett gehört. Dann, meine kleinen Freunde, haben wir alle nix mehr zu lachen."

Nach diesen Worten klopfte McSniffsnaff so feste auf Pampams Schultern, dass er fast vornüberkippte. Dann trottete der Kobold zu den Seepferdchen hinüber. „Außer uns Kobolden und euch zwei Männchen werden uns noch ein paar Wattelfen begleiten. Wir haben den Elfen mal aus der Patsche geholfen und ein paar Fischernetze durchgeschnitten, in denen sich ihre Seepferdchen verfangen hatten. Seitdem schulden sie uns einen Gefallen. Keiner kennt sich im Watt so gut aus wie die Elfen, und solange sie in unserer Nähe sind, wird es kein Problem für uns geben, unter Wasser zu atmen." Kaum hatte McSniffsnaff zu Ende gesprochen, tauchten im seichten Wasser neun weitere gewaltige Seepferdchen auf mit neun zart schimmernden Wattelfen darauf, die in etwa die Größe der Kobolde hatten. Im Licht der aufgehenden Sonne erschienen die Elfen fast so durchsichtig wie die bläulichen Nordseequallen, die manchmal am Juister Ufer direkt unter der Wasseroberfläche schillern. Pampam und Evam trauten ihren Augen kaum. Von ihren Eltern hatten sie in der Kindheit oft Geschichten über Wattelfen erzählt bekommen, nur hatten sie nie daran geglaubt, dass es sie wirklich geben könnte, und hatten die Geschichten stets für Kindermärchen gehalten.

Als die Kobolde die Elfen entdeckten, schwangen sich fünf von ihnen auf ihre inzwischen fertig gehalfterten und gesattelten Seepferdchen, darunter auch McSniffsnaff selbst, der darauf die beiden Gnome am Kragen packte und direkt vor sich auf den Seepferdchenhals setzte. Ängstlich schaute Evam zu McSniffsnaff hinauf, während Pampam eher Vorfreude verspürte in Anbetracht des bevorstehenden Abenteuers.

McSniffsnaff griff nach ein paar Miesmuschel-Schalen, die neben seinem Seepferdchen auf dem Boden lagen und auf der Innenseite mit kostbarem Perlmutt verkleidet waren. Er warf auch den anderen Kobolden und den Elfen welche zu, dann ging es los: Langsam ritten die Kobolde ins Wasser hinein, den Wellen entgegen und umringt von den neun Wattelfen. Hatten Pampam und Evam anfangs noch große Bedenken gehabt, unter Wasser atmen zu können, so stellten sie erstaunt fest, dass McSniffsnaff nicht geschwindelt hatte: Dank der Wattelfen war es ihnen tatsächlich möglich, unter der Wasseroberfläche so normal zu atmen, als befänden sie sich weiterhin an Land.

Nach einigen Stunden, in denen sie gemeinsam am Meeresboden entlang immer tiefer in die Nordsee hineinritten, vorbei an Fischen, Algen, Quallen, Muscheln und Krebsen, kamen sie in eine Gegend, in der plötzlich deutlich weniger Tiere und Pflanzen zu sehen waren. Hin und wieder begegnete ihnen noch ein verirrter Fisch, der eilig in entgegengesetzter Richtung an ihnen vorbeischwamm. Evam spürte große Angst in sich aufsteigen; auch Pampams Abenteuerlust ließ nach und wurde von steigender Nervosität abgelöst.

„Wir sind gleich da", flüsterte McSniffsnaff grimmig. Kaum hatte er das gesagt, erschienen nicht weit entfernt vor ihm am Meeresboden verschieden große Luftblasen – zunächst nur einige wenige, dann immer mehr. „Es geht los!", schrie McSniffsnaff. Mit einem Mal öffnete sich der Meeresboden. Aus der Tiefe schwebte eine junge, wunderschöne Frau empor, die jedoch denselben verschlagenen Gesichtsausdruck trug wie die alte hässliche Hexe, als die sie am Strand die Muschel in ihre Gewalt gebracht und die Sturmflut heraufbeschworen hatte.

Unter der Hexe war auf dem Meeresboden die riesige Schneckenmuschel zu erkennen. Ihr Leuchten reichte bis zur Hexe hinauf. Wutentbrannt wollte diese einen Fluch auf die Kobolde abfeuern, doch als sie neben den Kobolden die Wattelfen und auf dem Seepferdchen von McSniffsnaff die Gnome entdeckte, erstarrte sie. Sie hätte es niemals für möglich gehalten, dass Elfen, Kobolde und Gnome bereit dazu wären, zusammen zu ihr zu kommen und gemeinsame Sache zu machen. Sie erkannte, wie falsch sie mit dieser Einschätzung gelegen hatte.

Die Elfen verteilten sich und bildeten einen Kreis um die Hexe, während McSniffsnaff und die anderen vier Kobolde langsam auf sie zuritten. Mit hasserfülltem Gesicht schleuderte die

Hexe ihnen nun wirklich einige Flüche entgegen, die wie Kugelblitze durchs Wasser schossen. Kurz bevor die Flüche die Kobolde erreichten, verloren sie an Kraft und lösten sich in ein paar Luftblasen auf, die Richtung Meeresoberfläche verschwanden. Jetzt gingen die Kobolde und Elfen zum Gegenangriff über, der eigentlich nur darin bestand, dass sie die Miesmuscheln wie Schilde aufrichteten und die perlmutternen Innenseiten in Richtung der Hexe wandten. Die ließ mit dem Abschuss der nächsten Flüche nicht lange auf sich warten. Als sie wie Kanonenkugeln die Miesmuschel-Schilde erreichten, prallten sie ab, vervielfältigten sich dabei und schleuderten in die unterschiedlichsten Richtungen weg, nur knapp an der Hexe vorbei, gegen weitere Miesmuschel-Schilde, von denen sie erneut abprallten, worauf sie sich abermals vervielfältigten. Im Nu sausten so viele Flüche aus so vielen Richtungen in so viele andere Richtungen, dass man in der Mitte kaum noch etwas erkennen konnte. Die Hexe hatte begriffen, was ihr drohte, und eingesehen, dass es keine gute Idee gewesen war, ihre Flüche auszuschicken. Doch es war zu spät: Sie hatte keine Möglichkeit mehr, zu entkommen, und wurde von allen Seiten von Hunderten Flüchen getroffen, wodurch sie sich unter lautem Geächze und wildem Geschimpfe zunächst in ihre alte, hässliche Gestalt zurückverwandelte, um schließlich zu unzähligen kleinen und großen Luftblasen zu zerplatzen.

Kaum war die Hexe verschwunden, zerbarst auch die Riesenmuschel in viele kleine Teile, die wie die Luftblasen an die Meeresoberfläche trieben. Aus dem Muschelinneren tauchten daraufhin die geretteten Gnome auf, die verwundert erst die Kobolde, dann die Elfen und Pampam und Evam entdeckten. Waren die Gnome innerhalb ihrer Muschel noch mit dem restlichen Sauerstoff versorgt worden, wurden sie nun geschwind von den Elfen umringt, so dass sie selbst hier am Meeresboden, wie die anderen Anwesenden, atmen konnten.

Unter Anleitung McSniffsnaffs griffen sich alle Gnome an den Händen und bildeten lange Ketten, die an beiden Enden von jeweils einer Elfe und ihrem Seepferdchen abgeschlossen wurden. Gemeinsam ging es für die große Gruppe zurück in Richtung Strand, wo sie im Abendlicht wohlbehalten ankamen.

Bis zum jetzigen Zeitpunkt hatten Pampam und Evam eine fürchterliche Strafe von den Gnomältesten oder Verbannung auf Lebenszeit befürchtet, wenn es ihnen tatsächlich gelingen sollte, ihre Verwandten lebendig zurück nach Juist zu bringen. Sie freuten sich daher umso mehr, als sich alle überglücklich in die Arme fielen, Pampam und Evam bekräftigend auf die Schultern klopften und den beiden zu ihrem Heldenmut gratulierten. Die geretteten Gnome verstanden sich ausgesprochen gut mit den Kobolden und Elfen und die Stimmung war blendend. Auf die

Rettungsaktion folgte eine lange Nacht mit so heftigen Feierlichkeiten, wie sie die Gnome noch nie zuvor erlebt hatten.

Nach dem erfolgreichen gemeinsamen Feldzug gegen die Nordseehexe wurde diese fröhliche Nacht der Grundstein für ein neues Bündnis, das bis heute hält: Mit dem Bündnis einigten sich die Kobolde und die Gnome darauf, dass die Kobolde künftig auf den Deichen und die Gnome in den Dünen leben sollten, um Juist von beiden Seiten noch besser beschützen zu können und sich gemeinsam um die vielen wilden Tierarten zu kümmern. So wurden die Juister Kobolde zu Deichkobolden und die Juister Gnome zu Dünengnomen.

Die Elfen kehrten zurück ins Watt und wurden von den Gnomen bei ihrem Abschied mit reichlich Sanddornbeeren, Hagebutten und Brombeeren beschenkt. Noch lange winkten die Gnomkinder den Elfen nach, als diese auf ihren Seepferdchen allmählich in der Ferne verschwanden. Den Verlust ihrer schönen magischen Wohn-Muschel verschmerzten die Dünengnome gut, da jetzt jeder eine eigene kleine Muschel als Andenken an den glorreichen Sieg über die Nordseehexe sein Eigen nennen konnte: Noch bis heute findet man jedes Jahr im Sommer am Kalfamer etliche dieser kleinen Schneckenmuscheln, die aus den Splittern der großen Muschel entstanden sind. Sie bringen jedem Glück, der sie findet. Wenn man sie ans Ohr hält, hört man manchmal das Rauschen der riesigen Welle aus jener verhängnisvollen Nacht und das Flüstern der Wattelfen, die von der besiegten Nordseehexe und dem dadurch entstandenen Bündnis zwischen den Deichkobolden und den Dünengnomen erzählen.

Auch wenn wir Menschen sie fast nie zu Gesicht bekommen, entdeckt man dennoch hin und wieder Hinweise auf die Dünengnome und Deichkobolde auf Juist. Während die Dünengnome die Brombeeren an den Wegesrändern anbauen, so dass die Kinder sie im Sommer pflücken und genüsslich verzehren können, haben die Deichkobolde eine andere Leidenschaft entwickelt: Als ehemalige Seefahrer lieben sie es, sich nachts heimlich die Spielzeugboote der Kinder zu klauen. Mit ihnen fahren sie unter dem Sternenhimmel überaus gerne auf dem Schiffchenteich im Dorfzentrum herum und schwelgen dabei in Erinnerungen an die wilden Reisen, die sie in früheren Zeiten unternommen haben, gemäß dem Motto: „Einmal ein Seefahrer, immer ein Seefahrer." Wenn auf Juist also ein Kind morgens nach dem Aufwachen bemerkt, dass sein Schiffchen woanders liegt als noch am Abend zuvor, so war es bestimmt ein Deichkobold, der sich das Schiffchen für eine nächtliche Spritztour ausgeliehen und es danach an den falschen Platz zurückgelegt hat.

Bitte seid ihm nicht allzu böse. Auch Ihr werdet später einmal feststellen, wenn Ihr durch die

Welt segelt wie einst die Deichkobolde: Diese Leidenschaft lässt Euch nie wieder los und es wird Euch immer wieder hinausziehen in die Ferne, wo Ihr Euch neuen Abenteuern stellen und neue aufregende Geschichten erleben könnt.

Kurzbios

Karon Alderman verbrachte ihre Kindheit in Wales, jetzt lebt sie in Newcastle upon Tyne und unterrichtet als Legasthenie-Spezialistin Englisch, dazu gibt sie Schreibkurse für Erwachsene. Sie hat bisher eine Reihe von Erzählungen veröffentlicht, für ein noch unveröffentlichtes Kinderbuch wurde sie mit einem Preis ausgezeichnet. Karon liebt Geschichte und Volkserzählungen mit düsterem Unterton. „Der Duft der Blumen" wurde inspiriert von einer Episode aus dem Mabinogion, einer mittelalterlischen walisischen Sammlung von Mythen und Geschichten. Übersetzt wurde unsere Sage von Karin Braun.

Willi Basler, Willi Müller-Basler, bald 70, also im (Un-) Ruhestand. Im früheren Leben Maschinenbauingenieur und zuletzt Spezialist für Datenbank-Gateways. Altersbedingt leider nicht mehr in Höhlen unterwegs, dafür mit der Restaurierung von Jukeboxen beschäftigt - die dann ehrenamtlich in Seniorenheimen beim Tanztee eingesetzt werden. Hat mit Gabriele Haefs, Mick Fitzgerald und Nadia Birkenstock vor einigen Jahren aber auch Märchen-CDs produziert. Auch Indie- und Rock-Musik kam ins Programm, dazu kleine Open-Air- Veranstaltungen. Und wenn sich die Gelegenheit ergibt, lese ich immer noch Märchen vor – zusammen mit Nadia an der Harfe.

Brigitte Beyer, geboren in Hannoversch Münden, studierte in Bonn Alte Geschichte, Germanistik, Keltologie und Volkskunde und promovierte über einen Pharao. Sie lebt im Rheinland und forscht und schreibt über die Matronen, Flur- und Ortsnamen und regionale Geschichte. Zuletzt erschien von ihr das Reisebuch „111 Gründe, die Schweiz zu lieben" (Verlag Schwarzkopf und Schwarzkopf)

Karin Braun, Jahrgang 1957, geboren in Pinneberg. Floh die Kleinstadt schnell. Es folgten kurze Ausflüge in verschiedene Berufe, um schließlich beim Schreiben zu landen. Karin Braun lebt in Kiel und arbeitet als Autorin, Literaturbloggerin, Herausgeberin, Übersetzerin – kurz: sie macht was mit Büchern. Ihre letzte Veröffentlichung: „Du bist raus! – 1 Novelle & 3 Kurzgeschichten", ISBN 978-3-753160108.
https://raunacht.de

Pia-Christin Camphausen, 1989 geboren, studierte Skandinavistik und Germanistik in Münster und Århus. Sie übersetzt aus dem Dänischen, Norwegischen und Schwedischen und lebt mit ihrem Freund in Münster. 2019 nahm sie am dänisch-deutschen Übersetzungsseminar „Grenzen überschreiten" des Instituts für Skandinavistik der Goethe-Universität in Frankfurt teil. Sie besuchte außerdem Übersetzungsseminare bei Dagmar Mißfeldt und Ursel Allenstein. Unter der Leitung von Magnus Enxing wirkte Pia-Christin Camphausen im Rahmen eines Seminars der Nordischen Philologie der Universität Münster an einer Übersetzung von Erlend O. Nødtvedts Vestlandet mit, die 2019 auszugsweise in der Anthologie „Hinter dem Regen: 12 literarische Stimmen aus Bergen" von der Bergen Kommune veröffentlicht wurde.

Camilla Collett, 1813 (Kristiansand) - 1895 (Kristiania), stammte aus einer in Norwegen einflussreichen Familie von Pastoren, Politikern und Poeten. Für die Frauen der Sippe waren solche Aktivitäten zwar nicht vorgesehen, aber Camilla forderte als eine der Ersten in Norwegen gleiche Rechte für alle Geschlechter, sie schrieb den ersten Roman in norwegischer Sprache („Amtmandens Døtre", 1854, deutsch: „Die Amtmannstöchter", um 1860), der zugleich der erste feministische Roman ihres Landes war. Unsere Geschichte, übersetzt von Anke Strunz, stammt aus ihrem Erinnerungsbuch „I de lange netter", 1863.

Hardy Crueger, geboren in den 1960ern, studierte nach einer Facharbeiter-Ausbildung Geschichte und Soziologie und lebt als freiberuflicher Schriftsteller in Braunschweig. Nach ersten Erfahrungen im literarischen Untergrund (social beat) schreibt er heute Romane zu geschichtlichen Themen, aber auch Krimis, Thriller und Suspense-Kurzgeschichten. Crueger ist im Vorstand des Verbands deutscher Schriftsteller*innen (VS) NDS/Bremen aktiv und leitet als Dozent für Kreatives Schreiben die KrimiWerkstatt Braunschweig. Bisher sind achtzehn Bücher von ihm erschienen, darunter zwölf Romane, drei Anthologien und ein Sachbuch über Krimis. Mehr Informationen finden Sie auf seiner Internetseite HardyCrueger.de und auf facebook.

Sein Beitrag erschien: „Okergeschichten – Verbrechen. Wahnsinn. Leidenschaft." 12 Crime-Stories und Psychothriller, 118 S., Braunschweig 2012, ISBN 978-3-00-036818-9.

Erik Henning Edvardsen (geb. 1955) ist Museumsdirektor, Volkskundler und Sachbuchautor. Er hat mehrere Bücher über den Dichter Henrik Ibsen und verschiedene kulturhistorische Themen veröffentlicht. Hat an der Uni Oslo gearbeitet, ist seit 1990 bei der Stiftung der norwegischen Volkskundemuseen angestellt und leitet seit 2000 deren Zweigstelle Ibsenmuseet in Oslo. Erik ist Mitglied mehrerer norwegischer volkskundlicher Gesellschaften, außerdem hat er die englischen und norwegischen Texte der acht Bronzetafeln verfasst, die den Ibsenspaziergang vom Grand Hotell zum Ibsenmuseum begleiten. Im März 2021 erschien sein Buch Sagnsamleren og hans ambassadør 2 über Andreas Faye und Peter Christen Asbjørnsen. Die Sage in unserem Buch wurde ganz neu geschrieben und übersetzt von André Wilkening.

Günther Eichweber, geb. 1953, Beruf Wasser-bauingenieur, seit 2007 Autor von Kurzgeschichten und Erzählungen, lebt in der Nähe von Kiel.

Carl Ewald, 1856 (Bredelykke) - 1908 (Charlottenburg), studierte Forstwirtschaft, konnte aufgrund seiner schwachen Gesundheit seinen Beruf jedoch nicht ausüben. Deshalb schrieb er naturkundliche Märchen, die zu seinen Lebzeiten ungeheuren Erfolg hatten, obwohl von Naturidylle keine Spur zu finden ist. Außerdem übersetzte er die Märchen der Brüder Grimm ins Dänische. Seine Seesterngeschichte wurde übersetzt von Pia Camphausen.

Gilli Fryzer schreibt Erzählungen, die bereits in vielen Zeitschriften, Anthologien und online veröffentlicht worden sind. „Eine Gefälligkeit" wurde 2020 mit dem Preis der Mslexia Short Story Competition ausgezeichnet. Ihre Geschichten sind geprägt von ihrem großen Interesse an englischen Volkstraditionen, Magie und alten Glaubenswelten. Gilli schreibt in einer Hirtenhütte, die in einer Ecke auf einer englischen Wiese steht. Die Hütte wurde erbaut aus Fundstücken, die ihre eigene Geschichte mitbringen, und wimmelt nur so von Talismanen und Büchern über Volkskunde und Magie. Wenn Gilli gerade nicht schreibt, verbringt sie ihre Zeit damit, ans Schreiben zu denken, zu lesen und zuzusehen, wie die lokalen Krähenbanden sich mit Elstern und Bussarden anlegen. „Eine Gefälligkeit" wurde über www.gillistories.com

Dr. Nikolaus Gatter, geb. 1955, Übersetzer und Publizist in Köln, Juror im Preis der Deutschen Schallplattenkritik, Vorsitzender der Varnhagen Gesellschaft e. V. und Herausgeber ihres Almanachs. Veröffentlichte zuletzt im Bettina- Von-Arnim-Handbuch, de Gruyter: Berlin/Boston 2019 den Artikel „Karl August Varnhagen von Ense" und im Bildband Fürst Pückler, bebra: Berlin 2020, über „Varnhagen, Ludmilla Assding – oder wie plane ich meinen Nachruhm?". www.lesefrucht.de

Ralph Gerstenberg, Jahrgang 1964, veröffentlicht seit 1998 Kriminalromane wie „Grimm und Lachmund", „Das Kreuz von Krähnack" und „Feuer im Aquarium" sowie Erzählungen, Reportagen, Hörbücher und Rundfunkfeatures. Unter dem Titel !He shot me down" gab er eine Anthologie mit Rock'n'Crime-Stories heraus. Er lebt als Schriftsteller und Journalist in Berlin. www.ralphgerstenberg.de

Dörte Giebel geb. 1970, studierte Germanistik und arbeitet heute als Social Media Managerin, Texterin und Literaturübersetzerin. Während eines Sabbatjahres entdeckte sie die Schriftstellerin Regine Normann und reiste auf deren Spuren

durch Norwegen. 2017 organisierte Dörte Giebel eine Online-Spendenaktion, um eines der beliebten blauen Gedenkschilder in Oslo zu finanzieren; es hängt heute an der Hauswand in der Stensgate 3, wo Regine Normann fast 30 Jahre lang wohnte.
www.nordlieben.de

Espen Haavardsholm wurde in Oslo geboren, wohnt noch immer dort, ist, seit er mit 21 Jahren als literarisches Wunderkind seine ersten Erzählungen und Literaturkritiken veröffentlichte, einer der bedeutendsten norwegischen Autoren. Er schreibt Essays, Geschichten und (mehrfach verfilmte) Romane. In deutscher Übersetzung erschien zuletzt der Roman „Eine Liebe in den Tagen des Lichts", Osburg Verlag. Seine Geschichte stammt aus dem Buch „Svarta natta" und wurde übersetzt von Gabriele Haefs.

Gabriele Haefs, geb. 1953 in Wachtendonk, Autorin und Übersetzerin in Hamburg. 2019 erschien „111 Gründe, Wales zu lieben", Verlag Schwarzkopf & Schwarzkopf.

Peter Paul Haefs, geb. 1890 in Straelen auf dem Thelmeshof, gestorb. 1975 in Düsseldorf im Theresienhospital neben der Lambertus Kirche, in einem Zimmer mit Blick auf den Rhein, versorgt mit den katholischen Sterbesakramenten. Begann seine Laufbahn als Grundschullehrer in Straelen, endete als Studienrat an einem Gymnasium in Düsseldorf. Fächer: Deutsch, Geschichte, Latein und Altgriechisch. Gilt als einer der bedeutendsten niederrheinischen Heimatforscher. Außerdem wurde ihm ein päpstlicher Orden verliehen, was bedeutete, dass die Schweizer Garde vor ihm salutieren musste, wenn er den Vatikan betrat.

Wilhelm Hauff, 1802 – 1827, beide Male Stuttgart, romantischer Dichter aus der schwäbischen Schule, ist vor allem bekannt durch seine Märchen. Viele entstanden unter dem Einfluss von „1001 Nacht" und sind im Orient angesiedelt – „Kalif Storch", „Der kleine Muck", andere vor allem in Süddeutschland, wie das Schwarzwalddrama „Das kalte Herz" und die Antispießersatire „Der junge Engländer". Weniger bekannt sind seine Sagensammlungen, in denen er bisweilen gegen alle Konventionen des Genres verstößt.

Levi Henriksen, geboren 1964 in Kongsvinger in Finnskogen, einer sagenumwobenen Landschaft zu beiden Seiten der norwegisch-schwedischen Grenze, wo auch alle seine Bücher spielen. Wenn er nicht gerade schreibt, ist er Musiker und tourt mit eigener Band und eigenen Texten durch die Gegend. Auf Deutsch gibt es mehrere Bücher von ihm, Erzählungen und Romane, zuletzt erschien „Wer die Goldkehlchen stört" (BTB). Die vorliegende Geschichte wurde speziell für unser

Buch geschrieben und übersetzt von Gabriele Haefs.

Christel Hildebrandt, geb. 1952 in Lauenburg, arbeitet seit 1988 als Übersetzerin aus den skandinavischen Sprachen.

Ulrich Joosten, Jahrgang 1956, ist seit mehr als drei Jahrzehnten Musikjournalist im Bereich Folk- und Weltmusik. Seine Spezialgebiete sind Singer/Songwriter, deutsche Folkmusik und Bordunmusik. Er war Mitbegründer, Mitherausgeber und Endredakteur der Musikzeitschrift „Folker", für die er heute noch schreibt. Als Musiker spielt er in der Formation *Gambrinus* Drehleier und Gitarre. 2014 erschien sein Roman „Der Weg des Spielmanns", über einen jungen Adeligen, der nicht Ritter, sondern Minnesänger werden möchte.

Selma Lagerlöf, 1858-1940, bedeutendste schwedische Schriftstellerin überhaupt und noch dazu die erste Literaturnobelpreisträgerin. Historische schwedische Themen, denen sie dann einen neuen Aspekt abgewinnt, waren eine ihrer Vorlieben. Die Erzählung "Valdemar Atterdag brandskattar Visby" stammt aus "Osynliga länkor" (1894). Übersetzt hat Gabriele Haefs

Eris von Lethe ist das belletristische Pseudonym einer inzwischen leicht ergrauten Seelenklempnerin, die in der rheinischen Tiefebene ihr Unwesen treibt in Form von Literatur, Malerei und Videoclips (Humoresken/ Satire). Veröffentlichungen: „Irrsinnige Begegnungen" (2016 Erzählungen). „Hans bringt Glück" (2017 Roman), dazu Gedichte und Einzeltexte in Anthologien.

Liederjan, norddeutsche Folkgruppe, nach eigener Aussage: „Musikalischer Fachbetrieb sei längerem". 2015 konnten sie in Hamburg ihr 40jähriges Bühnenjubiläum feiern. Die Fans hätten 2020 zu gern auch das 45jährige gefeiert, aber das musste coronabedingt ausfallen. Die ergreifende Ballade „Die Nixe von Kellinghusen" wurde verfasst von Jörg Ermisch (Gründungsmitglied der Band und Dichter von Format) und ist zu hören auf der CD „Ernsthaft locker bleiben" (2018). http://www.liederjan.com/

Dorothy McArdle, (Dundalk) – 1958 (Drogheda), irische Autorin, Feministin und Historikerin, schrieb auf Irisch und Englisch. War aktiv im Unabhängigkeitskrieg, später im irischen Bürgerkrieg auf der Seite der Vertragsgegner*innen, wurde mehrmals interniert und schrieb später das Standardwerk über die Kriegsjahre, „The Irish Republic", 1937. War eine heftige Gegnerin der irischen Verfassung von 1937, die Frauen die versprochene Gleichberechtigung verwehrte, und setzte sich für den Erhalt der irischen Sprache ein. In ihren Erzählungen sind oft okkulte

Themen und Motive aus der irischen Volksüberlieferung zu erkennen. Unsere Geschichte (Übersetzung: Gabriele Haefs) stammt aus der Sammlung „Earthbound" (1924, Neuauflage bei Swan
River Press, 2020).

TOMÁS MAC SÍOMÓIN, Dichter, Geschichtenerzähler, Poet und Journalist, er schreibt auf
Irisch. Hat in den Niederlanden, den USA und
Irland an Universitäten unterrichtet. War Chefre-
dakteur der irischen Zeitschriften „Anois" und
„Comhar". Seine Sammlung von Kurzgeschichten, „Cinn Lae Seangáin" wurde 2005 mit einem
Preis für die beste Kurzgeschichte ausgezeichnet,
2006 erschien sein ebenfalls preisgekrönter Roman „An Tionscadal". Seine Kurzgeschichte
„Music in the Bone" wurde von der Dalkey Ar-
chive Press für den Band „Best European Fic-
tion" 2013 ausgewählt. Er lebt und arbeitet seit
1990 in Katalonien. Übersetzerin: Gabriele Haefs.

Romain John van de Maele, geb. in Aalst, 1948,
wohnt in Löwen, Belgien, Lyriker, Essayist und
Übersetzer. Gedichte, Kurzprosa, Essays und
Übersetzungen in belgischen, niederländischen,
deutschen, englischen und dänischen Zeitschriften. Neuester Gedichtband: „Schaduwspel"
(2018).

Freyja Melsted zog es nach dem Schulabschluss
in Österreich in ihre zweite Heimat Island, wo sie

einige Jahre studierte und als Reiseleiterin arbeitete. Der Traum vom literarischen Übersetzen führte sie schließlich zurück auf das europäische Festland, wo sie Literaturübersetzen an der Heinrich-Heine-Universität in Düsseldorf studierte. Sie ist Mitbegründerin des Online-Magazins für übersetzte Literatur „TraLaLit", das sich zum Ziel gesetzt hat, Übersetzerinnen und Übersetzer und ihre Arbeit verstärkt ins Rampenlicht zu rücken. Freyja lebt in Düsseldorf und übersetzt aus dem Englischen, Spanischen und Isländischen.

Kuno Meyer, 1858 (Hamburg) – 1919 (Leipzig), einer der großen Keltologen der vorletzten Jahrhundertwende. Er trug maßgeblich dazu bei, die auf Altirisch geschriebenen Sagas und Gesetzestexte des irischen Mittelalters zu entschlüsseln, viele davon übersetzte er ins Deutsche. Für seine Verdienste um den Erhalt der irischen Sprache wurde er zum Ehrenbürger von Dublin und Cork ernannt. Während des Ersten Weltkriegs wurde ihm die Ehrenbürgerwürde aberkannt, nach der irischen Unabhängigkeit wurde sie ihm wieder zurückgegeben.

Dr. Alexander Mochalov, geb. 1952 in Kirov – Russische Förderation. Als Elektroingenieur arbeitete er im Mangement und in der Projektierung der Energiewirtschaft und des Naturschutzes. Jetzt ist er als Energieberater beim Umweltamt Kiel tätig. Die Märchen, die er sich früher für seine Töchter ausgedacht hat, sammelt er nun für seine Enkelkinder. Das Märchen „Danilka"erschien in „Es war einmal und ist noch immer – Märchenhafte Geschichten", im August 2020.

Regine Normann (1867-1939) wuchs auf den Vesterålen auf. Sie war die erste Frau aus Nordnorwegen, die als Schriftstellerin in ganz Norwegen Erfolge feierte. Mit Ende zwanzig brach sie aus ihrer Zwangsehe aus und zog in die Hauptstadt, wo sie neben ihrer Schriftstellerei als Lehrerin arbeitete. Sie war in Schriftstellerkreisen gut vernetzt, war viele Jahre Vorstandsmitglied im Norwegischen Schriftstellerverband und etablierte gemeinsam mit ihrem zweiten Ehemann Tryggve Andersen einen literarischen Salon. Sie gab insgesamt 18 Bücher heraus, darunter auch historische Romane, Märchen und Sagen. Viele ihrer kürzeren Texte wurden zudem in Tages- und Wochenzeitungen publiziert. Original. „Hvordan Svartisen ble til et sagn" von Regine Norman, 1935 abgedruckt in Arbeiderbladets Ukemagasin und Tidens Tegns.

Roda Roda, eigentlich: Alexander Friedrich Ladislaus Roda Roda, Geburtsname Sándor Friedrich Rosenfeld, *1872 (Drnowitz, Mähren, Österreich-Ungarn) † 1945 (New York). Schrieb Romane, Erzählungen, Epigramme und Theaterstücke, wurde immer wieder von der Zensur verfolgt und von den Nazis schließlich ins Exil getrieben. Scharfsinniger und witziger Chronist menschlicher Schwächen und bürokratischen Wahnsinns.

Claudia Schmid lebte in Passau, bevor sie sich ihren Traum erfüllte und an der Mannheimer Universität Germanistik studierte. Seit 30 Jahren wohnt sie in der Metropolregion Rhein-Neckar zwischen Mannheim und Heidelberg und schreibt Kriminelles, Historisches, Reiseberichte, Hörspiele und Theaterstücke. Neben mehreren Büchern hat die Ehren-Kriminalkommissarin der Polizei Mannheim-Heidelberg über vier Dutzend Kurzgeschichten veröffentlicht. Die mehrfach ausgezeichnete Autorin ist auch als Redakteurin von „kriminetz.de" sowie als Kommunikationstrainerin tätig und übernimmt mit Vorliebe kleine Rollen in Fernsehkrimis.
www.claudiaschmid.de

David Slattery ist ein irischer Volkskundler, der Romane und Sachbücher schreibt. Er überwintert in Dublin und übersommert in West Cork. Sein „How to be Irish" ist ein Versuch, die phantastische, aber relativ obskure Wissenschaft Volkskunde aller Welt bekanntzumachen. Mit elf gewann er einen irlandweiten Lyrikwettbewerb, hat seither aber nur herumgelungert. Die Inspiration zu seinem neuen Blick auf die alte Geschichte von Hänsel und Gretel entsprang dem

Wunsch, das überstrapazierte Bild von Alter=Böse im Gegensatz zur jugendlichen Unschuld neu zu betrachten. Die meisten Hexen , und vor allem die seiner Bekanntschaft, sind übrigens reizende Leute. Auf Deutsch gibt es neben „How to be Irish" den Roman „Der Hochstapler", beide BTB. Unsere Geschichte wurde von Karin Braun übersetzt.

Sorcha gan Sloinne, irische Dichterin, die irgendwann vor dem 12. Jahrhundert gelebt hat. Mehr ist nicht über sie bekannt, ihre Werke sind nur in wenigen alten Handschriften erhalten, nirgendwo jedoch vollständig. Übersetzt wurde dieser Text von Kuno Meyer.

Ralf Sotscheck, 1954 in Berlin geboren, studierte Wirtschaftspädagogik an der Freien Universität Berlin. Er arbeitete nach dem Studienabschluss als LKW-Fahrer, als Briefträger, als Kupfertiefdruckhilfsetzer und als Erdnussölabfüller. Seit 1985 ist er Korrespondent der taz, die tageszeitung für Großbritannien und Irland. Er lebt in Dublin, Fanore, Berlin und (demnächst) in Belo Maracatibo. Er hat zahlreiche Reportage- und Satirebücher sowie Dokumentarfilme über Irland und Großbritannien veröffentlicht.
www.sotscheck.net

Anke Strunz, geb. in Rüsselsheim, lebt und arbeitet in Hamburg. Sie übersetzt aus dem Däni-

schen, betreut als freie Online-Redakteurin verschiedene Websites und bloggt über skandinavische Literatur. Sie ist gelernte Buchhändlerin, hat in Hamburg und Roskilde Skandinavistik und Germanistik studiert und im Vertrieb mehrerer Buchverlage gearbeitet. Wenn sie nicht gerade Content erstellt, Bilder bearbeitet oder Webentwicklung lernt, macht sie es sich gerne mit einem Buch in ihrem Lesesessel gemütlich.
www.ankestrunz.de

Christine Vogeley, geboren 1953, Rheinländerin, hatte viel mit Kabarett, WDR und Jazz zu tun. Dann schrieb sie 5 Romane, 2 davon wurden verfilmt und jetzt überlegt sie, was als Nächstes kommt. Drachologie?
http://www.christine-vogeley.de/

André Wilkening, geboren 1967, studierte Skandinavistik und Kunstgeschichte in Frankfurt am Main, wo er auch heute lebt. Er übersetzt vornehmlich aus dem Dänischen und Schwedischen sowohl Belletristik als auch Sachtexte sowie Kinder- und Jugendbücher. Neben der übersetzerischen Tätigkeit arbeitet er als Teilzeitkraft in einem Frankfurter Krankenhaus. Zuletzt übersetzte er aus dem Dänischen „Englene over København" von Jonas Kleinschmidt, das im Herbst 2021 unter dem Titel „Engel über der Stadt" bei Arctis erscheinen wird.

Benedikt Wrede, nach seiner Schulzeit in Hinterzarten, einem Filmwissenschaftsstudium in Wien und Salamanca und zahlreichen Jobs in Berlin arbeitete der gebürtige Rheinländer Benedikt Wrede drei Jahre lang als Crew-Mitglied auf unterschiedlichen Kreuzfahrtschiffen. Die letzte Schiffsreise beendete er schließlich in Hamburg, wo er seitdem die meiste Zeit lebt und arbeitet – momentan als Künstlermanager, wenn er nicht gerade mit Schreiben, Fotografieren oder Trompetespielen beschäftigt ist. Seiner Heimatstadt Bonn fühlt er sich bis heute eng verbunden.

„Die Dünengnome von Juist" ist die erste veröffentlichte Geschichte von Benedikt Wrede, jedoch hofft er, dass es nicht seine letzte bleiben wird.

www.benediktwre.de

Inhaltsverzeichnis